Collection dirigée par Glenn Tavennec

L'AUTEUR

Maggie Hall assouvit dès qu'elle le peut sa soif de voyages au long cours et d'aventures : elle a ainsi joué avec des bébés tigres en Thaïlande, appris à fabriquer ses propres pâtes en Italie et sillonné la campagne indienne en train sur des milliers de kilomètres. Dans une vie antérieure, elle organisait des événements en librairie en tant que directrice marketing.

Lorsqu'elle ne voyage pas à l'autre bout du monde, elle vit avec son mari et leurs chats à Albuquerque, au Nouveau-Mexique, où elle assiste à des matches de football américain universitaire, s'essaie au design graphique et contribue au blog YA Misfits.

MAGGIE HALL

LA CARTE DU DESTIN

La Conspiration, Livre II

roman

Traduit de l'anglais (États-Unis) par Anna Postel

Titre original : MAP OF FATES
Maggie Hall, 2016

ISBN 978-2-221-19007-4
ISSN 2258-2932
(édition originale : ISBN 978-0-399-16651-8, G.P. Putnam's Sons publisher of the Penguin Group LLC, New York)

À Dahlia. J'ai une chance inouïe que tu m'aies accompagnée
dans la publication de mon roman, et dans la vie.
Je souhaite à tout le monde de travailler un jour
avec une personne comme toi.

Et à Sofia. Merci d'avoir été à mes côtés,
avec du vin et des solutions à tous mes problèmes.

1.

La foule de touristes se presse dans les escaliers qui mènent à la basilique du Sacré-Cœur – un édifice en forme de gigantesque gâteau de mariage – et je me colle à la rambarde pour éviter de me faire piétiner.

— Tu es sûr que c'est ici qu'il nous a donné rendez-vous ?

— En haut de la première volée de marches, à l'ouest du manège, répond Jack. C'est ici.

Près de nous, un accordéoniste tout droit sorti d'un film de Charlie Chaplin se met à jouer un air guilleret.

— Il est en retard, dis-je.

— Depuis quand les délinquants sont-ils à l'heure ?

Jack se hisse sur un muret et je fais les cent pas devant lui, cherchant du regard l'homme corpulent à qui nous avons donné nos photos voilà une semaine. En vain. Je ne vois que les habituels badauds en promenade dominicale à Montmartre.

L'accordéoniste dans la cour en contrebas termine son morceau sous un tonnerre d'applaudissements. Ici, à toute heure de la journée, des artistes de rue se produisent. Ils jouent de la musique, donnent des spectacles de pantomime ou dessinent des portraits de touristes. Ce quartier est un refuge pour les écrivains et les peintres depuis que des groupes d'expatriés s'y sont installés au début du XXe siècle. Montmartre a vu passer Hemingway, Picasso, Francis Scott Fitzgerald…

Et à présent, nous.

Voilà deux semaines que Jack et moi nous sommes échappés du mariage censé m'unir à Luc Dauphin, après quoi l'Ordre a kidnappé ma mère et tué M. Emerson, mon ami et le mentor de Jack. Globalement, pas une super journée… Deux semaines depuis la course-poursuite en Europe qui nous a permis de trouver le bracelet que je ne retire plus sous aucun prétexte – pas même pour dormir.

Je lève le poignet et le bijou scintille faiblement dans le soleil chaud de l'après-midi. Le large anneau couleur or terni a appartenu à Napoléon Bonaparte. C'est l'un des indices qui doit nous guider vers le tombeau d'Alexandre le Grand.

Le tombeau et l'arme qui, dit-on, se trouve à l'intérieur – et que l'Ordre veut récupérer avant que le Cercle ne mette la main dessus – sont nos seuls arguments de négociation pour libérer ma mère. Il y a une inscription sur le bijou – « *Mon jumeau et moi* » – qui indique qu'il fait partie d'une parure. Pour trouver le tombeau, nous devons nous procurer l'autre bracelet.

Nous avons donc passé deux semaines d'angoisse, terrés dans un minuscule appartement, à visiter sur Internet les collections des musées parisiens, à la recherche du jumeau du bracelet.

Depuis deux semaines, mon cœur s'emballe chaque fois que le téléphone sonne. Je suis terrifiée à l'idée que l'Ordre m'appelle pour m'annoncer qu'ils ont tué ma mère parce que nous ne sommes pas assez rapides. J'ose espérer qu'ils ne passeront pas à l'acte tant que nous ferons preuve de bonne volonté. Pourquoi voudraient-ils perdre leur monnaie d'échange ? Jack, lui, craint qu'ils l'exécutent sur un coup de tête, puis qu'ils m'assassinent ou m'enlèvent. Pour eux, ça ne change pas grand-chose – car dans ce cas, *personne* ne trouverait le tombeau.

Ils font déjà tout pour que le Cercle ne le découvre jamais. Au début, les attentats semblaient perpétrés au hasard. Un membre saoudien du Cercle. Liam Blackstone, un acteur américain. L'attaque contre la famille Dauphin qui a tué l'un des jumeaux que portait Mme Dauphin. En fait, c'était loin d'être un concours de circonstances. Le bébé à naître aurait été la première fille du Cercle à avoir les yeux bleus… en plus de moi. Les autres assassinats visaient les potentiels « Élus » afin qu'ils ne puissent m'épouser. Et sans mariage, pas de mandat ni de tombeau.

Par conséquent, depuis deux semaines, je passe mon temps à regarder par-dessus mon épaule, de peur d'être suivie par l'Ordre, ou par le Cercle qui veut encore me récupérer et persiste à considérer Jack comme un traître.

Je me frotte les yeux et scrute le quartier. Montmartre est à l'image du reste de Paris : à mi-chemin entre la grande ville crasseuse et le décor de conte de fées. Au bas de marches, on aperçoit un bâtiment qui, partout ailleurs, serait considéré comme un château. Les imposants balcons en fer forgé et les tourelles en pierre foncée contrastent fortement avec les sordides boutiques pour touristes au rez-de-chaussée, qui vendent cartes postales, écharpes et fausses lunettes de soleil Dior – les mêmes que l'immense paire que je porte sur le nez pour me déguiser.

Ce quartier est également le point culminant de Paris. Un jour, j'ai passé une bonne demi-heure à chercher des yeux Notre-Dame. À présent, je trouve la cathédrale en un clin d'œil, bien que ses deux flèches soient à peine visibles au milieu des centaines d'autres bâtiments gris et crème.

— Tu n'as rien remarqué de bizarre quand tu es venu en repérage ? demandé-je.

Jack secoue la tête.

Il est un excellent garde du corps, je le sais, mais deux précautions valent mieux qu'une. Nous ne sortons jamais sans lunettes de soleil et chapeaux et nous nous efforçons d'éviter les endroits, comme les stations de métro, où il y a des caméras.

— J'ai toujours peur que quelqu'un nous reconnaisse, c'est tout.

Jack se balance d'avant en arrière, prenant appui sur la paume de ses mains, ce qui fait ressortir la rose des vents tatouée sur son avant-bras.

— Je sais, Avery. Mais ils doivent penser qu'on est déjà à l'autre bout du monde. À manger des rouleaux de printemps à Shanghai. Ou à bronzer sur une plage au Brésil. On ne serait pas stupides au point de rester dans l'arrière-cour des Dauphin, n'est-ce pas ?

C'est vrai, mais c'est aussi le problème, et la raison pour laquelle nous sommes là à attendre. À la fin de la semaine, nous aurons épuisé toutes les pistes possibles à Paris. Et ça tombe plutôt mal.

L'homme à la cicatrice, l'un des sbires de l'Ordre, appelle tous les quelques jours pour voir où nous en sommes. Hier, il semblait agité. Le chef, son boss, est en train de perdre patience. Ils nous avaient donné deux semaines pour mener notre enquête et ils viennent de nous en octroyer deux supplémentaires.

Il nous reste donc quinze jours pour découvrir le tombeau d'Alexandre le Grand. *Quinze jours* pour dénicher une sépulture après laquelle les archéologues et les chasseurs de trésors courent en vain depuis des siècles. En cas d'échec, ils exécuteront ma mère...

Deux semaines.

Nous devons quitter Paris. Nous devons comprendre où Napoléon a pu placer le bracelet jumeau et fouiller à cet endroit-là. Musées, collections d'art, sites historiques... dans le monde entier.

Le problème, c'est que je n'ai pas de documents d'identité. Ceux de Jack sont sous stricte surveillance et, hormis si vous avez la chance de prendre un jet privé appartenant au Cercle, il vous faut un passeport pour sortir du pays. D'habitude, Jack obtient tout ce qu'il lui faut auprès du Cercle, mais là, nous ne pouvions qu'improviser. Après quelques recherches, nous avons dégoté ce vendeur de faux papiers assez louche au beau milieu de notre quartier.

L'escalier donne sur une étroite ruelle bordée de cafés dont les tables branlantes envahissent le trottoir. Nous apercevons enfin un gros homme aux traits familiers, vêtu d'un T-shirt gris taché et d'un treillis. Il se dirige vers nous en zigzaguant entre les terrasses.

D'un bond, Jack saute du muret. Il époussette son jean noir.

— Le voilà, annonce-t-il.

J'ajuste mon chapeau à large bord pour dissimuler mon visage et nous dévalons les marches jusqu'à un banc à deux pas du manège. La musique s'arrête, un groupe d'enfants descend du carrousel tandis que les suivants s'installent.

— Vous les avez ? s'enquiert Jack.

L'homme respire bruyamment, repousse une mèche de cheveux roux et gras tombée sur son visage.

— Ça va prendre plus longtemps que prévu, explique-t-il avec un accent français à couper au couteau. Il y a eu des complications.

— Vous aviez dit cette semaine, réponds-je en haussant la voix. Dans combien de temps ?

— Encore une semaine. (Il s'essuie le nez.) Voire deux.

Je grince des dents. Derrière Jack, une chanteuse d'opéra a remplacé l'accordéoniste.

— Trop long, fais-je. Pas moyen d'accélérer la procédure ? On peut payer.

Je m'efforce de prendre un ton irrité, mais ma voix est plutôt mi-désespérée mi-paniquée.

— Non, rétorque-t-il. Impossible.

J'ai envie de jurer, de fracasser des objets contre les murs, de pleurer. Au lieu de cela, je réponds :

— Laissez tomber, alors.

Nous tournons les talons en dépit des protestations de l'homme et je m'engage en courant dans les escaliers de Montmartre, grimpant les marches deux par deux. J'aurais dû m'y attendre. Ça ne pouvait pas être aussi facile.

— Hé, m'interpelle Jack en arrivant à mon niveau. Ça va aller, hein ? On va trouver une solution.

J'opine du chef en silence, mais ne ralentis pas. Je sens son regard peser sur moi. Il y a une autre manière de voyager en Europe et Jack ne m'a pas caché que c'est l'option qu'il préconise.

Les Saxon – la famille que je viens de me découvrir – peuvent nous aider. Sauf que nous ne les avons pas vus depuis deux semaines.

Pour être honnête, je n'arrête pas de penser à mon père, au frère et à la sœur dont je viens de découvrir l'existence. Ce n'est pas que je ne *veux* pas apprendre à les connaître et leur donner une chance de m'aider, mais il y a tant de choses en jeu. Je ne peux pas me permettre de prendre de risque. Puis-je faire confiance à ces étrangers lorsqu'il en va de la vie de ma mère ?

Jack fait une halte tout en haut des marches et retire ses lunettes de soleil. Je me crispe, certaine qu'il va me parler des Saxon. Je ne suis pas prête à avoir cette conversation. Mais il se contente de dire :

— Dans cette ville, il doit bien y avoir d'autres malfrats qui peuvent nous faire de faux passeports rapidement. Dans les bars sordides de ce quartier, on va bien trouver quelqu'un qui peut nous arranger ça. D'accord ?

Un rire désespéré s'échappe de ma gorge, mais je hoche la tête et parviens à retrouver un semblant de calme.

Peut-être que ça va marcher. Il me prend la main, faisant glisser son pouce contre ma paume. Les poils de mes bras se hérissent, comme toujours lorsqu'il m'effleure la peau.

Jack s'en rend compte et lâche ma main si soudainement qu'elle tombe le long de mon corps. Il chausse à nouveau ses lunettes de soleil, tourne les talons et s'engage dans une ruelle.

— Il faut qu'on achète du café en rentrant. On n'en a plus.

Je frotte mon bras pour faire disparaître la chair de poule et le rattrape. Je n'ai pas le droit d'éprouver ces sentiments.

Malgré tout ce qui s'est passé, Jack et moi ne sortons pas ensemble. Nous ne flirtons pas. Et nous sommes encore moins un couple.

Nous en avons parlé. Cela nous empêcherait de nous concentrer. Et il ne veut pas que je me retrouve dans une position inconfortable. Peu importe ce que nous ressentons l'un pour l'autre, il vaut mieux mettre notre relation en sourdine jusqu'à ce que nous ne soyons plus dans une situation aussi périlleuse. Parce que là, c'est une question de vie ou de mort.

Je sais qu'il a raison. Déjà qu'il m'aide à échapper aux Saxon… Quelle serait leur réaction s'ils apprenaient qu'il se passe quelque chose d'« inapproprié » entre nous ?

Oui, il nous est arrivé de nous égarer. Pas plus tard que la semaine dernière, nous étions installés dans le canapé, à feuilleter des livres d'histoire sur Napoléon. Nous pensions avoir fait une découverte concernant un musée en Autriche et, sans réfléchir, je l'ai embrassé. Il a répondu à mon baiser comme si son rêve le plus fou était en train de se réaliser, et c'était d'autant plus étrange de le voir ensuite s'écarter de moi comme s'il venait de commettre un crime. En plus, le musée autrichien s'est révélé être une fausse piste.

Jack et moi sommes donc à présent amis. Coéquipiers. Et colocataires : nous partageons une chambre dans un appartement exigu, mais avec un lit chacun – un lit étroit et inconfortable. Nous tâchons d'oublier à quel point c'est agréable de se réveiller côte à côte, enlacés.

Ou peut-être suis-je la seule à penser cela ?

Je le regarde. Ses yeux gris sont surmontés d'épais sourcils, il a la mâchoire carrée et porte un bonnet de laine pour dissimuler ses cheveux noirs.

Nous sommes la définition même de *c'est compliqué.*

— Ouais, acquiescé-je, en ajustant mes lunettes noires. Du café. Et d'autres faussaires parisiens. Super plan.

Nous sommes presque arrivés à notre pied-à-terre lorsque mon portable se met à sonner. Du coin de l'œil, je vois Jack soupirer.

C'est Stellan.

Ces deux dernières semaines, nous avons aussi dû supporter sa présence. Il a beau habiter chez les Dauphin, à l'autre bout de Paris, depuis que nous savons qu'il fait partie de la treizième lignée perdue du Cercle des Douze, c'est comme s'il avait emménagé dans notre studio. En outre, même si personne n'est au courant, il est l'Élu. L'héritier d'Alexandre le Grand. Et l'homme qui, selon le mandat millénaire du Cercle, doit devenir mon époux pour que nous puissions trouver le tombeau d'Alexandre. Bien entendu, je n'y crois pas une seule seconde.

Je décroche :

— T'as besoin de quelque chose ?

— Je voulais juste savoir ce que tu faisais aujourd'hui, lâche Stellan d'un ton détaché.

Un klaxon retentit plus loin dans la rue et j'entends un bruit similaire à l'autre bout du fil. J'imagine Stellan en train de zigzaguer entre des scooters noirs près du Louvre. Il a sans doute été envoyé en mission par les Dauphin.

— Rien de spécial.

Jack et moi nous arrêtons sur le bord du trottoir et évitons de justesse une Fiat rouge qui dévale la rue à toute allure. Jack ôte son bonnet et se passe une main dans les cheveux. Il prétend trouver, comme moi, toute cette histoire ridicule et qu'un potentiel mariage entre Stellan et moi ne changerait rien. Mais il a grandi dans le Cercle. L'*union* entre l'Élu et la fille aux yeux violets - ainsi qu'elle est stipulée dans le mandat - signifie pour lui *mariage*, comme pour le reste du Cercle. Je sais que ça le dérange plus qu'il ne voudrait l'admettre.

— T'es où ? demande Stellan.

Au cours des dernières semaines, son léger accent russe m'est devenu aussi familier que l'inflexion britannique de Jack.

— Pourquoi ? rétorqué-je, suspicieuse. T'es où, toi ?

Nous nous engageons dans notre rue. Et là, surprise : nous apercevons la silhouette grande et mince de Stellan, adossée au mur devant notre appartement. Il porte son uniforme habituel : jean moulant, T-shirt près du corps et bottes militaires. D'un geste de la tête, il rejette ses cheveux en arrière et nous sourit. Je range mon téléphone dans mon sac avec un soupir.

— Il est au courant qu'il n'est pas le bienvenu ? rouspète Jack.

— Je t'entends, hein ! lui crie Stellan.

Jack le dépasse sans un bonjour et tape le digicode de notre immeuble. L'odeur à présent familière de bois ancien me suit tandis que je gravis les marches. Jack me tient la porte puis fronce les sourcils.

— On a oublié le café.

— Je peux redescendre plus tard…

— Non, j'y vais maintenant. Ça va aller ? (Ses yeux se posent sur Stellan qui vient d'entrer dans l'appartement. Je fais oui de la tête.) J'en ai pour une minute, dit Jack en claquant la porte derrière lui.

— Oh ! C'est adorable de vous voir jouer aux adultes comme ça !

Stellan s'affale sur le canapé, étirant les bras le long du dossier. Notre pied-à-terre ne compte que deux pièces : une chambre à coucher de la taille d'un cagibi et le salon avec une kitchenette, une petite table et un canapé placé sous une fenêtre qui donne sur une cour ensoleillée.

Je jette mon chapeau et mes lunettes sur la table et observe notre mur d'indices où j'ai accroché des photocopies du journal de Napoléon – que nous avons trouvé grâce aux indices de M. Emerson –, la phrase inscrite sur le bracelet, des photographies de la gargouille qui nous a guidés vers le journal, et un planisphère. J'y ai indiqué par des épingles de différentes couleurs les villes que nous voudrions visiter et punaisé des brochures de musées et des notes personnelles. On se croirait chez des conspirationnistes givrés ! Ce qui n'est pas complètement faux.

— Tu as besoin de quelque chose, ou tu es juste là pour nous narguer ? demandé-je par-dessus mon épaule.

— Et vous, vous avez progressé ? ou est-ce que votre idée de passeports contrefaits est tombée à l'eau ? rétorque-t-il.

J'éprouve un pincement douloureux au cœur.

— Ce n'est pas comme si tu avais une meilleure proposition ! Ou peut-être que tu es prêt à parcourir le continent tout seul à la recherche du second bracelet ?

Stellan tambourine sur le dossier du canapé.

— Mais si, tu sais très bien que j'en ai une.

Je fais non de la tête et extrais de mon sac un article déniché tout à l'heure. Un autre document à ajouter à notre arsenal d'indices.

— Dis-moi simplement un truc, reprend Stellan après un long silence. (Je sens qu'il me regarde lorsque j'épingle la coupure de journal au mur.) C'est à cause de *lui* ?

— Pardon ? fais-je, alors que je sais exactement de quoi il parle.

— Ma chère *kuklachka*, refuserais-tu d'accomplir le mandat à cause de tes sentiments pour un garçon que tu viens juste de rencontrer ?

— Je crois que la vraie question est plutôt pourquoi toi, tu tiens à m'épouser. Le tombeau d'Alexandre le Grand est introuvable depuis des siècles. Je ne dis pas que notre mariage ne signifie rien dans le monde du Cercle, mais une église et une robe blanche… ce n'est pas de la magie ! (Il s'apprête à protester, mais je l'interromps.) « Union » *peut* vouloir dire autre chose – quelque chose qui pourrait nous aider à localiser le tombeau –, mais tant qu'on n'aura pas découvert si c'est le cas et de quoi il s'agit, on a plus de chances de mettre la main dessus en suivant de vrais indices laissés par un témoin oculaire qu'en nous jurant fidélité éternelle. Et ces indices, on les a. Il existe un second bracelet et on doit se le procurer. On trouvera un mot de passe qui nous guidera vers le tombeau. Enfin, j'espère, conclus-je dans ma barbe.

Il y a autre chose. Il ne nous suffit pas de mettre la main sur l'autre bracelet, j'ai aussi l'impression que nous devons trouver un code secret. À l'extérieur de mon bijou, il n'y a qu'une inscription et des ornements. Mais en examinant la pièce de plus près, nous avons découvert une couche de métal supplémentaire à l'intérieur. Elle est divisée sur la largeur en quatre bandes égales que je peux faire coulisser indépendamment. Chacune porte une longue série de lettres gravées. Si nous tournons les anneaux de manière à faire apparaître le mot de passe correct à l'endroit indiqué, quelque chose devrait se produire. Avec un peu de chance, les autres caractères s'agenceront pour former des mots spécifiant, par exemple, le lieu de la sépulture d'Alexandre le Grand.

Stellan est penché en avant, le menton posé sur le bout des doigts. La lumière qui filtre derrière lui l'enveloppe d'un halo doré.

— Tout d'abord, permets-moi de te rappeler que ma peau ne craint pas le feu.

Sa main glisse sur les cicatrices translucides qui émergent de son col. Il a raison. Lorsqu'il a approché un briquet de son bras dans la cave des Dauphin, son épiderme n'a même pas rougi. Pas la moindre irritation. « Celui qui traverse le feu sans brûler », dit le mandat. Le Cercle ne sait pas qu'il faut le prendre au pied de la lettre.

— Je ne vais pas parler de « magie », parce que s'il s'agit d'un trait génétique, il doit bien y avoir une explication scientifique, poursuit-il, mais il y a encore des choses qu'on ne saisit pas. C'est beaucoup plus complexe qu'il n'y paraît. (Je pince les lèvres et me tourne à nouveau vers les indices.) Ensuite, si quelqu'un du Cercle venait à découvrir l'existence de la treizième lignée – chose que *tu* as démontrée d'ailleurs, merci beaucoup – et que tu ne me soutiens pas, je serai un homme mort. Ils supposeront que je prépare un coup d'État. Et si je réussissais à m'enfuir, je serais en cavale toute ma vie. Et ma sœur aussi.

L'accent de Stellan devient un peu plus fort lorsqu'il prononce ces derniers mots. J'imagine la petite fille blonde dont il m'a montré la photo. Anya. Juste après avoir fui le mariage, il a contacté quelqu'un en Russie pour la mettre en lieu sûr, au cas où, mais je sais qu'il se fait encore un sang d'encre.

— Mais si je t'ai à mes côtés, continue-t-il, si je suis uni à la fille aux yeux violets qu'ils considèrent comme leur sauveur ? Là, ça change tout. Le Cercle n'a peut-être pas un dirigeant unique, mais *toi*, tu es ce qui s'en approche le plus. Et si nous étions ensemble, ce serait *nous*. Je pourrais alors dormir tranquille, sans craindre que quelqu'un tente de m'assassiner pendant mon sommeil. C'est pour *ça* que je veux t'épouser.

Bizarrement, je n'avais jamais considéré les choses sous cet angle. Moi, à la tête du Cercle ? J'enfonce une punaise plus profondément dans le mur.

— Tu crois qu'on cherche à te tuer ?

Stellan s'affale dans l'inconfortable canapé vert. Le grincement des ressorts vient briser le silence de la pièce

— Il y a toujours quelqu'un qui veut votre peau dans ce bas monde. (Nous jetons tous les deux un coup d'œil par la fenêtre, puis à la porte.) Et d'ailleurs, pourquoi es-tu persuadée que *union* ne signifie pas *mariage* ?

— Le journal de Napoléon…

— Ce n'est pas écrit explicitement, à aucun moment.

— Je sais ce que croit le Cercle, mais pourquoi Napoléon aurait-il laissé des indices si le seul fait que deux personnes se marient permettait de créer une sorte d'étoile polaire qui pointerait dans la bonne direction ? répété-je, indiquant le mur.

— Je dis ça, je dis rien… (Stellan se lève du sofa.) Mais tu prétends vouloir à tout prix aider ta mère. Or, même avec un délai si limité, tu n'es pas prête à considérer l'union. Ni à aller chez les Saxon, d'ailleurs.

Je me raidis.

— Alors ça y est. Toi aussi tu t'y mets ? C'est *ma* famille. Ça devrait être à *moi* de décider comment je gère ma relation avec eux.

Il lève un doigt pour m'interrompre.

— Tu as des liens de *sang* avec eux. Ils seront ta famille uniquement si tu les considères comme tels. Mais peut-être n'en as-tu pas envie.

Je frissonne. Il a beau faire chaud dehors, ces vieilles bâtisses de pierre gardent le froid.

— Qu'est-ce que tu racontes ? Bien sûr que je veux qu'ils soient ma famille !

Ah, si c'était aussi simple ! S'il suffisait de vouloir quelque chose pour qu'elle devienne réalité ! Mes doigts se crispent sur mon médaillon. Il renferme la photo de celle qui, à elle seule, a représenté toute ma famille pendant tant d'années. Celle qui doit être ma priorité à présent.

Si ma mère était là, comment agirait-elle ? Ferait-elle confiance aux Saxon ? Irait-elle imaginer une autre solution ? Maman n'a jamais été du genre à longuement peser le pour et le contre. Chaque fois que j'avais une décision à prendre, elle me disait d'écouter mon cœur. Ainsi, je ne pouvais pas me tromper. Et moi, je lui rétorquais que si j'avais écouté mon cœur, je n'aurais jamais choisi trois options facultatives au lycée, même en sachant que c'était bon pour mon dossier. Enfin, son conseil ne m'est pas très utile à présent. Tout ce que mon cœur désire, c'est la sauver… j'ignore juste de quelle manière.

Stellan hausse les sourcils.

— C'est tout de même à moi de décider qui je veux épouser, et quand. Et comment savoir si les Saxon n'ont pas prévu de me marier avec quelqu'un d'encore pire que toi ? dis-je d'un ton désinvolte.

— Aïe. Touché.

Stellan traverse le salon, entrouvre les épais rideaux que nous maintenons toujours clos et jette un regard furtif vers la rue. La faible lumière rougeoyante du couchant pénètre par la fenêtre.

— Si je vais voir les Saxon, comment puis-je être certaine qu'ils m'aideront ? Peut-être qu'ils m'enfermeront à double tour dans leur cave pour me marier de force au plus offrant. Le moyen le plus sûr de trouver le tombeau, c'est de se débrouiller sans eux.

— Si tant est que tu le trouves…

— Au fait, les Dauphin n'auraient pas besoin de toi, par hasard ? demandé-je avec un soupir. Tu n'as rien de mieux à faire que de traîner ici ?

— Ça veut dire qu'elle t'a assez vu !

Jack vient d'entrer et dépose un sachet de café sur le bar.

— Ça va, j'ai pigé, réplique Stellan en laissant retomber la lourde étoffe. C'est toujours aussi agréable de passer chez vous… À demain.

Il disparaît, mais ses mots ont redoublé mes inquiétudes. Mon plan initial – comprendre et suivre les indices sans aide extérieure – ne fonctionne pas. Il va falloir que quelque chose change.

Après le dîner, je reste assise sur le canapé tandis que Jack se lève pour lire l'article que j'ai épinglé plus tôt sur le mur d'indices. Il traite d'un dépôt secret contenant des objets ayant appartenu à Napoléon, récemment retrouvé près de New Delhi, en Inde.

— Ça signifie que Napoléon s'est vraiment baladé partout, fait remarquer Jack.

Je hausse les épaules. Nous savons que nous devons effectuer des recherches en dehors de Paris – si seulement nous parvenons à obtenir des passeports –, sauf que la liste des endroits à explorer ne cesse de s'allonger.

— Oui, il y a plein de possibilités, reprend-il en s'asseyant à côté de moi, mais Napoléon a très probablement laissé le second bracelet, ou tout autre indice, dans un lieu qui comptait à ses yeux, à ceux du Cercle et d'Alexandre, non ?

J'opine du chef. S'il voulait que quelqu'un découvre les indices, il ne peut pas les avoir enterrés au milieu de nulle part.

— Donc nous devons trouver un moyen de sortir de ce pays, poursuit-il, puis nous ferons une recherche méthodique des villes abritant les sièges du Cercle, des monuments d'Alexandre… de tous les endroits possibles dans le temps qui nous est imparti. (Il a toujours l'air si flegmatique. Si logique. Il se lève, pose une main sur mon épaule puis hésite, comme gêné.) Je vais me coucher.

Non ! ai-je envie de hurler. *Je ne veux pas être seule avec mes pensées. J'ai besoin de quelqu'un. J'ai besoin de toi.*

— Bonne nuit, me contenté-je de dire.

Faire semblant d'être indifférente – me forcer à être indifférente – c'est quelque chose que je sais faire.

— Ne t'inquiète pas, tout va bien se passer, OK ? On va trouver une solution.

Je hoche la tête en essayant de le croire.

Il retire ses chaussures en marchant, puis disparaît dans la chambre. Je pousse un soupir et attrape un livre dans la pile posée sur la table basse. Je relis pour la énième fois l'histoire des campagnes napoléoniennes sur le sol français et de ses avant-postes dans le Nord, avant de passer aux années égyptiennes d'Alexandre le Grand et à ses conquêtes en Inde.

Je saisis mon téléphone. L'Inde. Ses éléphants. Ses couleurs éclatantes. Ses couleurs éclatantes peintes sur des éléphants. C'est à Delhi, et non à Calcutta, où habite la famille indienne du Cercle, qu'un trésor de Napoléon vient d'être découvert. Je décide néanmoins de concentrer mes recherches sur Calcutta et ses monuments. Des temples. Le Musée indien qui, selon mes informations, réunit des artefacts ayant appartenu à Alexandre, de l'art européen et des bijoux. C'est un beau bâtiment, mais qui semble trop récent. Construit en… hum. En 1814. L'année où Napoléon a été exilé sur l'île d'Elbe.

Je griffonne une note et la fixe au tableau. L'Inde pourrait être notre première étape… si nous trouvons une solution pour sortir de ce pays.

L'espace d'un instant, je m'imagine faire confiance aux Saxon. Avec leurs ressources, nous pourrions aller n'importe où. Et, murmure une petite voix dans ma tête, je pourrais réellement faire partie de leur famille. *Ma* famille. Je me suis efforcée de ne pas trop y penser, mais c'est quelque chose que je désire plus que tout au monde. Et, comme tous les désirs, plus on les refoule, plus ils nous tourmentent.

Or, je ne peux pas risquer la vie de ma mère, insiste mon côté rationnel. Mais le péril est-il si grand ?

Je me passe les mains sur le visage. Je suis au bout du rouleau. Je ne peux plus réfléchir aujourd'hui. Il faut au moins que je tente de dormir.

Je retire les lentilles de contact marron qui dissimulent mes iris violets et me glisse dans la chambre obscure.

Jack a fait mon lit ce matin, comme tous les jours. Les couvertures sont bordées pour former des coins bien marqués et l'oreiller moelleux est centré. Il fait parfaitement nos lits, lave parfaitement la vaisselle, patrouille dans le quartier selon un emploi du temps précis, signalant le moindre détail qui sort de l'ordinaire. Tout est propre et bien à sa place, y compris lui, une forme sombre sous la couette, éclairée par un rayon de lune. Il dort sur ses deux oreilles, comme toutes les nuits, alors que moi, je fixe le plafond, incapable de trouver le sommeil. Je réfléchis, je m'inquiète, j'essaie de mettre mon cerveau en veille assez longtemps pour fermer les yeux sans voir des tragédies se dérouler derrière mes paupières.

Je me prépare mentalement à une autre nuit agitée et interminable quand j'entends Jack remuer. Dans la faible lumière, le blanc de ses yeux brille lorsqu'il les ouvre, puis les referme et les rouvre à nouveau. Il soulève sa couverture et se décale au bord du matelas pour m'accueillir à côté de lui, dans une couchette à peine assez grande pour une personne.

J'hésite une seconde avant de contourner mon lit et de me faufiler, reconnaissante, dans le sien. Je pose la tête sur sa poitrine et il m'entoure de son bras. Cette nuit-là, je n'ai pas à regarder le plafond très longtemps.

Le lendemain – premier jour de la troisième semaine – je me réveille, toujours serrée contre Jack. Il ouvre les yeux lorsque je me dresse sur mon séant.

— Salut, dit-il d'une voix endormie.

Ses cheveux sont un peu emmêlés et je lutte contre l'envie d'y passer ma main.

— Salut.

Est-ce parce que j'ai enfin réussi à me reposer ou parce que, même si nous ne sommes pas techniquement en couple, je sais que Jack tient à moi et ne proposerait jamais quelque chose de dangereux, mais tout à coup, je sais ce que j'ai à faire. Il n'y a qu'une seule chose sensée à faire.

— On doit aller chez les Saxon, dis-je.

2.

Mon père devait avoir un jet prêt à décoller aux portes de la capitale française, car nous montons dans l'avion peu après mon coup de fil. À peine quelques dizaines de minutes plus tard, Jack et moi arrivons à l'aéroport de Heathrow et, si j'ai l'estomac noué, ce n'est pas seulement à cause du vol. Lorsque nous débarquons en début d'après-midi, nous sommes accueillis sur le tarmac par un hélicoptère noir aux lignes élégantes.

— Mademoiselle West, je présume. Et Jack Bishop.

Le pilote jette un rapide coup d'œil à Jack. J'ai comme l'impression que les Saxon ne sont pas les seuls à réprouver sa conduite. Tous ceux qui travaillent pour eux sont d'une loyauté sans bornes. Ce que Jack a fait en s'enfuyant avec moi est tout simplement injustifiable. D'ailleurs, pour la première fois, mon ami ne semble plus aussi sûr de son plan.

Un Gardien – le poste occupé par Jack et Stellan, respectivement chez les Saxon et les Dauphin – est plus qu'un employé. Il est à la fois directeur de la sécurité, conseiller et assistant personnel. Presque un parent… mais pas tout à fait. Il n'y a que deux Gardiens par famille – le premier, plus âgé et expérimenté, et son adjoint, un apprenti, qui se prépare à remplacer le chef au moment où celui-ci prendra sa retraite… ou s'il lui arrive malheur. Voilà ce que font Jack et Stellan. Les deux Gardiens, hommes de confiance, sont chargés des missions très sensibles. Jack était censé veiller sur moi et sa disparition avec sa petite protégée ne peut pas être prise à la légère.

Sans oublier qu'une amourette entre un employé et un membre de la famille est suffisamment taboue pour justifier une *annulation* – l'euphémisme du Cercle pour parler de l'exécution des agents récalcitrants. Même si Jack et moi ne devrions pas nous en faire sur ce plan, le regard assassin du pilote me met mal à l'aise.

Il se tourne à présent vers moi :

— Il y a eu un changement de dernière minute. Vous allez retrouver Lydia en ville avant de vous rendre au domaine. (Il me tend un gros casque jaune.) Je vous en prie, mademoiselle, installez-vous.

Un instant plus tard, je m'accroche aux accoudoirs du siège en voyant le sol s'éloigner et les bâtiments rétrécir. Nous nous élevons rapidement au-dessus de champs vert et ocre en direction de Londres qui se rapproche à vitesse grand V. La ville est coupée en deux par un fleuve, comme Paris, mais la capitale britannique semble moins ancienne et plus métropolitaine. Il y a davantage de gratte-ciel, des rues plus larges et des bateaux plus imposants. La zone urbaine s'étend à perte de vue.

Nous survolons des parcs carrés d'un vert éclatant, une grande roue qui semble si minuscule que j'ai l'impression que je pourrais me la passer au doigt – c'est le London Eye, intervient la voix de Jack dans les écouteurs. Puis voici un pont tout droit sorti d'un roman de Dickens – le Tower Bridge, m'informe Jack au moment où l'ouvrage s'entrouvre pour laisser passer un navire de croisière.

Paris m'est devenue si familière que me retrouver dans cette nouvelle ville est un plus grand choc pour mes sens que je ne l'imaginais. Nous filons au-dessus de Big Ben, du Parlement, du British Museum, tous ces noms que j'ai entendus des milliers de fois. Ma mère serait aux anges. Son dada, c'était de faire une visite touristique de chaque nouvelle ville où nous nous installions. Je sursaute en me souvenant qu'elle a vécu à Londres aussi. C'est là qu'elle a rencontré mon père.

Après un voyage ultrarapide, nous atterrissons sur un toit au centre de Londres. Les pales tournent encore lorsque Jack pousse la porte et m'aide à descendre. Je m'accroche à lui un peu plus longtemps que je ne le devrais quand je pose le pied à terre, les jambes tremblantes.

Il me lâche abruptement et je fais volte-face pour en comprendre la raison : Lydia Saxon traverse l'héliport. Ma sœur.

Je n'ai rencontré Lydia qu'une seule fois, au bal de la Tour Eiffel – là où j'ai appris que j'étais une Saxon. Au cours des deux dernières semaines, pourtant, j'ai eu l'occasion de faire des recherches sur Internet. Pour expliquer leur richesse et leurs connexions, les Saxon font croire qu'ils sont liés à la famille royale britannique, et les tabloïds les traitent comme tels lorsqu'ils décrivent leurs frasques : Lydia qui tire son frère d'une bagarre dans un pub ; les deux jeunes gens, lui en gilet, elle avec chapeau, au baptême du dernier bébé royal. C'est déjà surréaliste d'apercevoir ma sœur en photo dans les journaux. La voir en chair et en os est encore plus étrange.

Lydia porte un trench kaki classique sur une robe d'été bleue, et elle a les cheveux noués en chignon. Hormis la couleur, ses yeux sont comme les miens. Un peu trop grands, un peu trop écartés, surmontés de sourcils noirs. Ma peau est si pâle qu'elle est presque transparente tandis que celle de ma sœur est olive et, lorsqu'elle s'approche de moi, je remarque que sans ses talons interminables nous ferions à peu de chose près la même taille.

Lydia s'arrête devant nous :

— Salut.

Elle entortille sa longue chaîne autour de ses doigts.

— Salut Lydia. (Je tripote aussi mon collier et je me force à me calmer. Suis-je censée la prendre dans mes bras ? Lui serrer la main ? Je reste les bras ballants.) Merci d'être venue m'accueillir. Tout va bien ? Je pensais qu'on allait chez vous...

Je commence à délirer, à envisager des scénarios catastrophes : des agents de sécurité m'attendent pour me jeter en prison ; les Saxon ont organisé mes noces dans une église des environs et je ne pourrai pas m'enfuir.

Mais elle secoue la tête.

— La réunion de notre père au Parlement s'est prolongée. Il devait venir te chercher, mais on va plutôt faire un tour le temps qu'il finisse et on le retrouvera à la maison. On prend l'hélico, ça ne te dérange pas ? Je n'étais pas sûre, tu n'es peut-être pas habituée, mais Père dit que c'est plus rapide et...

— Pas de problème, réponds-je avec soulagement. L'hélicoptère, c'est le cadet de mes soucis.

Lydia se balance sur ses talons. Peut-être se comporte-t-elle si bizarrement parce qu'elle est nerveuse, elle aussi. Comme en réponse à ma supposition silencieuse, elle dresse la tête.

— Lorsque nous nous sommes rencontrées, je n'avais même pas conscience que tu étais ma sœur, explique-t-elle. Je suis tellement contente que tu sois là !

J'ai le cœur qui fond, je suis soulagée et extatique, je dois me retenir pour ne pas me jeter dans ses bras. J'avais presque oublié ce sentiment – le bonheur ? – après ces trois dernières semaines.

— Moi aussi. Je suis vraiment heureuse d'être ici.

Le visage de Lydia s'éclaire d'un large sourire et la tension se relâche enfin. J'ai une sœur. J'ai une famille. Et ils sont dans l'obligation de m'aider. C'est le rôle d'une famille, non ?

Lydia glousse en voyant Jack qui s'est reculé de quelques pas et regarde au loin, l'air sérieux et détaché.

— Allez, arrête ça, dit-elle en se dirigeant vers lui pour lui claquer une bise sur la joue.

Comme au bal, Jack n'a pas l'air aussi à l'aise avec elle que Stellan avec son protégé, Luc Dauphin.

— Bonjour Lydia, répond Jack en inclinant formellement la tête.

— Allez, Jack, lâche-toi un peu ! Pour une fois que Père n'est pas là. (Je me détends davantage. Lydia ne semble pas du tout en vouloir au Gardien.) Je meurs d'envie d'entendre toutes vos aventures !

Elle me prend par le bras et tire Jack derrière nous vers un ascenseur qui nous conduit dans un vestibule lambrissé en retrait d'une rue animée. Jack discute avec elle, lui sert des explications que nous avons préparées – nous ne nous sommes pas tournés vers eux plus tôt parce que j'avais peur – et lui raconte tout ce qu'il a fait pour me protéger.

— Vous êtes restés à Paris pendant tout ce temps ? s'étonne Lydia.

J'aperçois un bus rouge à deux niveaux qui roule du mauvais côté de la route, suivi de taxis noirs qui me font penser à des chapeaux melon.

— Oui. (J'essaie de m'arracher au charme londonien.) Comme je l'ai dit à ton père, notre père, euh, Alistair. (Comment suis-je censée l'appeler ?) Comme je lui ai expliqué au téléphone, l'Ordre retient ma mère en otage et je tâche de lui venir en aide. Paris me semblait l'endroit le plus approprié… mais maintenant je n'en suis plus si sûre.

Lydia hoche la tête.

— Tu as dit que l'Ordre veut que tu trouves le tombeau ? Et qu'alors ils libèreraient ta mère ?

Mon regard croise furtivement celui de Jack. Nous avons parlé de ça. Nous allons *presque* tout avouer aux Saxon.

— Ce sont leurs conditions, intervient Jack. Bien sûr, nous espérons les arrêter directement.

Lydia fronce les sourcils, mais son trouble disparaît aussi vite qu'il est apparu.

— Bien entendu.

J'effleure le bracelet à mon poignet, à présent caché sous mon gilet.

Nous marchons quelques minutes en silence. Cette ville me laisse bouche bée avec ses tourelles en pierre et ses gratte-ciel, ses cabines téléphoniques rouge vif et ses plaques de rue flambant neuves. Les édifices propres et modernes contrastent avec les quartiers plus anciens, au charme douillet. Comme si les vieux bâtiments allaient vous proposer de prendre un thé avec eux.

Les gens, en revanche, sont comme les citadins de n'importe quelle grande ville surpeuplée : agressifs et pressés. Je ne suis pas sûre d'avoir déjà vu un endroit aussi cosmopolite. On dit toujours que Londres est un melting-pot et là je comprends vraiment le sens de l'expression. Nous dépassons des hommes d'affaires asiatiques en costume de luxe assis sur un banc à côté d'une bande d'ados à l'accent qui m'évoque les pays de l'Est. Ils sont plus jeunes que moi, mais leurs coupes mulet et leurs jeans délavés renvoient à une époque où je n'étais pas née. Et, entre ces deux groupes, il y a une nuée d'enfants en bas âge. Une fillette probablement d'origine indienne avec un adorable accent britannique crie à une petite rousse au teint pâle que c'est à son tour de jouer à l'élastique.

J'avais oublié ce que ça fait de comprendre les conversations dans la rue. Je m'arrête pour écouter un couple qui se chamaille à propos du choix d'un restaurant et m'étonne de combien ma langue maternelle me semble étrangère.

Je suis loin de toutes les villes où j'ai habité mais techniquement je suis chez moi. Ma famille vit ici. Londres serait ma ville natale si les choses avaient été différentes.

Ma sœur semble tout à fait à l'aise dans ces rues larges et propres.

Je crois que je m'attendais à sentir une affinité avec cette cité, mais je n'éprouve aucune émotion particulière, hormis l'impression paradoxalement familière de découvrir un lieu nouveau. Lorsqu'on déménage aussi souvent que ma mère et moi, on se sent chez soi partout et nulle part. On s'habitue à se laver les cheveux dans un motel au bord de l'autoroute comme on s'accoutume aux bizarreries d'une nouvelle cuisine. Il en va de même pour les gens, j'imagine. Pourquoi devrais-je me sentir membre de la famille Saxon plus que quelqu'un d'autre ?

Le téléphone de Lydia sonne, m'arrachant à mes rêveries. Elle décroche et informe la personne à l'autre bout du fil que nous arrivons sous peu.

— Père a terminé. Rentrons à la maison.

3.

Notre « maison » est en réalité un domaine enclos situé dans les environs de Londres. Un large chemin relie l'allée centrale à l'imposante demeure. Nous avons atterri sur un toit et admirons à présent la vue sur la propriété et sa piscine étincelante, ses écuries et quelque chose qui ressemble à un circuit automobile sillonné par une voiture solitaire. Les massifs de fleurs des champs qui se balancent au gré de la brise donnent au lieu un air un peu moins snob.

À peine Jack m'a-t-il aidée à descendre de l'hélicoptère qu'il disparaît, me laissant en tête-à-tête avec ma sœur. Lydia commence immédiatement à me faire visiter et ne s'arrête de parler que pour aller se changer en vue du dîner. Elle m'a même proposé de me prêter une tenue, mais j'ignore si nous sommes assez intimes pour ça – de toute façon, avant de quitter Paris ce matin, j'ai sciemment enfilé une robe noire simple mais élégante. Je me trouve dans le séjour à attendre Lydia, lorsque mon téléphone vibre. Je croise les doigts pour ce que soit Jack qui m'indique où il est et me promette que tout va bien.

Mais ce n'est pas lui. C'est l'homme à la cicatrice. *13 jours*, annonce le SMS.

Je lance mon portable dans mon sac comme s'il était en feu. Ça me rappelle que non seulement la vie de ma mère est en jeu, mais qu'en plus j'ai prévu d'agir dans le dos des Saxon. Jusqu'à présent, ça ne me posait pas problème, cependant, maintenant que j'ai rencontré Lydia, je commence à avoir mauvaise conscience.

Ma sœur réapparaît, arborant une robe noire au corsage en dentelle et au bas évasé, et nous nous dirigeons vers la salle à manger. L'intérieur de la bâtisse est à l'image de l'extérieur, ancien, raffiné et néanmoins discret. En comparaison, l'aménagement des Dauphin au Louvre a un côté tape-à-l'œil.

Pendant toute la visite de la maison, j'ai cru que nous allions tomber nez à nez avec mon père. Or, lorsque nous gagnons l'élégante salle à manger nous sommes toujours seules, à l'exception de deux filles en uniforme noir adossées au mur. La pièce est tapissée de damas délicat et garnie de lambris sombre avec de lourds rideaux de velours aux fenêtres. Elle est éclairée par un lustre de cristal au-dessus d'une longue table. Quatre couverts sont dressés à une extrémité et, au centre, brûlent des bougies. Lydia s'installe et désigne la place face à elle.

— Tu as grandi dans le… Minnesota, c'est ça ?

Je fais oui de la tête.

— Le Minnesota, et avant ça Portland, New York, le Texas, la Floride…

Lydia repose son verre d'eau gazeuse et fronce le nez.

— Ça doit être épouvantable de déménager tout le temps.

— Ce n'était pas génial, en effet. (J'esquisse un geste circulaire.) Pas comme vivre dans un endroit comme celui-ci.

— Et dire que tu aurais pu grandir ici. (Lydia appuie ses coudes sur la table et incline la tête d'un côté.) C'est vraiment étrange que ta mère ne t'ait jamais parlé de nous. Elle t'a caché tant de choses… Ta vie aurait pu être tellement plus riche.

Surprise, je me recule contre le dossier rembourré de la chaise.

— Je… (Bien sûr, je me suis demandé à quoi aurait ressemblé mon existence si j'avais grandi au sein du Cercle. J'étais hors de moi lorsque j'ai appris que ma mère m'avait menti pendant si longtemps. Et pourtant…) Elle avait ses raisons.

— Oui, j'en suis persuadée. Excuse-moi si je suis indiscrète, sourit Lydia, et elle a l'air sincère, mais dans ses yeux je lis des questions auxquelles je ne suis pas sûre de vouloir répondre.

Je change de sujet :

— Et ta mère, elle vient au dîner ?

Ma sœur effleure du doigt la fourchette en or à côté de son assiette.

— Non, elle a encore besoin de temps pour se faire à l'idée que tu existes. Elle ne se joindra pas à nous.

Forcément. Cercle ou non, n'importe qui serait mal à l'aise de découvrir que son mari a un enfant illégitime.

Je montre le quatrième couvert :

— Et ton frère ?

Le parquet craque. Tournant la tête, j'aperçois mon père dans l'encadrement de la porte.

Mon père. Que c'est étrange d'employer ce mot !

Je ne l'ai rencontré qu'une seule fois, au bal, mais il est exactement comme dans mon souvenir. Je suis frappée de stupeur, et mes sentiments se reflètent dans des yeux si semblables aux miens que j'ai l'impression de me regarder dans un miroir.

D'un pas, il pénètre dans la pièce et le charme est rompu. Dois-je me lever ? J'esquisse un mouvement mais je me ravise en voyant Lydia, penchée en arrière sur sa chaise, l'air désinvolte. Mon père fait le tour de la table et cette fois je me mets debout. Il est beau avec ses cheveux bruns et ses épais sourcils – les mêmes que Lydia et moi. Il n'est pas très grand pour un homme, probablement une quinzaine de centimètres de plus que moi. J'ai le teint de ma mère et son petit nez, mais nombre de mes traits viennent des Saxon, c'est évident.

Mon père me fait une bise.

— Bonsoir Avery.

Ma boîte à souvenirs, cachée sous mon lit dans le Minnesota, me revient soudain en mémoire. J'y ai entassé tout ce que j'ai trouvé sur mon père au cours des années. J'avais beau espérer et rêver, je ne pense pas avoir vraiment cru qu'il ferait un jour partie de ma vie.

— Je suis si heureux que tu sois là, poursuit-il en me serrant les deux mains. J'aurais aimé te rencontrer plus tôt, toutefois je suis ravi de t'avoir parmi nous aujourd'hui.

Il se dirige vers le bout de la table et je remarque que Jack est dans la pièce. Il a dû arriver avec mon père. Près du mur, les mains derrière le dos, il se fond dans le papier peint comme tous les domestiques. Il n'a l'air ni blessé ni fâché – peut-être sera-t-il pardonné.

Un majordome tire la chaise de mon père qui se tourne vers Lydia.

— Où est Cole ?

Lydia hausse les épaules et, au même instant, Cole Saxon entre dans la pièce à grandes enjambées, vêtu d'une combinaison de pilote rouge et blanc, un casque à la main et les cheveux trempés de sueur.

Mon père attend que Cole fasse le tour de la table, les lèvres pincées.

Mon demi-frère est légèrement plus grand que lui et, si dans sa combinaison, son corps mince semble un peu plus carré, on voit bien que, à son image, toute la famille est menue. Cole se laisse choir sur la chaise à côté de sa sœur et attrape un petit pain dans la corbeille pleine. Lydia touche du doigt une déchirure à l'épaule du vêtement de son frère et lève les sourcils d'un air interrogateur.

— Petit accident. Avec la Ferrari, marmonne Cole avant de mordre dans la croûte dorée.

Lydia le regarde, stupéfaite.

— Cole ! La 250 GT ?

Il opine du chef. Il a le même teint olive et les mêmes cheveux bruns que sa sœur, mais ses yeux violets ne sont pas chaleureux comme le sont ceux de Lydia.

— C'est la seule voiture que j'aimais bien, se lamente-t-elle, les bras croisés. Qu'est-ce que tu en as fait ?

— Je l'ai laissée sur le bord du circuit. Quelqu'un va s'en occuper. (Il jette un coup d'œil à Jack, debout dans un coin.) Le Gardien est de retour. Qu'il s'en charge !

Les mains de Lydia se crispent sur la nappe ivoire.

— Ce n'est pas le travail de Jack, imbécile !

— Étant donné qu'il s'est attribué le rôle de garde du corps de cette *sœur* qui ne veut même pas faire partie de la famille, je me suis dit qu'il y avait peut-être aussi eu d'autres changements.

J'ai cessé de faire semblant de ne pas écouter. Jack ne réagit pas. Lydia se contente de soupirer.

— Cole, je t'en prie, tiens-toi bien, le tance mon père. (Sa chaise est plus grande que les autres et le dossier est sculpté, comme un petit trône. Il esquisse un geste dans ma direction.) Nous sommes ici pour faire bon accueil à ta sœur.

— Demi-sœur, maugrée Cole. (Jusqu'à présent, c'est comme s'il ne m'avait pas remarquée, mais maintenant il me dévisage, sans cligner des yeux.) J'allais accompagner Lydia en ville pour la faire visiter à Avery, puis j'ai réalisé que je n'en avais aucune envie.

Décontenancée, je fixe mes mains qui tripotent nerveusement la serviette sur mes genoux. Qu'est-ce que je fais ici ? Je devrais être aux États-Unis à présent. Nous aurions tout juste déménagé dans le Maine et je me préparerais à changer d'école à la fin de l'année – à être encore une fois la *nouvelle* dans un établissement où les nouveaux élèves ne sont pas les bienvenus. En un sens, la situation dans laquelle je me trouve n'est pas si différente. Et franchement, l'hostilité de Cole ne me dérange pas tant que ça. Au moins, je sais qu'il ne joue pas l'hypocrite. Si toute la famille faisait semblant d'être aimable avec moi jusqu'à ce qu'elle puisse m'utiliser, Cole n'aurait pas le droit de se comporter ainsi. J'ose espérer que la joie exprimée par Lydia et mon père est aussi sincère que l'irritation de mon frère.

Alistair se racle la gorge et lève sa coupe de vin.

— Portons un toast à Avery. Tu as toujours fait partie de notre famille et nous sommes ravis de t'avoir avec nous. Sois la bienvenue.

Je trinque avec mon verre d'eau gazeuse. Lydia m'imite. Même Cole saisit le sien après un regard acerbe de sa sœur.

— Merci. Je suis heureuse d'être ici, dis-je.

Et je le pense vraiment.

Une fois l'entrée servie – de délicates assiettes de salade –, mon père s'avance sur sa chaise.

— Si tu as choisi de nous rejoindre maintenant, j'imagine qu'il y a une raison.

Je prends une profonde inspiration. Nous avons déjà raconté une bonne partie de l'histoire à Lydia, mais mon père n'en connaît que les grandes lignes. Seulement ce que nous lui avons dit au téléphone. Je louche vers Jack qui se tient toujours contre le mur, comme un bon Gardien, et fait mine de ne pas écouter la conversation.

— Comme je l'ai déjà expliqué, l'Ordre a enlevé ma mère.

Je marque une pause pour jauger la réaction de mon père. Après tout, il est un temps où il a dû tenir à ma mère. L'espace d'un instant, je tente de me mettre à sa place et de voir Alistair tel qu'il était à l'époque – un jeune dirigeant du Cercle. Je me demande pour la énième fois comment ils ont commencé à se fréquenter. J'ai tellement de questions à lui poser.

Mon père sirote son vin.

— À nouveau, j'en suis sincèrement désolé. Continue.

— Ils nous demandent, euh… (Je me reprends, Jack n'est pas censé m'aider,) ils *me* demandent de trouver le tombeau d'Alexandre pour troquer son contenu contre la libération de ma mère. Tout ça pour empêcher le Cercle de se procurer une arme que ses membres pourront utiliser contre eux. (Cette partie est véridique. La suite, en revanche...) Ce que *je* veux, c'est découvrir la tombe – avec votre soutien – et m'en servir pour les arrêter.

Ce n'est qu'un demi-mensonge. Bien sûr, j'aspire au renversement de l'Ordre, mais la sécurité de ma mère passe avant tout et je ferais n'importe quoi pour la délivrer. Or, ça, les Saxon n'ont pas besoin de le savoir.

Mon père déplie sa serviette d'un geste et la pose sur ses genoux.

— Et que pouvons-nous faire pour t'aider ?

— Il y a un certain temps, j'ai découvert des indices laissés par Emerson Fitzpatrick avant son assassinat. (Je déglutis. J'ai toujours du mal à accepter sa mort.) Les pistes suggèrent que Napoléon est tombé sur la sépulture d'Alexandre au cours de l'une de ses campagnes.

Les trois Saxon s'immobilisent.

— Ça veut dire que tu sais déjà où est le tombeau ? m'interroge Cole en posant bruyamment ses coudes sur la table.

Je fais signe que non.

— Napoléon l'a trouvé et l'a caché à nouveau. Il estimait que son contenu était dangereux Mais il a laissé son propre faisceau d'indices sur lesquels je m'appuie. Notamment celui-ci.

Je retrousse la manche de mon gilet et retire le bracelet. En parcourant du doigt les lettres gravées, j'explique ce qu'elles signifient et ce que je cherche.

— J'espérais utiliser vos ressources pour partir en quête du second bracelet et du mot de passe, terminé-je.

Je tends mon bijou à Lydia – Cole observe l'objet par-dessus l'épaule de sa sœur. Puis Lydia le donne à mon père.

Il sort des lunettes de la poche de sa veste et l'examine, plissant les yeux en inspectant les anneaux intérieurs.

— Tu es sûre qu'il est authentique ?

Je regarde Jack subrepticement. Nous n'en avons jamais douté.

— Je crois. En tout cas, c'est ce que pensait M. Emerson – Fitz.

Mon père ôte ses lunettes et se pince l'arête du nez.

— Je peux demander à mon service de renseignement d'y jeter un coup d'œil mais… Fitzpatrick était précepteur, n'est-ce pas ? Je me souviens qu'il avait toujours des histoires à raconter, qu'il échafaudait des théories. Les enfants l'adoraient. (Mon père se tourne vers Jack.) Je sais que nous avons là quelque chose de fascinant, mais nous devons nous en tenir aux faits. Personne n'a jamais vu ce bijou auparavant. Ce que nous a transmis Fitzpatrick peut être un miracle… ou les divagations d'un vieil homme délirant.

— Il n'était pas… (Je me hérisse. Alistair ne connaît pas M. Emerson aussi bien que moi. Ou que Jack. Notre ami n'aurait jamais laissé ces pistes et ne nous aurait pas fait courir tous ces dangers s'il n'était pas certain d'avoir raison. La véracité des indices ne fait aucun doute.) L'Ordre y croit également. Ils ont essayé de nous *assassiner* pour obtenir cette information. Ils ont tué Fitz. Et kidnappé ma mère.

— L'Ordre est prêt à tout.

J'avance la main pour récupérer le bracelet, tout à coup méfiante.

— Je peux le garder si tu veux, dit mon père. Pour le faire examiner.

— Non ! m'écrié-je. (En face de moi, Lydia toussote et arque les sourcils mais je m'en moque.) Je préfère le reprendre, merci. (Je l'enfile à nouveau.) Quel que soit le contenu du tombeau, il risque de vous être également utile. Ne voulez-vous pas faire tout votre possible pour le trouver ?

— Bien entendu. (Mon père se recule sur son siège. Il ressemble à un roi s'apprêtant à prononcer un discours.) Avery, je sais que tout est nouveau pour toi, mais tu es des nôtres, tu fais partie de la famille. Et je veux que tu te sentes chez toi. Mais ça signifie aussi être réaliste. Ce serait fantastique que tes indices nous conduisent jusqu'au tombeau. Miraculeux, même. Il y a néanmoins d'autres facteurs à considérer.

Mon estomac se noue. Cette petite réunion qui se déroulait à merveille est en train de prendre un tournant qui ne me plaît guère.

— Je ne vois toujours pas comment le fait d'épouser quelqu'un pourrait changer quoi que ce soit.

Lydia agite une main pour attirer l'attention.

— Avery, nous savons pertinemment que ton mariage avec un homme d'une autre famille ne déclenchera pas l'ouverture d'un portail secret dans le tombeau d'Alexandre le Grand, et encore moins un rayon mortel qui anéantira l'Ordre.

— Elle a raison. (D'un geste bref, mon père fait remplir son verre de vin.) Mais l'union est la pierre angulaire de la philosophie du Cercle depuis des siècles. La logique nous dit qu'il ne se passe rien de magique lorsqu'un mariage a lieu, mais la réflexion va plus loin. Le mandat concerne la découverte du tombeau, oui, mais il s'agit également de politique. Et de pouvoir. C'est l'unité du Cercle qui permet de vaincre tous ses ennemis, y compris l'Ordre.

— Mais trouver le trésor est au moins aussi important, protesté-je encore.

— Peut-être. (Mon père s'appuie contre le dossier de sa chaise et paraît soudain plus grand.) J'imagine cependant que tu as entendu parler des attentats de l'Ordre contre des membres du Cercle ? Grâce à la petite combine de M. Dauphin, le Cercle est au courant de ton existence. Nous aurions l'air à la fois faibles et cruels si nous ne nous efforcions pas de mettre fin à cette série d'assassinats maintenant que la fille que nous attendions tous est apparue.

Un serveur m'apporte une autre assiette – un mets original et élégant à base de poulet – que je repousse. Je dois admettre que je comprends son point de vue : aux yeux du Cercle, accomplir le mandat est *la* chose à faire et, évidemment, je ne veux pas qu'il y ait d'autres morts. Cela dit, me demander de me *marier*, c'est pousser le bouchon un peu trop loin.

Sans compter que je sais exactement *qui* est censé remplir les termes du mandat avec moi et ce n'est pas le fils d'un des Douze. C'est la deuxième chose que nous leur cachons.

Lydia et mon père m'observent attentivement tandis que Cole, un stylo à la main, a entrepris de dessiner sur sa serviette en tissu.

Je m'agite, soudain mal à l'aise sur ma chaise trop dure. J'ai peur qu'ils ne m'interdisent de quitter la maison. Je repense au SMS de l'Ordre. Plus que treize jours.

— J'ai besoin de réfléchir à tout ça, dis-je.

Peut-être qu'ils tiennent à moi. Il n'empêche que pour eux, me marier de force n'est ni étrange ni répréhensible. Peut-être avons-nous commis une erreur en venant ici ?

Mon père a dû remarquer mon hésitation car l'espace d'un instant, son expression professionnelle change et il esquisse un petit sourire compréhensif et très paternel. Je tente de ne pas me laisser amadouer.

— J'ai une proposition, commence-t-il doucement. Je suis conscient qu'elle va te surprendre et je ne veux pas que tu te sentes contrainte d'épouser un homme qui te déplaît. Mais il y a beaucoup de bons candidats. Je suis persuadé que tu en trouveras un à ton goût. (Sachant que pour lui, c'est tout à fait normal d'obliger sa fille à s'unir à quelqu'un qu'elle ne connaît ni d'Ève ni d'Adam.) Il y a dix héritiers, venant de dix familles.

Sa dernière phrase me fait lever la tête de mon assiette.

— Seulement dix ?

— Les Dauphin ont laissé passer leur chance, ils ont montré qu'ils n'étaient pas dignes de notre confiance.

Ah. Je vois.

— Le rayon mortel exterminateur d'Ordre, annonce Cole en exhibant sa serviette comme s'il s'agissait d'une toile dans un grand musée.

Je dois admettre qu'il a du talent. Je suis impressionnée par le nombre de corps démembrés qu'il a dessinés en cinq minutes !

Lydia lui arrache le linge des mains et Cole lui décoche un sourire satisfait. Mon frère est vraiment flippant – je m'en veux d'avoir cette pensée, mais elle me semble tout à fait justifiée.

Mon père l'ignore et poursuit. Plus il parle, plus je prends conscience que c'est un plan qu'il échafaude depuis longtemps.

— Nous allons essayer de rencontrer un prétendant par jour, mais certains voyages seront un peu plus longs.

— Des voyages ? Alors nous allons rendre visite aux familles dans leur ville ?

C'est la première bonne nouvelle de la journée. Je louche vers Jack et me souviens de notre conversation d'hier soir. *Napoléon a dû cacher des indices dans des lieux importants pour le Cercle.*

Mon père hoche la tête.

— Si nous commençons demain, voir toutes les familles devrait nous prendre environ…

— Environ deux semaines, dis-je.

Comme le délai que l'Ordre nous a donné.

— Oui, c'est à peu près ça. (Mon père, qui ignorait son repas jusqu'à maintenant, se met à manger.) Et pendant ce temps, tu as tout loisir de continuer à faire des recherches sur ton bracelet. Je serais aux anges si ta théorie se révélait exacte, alors n'hésite pas à utiliser nos bases de données, nos livres d'histoire, tout ce dont tu as besoin. (Il marque une petite pause.) Et j'enverrai des soldats prospecter sur le terrain dès que tu auras d'autres indices.

— Impossible. Je dois chercher toute seule…

Il m'arrête.

— L'Ordre a promis de te laisser tranquille pour trouver le tombeau ? Moi, je n'y crois pas. Ce groupe est dangereux pour n'importe quel membre du Cercle et encore plus pour quelqu'un d'aussi important que toi.

Je baisse les yeux sur mon assiette que j'ai à peine touchée. Ça, c'est ennuyeux. Je me demande s'il tient à ma sécurité parce que je suis sa fille ou sa nouvelle possession. Cette pensée me chagrine plus que je ne le voudrais.

— Tant que tu seras sous notre protection, continue mon père, tu seras étroitement surveillée et nous nous chargerons des recherches. Si nous trouvons le tombeau avant d'avoir choisi ton fiancé, nous pourrons réévaluer le bien-fondé de l'union. Sans cela, tu conviendras que ton mariage est la meilleure option pour notre famille, pour le Cercle *et* pour ta maman.

Je serre les lèvres. Effectivement, ça semble logique, bien que j'aie du mal à l'admettre.

— C'est d'accord, mais promettez-moi que la priorité sera la libération de ma mère.

Mon père incline la tête en signe d'accord.

— Elle en a des exigences ! affirme Lydia avec un sourire presque fier. Ma sœur apprend vite à être des nôtres.

Je jette un coup d'œil furtif vers Jack, qui évite soigneusement mon regard.

— Quelle est notre première destination ? demandé-je, comme si nous partions en vacances et non en quête d'un époux pour un mariage arrangé.

Mon père paraît satisfait.

— Que penses-tu d'une petite visite en Inde ?

Jack lève la tête à présent et nos regards se croisent l'espace d'un bref instant.

— J'ai toujours rêvé d'y aller, réponds-je, et le sourire qui éclaire mon visage est si sincère que je me sens une fois de plus coupable.

Après le dîner, mon père charge Jack de m'escorter jusqu'à ma chambre. Sans doute ma famille veut-elle discuter de mon avenir en mon absence. Jack me précède dans le couloir, gardant une distance plus que convenable entre nous. Il jette un coup d'œil à une caméra fixée au plafond avec son petit voyant rouge qui suit notre progression. Nous la dépassons et, tout à coup, Jack m'attrape la main et la serre dans la sienne.

— Tu vas vraiment leur laisser faire tout le travail pendant que tu te fais chouchouter par des prétendants du Cercle ? chuchote-t-il.

Je scrute le corridor qui conduit à la salle à manger. La porte en est fermée.

— Bien sûr que non.

La caméra pivote vers nous. Nous nous écartons l'un de l'autre d'un bond et continuons notre chemin, comme si nous ne nous étions jamais arrêtés.

4.

Le lendemain après-midi, je me trouve dans une demeure tout aussi gigantesque que celle des Saxon, de l'autre côté de la planète.

La famille Rajesh vit à proximité du centre de Calcutta. Les hauts murs d'enceinte protègent un jardin secret planté de palmiers et d'orangers et agrémenté de fontaines couvertes de chèvrefeuille qui semblent couler depuis des siècles. La villa est construite en marbre blanc, une colonnade court le long de la façade principale et tout est tellement somptueux qu'on se croirait dans un palace. Dès notre arrivée, on nous a installés dans nos suites respectives et je suis à présent perchée sur un grand tabouret tandis que Lydia et deux domestiques papillonnent autour de moi.

— Voilà ! s'exclame Lydia en mettant une dernière touche d'eye-liner.

Ma sœur m'a maquillée tout en me bombardant d'informations sur la famille Rajesh : leurs noms, l'âge de tous leurs enfants et même la superficie et les frontières de leur territoire, comme si la situation – nous, en train de nous faire belles dans une salle de bains en Inde – était des plus normales.

Lydia ne m'a pas quittée d'une semelle depuis que je me suis réveillée ce matin à Londres. Je pensais qu'elle m'en voudrait de ne pas avoir immédiatement accepté le plan des Saxon, mais non. Lydia est tout simplement ravie de partir à l'aventure, et sa joie est contagieuse.

L'une des domestiques s'approche de moi, examine mon visage et fronce les sourcils. Elle prend l'eye-liner des mains de Lydia et lui donne un léger coup de coude pour passer. Comme les filles ne semblent pas parler anglais et que nous ne comprenons pas le bengali, nous communiquons par gestes. La servante m'indique de regarder vers le haut et trace de petits traits noirs au coin de mes yeux. Lydia affiche un sourire perplexe et s'assied sur le bord du lit.

On frappe à la porte et Lydia bondit sur ses pieds pour ouvrir. Derrière les doigts de ma maquilleuse, j'aperçois le visage de Cole dans l'embrasure. Je lui fais un signe discret de la main, mais il adresse la parole à Lydia et tourne les talons sans même m'accorder un regard. Je laisse retomber mon bras sur mes genoux.

— Il n'est pas méchant. (Lydia aide la seconde domestique à tresser de fines mèches de mes cheveux. La fille à l'eye-liner m'indique de fermer les paupières.) Il est juste un peu blessé que… (Je sens bien qu'elle s'efforce d'être diplomate.) Moi, je comprends que tu sois morte d'inquiétude pour ta mère et que tu sois dépassée par les événements. À ta place, je me serais enfermée dans mon placard pour pleurer pendant une semaine. Mais Cole ne conçoit qu'une seule chose : qu'on fasse ce qui est bon pour la famille. Il changera d'avis. Surtout quand tu accompliras le mandat.

— Terminé ! déclare ma maquilleuse avec un lourd accent exotique.

J'ouvre les yeux et Lydia se penche pour admirer le résultat.

— Ooh ! Magnifique ! (Elle montre son visage.) Moi aussi, s'il vous plaît.

— *Si*, la corrigé-je en m'asseyant sur le lit. (La jeune femme entreprend de tracer d'épais traits de khôl autour de ses yeux.) *Si* j'accomplis le mandat. Le mariage est le dernier recours.

Elle se tourne vers moi, un œil partiellement fardé :

— Tu es au courant que les alliances matrimoniales au sein du Cercle sont toutes arrangées, non ?

— *Toutes* ?

— Toutes, pour les héritiers de ligne directe. Même si ces unions ne changent pas le destin du Cercle.

Lydia observe l'autre fille préparer ce qui doit être le sari dont elles vont me parer. Ma sœur m'a dit que je porterais ses vêtements pour la plupart des visites, mais, dans certains cas, endosser la tenue traditionnelle fournie par la famille est considéré comme un signe de bonne volonté.

— Mauve, commente-t-elle. Et ajusté. Ça me plaît, approuve Lydia.

Je cligne des yeux. La robe est d'un violet profond et les bordures sont brodées de motifs élaborés rouge et or. La domestique me prie de me déshabiller, toujours par gestes.

— Et ton mariage, dis-je à Lydia, il sera arrangé aussi ?

Elle opine du chef.

— Ça ne te dérange pas ?

— Je me suis faite à l'idée, répond-elle avec un haussement d'épaules.

— Attends. Ça veut dire que tu épouseras l'un des types qu'on va rencontrer au cours de notre voyage ?

La seule chose qui serait encore plus gênante que de me pavaner devant dix hommes dont je me fiche éperdument serait que l'un d'entre eux ait déjà été promis à ma sœur.

Elle se met debout pour examiner son maquillage – ce que je n'ai pas eu l'occasion de faire. Je me demande si le mien est aussi théâtral que le sien.

— Non, les unions au sein du Cercle ne se font généralement pas entre les différentes familles. C'est pour ça, entre autres, que ton mariage est un événement unique.

Je m'escrime à contrôler mon stress, mais ce genre de commentaire ne m'aide certainement pas. Je lève le bras à hauteur de l'épaule tandis que les filles enroulent le sari autour de mes hanches. Les franges agrémentées de perles qui ornent les ourlets balancent et cliquettent dans l'air du ventilateur au plafond.

Après quelques instants de silence, Lydia s'approche de moi et dégage une mèche de cheveux tombée sur mon visage.

— Je suis désolée, dit-elle à voix basse. J'oublie que tu ne connais pas grand-chose de nos coutumes, que ça doit être traumatisant pour toi. Si tu trouves que je me comporte comme une pétasse insensible, n'hésite pas à me gifler, hein ? (Je laisse échapper un rire étouffé.) Je suis sérieuse. Et on devrait se mettre d'accord sur un signe secret au cas où tu aurais besoin de quelque chose. Par exemple ça. (Elle se gratte le sourcil avec l'auriculaire.) Ça marche ? Tu fais ce geste et j'arrive à la rescousse. (Elle marque une pause.) Tu sais, tout ça, c'est fascinant pour moi – mais je vais essayer de ne pas trop t'en parler. Mon mariage n'aura jamais une telle importance. Cole est l'héritier – ou du moins, il l'était jusqu'à ce que tu apparaisses. Il a douze minutes de plus que moi. (Son sourire confiant semble tout à coup fragile.) Et maintenant, c'est toi.

Je regarde les doigts de Lydia – ongles rongés, pas de manucure – tirer sur un fil au bas de sa jupe. Depuis le début, j'ai, moi, l'impression d'être victime d'une injustice. Mais comment réagit-on face à quelqu'un qui reçoit plus d'attention que vous n'en aurez jamais – et qui ne l'apprécie même pas ?

— Je ne pourrai jamais faire tout ça sans toi. (C'est la seule phrase qui me vient à l'esprit et elle est vraie.) Merci.

Lydia sourit.

On toque de nouveau à la porte.

— Dix minutes, crie Jack.

Je tressaille en entendant sa voix, mais je m'efforce de dissimuler mon trouble. J'ai convaincu mon père d'autoriser Jack à nous accompagner en Inde, mais je peine de plus en plus à cacher mon intérêt pour lui. Le voir évoluer dans son élément me fascine. Il est concentré à l'extrême, déterminé, sévère. C'est une version magnifiée du Jack que je connais. Le fait que je n'aie pas pu lui parler depuis ce bref instant dans le couloir hier soir n'arrange pas les choses.

Je lisse mon sari. Ce n'est pas le moment de se laisser aller à songer à ce garçon, surtout avant de rencontrer un prétendant.

J'érige des murailles dans mon cerveau.

— Lydia, tu as un autre conseil de dernière minute ?

Les filles sont en train d'habiller Lydia en sari couleur rubis et, lorsqu'elles ont terminé, elles nous parent de lourds colliers, bracelets et boucles d'oreilles.

— Même si tu es stressée, tâche de t'amuser. Dev est très... La soirée devrait être sympa.

— Qu'est-ce que tu veux dire ?

— L'année dernière, il a assisté à un sommet de l'ONU sur l'agriculture déguisé en banane. Il portait une combinaison intégrale jaune.

— Non, pas possible ! m'esclaffé-je.

— C'est l'heure, annonce une voix à la porte.

Les jeunes femmes finissent d'ajuster mon costume et l'une d'entre elles pose un diadème étincelant sur ma tête. Enfin, elles m'autorisent à m'admirer dans le miroir.

La soie du sari chatoie, ma peau blanche rehaussant l'éclat du tissu mauve foncé. Des bijoux brillent sur mes mains, autour de mon cou, dans mes cheveux. Le maquillage de mes yeux est effectivement théâtral, mais il est parfaitement adapté au reste de la tenue. Lydia se poste à mes côtés, aussi élégante et scintillante que moi.

J'observe nos reflets et je suis surprise lorsqu'elle me prend par la main. Elle a les doigts fins et froids. Les anneaux autour de nos poignets se heurtent avec un tintement charmant. Les commissures de ses lèvres s'étirent comme si nous partagions un secret.

— On dirait une princesse ! s'exclame-t-elle.

Je pensais que ma première rencontre avec une autre famille du Cercle serait comme mes retrouvailles avec les Dauphin : une alternance entre un mépris à peine voilé et des compliments obséquieux. Or, les Rajesh sont loin d'être comme ça. Lydia et moi, ainsi que mon père et Cole, les rejoignons dans une pièce décorée de bougies à la flamme vacillante, de tentures murales aux couleurs éclatantes et d'une impressionnante statue de Ganesh, le dieu éléphant.

La mère de Dev, Indra Rajesh, arbore un sourire doux. Elle serre chaleureusement ma main et me pose des questions sur ma vie et ma famille en m'assurant que je trouverai sans difficulté ma place dans la leur. Son père, Arjun, a une épaisse moustache, et une taille plus épaisse encore. Il a dû boire une dizaine de cafés avant le dîner parce qu'il parle à cent à l'heure de tout et de rien – des œuvres d'art qui décorent leur demeure, de la météo – tout cela avec un accent britannique très huppé.

Dev, lui, a des yeux violet foncé qui se plissent quand il sourit, ce qui me donne envie de répondre à son sourire. Lorsque nous sommes entrés dans le salon, il m'a servi une tasse de thé parfumé et s'est ensuite assis à côté de moi.

— Évidemment, nous avons renforcé les mesures de sécurité depuis le premier attentat, poursuit M. Rajesh. C'est terrible. J'ai discuté avec George Frederick hier. Ils ont beaucoup de mal à se remettre de la mort de Liam.

Ils font référence à Liam Blackstone, le célèbre acteur et petit ami de Colette LeGrand. J'ai rencontré le couple dans un club à Istanbul, juste avant que Liam ne soit assassiné.

Le bruit de la conversation s'estompe lorsque mon père et M. Rajesh s'éloignent vers la salle à manger. Je me lève pour les suivre. Je prends le bras que m'offre Dev.

— Voyons voir, dit-il d'une voix basse et douce, tu viens à peine d'arriver et nous avons déjà abordé les sujets qui fâchent… j'ai l'impression que nous allons passer une bonne soirée !

— Euh. (Je peine à esquisser un sourire.) Non, tout va bien, je…

Dev glousse. Je le regarde. Ses yeux pétillent. Il est vraiment beau – y a-t-il quelqu'un du Cercle qui ne l'est pas ? – avec ses cheveux noirs mi-longs et ondulés, sa barbe naissante et son rire facile.

— Ne t'inquiète pas. Tu n'as pas besoin de faire semblant d'être à l'aise. Je comprends que la situation soit inconfortable pour toi. (Dev me fait signe de le devancer. Le sol de la salle à manger est décoré d'une mosaïque représentant une roue à douze rayons. Sans doute le symbole des Rajesh.) Mes parents ne sont pas toujours comme ça. Ils sont stressés. À cause des attaques et parce que… eh bien, tu es là.

Je regarde Mme Rajesh s'affairer autour de la table, l'air soucieuse, scrutant les couverts comme si une serviette mal assortie pouvait ruiner leurs chances d'être choisis pour l'union.

— Ils sont gentils, dis-je, réussissant enfin à me détendre. Je leur suis très reconnaissante d'avoir organisé tout ça pour moi.

— Nous sommes très heureux de te recevoir. J'espère que le *paneer makhani masala* que nous mangerons en accompagnement sera à ton goût. (Il me guide jusqu'à une chaise au bout de la table.) L'agneau tandoori est le plat principal, mais c'est le paneer que je préfère. C'est une recette que ma mère préparait quand elle était petite. Elle a insisté pour qu'on te serve le meilleur de sa cuisine.

Je surprends Mme Rajesh en train de nous fixer des yeux avant de tourner la tête, comme si de rien n'était. Je réprime un sourire.

À la fin du troisième plat, je ne peux déjà plus rien avaler, mais je ne veux pas paraître difficile. L'agneau renferme plus de saveurs que je ne croyais possible pour de la viande. Le paneer – qui ressemble à des morceaux de tofu, mais est en réalité du fromage – est tout à la fois salé, sucré, crémeux et relevé.

— Qu'est-ce qu'il y a dedans ? demandé-je à Dev en sauçant mon assiette avec un bout de naan, un pain plat et souple. Comment ça peut être si bon ?

— C'est un secret. (Il me fait un clin d'œil.) En gros, il te faut simplement des boîtes et des boîtes d'épices. Disons que c'est de la magie.

— *C'est* de la magie. (Je regarde la lumière des bougies caresser la nappe brodée, la porcelaine. Je lève les yeux vers Dev qui arbore toujours un petit sourire malicieux. Une question me taraude, je *dois* la lui poser.) C'est vrai que tu as assisté à un sommet de l'ONU déguisé en banane ?

Il hausse les épaules.

— J'ai dû faire passer le costume en douce. Ça paraît bête, mais grâce à cet accoutrement, les gens ont écouté ce que j'avais à dire. (Il se penche vers moi et baisse la voix.) En fait, c'était soit la banane, soit la grappe de raisin. J'ai pensé qu'il y aurait sans doute une réunion sur la viticulture un jour ou l'autre. Je garde mes raisins. N'en parle pas à mes parents.

J'éclate de rire tellement fort que la moitié des invités se tournent vers nous. Le visage de Mme Rajesh est radieux et mon père semble un peu moins anxieux que tout à l'heure.

— Nos pères sont amis d'enfance, reprend Dev. (Il se recule contre le dossier lorsqu'un serveur vient retirer son assiette de paneer vide.) En revanche, j'ai très peu fréquenté ton frère et ta sœur.

Il regarde vers l'autre bout de la table où Lydia et Cole discutent avec les plus jeunes de la fratrie Rajesh.

— Je connaissais Oliver quand on était petits, poursuit Dev. (Il incline la tête.) Quelle tragédie !

Oliver ?

Une voix retentit avant que je ne puisse demander des explications à Dev.

— Comment se fait-il que nous ayons déjà rencontré tes charmants frère et sœur, mais jamais toi ? s'enquiert Mme Rajesh.

— J'ai grandi hors du Cercle.

Je donne la réponse vague mais polie que nous avons préparée à cette question, puis je change de sujet aussi vite que possible.

Après le dessert – un gâteau à la cannelle et un tchaï sucré et laiteux – je m'autorise à jeter un coup d'œil dans la direction de Jack. Il se tient devant la porte, stoïque, comme durant tout le dîner. Depuis le début de la soirée, j'ai l'impression d'être dans un rêve étrange et assez agréable, mais sa présence me rappelle que le moment est venu de redescendre sur terre.

Je m'apprête à remercier mes hôtes et à leur souhaiter une bonne nuit – Jack et moi avons du pain sur la planche. Ce n'est pas que je n'apprécie pas Dev, il m'est même plutôt sympathique et j'aimerais que nous soyons amis. Pourtant, je n'ai aucune envie de l'épouser et, parce que je l'estime, je ne veux pas lui donner de faux espoirs. Ma visite a déjà suscité suffisamment d'attentes.

Or, avant que je n'aie le temps de m'excuser, M. Rajesh se lève et frappe dans ses mains.

— Et maintenant, place à la fête !

Je pose ma tasse avec un fond de tchaï.

— Une fête ?

— Oui, le dîner n'est que l'entrée en matière…

Dev me tend une main que je saisis avec hésitation.

— Je n'étais pas au courant.

Je croise les yeux de Lydia, puis ceux de mon père. Aucun des deux n'a l'air surpris de cette nouvelle. Jack, en revanche, me lance un regard furtif et fronce les sourcils.

Tout le monde quitte la table en continuant à discuter. Je jette un coup d'œil à ma montre.

— Pouvez-vous m'indiquer les toilettes ? demandé-je à voix basse à Indra Rajesh.

Elle appelle une jeune domestique qui m'escorte dans le couloir.

Je verrouille la porte et extrais mon portable de mon sac orné de perles. J'envoie un SMS : *Petit contretemps, on sera là plus tard que prévu.* Puis, j'ajuste le diadème serti de bijoux sur mon front avant que la jeune fille ne me raccompagne dans la pièce où nous avons dîné. Elle est vide, à l'exception de Dev.

— Nous devons faire notre entrée ensemble, explique-t-il, et je suis obligée de lui prendre le bras à nouveau.

J'aurais dû me douter qu'il y avait une salle de bal *dans* la maison des Rajesh. Deux hommes en blanc ouvrent les grandes portes sculptées et le silence se fait lorsque Dev et moi pénétrons dans la spacieuse galerie.

Je me fige sur place. Des *centaines* de personnes nous attendent sous un plafond décoré de guirlandes de fleurs et de bijoux. Au bas des marches, Arjun Rajesh lève les bras, une mélodie au rythme typiquement indien retentit et la foule explose en un cri de joie assourdissant dont l'écho se propage de ma poitrine jusque dans mes orteils.

— Ils sont tous du Cercle ? demandé-je à Dev en essayant de me faire entendre.

— Au moins de loin, oui. Ils veulent tous te voir.

Il éclate de rire au moment où une dizaine d'hommes grimpent l'escalier en courant et, sans crier gare, nous hissent sur leurs épaules. Dev est tout sourire lorsqu'ils nous propulsent dans l'assemblée. Moi, je pousse des petits gémissements en tâchant de retenir mon sari qui menace de s'ouvrir inopinément.

Des bras nous emportent si rapidement que je parviens à peine à distinguer les visages radieux qui me regardent, mais je remarque qu'ils affichent tous la même expression – version encore plus extatique – que celle que M. et Mme Rajesh arborent depuis le début de la soirée. Que manifestent ces visages rayonnants ? De l'admiration ? Oui, mais pas seulement. De l'optimisme. De la confiance.

De l'espoir.

Je savais ce qui m'attendait au moment où j'ai consenti au plan de mon père. Mais ce n'est qu'ici, sur les épaules de deux hommes que je ne connais pas, tandis que je me laisse emporter par le rythme endiablé d'une musique de Bollywood, avec des confettis qui volent tout autour de moi et s'accrochent dans mes cheveux comme des flocons de neige, que je prends conscience de ce que je fais vraiment. Pour moi, ce n'était que de la politique. Je n'avais pas compris que j'avais accepté de symboliser le rêve et l'espoir des puissants de ce monde.

Nous sommes entourés de femmes aux vêtements de toutes les couleurs de l'arc-en-ciel, couvertes de paillettes scintillantes, qui agitent des foulards blancs au-dessus de leur tête. Lorsque les hommes nous posent enfin à terre, je me cramponne au bras de Dev, étourdie, et l'on nous enfile des guirlandes de soucis blancs, jaunes, orange autour du cou jusqu'à ce que tous ces colliers menacent de nous étrangler.

Dev me saisit la main, m'entraîne vers le centre de la piste de danse en me faisant tournoyer, sans me laisser reprendre mon souffle. La musique et les rires m'encouragent et, j'ai beau savoir que je ne pourrai jamais être *vraiment* ce qu'ils veulent, il est impossible de ne pas se laisser emporter par l'ambiance festive. Bientôt, je me mets à glousser aussi et j'attire Lydia dans la danse. Même Cole a quitté son air renfrogné.

Pourtant, au bout d'un moment, je commence à avoir mal aux pieds à force de me trémousser, et aux joues à force d'adresser des sourires – tantôt polis, tantôt sincères – à tous les invités. Je n'arrive presque plus à tenir debout tant je suis exténuée. Sans compter que Jack et moi avons un rendez-vous tout à l'heure. Je capte alors l'attention de Lydia et me frotte le sourcil avec l'auriculaire.

Elle fait oui de la tête et, quelques minutes plus tard, mon père est à côté de moi, à remercier les parents de Dev pour la soirée. Il explique que je suis épuisée à cause du décalage horaire et présente des excuses pour mon départ hâtif.

Ils ont l'air déçus – il est encore tôt –, mais Dev me donne un baisemain. Je lui souris, agite les doigts en guise d'au revoir et nous regagnons enfin la quiétude du corridor.

Mon père m'accompagne jusqu'à ma chambre. Le froufrou de mon sari en soie vient rompre le silence des quartiers résidentiels de la maison, mais dans ma tête résonnent toujours les tablas, les flûtes et les hourras de la salle de bal. Je retire les premières guirlandes de fleurs pour soulager mes épaules.

Alistair se racle la gorge. Je ne lui ai pas beaucoup parlé depuis le dîner d'hier soir et, même si Lydia semble accepter – voire comprendre – que je me plie avec réticence à la volonté de ma famille, je ne suis pas sûre que mon père soit aussi ouvert. Je m'attends à un sermon sur les coutumes de ces familles m'expliquant que je ne peux pas simplement tourner les talons parce que je suis fatiguée.

— Tu t'en sors très bien, déclare-t-il à ma grande surprise. (Je lève les yeux. Il porte une tunique similaire à celle de M. Rajesh, légèrement de guingois après avoir dansé toute la soirée.) Je sais que ce n'est pas facile pour toi. Ta mère – Claire – a toujours eu horreur de la politique du Cercle.

Claire. J'ai du mal à me faire à l'idée que Carol n'est pas son vrai prénom. West n'est pas non plus son patronyme. Elle a dû inventer les deux lorsqu'elle s'est aperçue qu'elle était enceinte de moi et qu'elle a fui le Cercle.

Mon père – je n'arrive pas à le voir comme un *papa*, un mot qui évoque des chemises à carreaux et des barbecues estivaux – doit avoir pris mon silence pour un consentement, car il continue :

— C'est très important pour nous et pour le Cercle que tu acceptes de t'impliquer. Ils t'ont adorée ce soir.

Une vague de culpabilité m'assaille. Je ne coopère pas autant qu'il le pense.

Une épaisse tenture de velours donne sur l'aile des chambres à coucher. Alistair l'écarte pour me laisser passer.

— Je ne suis pas sûr que ça t'aide de savoir cela, poursuit-il, mais ce rituel – ces jeunes gens et leur famille qui te font la cour – est très traditionnel. Tous nos mariages sont arrangés.

Je fixe mes mains, décorées de bracelets et de bagues reliés par des chaînes délicates.

— Oui, Lydia me l'a expliqué.

Je sens le regard de mon père posé sur moi.

— On peut apprendre à aimer quelqu'un.

Je ne peux m'empêcher de demander :

— Alors, toi et ma mère…

— Il n'y avait pas d'avenir pour nous, répond-il d'un ton doux mais ferme. Aujourd'hui, ça me semble évident, mais à l'époque, nous étions jeunes, idéalistes.

Nous passons sous une arche dorée où deux lanternes jettent une lumière vacillante sur les riches tapisseries accrochées aux murs. Oui, cette soirée s'est bien passée – très bien, même – et tous les dîners et les fêtes à venir seront peut-être autant d'occasions de s'amuser. En outre, je suis sincèrement heureuse de pouvoir aider ma famille – c'est une manière de me sentir des leurs. Même si ça ne durera peut-être pas. Pourtant, est-ce vraiment si différent de mon quasi-mariage avec Luc Dauphin ? Différents noms, différents pays, différentes cages.

Au moins, la grille de cette cage est encore ouverte.

— Est-ce que vos hommes ont avancé sur les indices ? Ou sur ma mère ?

Ma voix ressemble à un grincement. Ma gorge est sèche, à vif, tant j'ai crié pour couvrir la musique.

Mon père secoue la tête.

— On y travaille. (Il s'arrête devant une porte en bois sculptée. Au-dessus de nous un ventilateur ronronne, envoyant un souffle d'air dans mes boucles.) Demain à dix heures, nous avons un thé d'adieu avec la famille Rajesh et nous partons pour l'Allemagne à midi. Bonne nuit.

— Je serai prête.

L'espace d'un instant, j'ai l'impression qu'il va me donner une accolade, mais il se contente de me tapoter l'épaule avant de faire demi-tour dans le couloir.

J'entre dans la chambre et m'appuie contre le mur. Seule dans le noir, je ne désire rien d'autre que de me rouler en boule, fermer les yeux et décompresser.

Pourtant, je n'ai pas le temps de me reposer. Nous étions censés sortir à neuf heures et il est déjà dix heures.

Je défais mon sari, le plie et le range sur la coiffeuse. J'enfile mon jean et un T-shirt en tissu léger que je trouve dans le placard et je noue un foulard autour de mes cheveux.

Une porte à deux battants donne sur un large balcon et, pendant mon absence, quelqu'un l'a ouverte et a allumé la musique. Une douce mélodie à la flûte se mêle à présent au clapotis de la fontaine en contrebas. La cour déborde d'une végétation luxuriante, idéale pour se cacher, et fort heureusement il n'y a pas autant de gardes de sécurité à l'intérieur du palais que devant. J'éteins le plafonnier et jette un coup d'œil sous ma terrasse, espérant apercevoir la sentinelle qui devrait s'y tenir.

L'air en Inde est lourd, et si chaud et parfumé que c'en est presque oppressant – du moins, c'est ce que je ressens. L'odeur du dîner – beurre, épices, viande – flotte encore. Au loin, les lampadaires sont flous.

J'entends le gravier crisser et observe le gardien traverser la cour. Il marche d'un pas lent – rien ne semble aller plus vite que ça ici. J'essuie une perle de sueur qui me dégouline dans le cou. Il a fait près de quarante degrés aujourd'hui et, même après la tombée de la nuit, la température n'a presque pas baissé. Malgré tout, je dois porter ce foulard : les visages occidentaux ne passent pas inaperçus dans cette ville et nous ne voulons surtout pas attirer l'attention.

Le garde chantonne alors qu'il pivote à angle droit et continue sa route. J'hésite un instant puis me mets à escalader le magnifique balcon en marbre.

5.

Ma peur du vide a presque disparu – peut-être parce qu'une multitude d'autres peurs l'ont remplacée. Je retiens néanmoins mon souffle lorsque je me glisse le long de la balustrade vers un treillage qui descend jusqu'à la cour. Jack est allé en reconnaissance tout à l'heure et m'a dit que c'était la meilleure façon de sortir de ma chambre. L'assemblage en bois est plein d'échardes mais solide et je parviens sans encombre à sauter à terre. Je m'accroupis derrière des fougères et note que la mélodie à la flûte a été remplacée par des instruments à cordes.

Je retire une épine de ma paume et suis des yeux la silhouette de la sentinelle qui se dirige vers l'entrée de service de la cuisine. Dès que l'homme a disparu, je fais le tour de la cour en rasant les murs, toujours dans l'ombre, et je dépasse la porte de la cuisine fortement éclairée.

Je manque de pousser un cri lorsqu'une main se pose sur mon épaule tellement mes nerfs sont à fleur de peau.

— Chuuuut.

Je me demande depuis quand je reconnais Jack à ce simple petit bruit. Il est toujours aussi beau et sérieux, mais cette fois, lorsque nos yeux se croisent, son visage s'éclaire d'un sourire et il me serre le bras. Je vois bien qu'il est aussi heureux de me voir que l'inverse. Nous avons tellement pris l'habitude de passer notre temps ensemble que la situation d'aujourd'hui avait quelque chose d'injuste. Je réfrène l'envie de me suspendre à son cou et nous sortons du domaine pour nous plonger dans les rues animées de Calcutta.

Jack remonte la capuche de son pull pour cacher son visage.

— Tu as réussi à sortir sans difficulté ?

Je hoche la tête et jette un coup d'œil derrière moi. Je ne pense pas que l'on m'ait suivie depuis le palais, mais comment en être sûre ? En outre, l'Ordre est sans doute au courant de ma petite escapade en Inde. Je ne crois toujours pas qu'ils essaieraient de m'enlever, mais la paranoïa de mon père – et de Jack – est contagieuse.

J'effleure le petit couteau dans la poche extérieure de mon sac à main. Je l'ai gardé depuis qu'Élodie, la domestique-assistante-tueuse à gage des Dauphin, me l'a donné le jour du mariage avorté. Je me demande encore pourquoi. Peu importe les raisons d'Élodie, cette lame représente maintenant plus qu'une arme, c'est devenu un porte-bonheur. Je l'ai toujours sur moi, même si je ne l'ai jamais utilisée.

Pourtant, personne n'a l'air de nous suivre. D'ailleurs, est-il vraiment possible de prendre quelqu'un en filature dans cette ville ? Il y a tout simplement trop de monde. Des gens debout devant les portes de magasins fermés nous regardent passer tandis qu'un groupe d'hommes se lave au robinet un peu plus loin – ils se savonnent puis utilisent un seau pour se rincer, leurs vêtements attachés autour de leur taille sont aussi trempés qu'eux.

Jack hèle un touk-touk à la capote décorée de guirlandes et nous nous hissons à l'arrière.

Je me laisse choir contre le dossier, m'autorisant enfin à me détendre. Je me frotte les yeux et me rends compte trop tard que j'ai les doigts couverts d'eye-liner noir. Tout à l'heure, j'ai pris le temps de remettre mes lentilles de contact marron mais pas de me démaquiller.

Jack retire sa capuche. Nous sommes serrés l'un contre l'autre dans le minuscule véhicule.

— C'est Lydia qui t'a maquillée ?

Je lui raconte la séance de préparation et il sourit.

— Je crois que Lydia est très contente d'avoir une sœur.

Moi aussi. Je me demande si Lydia et moi ferons un jour le mur dans le dos de notre père, comme des adolescentes normales.

— Tu crois qu'ils se doutent de quelque chose ?

Jack fait non de la tête.

— Tu joues ton rôle à la perfection. Du moment qu'on se fait pas attraper ce soir, tout ira bien.

Le touk-touk est pris dans un immense embouteillage, à deux pas d'une moto qui transporte une famille entière et d'une charrette tirée par des buffles aux cornes peintes en orange et bleu avec des cloches autour du cou.

Dans la lueur des réverbères, on voit qu'il y a presque autant de couleurs que de gens. Une porte saumon sur un mur turquoise. Des bus bleus agrémentés d'une bande jaune de la même couleur que les taxis. Sur le flanc d'un bus sont peints des oiseaux, et les mots « Klaxonnez s'il vous plaît » sont inscrits à l'arrière de toutes les grosses voitures. Les conducteurs derrière eux s'en donnent à cœur joie.

— J'ai l'impression d'halluciner, chuchoté-je.

— Ce pays peut faire cet effet.

Jack regarde aussi dehors, vers le trottoir où un vieil homme rabougri fait cuire des morceaux de pomme de terre à la lueur d'une lampe de poche dans un wok en métal gigantesque et les tend à des clients dans des bols improvisés en papier journal.

Nous sommes déjà en retard et la circulation est tellement dense que Jack demande au chauffeur de s'arrêter. Tout comme dans le palais, l'air ici a une odeur, mais celle-ci n'est pas aussi agréable. Nous nous engageons dans une rue et apercevons trois chèvres rachitiques en train de brouter un tas d'ordures. L'une d'elles donne de petits coups de tête à mon sac lorsque nous nous approchons, m'obligeant à me plaquer contre le mur en face. Les bêtes nous laissent finalement passer et nous poursuivons notre chemin à grandes enjambées. Stellan doit se demander ce que nous faisons.

Nous avons rendez-vous sur une large place située derrière un marché aux fleurs nocturne. Des femmes accroupies par terre, portant un sari et de grands anneaux brillants aux oreilles, sont occupées à tresser des soucis jaunes et orange pour en faire des colliers comme ceux que je portais tout à l'heure. Lorsqu'elles nous aperçoivent, les fleuristes nous apostrophent pour nous montrer leurs marchandises. En arrière-plan, des bambins escaladent un tas de cartons abandonnés. Un petit garçon se tourne vers nous et je ne cache pas ma surprise : il ne peut pas avoir plus de deux ans et a les yeux entourés de traits de khôl plus épais que les miens.

— C'est commun ici, explique Jack. C'est de la superstition.

Je prends une longue inspiration.

— Où retrouvons-nous Stellan ?

Jack indique du doigt l'autre côté de la place et je le vois immédiatement. Contrairement à nous, Stellan ne fait aucun effort pour passer inaperçu.

Il est adossé à un lampadaire et examine son téléphone. Son manteau en cuir râpé est ouvert, laissant voir son T-shirt noir, et ses cheveux blonds resplendissent dans le halo lumineux. La peau claire suffit à attirer les regards, mais lorsqu'on a en plus les cheveux blonds, les gens vous regardent carrément comme une bête de foire. De fait, une foule s'est formée à quelques mètres de Stellan – qui semble s'en moquer éperdument. Lorsqu'il nous voit, il fourre son portable dans une poche.

— Ah, je croyais que vous m'aviez posé un lapin !

— Tu n'aurais pas pu mettre un chapeau au moins ? lui demande Jack.

À présent, l'attroupement – essentiellement masculin – nous fixe tous les trois en discutant à voix basse. Super.

Stellan ébauche un sourire condescendant et fait un signe de la main à la foule.

— Tu veux dire que je n'ai pas le droit de profiter de cette chaleur collante dans mes propres vêtements ?

— Non, fais-je en lui attrapant le bras pour le faire sortir du cercle d'admirateurs et l'attirer dans la rue.

— Je te signale que tout le monde n'a pas la chance de pouvoir flâner en ville sans prendre de précautions, dit Jack d'un ton cassant.

— Non, mais certaines personnes sont obligées d'inventer des excuses pour pouvoir vous suivre aux quatre coins du monde. (Lorsque le Cercle a appris que les Saxon avaient prévu de me marier à n'importe quelle famille sauf les Dauphin, Stellan a proposé à ses employés de nous suivre et de les informer.) M. Dauphin était ravi de me laisser partir pour vous espionner. Mais Élodie et Luc ne vont pas être aussi faciles à berner.

Luc, Stellan et Élodie ont une relation très étrange – comme s'ils étaient à la fois frères et sœurs et meilleurs amis. Pas du tout le rapport qu'on trouve habituellement entre une famille du Cercle et ses employés.

Nous traversons la rue en direction du Musée indien. Il est sombre et silencieux. Quelques chiens errants dorment sur le perron.

— Alors, vous pensez que l'autre bracelet pourrait être là ? s'enquiert Stellan en levant les yeux vers l'impressionnante façade.

— Ce musée a été construit en 1814, dis-je. Date idéale pour que Napoléon ait pu introduire quelque chose dans la collection. En plus, c'est une ville du Cercle et il semblerait qu'il y a des objets ayant appartenu à Alexandre.

Stellan allume une cigarette.

— Est-ce que l'un d'entre vous est déjà entré dans ce musée ?

Jack fait non de la tête. Et moi, comment aurais-je pu le visiter ?

— Eh bien moi, oui. Il y a des conservateurs qui s'occupent des collections mais c'est quand même un beau bordel. Si le bracelet est passé par ici, il se peut qu'il soit toujours au même endroit qu'au XIXe siècle. Il se peut aussi qu'il ait été rangé dans une boîte en carton dans la cave, ou qu'il soit sorti du musée au poignet d'un visiteur.

Je le foudroie du regard.

— Bon, c'est quand même notre meilleur espoir de le trouver, rétorqué-je. Ça fait longtemps qu'on n'a pas été sur une aussi bonne piste, et j'ai dû laisser croire à une famille très gentille que j'envisageais d'épouser leur fils pour arriver jusqu'ici. Donc je vais faire de mon mieux. Alors, on a un plan ? Il y a une porte ouverte ?

Le groupe d'Indiens nous a suivis et ils s'approchent maintenant de nous. Stellan leur sourit. Il les interpelle dans une langue qui doit être le Bengali et quelques-uns répondent. Puis, ils dodelinent de la tête comme j'ai vu tout le monde faire ici. Stellan sort une liasse de billets de sa poche, en extirpe quelques-uns et les place dans la main d'un des hommes qui les compte et disparaît à grandes enjambées tandis que les autres continuent de nous dévisager.

Je lève les sourcils d'un air interrogateur.

— Il va nous faire entrer, annonce Stellan simplement.

— Je croyais que tu avais un *plan* pour qu'on ait accès au musée, lâche Jack avec mépris.

— C'est ça le plan. (Nous emboîtons le pas de Stellan qui passe un portail de fer entrebâillé et pénètre dans une large cour intérieure.) Ici, tout le monde a un cousin, un beau-frère ou un barbier influent. Faites-moi confiance.

Je secoue la tête et lance un regard circulaire. La cour est impressionnante, avec une double rangée d'arches entourant une pelouse et des haies parfaitement entretenues.

— Ouais, c'est vrai que cet endroit a l'air super bordélique, dis-je d'un ton sarcastique.

— Attends de voir. (Stellan écrase sa cigarette et lève une main pour saluer un autre homme qui vient d'ouvrir une porte à l'autre extrémité du bâtiment.) Après vous, fait-il.

L'homme nous fait signe d'entrer et Stellan lui pose une question. L'Indien hausse les épaules, répond et pointe du doigt le fond du couloir. Puis il sort et ferme le battant derrière lui, nous plongeant dans l'obscurité et le silence.

— Il était sacrément pressé, remarque Stellan. Il dit qu'il ne sait pas s'il y a des reliques de Napoléon ici, mais si c'est le cas, elles sont sans doute par là-bas. Il nous conseille aussi d'éviter de nous faire prendre, parce qu'il va faire comme s'il ne nous connaissait pas. Du coup, on sera bons pour la prison si on se fait choper.

— Génial, fait Jack en allumant une torche.

Il me tend une autre lampe et nous nous engageons dans un escalier obscur. Nous débouchons sur une impressionnante galerie avec un haut plafond de bois voûté. Au milieu de la gigantesque salle, j'aperçois un étrange défilé.

— Des squelettes d'éléphants ! m'exclamé-je.

Ils sont baignés de rayons de lune qui filtrent par les fenêtres au-dessus de nous. Et il n'y a pas que des éléphants. Des cerfs, des girafes et des animaux plus petits dont je suis incapable d'identifier les squelettes, tous dans une parade macabre.

— Je ne suis pas sûre que ce soit ça qu'on cherche, murmuré-je.

Juste à ce moment-là, une porte claque à l'autre bout de la salle. Je me précipite d'un côté, attirant Jack à moi, et Stellan s'accroupit derrière une vitrine de l'autre côté. Malheureusement, Jack et moi n'avons nulle part où nous cacher, sauf derrière les pachydermes.

Une lampe de poche balaie la pièce dans notre direction. Jack se jette par terre derrière l'estrade où se dressent les squelettes et je m'apprête à faire de même, mais trop tard. Le garde est tourné vers nous. Je me fige derrière une jambe arrière d'éléphant.

Le faisceau de la lampe s'attarde quelques instants puis on entend des pas s'éloigner.

Je pousse un soupir de soulagement. Jack se redresse d'un bond et nous traversons la pièce sur la pointe des pieds. Stellan se dirige déjà vers un autre couloir et nous fait signe de le suivre.

— Apparemment, il y a des patrouilles de nuit, chuchote-t-il.

— J'avais pas remarqué, dis-je ironiquement.

Nous pénétrons dans une longue galerie faiblement éclairée par des lumières de sécurité et, pendant les heures qui suivent, nous passons toutes les vitrines au peigne fin, d'abord dans cette salle, puis dans une autre, et j'admets avec réticence que Stellan avait raison : il n'y a pas une once d'organisation dans ce musée. Ça me rappelle la friperie à Lakehaven, où mon amie Lara et moi fouillions dans les cartons à la recherche de vieilles parures. Ce que nous sommes en train de faire n'est pas aussi amusant – surtout que nous n'avons qu'une petite lampe de poche chacun. Malgré tout, je suis heureuse d'enfin pouvoir agir, après m'être sentie impuissante pendant plusieurs semaines.

À ce que je sache, rien de ce que nous avons vu jusqu'à maintenant n'a de rapport avec Napoléon. Et aucun des bijoux ne porte la moindre ressemblance avec le bracelet que nous possédons.

Jack me rejoint au bout des rangées que nous avons examinées et secoue la tête.

— Essayons la prochaine salle…, murmuré-je. (Je m'interromps : derrière son épaule, je vois que quelque chose a bougé au fond de la galerie.) Stellan ! sifflé-je en tirant sur la manche de Jack.

Nous nous accroupissons derrière une vitrine et je me mords la lèvre pour garder le silence lorsqu'un insecte non identifié me grimpe sur le pied. Pourtant, impossible que ce soit un garde : il n'y a ni bruit de pas, ni faisceau lumineux.

Je me lève, m'efforçant de ne pas penser à des cafards, et Stellan émerge de derrière un présentoir à quelques pas de nous.

— Je dois avoir des visions, désolée, m'excusé-je. On va voir la section du musée dévolue à Alexandre ?

— Suivez-moi, chuchote Stellan en nous précédant dans un autre corridor.

La galerie suivante est moins remplie et plus facile à examiner. Nous repartons chacun de notre côté et je réussis à passer en revue la plupart des œuvres dans les rangées qui me sont assignées – principalement des peintures de paysages et des statues d'animaux. J'éclaire une vitrine tout en hauteur, pleine de couronnes et de colliers, des pièces hélas bien plus anciennes que notre bracelet.

Puis, j'avance vers le présentoir suivant et, l'espace d'un instant, je suis comme clouée sur place. Là, sur le mur, au-dessus d'un bas-relief représentant trois femmes à la tête penchée, j'aperçois une gravure du nœud à treize boucles figurant sur le médaillon que je porte autour du cou. Le même symbole que celui qui nous a menés vers les indices de M. Emerson. Ce n'est pas ce que nous cherchions, mais ça ne peut pas être une simple coïncidence. Et, juste au-dessous du symbole, il y a une inscription en français.

— Hé, venez voir, les appelé-je à voix basse.

Jack est le premier à arriver à mon niveau. Il a l'air aussi surpris que moi.

— Tu as trouvé le bracelet ? demande-t-il en jetant un coup d'œil aux œuvres.

— Non. Mais regarde. (Je montre du doigt l'inscription.) Qu'est-ce que ça veut dire ?

Stellan nous bouscule en maugréant.

— « La Serenissima. Un pas de plus vers la révélation du secret, à travers une union scellée dans le sang », déchiffre-t-il.

Je tire sur la manche de Jack, tout excitée. Le langage utilisé est le même que dans les autres indices ! Nous devons être sur la bonne piste.

— La révélation du secret. Peut-être qu'il s'agit du mot de passe ? propose Jack en prenant une photo de l'inscription avec son téléphone portable.

Stellan examine la phrase.

— « La Serenissima », c'est de l'italien, pas du français. C'est un nom peut-être ?

— Une statue ? Une peinture ?

Je balaie la pièce du regard pour trouver une œuvre qui pourrait correspondre.

Une porte qui claque nous fait sursauter tous les trois. Des pas résonnent sur le parquet et nous nous précipitons derrière le socle de la statue la plus proche dans une confusion de bras et de jambes.

Puis le bruit s'éloigne.

— On devrait y aller maintenant qu'on a trouvé quelque chose. On ne peut pas se permettre de se faire prendre ici, chuchote Jack. (Je suis presque assise sur sa jambe et je sens le pouls de Stellan battre là où nos dos se touchent.) Même si « La Serenissima » est une œuvre d'art, il y a peu de chance pour qu'elle se trouve dans le musée.

Nous attendons que les bruits aient totalement cessé puis Jack m'aide à me relever. Nous descendons les marches quatre à quatre, passons la porte et nous retrouvons dans la touffeur de Calcutta.

6.

Le lendemain matin, malgré une très courte nuit – je suis rentrée dans ma chambre bien après minuit et il m'a fallu longtemps avant de trouver le sommeil –, je me réveille aux aurores. Je pensais que je dormirais mieux en sachant que nous avions accompli des progrès, mais je me trompais. Je me masse les épaules – elles sont raides à cause de la danse et de la fatigue – et je sors sur le balcon où l'air est un peu plus frais qu'à l'intérieur.

Je m'assieds en tailleur sur l'un des sofas et attrape mon téléphone pour examiner la photographie de l'inscription que Jack m'a envoyée. Je découvre que j'ai un SMS. Si tôt ?

« La Serenissima » est le surnom de Venise, indique le texto.

Stellan.

Tu es déjà réveillé ? écris-je. (Il s'est couché aussi tard que moi hier soir.) *Ça veut dire que le bracelet est à Venise ?*

Peut-être. Longue histoire napoléonienne là-bas. Ce serait logique.

La famille Mikado doit se rendre à Venise dans quelques jours. Mon père veut que nous en profitions pour aller les voir.

Venise est prévue au programme, mais seulement dans quelques jours. Peut-être qu'on comprendra ce que signifie « union scellée dans le sang ».

L'après-midi, nous sommes de nouveau dans un avion, direction l'Allemagne pour rendre visite à la prochaine famille. J'ai beaucoup moins d'appréhension qu'avant mon voyage en Inde. Je sais que nous sommes sur la bonne voie, ce qui est un vrai soulagement et, pour ne pas tout faire dans le dos des Saxon, j'ai même demandé à Lydia si nous pouvions visiter quelques musées. Nous nous sommes retrouvés pour une petite réunion afin de faire un compte-rendu de notre visite chez les Rajesh. Passer ce temps avec mon père et Lydia – et Cole, même s'il n'a pas décollé une seule fois son nez de son téléphone – était étrange, mais pas désagréable. Pendant toutes ces années, j'ai rêvé d'avoir une famille. Bien sûr, ces fantasmes n'incluaient pas la planification d'un mariage arrangé pourtant, hormis ça, quand je ris et discute avec mon père et ma sœur, j'ai l'impression que mon plus grand rêve s'est réalisé. Et si toutes les familles que nous allons rencontrer sont comme les Rajesh, je n'ai pas trop de souci à me faire.

Malheureusement, c'est loin d'être le cas, et je m'en aperçois très vite.

D'abord, il y a la famille Hersch, à Francfort. Nous arrivons en avance et faisons une visite touristique. La ville me plaît immédiatement – elle est gigantesque, animée, brute, avec quelques quartiers charmants, typiquement européens. Je m'imagine bien vivre ici, si jamais je devais y être obligée. Quant à la famille, c'est une autre paire de manches. Jakob, leur fils unique de vingt-huit ans, est déjà marié. Lydia m'y a préparée : apparemment, je suis un *si bon parti* qu'il pourrait se permettre d'abandonner sa femme. Pas bizarre du tout...

Après une journée de musées qui n'a rien donné sur le front napoléonien, nous nous retrouvons tous autour d'un repas. Jakob et M. Hersch s'évertuent à charmer mon père devant la femme et la fille de mon potentiel futur époux. Jakob me dévisage sans ciller – plus exactement ce sont mes *yeux* qu'il regarde –, comme un vampire contemplerait une fille dont il a prévu de faire son dîner. Ce qui est rassurant, c'est que Lydia m'a affirmé que Jakob n'avait aucune chance – mon père ne rencontre tous les prétendants que dans un souci d'équité. Lorsque je lui ai demandé *qui* avait sa chance, elle m'a répondu que rien n'était encore décidé. Pas que ça ait de l'importance, me rappelé-je. Nous avons encore onze jours pour trouver le tombeau et me sortir de ce mauvais pas.

Ensuite, nous rencontrons la famille Melech à Jérusalem. Daniel Melech a une tignasse de cheveux bruns et épais et un beau visage fin. Je vois bien à la manière dont Lydia le regarde qu'il ne la laisse pas indifférente. Quelle n'est pas alors ma surprise lorsqu'il me toise froidement avant même de me saluer. Je ne sais pas si je dois être blessée ou soulagée quand il opine finalement du chef et me tend la main.

Comme plusieurs autres familles, les Melech respectent certaines coutumes locales. Ils allument des bougies, entonnent des chants et prononcent des bénédictions que je ne comprends pas. Nous partageons un pain mou et sucré, le vin coule à flots et il y a plus de nourriture que je ne pourrais en ingurgiter pendant un mois entier. Les Melech se mettent alors en devoir d'exposer une série d'arguments chocs : ils contrôlent une population que les Saxon ne pourraient jamais atteindre depuis Londres ; ils ont un poids historique et une puissance militaire inégalée pour un si petit territoire. Ils décrivent même le déroulement de la cérémonie si nous devions nous passer la bague au doigt. C'est tellement méthodique et sérieux qu'ils auraient pu utiliser une présentation PowerPoint.

Je n'ai pas eu le temps de visiter de site culturel pendant la journée mais, le soir venu, Jack et moi sortons en ville espérant dénicher quelque chose. Alexandre le Grand est passé par Jérusalem. Nous retrouvons Stellan et fouillons quelques musées. Sans succès. Stellan a probablement raison lorsqu'il dit que le siècle de troubles politiques dans la région a dû éparpiller les objets que Napoléon y a laissés – si tant est qu'il en ait laissé.

10 jours. C'est le texto que je reçois de l'Ordre ce soir-là. Je ne suis plus aussi optimiste qu'avant de partir en Allemagne.

Prochaine étape : l'Arabie saoudite et la famille Emir. Je dors de plus en plus mal et je suis si épuisée que toute la visite ressemble à une série d'hallucinations. Moi, dans la chaleur torride, les yeux levés sur un gratte-ciel de Riyad, un bâtiment en verre qui reluit dans le soleil du désert. Le visage décomposé de Samarah Emir lorsque ses parents parlent de son frère Malik, leur fils aîné, assassiné par l'Ordre juste avant que j'apprenne l'existence du Cercle. « Un prince saoudien tué dans un attentat à la voiture piégée », a-t-on dit au journal télévisé, à une époque où je croyais que les reporters disaient la vérité.

La famille Emir possède un tigre du Bengale dans un mini-zoo installé au dernier étage de leur maison. Cole a le malheur de le caresser à rebrousse-poil et manque de se faire croquer l'avant-bras – chaque croc de la bête fait la taille de mon petit doigt. En un instant, Jack a la main sur son arme et l'autre sur moi. C'est bien la première fois qu'il prête attention à moi devant les Saxon. Le tigre est aspergé d'une sorte de spray, comme s'il s'agissait d'un chat domestique venant de se faire les griffes sur le canapé. Les animaux appartenaient à Malik, me raconte Lydia. « *Peut-être que la famille les lancera contre la foule juste pour s'amuser, maintenant que leur propriétaire est décédé* », murmure Cole lorsque personne ne l'entend.

Nous rencontrons aussi la fille aînée de la famille, qui a à peu près mon âge et de grands yeux tristes. Si je me souviens bien, Jack m'a dit qu'elle avait eu une relation avec un Gardien. Elle a été surprise dans ses bras et on l'a forcée à l'*annuler* elle-même. Finalement, Cole ne plaisantait peut-être pas au sujet des animaux.

Le soir, on nous présente leur plus jeune fils, celui qui est censé m'épouser – bien qu'il n'ait que douze ans. Son regard est bien trop adulte pour un enfant de son âge lorsqu'il me serre la main et me promet amour et protection éternelle si nous le choisissons.

Je ne pourrai jamais vivre ici. Ni avec les Melech. Ni avec la famille Hersch. Je préfère encore me marier avec Stellan. Pendant le dessert, alors que je sirote un thé sucré en picorant des dattes, je me dis que nous venons de perdre le neuvième et le dixième jour et nous ne savons même pas où se trouve notre prochain indice. Je sens que la porte de cette cage dorée se referme de plus en plus vite.

Au milieu de la nuit, je me réveille en sursaut.

J'ai rêvé que je tombais d'un gratte-ciel, main dans la main avec ma mère. J'ai besoin de quelques instants pour me souvenir où je suis et, quand je percute, je m'affale contre l'oreiller et fixe la tapisserie tendue au-dessus de moi. L'air de la climatisation fait bouger ses franges couleur moutarde. Je serre un coussin contre ma poitrine. Je réussis à faire bonne figure pendant la journée, mais la nuit mes pensées ne me laissent pas en paix.

8 jours, répète une voix dans ma tête.

J'allume ma lampe de chevet. Au moins, pendant mes insomnies, j'ai le temps de faire des recherches. Au cours des derniers jours, je me suis accrochée à Venise comme à une planche de salut. Il *faut* que cet indice soit exact. Juste avant de m'endormir, j'ai trouvé un site qui mentionne une théorie du complot concernant la basilique Saint-Marc à Venise et les ossements d'Alexandre le Grand. C'est un peu tiré par les cheveux, mais ça nous fait un point de départ. Soudain, je me revois dans la bibliothèque des Dauphin, lorsque nous cherchions les journaux de Napoléon.

Stellan devrait bientôt partir pour nous retrouver à Venise. Je lui envoie un SMS : *Je pense qu'il y a un livre dans la bibliothèque des Dauphin sur les secrets de Saint-Marc ou quelque chose dans le genre. Tu peux l'apporter, stp ?*

Je suis surprise lorsque mon portable vibre une seconde plus tard.

Depuis quand je suis ton coursier ?

Tu ne dors pas ? réponds-je.

Dit-elle, alors qu'elle est debout à 4 h du matin, heure locale.

Je grimace. *Apporte le livre, c'est tout.*

Mon portable vibre à nouveau. *Avoue que plus tu rencontres de prétendants, plus je te semble un choix acceptable.*

Tu es encore plus odieux à 4 h du mat', écris-je en essayant d'oublier que c'est exactement ce que je me suis dit. De toute façon, ça n'a pas d'importance. Il ne sera jamais question que je me marie. Jamais.

Je laisse retomber ma tête sur l'oreiller et attends que le soleil apparaisse entre les rideaux avant d'envoyer un texto à Jack :

Motivé pour une séance d'entraînement matinale ?

À Paris, Jack me donnait des cours d'autodéfense et m'enseignait quelques techniques de combat. Depuis que nous sommes sur la route, les leçons ont été mises en suspens, mais j'en ai parlé aux Saxon qui m'ont encouragée à utiliser le gymnase des Emir pour m'exercer.

Jack me répond peu après : *Je passe te chercher dans dix minutes.*

La salle de sport de la famille Emir couvre tout un étage : jacuzzi et sauna d'un côté, tatamis de l'autre. Les quatre murs sont de hautes baies vitrées et je regarde le soleil se lever à l'horizon en laçant mes chaussures de sport. J'ôte ensuite mon collier et le bracelet de Napoléon que je pose sur ma veste dans un coin.

— Prête ? demande Jack.

— Quand tu veux !

J'attache mes cheveux en queue-de-cheval. Je sais exactement ce qui va se passer. La question, c'est quand. Et là, tout à coup, Jack me prend par la taille avec violence.

Je tente de lui faire un croche-pied pour le mettre à terre, mais il parvient à libérer sa jambe. Je réussis tout de même à lui faire lâcher prise, attrape son bras et lui retourne le poignet. Cependant, en un clin d'œil, il a saisi mon autre bras et me le tord dans le dos, si fort que je hurle de douleur et lui fais signe que j'abandonne.

Dès l'instant où j'ai crié, il s'est arrêté net. Je repose mes mains sur mes genoux, essoufflée. Je suis épuisée, ce qui n'améliore clairement pas mon endurance. Pendant la demi-heure qui suit, Jack m'apprend à casser les doigts de quelqu'un et où exactement frapper le tibia pour provoquer une douleur intense.

Puis, il saisit un couteau. Je vais chercher le mien dans la poche de ma veste.

— Comme on l'a souligné la dernière fois, le couteau doit être ton ultime recours, explique Jack. C'est un risque.

— Un risque tactique, oui. Je ne l'utilise que si je suis obligée, car sortir une arme fait monter la tension d'un cran, me remémoré-je en regardant ma lame.

— On s'est arrêtés où la dernière fois ? (En réponse, je brandis le couteau comme il me l'a montré et tourne le poignet vers l'intérieur.) Bien. Maintenant, frappe comme si je t'attaquais.

Lorsqu'il se jette sur moi, couteau à la main, je fais un bond en arrière et mon arme valdingue sur le tatami.

— Désolée, dis-je en le ramassant. Je n'arrive à rien aujourd'hui.

Jack m'assaille à nouveau et cette fois je parviens à garder la dague à la main, mais je ne peux m'empêcher de reculer.

— Tout va bien ? demande-t-il.

Il s'approche de moi mais réfrène son mouvement en apercevant un petit globe de verre au plafond : probablement une caméra. Sa main retombe le long de son corps.

— J'ai l'impression d'avoir tout oublié, fulminé-je. Allez, on reprend. (Nous poursuivons la séance, mais le cœur n'y est plus.) Est-ce qu'on peut changer d'exercice ?

Le regard de Jack s'adoucit.

— Tu t'en sors très bien, Avery.

— Non, pas du tout. Avec le couteau, j'ai l'impression d'avoir deux mains gauches ! Si on m'agressait *vraiment*, j'aurais aucune chance !

— Je t'assure que tu es douée. Mais attention à bien tenir ton arme. (Il jette un nouveau coup d'œil subtil vers la caméra.) Laisse-moi te montrer. (Il se glisse derrière mon dos, m'entoure de ses bras et prend ma main dans la sienne.) Comme ça, dit-il en me serrant contre lui.

Je sens la chaleur de son torse contre mon dos et je me laisse aller, un peu rassérénée. Si je suis inquiète, ce n'est pas seulement à cause de l'entraînement, j'en ai bien conscience. Et lui aussi.

— Place tes doigts ici, comme ça. Tu vois, pas de problème. Je te promets que tout se passe très bien. (Il me serre les mains, assez discrètement pour tromper la caméra.) À tous les niveaux.

Je prends une profonde inspiration. Pourvu qu'il ait raison !

Je serre mon couteau entre mes doigts et, sans crier gare, je me dégage des bras de Jack et pointe le bout de ma dague sur son torse.

Une expression de surprise plane sur son visage pendant quelques secondes, puis il lève les bras en signe de capitulation.

— Tu as gagné, annonce-t-il, et je lâche le couteau.

Les yeux de Jack brillent et son regard est si tendre que j'aimerais au moins pouvoir lui donner une accolade. Mais je me contente de lancer :

— Et maintenant, direction Venise !

7.

Lorsque l'avion se pose à Venise, tous les portables se mettent à vibrer. Mon père fronce les sourcils et entreprend de passer des coups de fil. Lydia fixe son téléphone.

Une fois sur le tarmac, je profite de leur distraction pour rattraper Jack. Lui aussi a les yeux rivés sur son écran.

— Qu'est-ce qui se passe ?

Sur son visage se mêlent le choc et la tristesse.

— C'est Dev Rajesh. Il a été retrouvé mort ce matin. Sans doute empoisonné.

J'ai une bouffée de chaleur puis tout mon corps se glace.

— Non ! C'est pas possible ! (Non seulement je suis incapable de sauver ma mère, mais en plus je suis incapable de sauver le Cercle !) C'est à cause de moi !

— Non, ce n'est pas ta faute. Ni la nôtre. C'est la leur. Ce sont des *terroristes*, Avery.

Il a l'air aussi dégoûté que moi.

J'emboîte le pas à Jack en tripotant nerveusement mon collier. Un véhicule nous attend et je remarque que la sécurité a été renforcée depuis hier. Comme tous les Saxon sont scotchés à leur téléphone, Jack et moi nous retrouvons dans la voiture en tête-à-tête. Il pose sa veste de manière à ce que nous puissions nous tenir la main à l'insu du chauffeur.

Il n'y a pas de voitures à Venise. Dès l'entrée de la ville, les déplacements se font surtout en bateau sur le Grand Canal, un large cours d'eau ondoyant qui serpente au cœur de la cité, ou sur l'un des plus petits canaux adjacents qui mènent aux quartiers résidentiels. Une fois à notre hôtel, je prends une douche rapide et retrouve Lydia qui m'attend, tirée à quatre épingles et parfaitement maquillée. Personnellement, je ne suis pas vraiment d'humeur à faire la fête.

— Dev n'aurait pas voulu que ça te déprime, me console Lydia. (Elle me brosse les cheveux et relève les mèches d'une main experte pour former une coiffure élaborée.) Il aurait voulu que tu te maries pour arrêter l'Ordre. Tous les garçons qui ont été tués… ils espèrent que le sacrifice de leur vie renforce le Cercle.

Je la regarde dans le miroir, l'air abasourdie. Je suis étonnée que la seule réponse aux récents attentats soit de me pousser à épouser quelqu'un d'autre, mais j'imagine qu'il me reste encore beaucoup de choses à apprendre du Cercle.

— C'est étrange, remarqué-je, le Cercle est extrêmement puissant, mais… (Devrais-je vraiment lui dire ça ? Et si je la vexais ?) Si leur seule réaction face aux assassinats est d'espérer que le mariage d'une fille y mette fin… Eh bien, tu ne trouves pas ça bizarre ? C'est comme si l'Ordre affaiblissait le Cercle.

À ma grande surprise, les lèvres de Lydia dessinent un sourire.

— Ta vision des choses est intéressante, mais je ne suis pas d'accord avec toi. Peut-être que ça ne se voit pas encore, mais le Cercle est en train de se consolider et sera bientôt plus fort qu'il ne l'a été depuis très longtemps.

— Qu'est-ce que tu entends par là ?

— L'Ordre n'a pas toujours été aussi puissant. (Elle attache deux tresses derrière ma tête et je m'assure qu'elle camoufle la petite touffe de cheveux coupée pendant le mariage. Je déteste la voir.) Ça fait des siècles que personne n'a défié notre pouvoir. Ça nous a rendus complaisants. Tu sais ce qui nous a rappelé l'existence de l'Ordre ?

Je secoue la tête.

— Mon grand-père et mon oncle. Juste avant ma... (Elle me jette un coup d'œil furtif.) Juste avant *notre* naissance, ils ont été tués par l'Ordre. C'est comme ça que Père est devenu chef de famille.

Je me souviens que Jack a parlé de l'assassinat du frère d'Alistair, mais il n'avait pas mentionné la responsabilité de l'Ordre.

— Combattre l'Ordre nous donne une raison de nous unir, continue Lydia.

Elle s'avance vers une armoire où sont pendus des vêtements qui doivent lui appartenir. Elle en extrait une robe blanche à manches longues et la pose sur le lit.

Je n'avais pas vu les choses de cette façon.

— Tu ne vas quand même pas me dire que tu es contente que l'Ordre commette des attentats !

— Non ! Mais c'est notre destin de vaincre l'Ordre, comme c'est ton destin de nous aider dans cette lutte, avec notre famille.

L'an dernier, en cours d'histoire, nous avons étudié la « destinée manifeste », une croyance selon laquelle il était inévitable – « c'était notre destin » – que les États-Unis conquièrent toute l'Amérique du Nord, en dépit des obstacles.

Et moi, je *suis* le destin du Cercle. « Leurs destinées entrelacées deviennent le destin du Cercle » – voilà ce que dit le mandat à propos de l'union entre la fille aux yeux violets et l'Élu. Le destin…

J'ajuste ma robe blanche tandis que Lydia arrange ses cheveux et son maquillage. Elle va chercher une toilette rouge dans la penderie et, tandis qu'elle se change, je distingue un tatouage sur ses côtes.

— Je pensais qu'il fallait attendre son dix-septième anniversaire pour être tatoué ?

Lydia effleure sa peau colorée.

— Ce n'est pas le symbole des Saxon.

Elle se retourne pour me montrer le motif – une fleur qui n'a plus que quelques pétales, comme si quelqu'un avait joué à « il m'aime, un peu, beaucoup… » avec les autres. Elle enfile sa robe et le tatouage disparaît.

— Qu'est-ce que ça signifie ?

Elle se sourit à elle-même dans le miroir.

— Un jour, je te le dirai.

Je nous regarde dans la glace, debout l'une à côté de l'autre, moi, le visage blême et tout en blanc, ombre de ma sœur flamboyante avec sa peau mate, son rouge à lèvres vif et sa robe corail. Elle me prend le bras.

— Prête à rencontrer le prétendant numéro cinq ? Attention, c'est un beau gosse !

Le bateau glisse sur l'eau jusqu'au débarcadère devant l'hôtel des Mikado, et un homme en costume fraîchement repassé et chapeau haut-de-forme me tend une main pour m'aider à sauter à terre. Les gardes des Saxon m'entourent immédiatement, avec Jack au centre, tout près de moi.

Je tourne la tête rapidement : le soleil est en train de se coucher sur le Grand Canal. La journée a été grise et les averses de l'après-midi crépitaient sur l'eau des canaux. Toutefois, au moment où nous avons quitté l'hôtel, le soleil est apparu et toute la ville brille à présent d'une lumière rosée, mettant en valeur les façades colorées des immeubles.

La basilique Saint-Marc et les édifices adjacents se reflètent dans le canal, dessinant des aquarelles sur la surface de l'eau dans la lumière brumeuse. Soudain, un vaporetto – un bateau-bus – passe au beau milieu du reflet et les vaguelettes s'irisent d'orangé dans son sillage. Comme j'aurais aimé pouvoir profiter de la vue et de la fête... Je suis censée passer une bonne soirée, rire, m'amuser. La dernière fois que ça s'est produit, j'étais en Inde et voilà qu'à présent Dev est mort. Je n'aime vraiment pas ça. En outre, je commence à craindre de revenir bredouille ce soir, en essayant de suivre l'indice de *la Serenissima*.

— Tout va bien ? demande mon père.

Sa voix me fait sursauter.

— Oui, oui, très bien.

— Je sais que tu n'es pas rassurée, mais nous allons te protéger.

Je fais oui de la tête, même si ma propre sécurité est le cadet de mes soucis. Je lance un dernier regard par-dessus mon épaule et lui emboîte le pas.

Les Mikado sont prétendument à Venise pour une collecte de fonds – le genre de manifestation vaguement caritative que les riches utilisent comme excuse pour se montrer. Ryo Mikado est Premier ministre de son pays. Il est assez rare que des membres du Cercle de rang aussi élevé occupent des fonctions officielles, mais c'est le cas au Japon.

Bien sûr, le nombre de convives a augmenté de manière exponentielle lorsque les Mikado ont annoncé leur présence. Il a même fallu limiter les invitations, me dit mon père, et il y a suffisamment de célébrités pour que l'événement soit filmé et partiellement retransmis en direct. Je pensais que les gens auraient des réticences à venir, à la suite du dernier assassinat, mais la nouvelle semble avoir eu l'effet inverse. Le dispositif de sécurité est particulièrement impressionnant. Jack se tient avec un petit bataillon de gardes qui parlent à voix basse dans leur micro-cravate et surveillent les fenêtres aux lourds rideaux de velours qui donnent sur le Grand Canal.

Je m'installe avec mon père, Lydia et Cole à la table principale, sous un plafond orné d'une fresque aux couleurs passées représentant des scènes de la mythologie grecque. En face de nous, derrière quelques tables plus petites, se trouve une estrade où un trio de jazz joue depuis notre arrivée. Entre la mise en bouche et le plat de résistance, nous aurons la chance d'écouter Sunday Six, le boys band le plus populaire de ces dernières années. Le clou de la soirée.

La salle est pleine à craquer de membres du Cercle. En Inde, les convives ne cachaient pas leur intérêt pour ma personne ; ici, mes admirateurs m'observent à la dérobée et parlent à voix basse. Ils ne peuvent s'empêcher de contempler mes yeux. Pour la première fois, je comprends ce que c'est d'être célèbre et d'avoir une foule à ses pieds. Je voudrais tant que ça cesse. Je ne suis pas sûre de bien jouer mon rôle de princesse du Cercle ce soir.

Bientôt le silence se fait. Lydia passe son bras derrière la chaise de son père pour me serrer l'épaule au moment où la porte s'ouvre : les Mikado entrent en scène.

Je plaque un sourire factice sur mon visage. Lydia ne m'a pas dit si les Mikado étaient un « bon parti », mais j'imagine que ça n'a aucune importance – ce n'est pas comme si c'était à moi de les impressionner. Ils voudraient que j'épouse leur fils quoi qu'il arrive. La famille se dirige vers notre table et Takumi s'incline avant de s'asseoir à côté de moi.

— C'est un plaisir de faire ta connaissance, Avery.

J'ignore à quoi je m'attendais, mais clairement pas à ça. Takumi est grand, mince et porte des lunettes à monture noire. Ses cheveux sont rasés sur les côtés et plus longs sur le dessus, élégamment coiffés. À la différence du père qui porte un smoking traditionnel, le fils arbore un jean slim et une veste longue et asymétrique tout droit sortie d'un défilé de mode.

Bien qu'il ressemble davantage à une gravure de mode qu'à une vraie personne, Takumi est poli et sympathique. Pendant l'entrée, nous discutons de la beauté de Venise et de mon voyage à Londres. Il me parle de son restaurant préféré à Tokyo et me propose de m'y amener un jour. Il m'apprendra aussi à commander de vrais *ramen* japonais – qui sont très différent des sachets croustillants que l'on trouve en supermarché – dans un distributeur. Un distributeur ? Il est choqué d'entendre que je n'ai jamais mangé de sushis ; je lui conseille, s'il se rend un jour aux États-Unis et veut manger un bon burger, d'aller chez In-N-Out. Nous parlons de tout sauf des sujets importants, ce qui m'aide à oublier que le reste des convives nous fixe des yeux et analyse sans doute le moindre de mes mouvements.

Je n'ai pas encore consulté ma montre depuis que Takumi est arrivé et ses parents n'ont pas eu de comportement bizarre non plus, ce qui est un changement appréciable. Les dernières familles étaient si affreuses qu'imaginer un avenir avec elles me rend malade. Quant à Dev, j'aurais pu vivre avec lui, mais à présent… est-ce que ça veut dire que Takumi serait le meilleur choix, si jamais il n'y avait pas d'autre solution ?

Lui ou Stellan, j'imagine. Car il y a toujours Stellan. Plus je réfléchis à épouser quelqu'un, plus je pense à lui comme potentiel conjoint. Au moins, je n'aurais pas à m'inquiéter d'une famille louche ou d'une femme d'un premier mariage. Qui plus est, je le connais mieux qu'aucun des autres garçons du Cercle. Je sais au moins à quoi m'en tenir. En même temps… je ne sais que trop bien comment il est, et c'est bien ça le problème.

Enfin, les haut-parleurs sur la scène grésillent. Le concert va commencer.

J'ai beau m'être habituée au Cercle, il y a encore des moments où je m'étonne d'être ici. Mon amie Lara de Lakehaven, ou n'importe laquelle de mes copines, aurait une crise cardiaque si elle se retrouvait dans la même pièce qu'Eli, Alexsi et Noah. Sunday Six, qui se produit généralement dans des stades remplis de groupies surexcitées, s'apprête à jouer à deux mètres de moi. Si quelqu'un que je connais ne venait pas de se faire tuer, cette soirée serait vraiment sympa.

Lydia m'a expliqué que les trois membres du groupe sont du Cercle. Noah Day est un cousin des Saxon, Alexsi Popov est un parent des Vasilyev et Eli Abraham, le chanteur, est un Melech. Avec le soutien de trois grandes familles, pas étonnant qu'ils connaissent un succès planétaire.

Les caméras de chaînes de télé, qui filmaient jusqu'alors la foule sans objectif précis, zooment maintenant sur l'estrade, et les lumières s'éteignent. Les trois garçons montent sur scène sous un tonnerre d'applaudissements. Alexsi accorde sa guitare et Noah donne quelques coups de baguettes sur les cymbales. Eli balance le pied du microphone entre ses mains et scrute la foule. Ses cheveux noirs sont retenus en arrière par un épais bandeau. Aucun des trois musiciens n'a les yeux violets, mais ils ont tous la démarche arrogante des membres du Cercle – et des rock-stars.

Les yeux d'Eli se posent sur notre table et rencontrent les miens. Ses lèvres se retroussent en un rictus qui n'est pas tout à fait un sourire. Puis il se remet à ajuster le micro. Je ne suis pas vraiment fan de Sunday Six, donc je peux me tromper, mais Eli a un comportement un peu étrange. Il semble plus distant qu'à la télévision – peut-être qu'il n'est pas aussi enthousiasmé par ce type d'événement que par un concert devant des adolescentes déchaînées.

— Un, deux, et un, deux, trois, quatre ! compte le chanteur, puis le groupe entonne l'un de ses premiers succès, « After Midnight ».

En dépit de l'humeur maussade qui pèse sur la soirée, le vin et la musique ont réussi à dérider les convives. Je vois quelques têtes bouger au gré de la mélodie et, à côté de moi, Lydia chantonne le refrain. Même Takumi marque le rythme du pied.

À la fin du morceau, Eli s'essuie le visage avec sa chemise à carreaux et s'approche du micro.

— La prochaine chanson, annonce-t-il avec un autre de ses mystérieux sourires, est pour une jeune femme très spéciale. Bonsoir, Avery West. Tu vas changer le monde, tu sais.

Je redresse le dos, surprise. En général, le Cercle ne s'exprime pas ainsi en public. Les caméras font un panoramique de la salle avant de se tourner vers moi et je m'évertue à prendre un air détaché. L'espace d'un instant, j'imagine Lara en train de regarder l'émission chez elle et me demande si elle me reconnaîtrait. Si oui, elle tomberait des nues. Le groupe se remet tout à coup à jouer et la caméra se détourne de moi.

Lydia me touche le bras derrière le dos de notre père et lève un sourcil d'un air coquin en direction d'Eli. Je bouge les lèvres comme pour dire :

— Mais oui, bien sûr.

Il n'est pas un héritier de ligne directe et ne peut donc pas être choisi pour accomplir le mandat. Et n'oublions pas qu'il est *Eli Abraham.* Après tout, c'est lui qui ne cesse de me sourire et de m'interpeller. Grâce à mes yeux, des personnes comme le chanteur de Sunday Six s'intéressent à moi ! Tout est tellement bizarre.

Je dois admettre que le groupe se débrouille plutôt bien en live, bien qu'Eli semble dans la lune. Je ne me sens toujours pas suffisamment gaie pour danser sur ma chaise comme le fait Lydia, mais j'apprends à Takumi les paroles de quelques refrains.

Ils terminent le concert sur mon morceau préféré de leur répertoire. Eli descend de l'estrade, micro à la main. Il fait le tour de la pièce, puis s'approche de nous.

— *In the name of looooooove !*

Lorsqu'il entonne la dernière note, ponctuée d'un coup de cymbale sonore, la salle applaudit à tout rompre. Eli esquisse un autre de ses rictus mélancoliques et s'incline très bas vers notre table. Des sifflements et des hourras fusent dans la salle.

Eli ne se relève pas tout de suite. Lorsqu'il le fait, je lui décoche un grand sourire, mais il ne me le retourne pas. En fait, il a l'air profondément préoccupé.

— Je suis vraiment désolé, dit-il en posant le micro sur la table à côté de lui.

Je me penche vers lui, étonnée, et sens que le reste de la salle retient son souffle.

Et tout à coup, Eli Abraham sort un pistolet de la ceinture de son jean. Il le braque sur notre table et tire. Takumi Mikado est touché en pleine poitrine, à bout portant.

8.

Après quelques instants de silence complet, tout le monde se met à hurler. Les gens se précipitent vers les portes, renversent des chaises, se bousculent.

Je reste à ma place, figée, pour la bonne raison que Takumi s'est écroulé sur moi. Sa gorge émet un gargouillement et, derrière ses lunettes, ses yeux devenus vitreux continuent de cligner.

Des gardes se ruent sur Eli des deux côtés et Jack réussit à lui faire mordre la poussière. L'assassin se relève et pointe à nouveau son arme.

— Jack ! hurlé-je, mais Eli presse l'arme contre sa propre tempe et appuie sur la détente.

La situation est irréelle : Jack plaque au sol le chanteur mort du groupe de pop le plus célèbre au monde tandis qu'un garçon que je viens de rencontrer est en train de rendre l'âme dans mes bras.

Le corps de Takumi s'affaisse sur mes genoux, ses cheveux lui tombent sur le visage. Je pose une main sur sa plaie à la poitrine, mais il y a tant de sang que je ne sais pas exactement où la balle est entrée.

— Ça va aller, dis-je comme par réflexe. (Ma voix est faible, grêle, désespérée.) Ça va aller. Tu vas t'en sortir.

Mais il ne va *pas* s'en sortir. Il cligne encore deux fois des yeux en me fixant du regard, puis ses paupières se ferment et sa respiration rauque cesse.

Des mains soulèvent le corps, puis on me conduit sans cérémonie hors de l'édifice et dans un bateau. Ce n'est que lorsque nous filons à toute allure sur le Grand Canal que je me rends compte que mes mains et ma robe blanche sont maculées de sang.

Eli a agi seul, disent-ils. Les autres membres du groupe avaient remarqué qu'il était préoccupé depuis quelques jours, mais ils n'avaient aucune idée de ce qui allait se passer. Personne ne sait comment l'Ordre a réussi à contraindre Eli. Mais ils ont clairement fait d'une pierre deux coups en tuant d'une manière spectaculaire un garçon qui pourrait être l'Élu et un autre membre éminent du Cercle.

De retour à notre hôtel, on m'enferme dans une suite ultrasécurisée. Je prends une douche, me change, et cherche un moyen de sortir. Peut-être aurions-nous dû annuler nos plans après ce qui vient de se passer. J'ai toujours l'impression d'être couverte du sang de Takumi, et les mots d'Eli Abraham – ses excuses et son étrange affirmation que je peux changer les choses – sont gravés dans mon esprit. Or, à ce moment précis, suivre les indices me semble plus important que jamais.

Le problème, c'est qu'il y a plusieurs gardes devant ma porte et encore d'autres agents de sécurité au bout du couloir. Mon plan initial de me glisser dehors une fois seule ne fonctionnera jamais. Je m'approche de la fenêtre et écarte légèrement les rideaux de soie. Impossible de sortir par là : nous sommes au quatrième étage et ma chambre donne sur le canal.

Pendant de longues minutes, je fais les cent pas devant la porte. Pour couronner le tout, ils m'ont évacuée de la salle de réception avant même que je puisse m'assurer que Jack allait bien, et il n'a pas répondu à mes textos. Je tape nerveusement avec mes ongles sur mon téléphone, de plus en plus vite. Et soudain, je discerne une voix à l'accent britannique dans le couloir. Je me fige. Jack ? Que fait-il ici ? C'est clairement lui, je l'entends discuter comme si de rien n'était. Une vague de soulagement me submerge.

Puis, au fond du corridor, j'entends le bruit assourdissant d'une explosion, des exclamations, des pieds qui arrivent en courant, puis la voix de Jack :

— Allez-y, je surveille.

Quelques secondes plus tard, on frappe deux coups à la porte, une pause, puis encore deux coups. Notre signal. Je saisis mon sac et entrouvre le battant.

Jack se tient dos à moi, tourné vers le couloir. Il prépare sa défense : si cette scène est filmée par des caméras de sécurité, il pourra dire qu'il ne m'a pas vue sortir.

— Prends la troisième à gauche, chuchote-t-il sans se retourner. Sortie de secours. J'ai désactivé l'alarme.

— D'accord, réponds-je à voix basse en fermant doucement derrière moi.

Je me dirige vers l'issue de secours à pas de loup sur l'épaisse moquette qui couvre le sol. Je pousse la porte qui donne sur l'escalier de service, descends les marches quatre à quatre et me retrouve dans une étroite ruelle entre deux bâtiments. Je m'arrête un instant pour écouter puis laisse le battant se refermer derrière moi et me coule dans la pénombre un peu plus loin.

La sortie de secours s'ouvre à nouveau quelques minutes plus tard – je reste immobile dans l'obscurité – et la tête de Jack apparaît dans l'embrasure. Il regarde autour de lui. Je m'assure qu'il est seul et le rejoins en courant.

Avant même que je puisse ouvrir la bouche, il me prend dans ses bras et je me laisse consoler. Tous les sentiments – le choc, la peur – que j'ai refoulés déferlent sur moi par vagues. Jack me presse plus fort contre lui. Je me recule légèrement, attire son visage vers le mien et dépose un baiser sur ses lèvres.

Il s'écarte.

— Je..., commence-t-il.

Je me contente de secouer la tête, j'appuie à nouveau mes lèvres contre les siennes et nous nous embrassons comme si notre vie en dépendait.

La dernière fois que nous avons *fauté*, Jack a mis le holà dès que nos bouches se sont effleurées.

Pas cette fois.

Nous nous serrons si fort que je sens les muscles vigoureux de ses bras contre mon dos. Ma peau semble fondre au contact de la sienne et la sensation est des plus agréables.

C'est encore mieux que dans mon souvenir. Comment parvenons-nous à nous retenir ? Ses baisers me rassurent. Je me sens en sécurité. J'oublie tout.

Ce n'est que lorsque nous heurtons le mur de pierre humide de l'édifice adjacent que nous nous détachons, à bout de souffle. Je n'avais même pas remarqué que j'avais soulevé sa chemise et glissé mes mains sur son torse, juste au-dessus de ses mystérieuses cicatrices circulaires.

Jack me dégage les cheveux du visage.

— Tu étais juste à côté de lui. Il aurait pu te tuer !

— Il ne l'a pas fait. (Je sors mes mains de sous sa chemise et les passe derrière son dos.) Il aurait pu mais il ne l'a pas fait. C'est ce que je dis depuis le début. L'Ordre ne veut pas me tuer. Mais il aurait pu *te* tirer dessus.

— Il ne l'a pas fait non plus.

Un violent frisson me parcourt et Jack me serre une fois de plus contre lui.

— Il faut que tout ça s'arrête.

Il ne s'agit plus seulement de ma mère. Liam, Dev Rajesh, et maintenant Eli et Takumi. Avant eux, je savais que l'Ordre assassinait des gens, mais ça restait pour moi du domaine du théorique. Maintenant, ces personnes, je les connais.

Mon mariage mettrait-il fin à ce massacre ? Les Saxon le pensent, mais moi, je n'en suis pas convaincue. Si je prouvais que l'union ne permet pas de découvrir le tombeau, ils n'auraient peut-être plus aucune raison de continuer à tuer des jeunes gens… ça n'aiderait cependant pas ma mère. D'autant que le temps presse.

— Il faut qu'on trouve le tombeau, affirmé-je. Il y a forcément un indice ou une piste à Venise.

— Oui.

Je prends une profonde inspiration et sens la poitrine de Jack se gonfler contre la mienne. Je finis par m'écarter de lui et repousse les quelques mèches qui barrent mon visage.

— On devrait y aller.

Jack a les cheveux en bataille, la chemise de travers. Son bras bouge, s'avance vers ma main, s'arrête. Il voit que je remarque son hésitation. Nous sommes tous les deux figés, à attendre que l'autre agisse, ouvre la bouche, reconnaisse qu'à mesure que la situation empire il devient plus difficile d'être l'un sans l'autre.

— Je..., commence Jack en enfonçant les deux mains dans les poches.

Je fais un signe de la tête, lisse ma jupe et, sans un mot, nous courons vers le bout de la ruelle.

Le brouillard tombé depuis le dîner nous empêche de voir à plus de deux mètres, mais il semble amplifier l'écho dans les étroites allées qui servent de rues aux Vénitiens dont la maison ne donne pas sur l'eau. Je sursaute chaque fois qu'une porte claque ou qu'une embarcation à moteur vrombit sur un canal, et je regarde par-dessus mon épaule au moindre bruit de pas.

Jack marche à côté de moi en silence, perdu dans ses pensées. Que se passera-t-il quand je reverrai ma mère – *si* je la revois ? Si je reste avec le Cercle, je ne serai peut-être pas obligée de me marier mais, à moins que je n'aie assez de pouvoir pour changer les règles du jeu, Jack et moi ne pourrons jamais être ensemble. Nous pourrions nous enfuir, mais cela signifierait abandonner la famille que je viens de rencontrer et, pour lui, quitter la seule famille qu'il ait jamais eue. Tant d'inconnues...

Enfin, après avoir parcouru le dédale de ruelles sans mot dire, nous apercevons une lueur et débouchons sur une grande place. Je laisse échapper un sifflement admiratif : on se croirait dans un conte de fées.

Le brouillard n'est pas si dense ici – il doit avoir plus de place pour se dissiper. Tout à l'heure, notre chauffeur nous a parlé de l'*acqua alta* : « Estimez-vous heureux qu'on ne soit pas au mois d'août », nous a-t-il expliqué dans un anglais approximatif, « si l'*acqua alta* arrive en août, on sent l'odeur de Venise dans toute l'Italie ».

Maintenant je vois ce qu'il veut dire.

La place Saint-Marc est complètement inondée. Les touristes se promènent sur des passerelles en bois surélevées mais on dirait qu'ils marchent sur la surface de l'eau. Les éclairages de la basilique et des autres édifices se reflètent dans les vaguelettes, traçant des traits étincelants dans la lumière du crépuscule. Autour de la place, des locaux chaussés de bottes en caoutchouc vaquent à leurs occupations, entrent dans des boutiques et boivent leur café à la table de terrasses à moitié submergées.

Je me passe la langue sur les lèvres. L'air de Venise a goût d'eau de mer stagnante et de poisson, avec une pointe de vent frais qui ne le rend pas désagréable.

Je regarde autour de moi et tente de me repérer. Nous sommes entrés sur la place par le coin le plus proche de la basilique Saint-Marc. Il y a un petit café d'un côté et une rangée de magasins fermés et de terrasses de l'autre.

— Malheureusement, « *la Serenissima* » ne fait pas référence à un quartier spécifique de Venise, ce qui aurait pu nous donner une indication, fais-je remarquer. En revanche, il y a cette théorie au sujet des ossements d'Alexandre le Grand qui seraient cachés dans la basilique. (Stellan a déniché le livre que je lui ai demandé dans la bibliothèque des Dauphin et m'a raconté les détails.) Napoléon a pu entendre cette rumeur aussi. Il était très intéressé par cette église. Et ça, ajouté-je en pointant du doigt l'autre côté de la place, c'est l'*Ala napoleonica*, l'Aile napoléonienne. Même si, ces jours-ci, on dirait qu'elle ne comporte que de l'histoire vénitienne. C'est pour ça que je veux d'abord aller voir la basilique.

Jack opine du chef.

— Ça me semble une bonne idée.

— En fait, intervient une voix féminine derrière nous avec un léger accent français, j'en ai une meilleure, mais ne vous gênez pas pour moi, continuez à perdre votre temps.

Nous faisons volte-face, et là, adossée à une colonne, à des centaines de kilomètres de Paris, se tient Élodie, l'assistante des Dauphin.

9.

Jack se jette devant moi pour me protéger et je plonge la main dans mon petit sac pour attraper mon couteau. Comme si ça allait me servir face à l'armada de gardes que les Dauphin ont sans doute dépêchée pour me ramener manu militari dans leur cave et m'enfermer dans une cellule.

— Où sont-ils ? demandé-je en regardant autour de moi. Où sont les autres ?

Élodie fait quelques pas et frôle le bord de l'eau du bout du pied. Les reflets platine de ses cheveux brillent dans la nuit.

— Je commençais à croire que le petit épisode déplaisant de cet après-midi vous avait dissuadés de sortir.

— *Déplaisant* ? Il y a eu deux morts !

— Comment tu nous as trouvés ? demande Jack.

Elle roule des yeux.

— Tu ne devines pas ?

Jack se raidit.

— Stellan ! Je vais le tuer…

— Ah non, il ne m'a rien dit. Je me suis juste souvenue de votre petit « plan à trois » et, avec l'absence prolongée de Stellan, parti *espionner les Saxon*, je n'ai eu aucun mal à tirer des conclusions. J'ai trouvé le téléphone secret qu'il a utilisé pour communiquer avec vous, et voilà, déclare-t-elle en observant le bracelet qui scintille à mon poignet. Tu devrais vraiment être plus prudente.

Jack bondit derrière elle et presse son arme contre son dos.

— Qu'est-ce que tu nous veux, Élodie ?

— Jack ! commencé-je, mais avant que j'en dise plus, Élodie s'est retournée et lui a décoché un coup de genou dans l'entrejambe.

Elle se recule de quelques pas :

— Bas les pattes ! (Elle se tait quand Jack braque son pistolet sur elle. Heureusement, le petit café auprès duquel nous nous trouvons est vide à cette heure tardive, si bien que nous n'avons pas de spectateurs.) Tout le monde a des instincts meurtriers ce soir, dis donc, raille Élodie en levant les bras.

— Tu te rends compte de ce qui s'est passé tout à l'heure ? crié-je. Je m'en fous si tu nous dis la vérité, tu as choisi le plus mauvais moment pour nous faire cette petite surprise.

— Je ne vais pas vous faire de mal, reprend-elle d'un ton calme, toujours les mains en l'air.

— Baisse ton arme, Jack, dis-je.

— Elle peut donner l'alerte chez les Dauphin d'une minute à l'autre. (Les yeux de Jack scrutent la place, mais personne n'approche.) Je ne sais pas ce qu'ils ont prévu, mais je peux te garantir qu'elle n'est pas venue juste pour papoter.

— Pose-la, Jack, répété-je. Deux morts ce soir, ça suffit.

Il l'abaisse doucement. Je range le couteau dans mon sac et en sors une bombe lacrymogène.

— C'est juste du gaz, expliqué-je à Élodie. Tu ne peux pas non plus t'attendre à ce qu'on te fasse confiance.

— Là, fait Jack en montrant du doigt une table à la terrasse du café. Assieds-toi.

Je continue à la menacer avec mon spray tandis que Jack sort une paire de menottes de la poche intérieure de sa veste et attache ses poignets à la chaise.

— Vous êtes sérieux ? souffle Élodie en se laissant tomber en arrière.

— Simple précaution.

Une fois qu'elle est solidement menottée, je range la bombe.

— J'avoue qu'après t'avoir aidée à fuir le mariage… (Élodie écarquille ses yeux en amande pour prendre un air innocent), je pensais que tu serais un peu plus heureuse de me voir.

Alors c'était bel et bien un geste délibéré de sa part.

— Pourquoi tu m'as aidée ?

— Je m'ennuyais. Je voulais un peu d'action.

— Sérieusement, Élodie…

— Vous voulez vraiment savoir pourquoi je suis ici ? s'enquiert-elle d'un ton hautain. Vous auriez pu me le demander *avant* de me menotter. Comme je vous le disais, j'ai épié vos conversations avec Stellan et je pense que j'ai des informations supplémentaires sur les indices.

Nous laissons Élodie attachée à la chaise. Ses longues jambes minces sont nonchalamment croisées, comme si elle prenait tranquillement un café un soir de brume. J'ai envoyé un SMS à Stellan pour changer le lieu du rendez-vous et, quelques minutes plus tard, je me retourne en entendant des pas lourds sur la plate-forme de bois.

— Je suis au courant de ce qui est arrivé tout à l'heure, dit Stellan. Comment ça va ?

Il regarde par-dessus mon épaule et s'arrête net lorsqu'il aperçoit Élodie.

— Qui vois-je ? Oh ! Mais c'est celui qui tient la chandelle ! le nargue la jeune fille en lui faisant coucou des doigts.

Stellan se tourne vers Jack et moi.

— Quelqu'un veut bien m'expliquer ce qui se passe ? J'imagine que vous ne l'avez pas menottée par plaisir.

Je lui raconte tout ce que nous savons. Stellan se mord la lèvre inférieure puis saisit une autre chaise et s'installe en face d'Élodie.

— Les Dauphin ne t'ont pas vue ? Tu ne leur as pas parlé de tes plans ? Tu nous jures que tu ne bouges pas si on te détache ?

Élodie roule des yeux.

— Écoutez, je ne me serais pas pointée ici toute seule et relativement désarmée si je voulais faire du mal à l'un d'entre vous ou à votre chère fille aux yeux violets, compris ? Et je n'ai rien dit aux Dauphin.

— *Relativement* désarmée ? dis-je, mais Stellan se courbe en avant et regarde Élodie droit dans les yeux.

— Tu nous dis la vérité, Él ?

Elle reste de marbre.

— Oui. (Elle lève ensuite les yeux vers Jack avec la même expression déterminée.) Jackie, tu sais que je dis la vérité. Je n'ai jamais rien pu te cacher. Et après ce qui s'est passé ce soir, je pense que vous avez besoin de toute l'aide possible pour arrêter l'Ordre.

Elle l'a appelé *Jackie* ?

Jack sort de sa poche les clés des menottes. Élodie bat des paupières et j'ai tout à coup l'impression d'être exclue. Je sais que Jack et Stellan ont un passif ensemble, mais je n'avais pas songé au fait que Jack connaît sans doute aussi Élodie depuis plusieurs années. J'ai beau essayer, je n'arrive pas à me le représenter comme un « Jackie ».

— D'accord, concédé-je. Mais pourquoi tu veux nous donner un coup de main ? C'est pas dans ton intérêt.

D'un mouvement de la tête, Élodie dégage sa frange qui lui tombe dans les yeux et je me demande – même si ce n'est pas le moment – comment elle fait pour que ses cheveux soient toujours aussi parfaits. Elle a des origines asiatiques et je ne pense pas que sa couleur blond platine soit naturelle, mais elle est tout le temps impeccable.

— Bien sûr que c'est dans mon intérêt. Je suis certaine qu'ils finiront par s'attaquer à Luc. Ils s'en prennent aux potentiels Élus, dans toutes les familles du Cercle. Luc a peut-être obtenu un sursis parce qu'ils ont déjà tué l'un des bébés des Dauphin, mais je ne sais pas… Je préfère les arrêter avant qu'ils ne s'attaquent à lui. (Elle a l'air sincère.) Et cerise sur le gâteau, trouver le tombeau signifierait gloire, fortune, éloges… je pense que vous n'y êtes pas indifférents non plus, conclut-elle avec un ton à nouveau sarcastique.

Jack se gratte le cou et hausse les épaules en me regardant. Il est prêt à lui faire confiance.

— OK, Élodie, dis-je. Bon, il commence à se faire tard. On ferait peut-être mieux d'aller voir la basilique avant qu'elle ne ferme, non ?

Ce qu'Élodie a à nous dire attendra, je ne vais tout de même pas abandonner mon idée parce qu'elle pense en avoir une meilleure.

À peine entrée dans la basilique Saint-Marc, elle prend Jack à part pour lui montrer le détail d'une fresque.

— On n'a qu'à se séparer. On se retrouve dans dix minutes ? proposé-je en attrapant le bras de Stellan pour le tirer vers l'allée centrale.

— Oui, je lui fais confiance, affirme ce dernier avant même que je n'ouvre la bouche. (Je m'étrangle d'indignation.) Je lis en toi comme dans un livre ouvert, je savais exactement ce que tu allais demander.

Je fronce les sourcils et me dirige vers les premières œuvres d'art d'un côté de l'église. Stellan s'occupe des tableaux placés en hauteur. L'image d'Élodie en train de lui sourire me rappelle notre soirée au club à Istanbul. Je me souviens de son expression lorsqu'elle a vu Stellan se faire draguer. Apparemment, personne n'est indifférent à son charme. C'est ce qu'elle m'a fait comprendre.

— Il y a quelque chose entre Élodie et toi ? demandé-je en observant son profil délicat pour y déceler un éventuel mensonge.

Stellan considère une statue de Jésus et de la Vierge Marie.

— Ça a quelque chose à voir avec notre affaire ?

— Je ne sais pas, à toi de me le dire. (Sa bouche dessine un sourire. Nous nous approchons de l'autel.) Tu n'as pas douté d'elle un instant lorsqu'elle a affirmé ne pas nous vouloir de mal. Peut-être que c'est vrai, mais je pense que j'ai le droit de savoir si c'est par simple déduction rationnelle que tu es prêt à lui livrer tous nos secrets – ou s'il y a autre chose.

Stellan, qui observait une croix dorée, se tourne vers moi.

— Tu es jalouse, ma petite femme ?

Je me hérisse.

— Je dis juste qu'il s'est clairement passé quelque chose entre vous… au moins une histoire d'amitié.

Le sourire de Stellan s'élargit.

— Oh, bien plus que de l'amitié.

— Ah, tu vois !

— Laisse-moi te donner une leçon de vie. Ce n'est pas parce que deux personnes ont eu une aventure qu'elles se sont juré amour et fidélité jusqu'à la fin des temps. (Il lève un sourcil.) Parfois, c'est juste un coup d'un soir.

— Vous vous connaissez depuis toujours. Ça ne peut pas être *juste* quelque chose.

— C'est précisément pour *ça* que je crois Élodie. Fais-moi confiance, *kuklachka,* ajoute-t-il lorsque j'essaie de l'interrompre. Je sais ce que je fais. Je suis assez intelligent pour ne pas accorder du crédit à une fille juste parce qu'elle est jolie. Après tout, je remets en question presque tout ce que tu me dis.

J'ignore le compliment. Au moins, aucun de mes prétendants du Cercle ne m'a fait les yeux doux. Au contraire, ils se sont montrés très professionnels, comme s'il s'agissait juste de signer un contrat. À la différence de Stellan.

— Je ne t'ai jamais menti… Au moins depuis la dernière fois que je t'ai menti. Mais à l'époque je ne savais pas que je pouvais compter sur toi.

J'aime à croire que je peux me fier à lui à présent. Enfin, une confiance mêlée de saine suspicion, mais tout de même.

Il me donne un petit coup d'épaule.

— Si on ne peut pas faire confiance à son futur mari, où va-t-on ? me souffle-t-il à l'oreille en esquivant mon coup de coude dans les côtes.

Après avoir passé la basilique au peigne fin sans succès, nous retrouvons Jack et Élodie dans l'entrée. Eux aussi sont revenus bredouilles. Je me tourne vers la jeune fille pour l'interroger, curieuse d'entendre ce qu'elle peut apporter.

— Avant de vous donner mon avis, répond-elle, je veux m'assurer d'avoir tout compris. Vous avez le bracelet qui pourrait indiquer où se trouve le tombeau d'Alexandre le Grand. Vous êtes à la recherche d'un bijou assorti qui permettrait de compléter l'indice. Et vous cherchez le tombeau parce que le Cercle veut une arme contre l'Ordre, pour mettre fin aux assassinats et se débarrasser de ses ennemis pour de bon. (J'opine du chef.) Autre chose que je devrais savoir ? demande-t-elle en nous dévisageant tour à tour.

Je lui lance un regard assassin. J'ai bien compris son sous-entendu : depuis que je l'ai rencontrée, Élodie est persuadée que j'ai un faible pour Stellan.

— Ce n'est pas ce que tu crois. Stellan est là pour nous donner un coup de main, un point c'est tout.

Élodie me décoche un sourire suffisant.

— Je ne pensais pas *réellement* que vous aviez une relation à trois, mais je suis contente d'entendre que c'est la première chose qui te vient à l'esprit… Il n'y avait pas quelque chose avec ta mère ?

Je croise le regard de Jack qui hausse les épaules. Autant tout lui raconter.

— L'Ordre a enlevé ma mère, je veux la libérer.

Ce qui est proche de la vérité.

— Et ils ont tué Emerson Fitzpatrick, ajoute Stellan.

— Quoi ? Fitz est *mort* ?

— L'Ordre l'a assassiné, répété-je.

— Comment… Quand ?

— Il y a quelques semaines. Juste après le mariage avorté avec Luc, explique Jack.

— Je suis désolée, lui dis-je, je ne savais pas que tu le connaissais si bien.

— Moi non plus, ajoute Stellan.

Élodie coince ses cheveux derrière ses oreilles.

— Je… pas vraiment. Je n'étais pas au courant, c'est tout.

Un jour peut-être, je pourrai penser à M. Emerson sans éprouver cette douleur déchirante – mais ce n'est pas encore le cas. Il faut que je change de sujet.

— En plus, je ne veux pas qu'on me force à épouser quelqu'un pour accomplir le mandat, alors que je doute vraiment que ça fonctionne.

Nous sortons de la basilique et sommes engloutis par la nuit italienne. Un silence de plomb nous enveloppe, aussi épais que le brouillard. Nos chaussures font un bruit sourd alors que nous avançons sur le passage surélevé et je grelotte. Je croise les bras sur ma poitrine pour me réchauffer. J'aurais dû prendre une petite laine.

Jack arrive à ma hauteur et, sans me demander mon avis, il ôte sa veste et m'en couvre les épaules.

— Merci, dis-je du bout des lèvres.

Le vêtement de Jack est imprégné de son odeur – cette fragrance à la fois terreuse, chaude et un peu sucrée qui évoque des images que je ferais mieux d'oublier.

Derrière nous, la silhouette blanche et lumineuse de Saint-Marc se découpe dans le ciel noir. Sa façade est une accumulation infinie et complexe d'arches, de fresques et de hauts piliers, formant plusieurs strates, comme si les architectes n'avaient vraiment pas su quand s'arrêter. Et derrière apparaissent des dômes qui m'évoquent Sainte-Sophie.

Élodie allume une cigarette et laisse tomber une cendre incandescente dans l'eau sombre au-dessus de laquelle nous marchons. La petite braise orange clignote puis s'éteint, et Élodie semble reprendre ses esprits.

— Bon, comme je le disais, je suis ici parce que j'ai vu vos SMS à propos de l'indice que vous avez trouvé : « une union scellée dans le sang ». (Je n'arrive toujours pas à croire qu'elle nous espionne depuis plusieurs semaines ! J'acquiesce.) J'ai déjà réfléchi aux autres pistes, continue-t-elle, j'ai essayé de voir les choses sous un autre angle. Quand vous avez eu ce nouvel indice, j'ai pensé à un truc. Je t'ai parlé de la cartographie de la destinée cellulaire, dans un sens biologique, tu te souviens ?

J'acquiesce de la tête. Élodie a évoqué ce concept lorsqu'elle me préparait pour le mariage avec Luc Je pensais que c'était sa manière de me faire comprendre qu'elle m'aidait à m'échapper.

— Qu'est-ce que ça veut dire déjà ?

Nous nous arrêtons pour laisser passer une file de touristes sur une passerelle qui croise la nôtre.

— Une cartographie de la destinée cellulaire montre l'histoire de l'évolution d'une cellule. Ce qui m'y a fait penser, c'est surtout la première ligne du mandat : « Leurs destinées entrelacées. » (Je jette un coup d'œil à Stellan.) Mais aussi le fait qu'Olympias…

— Qui est Olympias ? demandé-je.

Ce nom a beau m'évoquer quelque chose, je n'arrive pas à mettre le doigt dessus.

— La mère d'Alexandre le Grand, répond Stellan. Élodie pourrait t'en parler pendant des heures.

— C'est parce qu'elle est l'une des femmes les plus fascinantes de l'Histoire, rétorque Élodie. Les gens disent que c'était une sorcière, mais elle était juste très en avance sur son temps. Scientifiquement parlant. Elle et Aristote. C'est grâce à eux que les membres du Cercle ont les yeux violets. Elle a réalisé une manipulation génétique inédite, même pour les scientifiques d'aujourd'hui. (Élodie tire longuement sur sa cigarette.) La génétique a toujours eu une grande importance au sein du Cercle. Elle est intrinsèquement liée au sang.

Je hausse les sourcils. Bien sûr que le sang est important pour le Cercle. *Gouverner par le sang*. Pourtant je ne me suis jamais demandé s'il s'agissait du sang dans le sens de « violence » ou dans le sens de « lignée ». Sans doute les deux.

— Et donc ?

— Donc, une « union scellée dans le sang » ne fait pas référence à mon avis à une simple convention sociale comme le mariage…

Exactement ! C'est ce que je me tue à dire depuis le début : le mariage comme but ultime du mandat n'a aucun sens. Et Napoléon a écrit dans son journal qu'« *ils se trompent à propos du mandat* ».

— Alors, ça signifie quoi, selon toi ?

— Ma théorie actuelle, qui est d'ailleurs partagée par certains membres du Cercle, explique Élodie d'une voix lente, est que l'union n'a rien à voir avec le mariage en tant que tel mais plutôt avec ce qu'il peut *engendrer*. C'est-à-dire… (elle se tourne vers moi), un enfant.

Un son étranglé s'échappe de ma gorge. Stellan se fige à ma droite et je m'efforce de détourner les yeux avant qu'il ne regarde dans ma direction. Déjà que je suis obsédée par l'idée de devoir l'épouser, si maintenant on doit *faire un bébé*, cette pensée va me tourmenter jour et nuit !

— Je pensais que tu avais réfléchi à nos indices. Me faire tomber enceinte ne va pas nous aider à trouver le second bracelet, ni le tombeau.

Élodie écrase son mégot du bout du pied, puis nous gagnons l'autre côté de la place Saint-Marc.

— Tu as raison, un enfant a sans doute davantage à voir avec l'union de deux lignées qu'avec la quête de Napoléon. Mais vous avez aussi cherché une manière d'ouvrir les bracelets, non ? Ce que je suggère, c'est que vos indices, en plus de vous conduire vers le second bracelet, peuvent avoir un rapport avec la question du sang, de l'ADN, d'un enfant potentiel. Ça pourrait être le mot de passe…

Je retire le bracelet de mon poignet, tourne la rangée de lettres. « Un pas de plus vers la révélation du secret, à travers une union scellée dans le sang », dit l'indice.

— Quel est le mot français pour « sang » ? demandé-je.

En réponse, Jack épelle le terme.

Seulement quatre lettres alors que le mot de passe doit en avoir cinq. En nous dirigeant vers le musée, nous énumérons différents vocables qui peuvent être liés à la théorie d'Élodie. « Bébé », « enfant », « destin »… La plupart des mots sont trop longs ou trop courts en français et ceux qui font cinq lettres ne collent pas.

— Ton idée n'est pas mauvaise, admet tout de même Stellan. On devrait regarder ça de plus près.

— Tu vois ? siffle Élodie. J'ai bien fait de pirater ton téléphone.

Stellan pousse un grognement de mépris.

— Pour l'instant, nous rappelle Jack alors que nous approchons de l'entrée du Museo Correr dans l'aile napoléonienne, nous avons toujours un second bracelet à trouver.

Le musée est déjà en train de fermer et le personnel refuse de nous laisser entrer. Stellan se penche vers un garde pour l'implorer de faire une exception. Je suis sur le point de lui dire que son charme n'opère pas sur l'homme grassouillet derrière le guichet quand Stellan lui tend une liasse de billets. L'effet est immédiat.

Nous entrons dans le hall d'exposition à la hâte.

— Il ne nous donne que dix minutes, lance Stellan, mais il n'y a pas beaucoup de salles. Séparons-nous.

Jack et Élodie partent dans un sens, Stellan et moi dans l'autre. Nous pénétrons dans une pièce au sol de marbre luisant et au plafond couvert de fresques. Je marche à grands pas en inspectant les murs.

— Tu lui fais confiance, maintenant ? me demande Stellan depuis l'autre côté de la salle.

— Je ne sais pas si « confiance » est le bon terme, disons que je suis prête à écouter ses théories. (Je longe un tableau représentant des dryades avant de finir mon tour de la galerie. Rien. Je m'arrête, mains sur les hanches.) Et si « *la Serenissima* » ne renvoyait pas à Venise ? suggéré-je, exprimant l'inquiétude qui a commencé à poindre avant même que nous ne sortions hier soir. On est peut-être dans une impasse.

— Finissons de fouiller ce musée avant de tirer des conclusions hâtives.

Nous nous engageons dans la pièce suivante.

— Qu'est-ce qu'on fait s'il n'y a rien ?

— On…

Stellan s'interrompt lorsqu'il aperçoit quelque chose derrière moi.

— Qu'est-ce qu'il y a ?

— Là, le même symbole que sur ton pendentif, fait-il avec un geste de la main.

Je fais volte-face. Eh oui, l'emblème est bel et bien là, gravé dans le mur au-dessus de ma tête et, encore plus haut, j'aperçois un bas-relief représentant trois femmes. Entre les deux, une inscription en français.

Je me précipite dans la salle adjacente pour appeler Élodie et Jack. Nous nous retrouvons autour de Stellan qui, les mains dans les poches, est en train de relire la phrase.

— Quelqu'un pourrait traduire pour la fille qui ne parle pas la langue de Molière ? les prié-je.

— « Là où Alexandre a un jour demandé conseil, les esprits des prêtresses surveillent un jumeau, mais il ne s'ouvrira qu'à travers l'union », traduit Stellan. Cet indice nous conduit encore ailleurs…

— Ça parle d'« un jumeau », dis-je pleine d'espoir. Peut-être que cette indication désigne vraiment où se trouve l'autre bracelet ?

Élodie fixe l'inscription, les yeux plissés.

— « Il ne s'ouvrira qu'à travers l'union », répète-t-elle dans sa barbe. Union scellée dans le sang. (Nous la regardons tous les trois mais elle se contente de se mordre la lèvre et se met à arpenter la pièce en marmonnant.) Destinées entrelacées. Cartographie de la destinée cellulaire. Destinées. (Elle nous regarde, les yeux écarquillés.) *Destinées.*

Je prends une photo de la phrase avec mon téléphone.

— À quoi tu penses ?

— Vous avez dit que les indices en Inde se trouvaient près des Moires, non ? Les trois divinités grecques du Destin ?

J'opine du chef. Je n'avais d'abord pas reconnu les trois femmes dépeintes sur le bas-relief du Musée indien mais nous avons fait le lien après coup, en examinant la photo prise par Jack.

— Ce bas-relief représente la même chose ! s'émerveille Élodie, triomphante. Le bracelet se trouve à un endroit important pour Alexandre mais est aussi connecté au destin. L'indice dit « esprits des prêtresses ». À quelle prêtresse Alexandre a-t-il demandé conseil ? Ça me revient. La Pythie ! C'est l'oracle le plus célèbre du monde, l'oracle de Delphes.

10.

— Comment va-t-on convaincre les Saxon de me laisser aller en Grèce ? demandé-je à Jack. (Nous nous arrêtons sous le portique qui entoure la place Saint-Marc, juste à côté d'un café aux lumières éclatantes et aux couleurs gaies. L'odeur des grosses parts de pizza en vitrine s'échappe par les portes ouvertes.) On ne peut pas attendre la fin des visites aux prétendants. Il nous reste moins de huit jours.

Et une fois que nous aurons terminé les rencontres, je devrai choisir mon futur mari.

— Dis-leur que tu as besoin de faire une pause, suggère Élodie, et que tu vas te reposer dans une station balnéaire. Colette est en Grèce en ce moment, sur son yacht. Je suis sûre qu'elle nous accueillera chez elle.

Colette LeGrand est une cousine des Dauphin et une star du cinéma internationalement reconnue. Son petit ami, Liam, a été l'une des premières victimes de l'Ordre.

— Je ne crois pas qu'ils me laisseront partir si je leur dis que je vais me prélasser à la plage…

— Tu ne penses tout de même pas leur dire la vérité, si ? demande Élodie, sourcils froncés.

— On ne leur a pas vraiment tout raconté, dis-je en pivotant vers Jack.

— En fait, tu comptes révéler la localisation du tombeau à l'Ordre en échange de ta mère, c'est ça ? poursuit Élodie qui scrute la place, adossée à l'une des colonnes. (Le flot de touristes s'est tari avec la tombée de la nuit et l'on voit encore mieux les reflets des édifices dansant à la surface de l'eau.) Et toi, Jack, ça ne te dérange pas ?

Il se tient coi, la bouche pincée. Il n'a jamais été très favorable à cette idée, mais il sait bien que c'est ce que j'ai à faire.

— On devrait peut-être aller se coucher, lancé-je pour couper court au débat.

— Ça va être plus difficile de rentrer dans l'hôtel que ça n'a été d'en sortir, fait remarquer Jack.

C'est exactement ce que j'étais en train de me dire.

— Les Dauphin ont un appartement de fonction en ville, intervient Stellan.

Il me tend le bracelet avec un petit mouvement de la tête. Depuis tout à l'heure, il fait tourner les anneaux internes du bijou pour tester de nouveaux mots de passe.

— Je suis content pour toi, maugrée Jack.

— Ce que je veux dire c'est que vous pouvez passer la nuit chez nous, explique Stellan patiemment. Il y a plein de lits.

— Et plein de caméras. (Je glisse le bracelet autour de mon poignet alors que nous nous replongeons dans le dédale d'allées étroites.) Il manquerait plus que les Dauphin nous voient, surtout avec toi, dis-je en me tournant vers Élodie. Comment tu as fait pour venir d'ailleurs ? Ils pensent que Stellan espionne les Saxon, mais toi. . .

— Ils savent que moi aussi, réplique Élodie. Au cas où tu ne l'aurais pas remarqué, tu es le sujet de toutes les conversations au sein du Cercle.

La lumière décline et les trottoirs rétrécissent tandis que nous nous enfonçons plus loin entre de hauts bâtiments. Nos pieds, maintenant humides, font un bruit de succion sur les pavés.

— Il n'y pas de caméras à part à l'entrée de la résidence, reprend Stellan. Tu cacheras ton visage jusqu'à ce que nous soyons à l'intérieur. S'ils ont vraiment envie de regarder leur écran à ce moment précis, ce dont je doute, ils penseront simplement que… Disons que j'ai déjà ramené des filles.

Ce qui ne m'étonne pas du tout.

— Donc pour moi, pas de problème, dis-je, mais…

Je jette un coup d'œil dans la direction de Jack et Stellan suit mon regard.

— Élodie dormira aussi là-bas. Ou peut-être qu'ils croiront que je passe une soirée particulièrement olé olé, fait Stellan avec un clin d'œil exagéré. Les Dauphin ont d'autres chats à fouetter en ce moment, je te promets. C'était juste pour être sympa, mais c'est comme vous voulez. Bon courage pour vous faufiler dans votre cage dorée.

Après une rapide consultation avec Jack, nous optons pour le pied-à-terre des Dauphin. Il sera bien plus facile de regagner nos chambres d'hôtel demain matin, dans la confusion des touristes en train de rendre les clés. Nous nous arrêtons devant un édifice à quatre étages dont la façade délabrée est décorée d'une fresque polychrome. Stellan tape le code et la porte s'ouvre.

Je remonte le col de ma veste pour cacher mon visage et Jack baisse la tête. Nous suivons Stellan et Élodie dans un couloir bien éclairé, mais si humide que je me demande s'il y a quelque chose dans cette ville qui sèche vraiment.

Nous atteignons une porte au troisième étage et Élodie fait une halte.

— Il y a autre chose que j'aurais dû vous dire…

Avant qu'elle n'ait le temps de terminer, la porte s'ouvre en grand. Luc Dauphin se tient dans l'encadrement de la porte, les cheveux en pétard et les yeux rougis.

— La vache, Élodie ! C'est quoi ton problème ! jure Stellan.

Luc le coupe avec un flot de paroles en français qui, à en juger par les regards qu'échangent Stellan et Élodie, signifient quelque chose comme : *C'était mon idée de venir et elle n'a pas pu m'en empêcher.*

— OK, tout le monde rentre ! ordonne Jack, nous poussant vers l'intérieur et fermant la porte à double tour.

— C'est terrible, gémit Luc en se passant une main dans les cheveux. Eli Abraham et Takumi Mikado, les deux ! C'est… Oh, *ma chérie* ! (Il s'interrompt pour me prendre dans ses bras. Il me serre si fort que mes pieds décollent du sol. Il me repose et claque un baiser sonore sur chacune de mes joues.) Et dire que tu y as assisté aux premières loges ! Je suis tellement désolé. J'allais… (Il agite la main en direction d'un somptueux buffet de desserts en tous genres.) Je voulais m'excuser, je sais que tu aimes la glace à la pistache. (Il hoche la tête vers Jack.) Je suis navré que ma famille ait essayé d'arranger ce mariage… je voulais t'offrir des desserts pour me faire pardonner, mais maintenant… avec ce qui s'est passé… (Il soupire d'un air théâtral et me conduit dans le salon.) Ma petite fête s'est transformée en veillée mortuaire !

Il fait un pas de côté. Je n'en crois pas mes yeux : au centre de la pièce plongée dans la pénombre, je découvre… un sanctuaire.

Entre le moment où il a entendu la nouvelle et maintenant, Luc a dû dévaliser tous les kiosques à journaux de Venise et la moitié des boutiques d'objets religieux. Il a disposé des statues de la Vierge Marie, des croix et des bougies autour d'un collage de photos de magazines représentant Eli et Takumi. Eli qui embrasse une top-modèle brésilienne. Takumi torse nu sur la plage. Et au centre trône la jaquette du dernier album de Sunday Six.

Luc s'affale sur une chaise devant l'autel et esquisse un signe de croix maladroit. Nous le regardons tous bouche bée.

— Tu… tu es catholique ? demandé-je, incapable de trouver quelque chose de plus sensé à dire.

— Non… Mais ça semble approprié, non ? C'est tout ce que j'ai pu dénicher à la dernière minute. Quand on est à Rome…

— À Venise, plus exactement, murmure Élodie.

— Et dans mes bagages, je n'avais qu'un seul costume assez sombre pour convenir à un deuil. Celui-ci. (Luc pince l'épaule de sa veste en velours mauve ornée d'un subtil motif à fleurs. Enfin, *subtil*, façon de parler.) Je pense qu'ils auraient tous les deux apprécié cette intention.

Je n'ai rencontré Eli qu'une seule fois, et Takumi pas beaucoup plus, mais le courant passait bien entre nous.

Luc saisit une bouteille de vin déjà ouverte sur l'autel et en avale une gorgée avant de nous la passer. Élodie hausse les sourcils en portant le goulot à la bouche.

Je me masse le front. Je les ai vus mourir tous les deux. C'est terrible pour tout le monde, c'est vrai, pourtant, il y a quelque chose qui me gêne.

— Même si l'Ordre lui a forcé la main, Eli a quand même *assassiné* quelqu'un, dis-je. N'est-ce pas bizarre de le considérer comme une victime au même titre que Takumi ?

Ils me contemplent tous, le visage maussade.

— Tu ne comprends pas la logique de l'Ordre, explique Stellan. Ils font des choses atroces. Eli a des jeunes frères et sœurs. Peut-être qu'il était soumis à un chantage. Il était clairement dos au mur.

— Mais il a *tué* quelqu'un…

— Et toi, n'as-tu pas prévu de renoncer à la chose qui pourrait arrêter ces massacres, dans le but de sauver ta mère ? coupe Élodie. Je ne vois pas la différence.

— Je…

Tout à coup, je suis prise d'un haut-le-cœur. Je considère à nouveau le sanctuaire, le visage souriant des deux jeunes hommes que j'ai vus mourir voilà à peine quelques heures. La boule dans ma gorge grossit et m'empêche de respirer.

Je sors mon téléphone. En quelques secondes, je trouve une photo de Dev Rajesh. J'appuie mon portable contre une bougie sur l'autel. Lui aussi est une victime.

Élodie pose la bouteille de vin et cherche une photo de Liam Blackstone. Sur l'écran de Jack, Malik Emir. Stellan place une main sur l'épaule de Luc et je sais qu'ils pensent à sa petite sœur, décédée avant même de voir le jour.

— Et à tous les autres, à tous nos frères tués par l'Ordre, dit Luc à voix basse.

Jack prend son portefeuille et en extrait la photo de lui et M. Emerson sur les pentes du mont Blanc, l'image que M. Emerson a laissée comme indice. Il la pose aussi sur l'autel improvisé.

— Je connais une tradition, reprend Élodie. On ouvre la fenêtre pour laisser s'échapper les esprits des morts, comme de la fumée. (Je pousse un soupir, les lèvres tremblantes.) On ne les oublie pas, mais on les autorise – et on s'autorise – à tourner la page.

Je serre les poings si fort que mes ongles s'enfoncent dans mes paumes. Nous sommes encore au milieu de cette tragédie. Je ne sais pas si c'est le moment de tourner la page.

Mais Luc traverse la pièce à la hâte et ouvre la fenêtre qui donne sur le balcon. Il saisit un paquet d'encens, allume l'un des bâtons à la flamme d'une bougie, puis l'agite au-dessus de l'autel. Tandis que la fumée devient de plus en plus compacte, la bouteille circule de main en main. Le vin est sucré, sirupeux. Je fixe le nuage parfumé mais il n'a pas l'air de vouloir s'échapper par la fenêtre ouverte.

Une heure plus tard, nous avons descendu presque deux bouteilles de vin. Quelques-unes des bougies se sont éteintes mais les autres continuent à illuminer les photos de leur flamme vacillante. Le parquet est recouvert d'un épais tapis couleur crème, il y a une petite cuisine et deux canapés en cuir super rembourrés sur lesquels nous sommes tous les cinq affalés. Je reste à une distance prudente de Jack sur l'un des sofas tandis que, dans l'autre, Élodie a les jambes posées sur les genoux de Stellan.

Luc, assis sur le tapis molletonné, lutte pour déboucher une autre bouteille de vin. J'ai l'impression qu'il a déjà bien bu.

— Je passe pour un sans-cœur si je dis que cette petite fête est plutôt sympa ? C'est comme une soirée pyjama. Une soirée pyjama tragique.

Nous devrions profiter du temps que nous avons pour préparer notre voyage en Grèce, pourtant, je suis heureuse que nous fassions autre chose au final. « Sympa » n'est peut-être pas le terme adapté, bien que tout cela ressemble fort à une soirée pyjama dans un appartement douillet. Après toute la fatigue et la frustration, j'avais bien besoin de ça. Je crois que nous en avions tous besoin.

Élodie se penche pour prendre la bouteille des mains de Luc et Stellan se lève du canapé pour gagner l'autre pièce.

Je m'étire et me mets debout à mon tour. Je traverse le salon vers un petit balcon. Jack me suit, m'arrête devant les portes-fenêtres et jette un coup d'œil dehors.

— Rien à signaler.

Je regarde la place en contrebas. La pluie tombe sans discontinuer et les pavés luisent dans le halo d'un réverbère solitaire. L'esplanade rectangulaire, entourée d'édifices sur trois côtés, est bordée d'un canal sur le quatrième. La nuit est fraîche et je frissonne malgré le manteau de Jack qui me couvre toujours les épaules.

— Ça va ? me demande ce dernier. (Je croise les bras sur ma poitrine pour me réchauffer et fais oui de la tête.) Tu es sûre que c'est une bonne idée d'aller en Grèce ?

Je lui lance un regard noir.

— Bien sûr. Huit jours, rappelle-toi. Tu crois que c'est *pas* une bonne idée, toi ?

— Je n'aime pas m'éloigner des dispositifs de sécurité des Saxon. Surtout après l'attaque d'aujourd'hui. (Jack marque une pause.) Les Saxon veulent le tombeau autant que nous. Si on leur disait la vérité, ils pourraient au moins nous envoyer des gardes.

Je secoue la tête avant même qu'il n'ait terminé sa phrase.

— Tu sais bien pourquoi on ne peut pas les prévenir ! Quoi qu'on trouve, ils ne me laisseront jamais le donner à l'Ordre.

Je m'appuie contre la balustrade. Nous sommes protégés de la pluie par le surplomb du bâtiment, mais quelques gouttes, portées par le vent, viennent s'échouer sur mon visage. Mes épaules se raidissent lorsque Jack se courbe en avant à côté de moi.

— Je sais, je comprends. (Il prend une profonde inspiration.) C'est juste que… mets-toi à ma place. Toi, tu veux faire tout ton possible pour protéger ta mère. Eh bien moi, je ressens la même chose pour toi. Je sais que je ne devrais pas, je sais qu'on n'est pas officiellement… Mais tu ne peux pas imaginer ce que j'ai ressenti quand je l'ai vu diriger son arme vers toi…

Je déglutis.

— Je ne pense vraiment pas qu'ils veuillent me faire de mal.

— Et moi je trouve que tu devrais prendre en compte l'opinion de personnes qui ne sont pas aussi impliquées émotionnellement que toi.

— Tu viens juste d'admettre que tu *es* impliqué émotionnellement.

Jack se retourne. Tout à l'heure j'étais tellement soulagée que nous soyons de nouveau ensemble et j'avais tant besoin qu'il me console que je ne pouvais me retenir de l'embrasser. Je sais qu'il ressent la même chose que moi – il vient de l'avouer. Mais là, j'ai l'impression que nous ne sommes plus sur la même longueur d'onde, ce qui crée une nouvelle tension. Je n'y suis pas habituée.

— Avery…

— Jack, on ne peut pas toujours tout contrôler. On trouvera des moyens de se protéger, mais on *doit* aller en Grèce. Et on ne dit rien aux Saxon.

Il serre la rambarde en fer forgé, toujours maître de soi, puis opine du chef.

Nous demeurons en silence quelques minutes. Sous le lampadaire en face de nous, sur un pan de mur qui tombe en ruine, j'aperçois quelques graffitis. Les seuls mots que je parviens à déchiffrer sont : « *Ti amo !* »

— Qu'est-ce que ça veut dire ? demandé-je en pointant du doigt l'inscription.

— Hum… Ça veut dire « Je t'aime » en italien.

— Ah. (Même s'ils sont prononcés dans ce contexte, *ces* mots, sortis de la bouche de Jack, avec son accent, me font craquer. Mon cœur se met à battre la chamade.) C'est vraiment mignon comme tag.

Je sens son regard sur moi.

— Ne sois pas en colère contre moi.

Je m'avance à nouveau contre la barrière luisante de pluie.

— Je ne le suis pas. C'est juste que… tu comprends pourquoi je suis obligée de faire ça, non ?

— Oui, je comprends. Tu fais tout ce que tu peux pour les gens que tu aimes.

Je lui tends la main et il la prend dans la sienne. Nos doigts s'entremêlent quelques instants.

— Qu'est-ce que vous faites dehors ? crie Élodie. Allez, venez, et que ça saute !

Nous nous lâchons la main. Je rentre les miennes dans les manches de ma veste et nous retournons dans l'appartement.

— Je n'étais pas au courant qu'on avait un programme précis, lancé-je en me laissant tomber sur le canapé moelleux, toujours un peu décontenancée.

— Non, pas de programme. (Élodie est couchée sur le tapis blanc et poilu, fixant les poutres au plafond, la bouteille de vin à la main.) Mais Luc vient d'avoir une idée.

Le sourire de Luc est trop large, trop éclatant, pas du tout adapté à la situation. Je le regarde, suspicieuse.

— Qu'est-ce qu'il y a ?

— Assez larmoyé pour ce soir. Si on faisait un truc sympa. Un jeu, par exemple ?

Jack, perché sur l'accoudoir du canapé à côté de moi, lève un sourcil.

— Un jeu ?

Élodie s'adosse au canapé, boit la dernière goutte de la bouteille, la pose par terre et la fait pivoter comme une hélice.

— Oui, par exemple, le jeu de la bouteille.

11.

Je croise les bras et m'enfonce davantage dans le canapé.

— Dites-moi que c'est une blague !

— Allez, nous encourage Élodie. On est jeunes et il n'y a pas d'adultes pour nous surveiller, je crois qu'on est moralement obligés de se bourrer la gueule et de faire des jeux à boire.

— Vous trouvez que c'est le moment ? C'est pas comme si on était des ados normaux, dis-je. Je suis probablement la moins bizarre de nous tous, et je suis loin d'être normale.

C'est tellement étrange. J'étais une jeune fille des plus ordinaires et à présent je suis – pour citer Stellan – ce qui s'approche le plus de la chef de file du groupe le plus puissant au monde.

— C'est pour *ça* que nous devons le faire. Célébrer la vie plutôt que pleurer la mort, fait Luc rêveusement.

Il est clairement éméché.

— Et on s'en fout d'être normaux ou pas. Le jeu de la bouteille, c'est ce que font les jeunes Américains dans les films. Ah ! sinon on peut faire un « action ou vérité », si ça vous tente…

Je la foudroie du regard.

— Je n'ai jamais joué ni à l'un ni à l'autre. Les films racontent n'importe quoi.

— Parfait, se réjouit Élodie. (Elle tend la bouteille à Stellan qui se contente de hausser les épaules. Il la pose par terre et lui donne de l'élan.) Ce sera une première pour tout le monde.

L'objet de verre tourne à toute allure puis ralentit, semble hésiter, et s'arrête. Le goulot pointe droit vers moi.

Stellan me regarde avec un sourire naissant.

— Oh mon Dieu, dis-je. D'accord, on joue à action ou vérité. Je choisis vérité.

— Aïe, fait Stellan.

Le visage d'Élodie s'éclaire. Elle ramasse la bouteille et annonce :

— Vérité. Je n'ai jamais…

— Mais non, tu mélanges deux jeux, la coupé-je. « Je n'ai jamais », c'est comme une vérité de groupe : tu dis ce que tu n'as jamais fait et ceux qui l'ont fait doivent picoler.

— C'est génial, j'adore ! s'enthousiasme Élodie en ouvrant une autre bouteille de vin pour remplir les verres qu'elle nous a sortis.

Jack me considère.

— On va vraiment…

— Apparemment.

Élodie se recule contre le dossier du sofa, faisant rouler des mèches de cheveux entre le pouce et l'index.

— Je n'ai jamais embrassé une personne de cette pièce, commence-t-elle, avant d'engloutir joyeusement une gorgée de vin. À côté d'elle, Stellan boit également.

Je regarde Jack. *On pourrait mentir,* disent mes yeux. *Peut-être que nous ne voulons pas qu'Élodie sache tout.*

Élodie roule des yeux.

— Hé, me prenez pas pour une imbécile. On vous a surpris tous les deux *dans ta chambre,* Avery.

— Mais ils ne sortent pas ensemble, fait Stellan d'un ton moqueur. Demande-leur pourquoi ?

Je lui décoche un regard assassin.

— On a d'autres priorités. Ça nous détournerait de l'essentiel.

Élodie pouffe dédaigneusement.

— Vous n'en avez pas marre d'être toujours de bons petits soldats ? Lâchez-vous un peu !

— Il y a des gens qui ne prennent pas les questions de vie ou de mort à la légère…, commence Jack.

Élodie se tourne vers Stellan.

— Je te plains d'avoir dû supporter ces deux-là pendant si longtemps.

Elle esquisse un geste dans ma direction avec son verre et manque d'en renverser le contenu sur le tapis. Elle ne s'en rend même pas compte. Elle a bu plus que je ne le pensais, ce qui me surprend de la part d'une fille qui garde toujours le contrôle.

— Vous vous êtes au moins embrassés, alors buvez. C'est le jeu.

Je ravale une réplique tranchante et Jack et moi sirotons notre vin.

— Je me sens exclu, se plaint Luc. Vous vous êtes tous déjà embrassés !

— Ah, Lucien, répond Élodie en s'approchant de lui. Je t'embrasse quand tu veux.

Luc lui souffle un baiser.

— Merci Él, mais tu n'es pas tout à fait mon genre.

Un silence. Puis Stellan se penche vers lui.

— Si tu veux...

Les joues de Luc s'empourprent et il jette un bout de pain sur Stellan qui l'attrape en souriant et le renvoie aussitôt.

— OK, reprend Élodie en levant son verre. Je n'ai jamais... embrassé plus d'une personne de cette pièce.

Elle hausse un sourcil, je fais de même en remarquant son regard passer de Jack à Stellan puis à moi.

— Sérieusement ? demandé-je d'une voix éteinte. Je t'ai déjà dit que...

Elle hausse les épaules d'un air innocent.

— Et alors pourquoi est-ce que tous les deux risquent leur vie pour te suivre aux quatre coins du monde ? Jackie joue le preux chevalier, te protège, mais... (Elle tourne la tête vers Stellan. Je sais qu'il ne lui a pas parlé du « treizième ».) Très bien, poursuit-elle, ses lèvres dessinant lentement un sourire, mais je connais des gens qui vont boire.

Elle prend son verre et le porte à la bouche, puis elle contemple Jack d'un air complice.

— Ce jeu est ridicule, fait-il avant de boire une gorgée.

Je n'en reviens pas. Le choc doit se voir sur mon visage car Jack refuse de croiser mon regard, mais Élodie affiche un sourire suffisant.

Ça veut dire que… Jack et Élodie !

— Eh oui, fait-elle avec son charmant accent français, en plein dans le mille.

C'est comme s'il existait une version de Jack complètement différente de celle que je connais. Je ne devrais pas être fâchée, et pour plusieurs raisons, mais…

— Pour changer de sujet…, commencé-je.

— Ah oui, pourquoi ?

— … je n'ai jamais menti à des personnes auxquelles je tiens pour obtenir ce que je veux, continué-je sans tenir compte de l'interruption.

Je ne suis toujours pas sûre de faire confiance à Élodie : pourquoi est-elle ici ? a-t-elle des intentions cachées ?

Quelque chose passe sur son visage et elle avale une gorgée de vin en roulant des yeux comme pour me dire *j'ai compris à quoi tu joues.*

— Si l'un d'entre vous dit qu'il ne l'a jamais fait, il ment *maintenant.* Vous n'êtes pas dans l'esprit du jeu.

L'atmosphère dans la pièce devient tout à coup oppressante. La pluie a redoublé et crépite à présent sur le balcon au-dehors. J'ai la tête qui tourne. Je ne sais pas trop si c'est le vin, la conversation, la journée interminable ou le fait que j'aie à peine fermé l'œil la nuit dernière, comme d'habitude.

— Peut-être que c'est l'heure d'aller se coucher, suggéré-je.

— Rabat-joie, riposte Luc, mais il se frotte les yeux et se met debout.

Stellan éteint les bougies sur l'autel et Élodie me prête un legging et un T-shirt.

La chambre est spacieuse et contient quatre lits superposés. Jack et moi choisissons deux couchettes en bas, l'une en face de l'autre.

— Bonne nuit, dis-je.

— Bonne nuit, me répond Jack.

— Bonne nuit, nous imite Élodie d'une voix mielleuse, puis elle éteint la lumière.

Évidemment, une fois dans la pénombre, mes yeux refusent de se fermer. L'éclairage de la rue projette des ombres sur le mur et je les regarde quelques instants. Il doit bien arriver un moment où l'on est si fatigué physiquement qu'on est obligé de s'endormir, non ?

Mais pas suffisamment pour ne pas se réveiller, assailli de cauchemars, murmure une petite voix. Surtout après aujourd'hui.

De l'autre côté de la chambre, j'entends quelqu'un ronfloter. Il y a une heure, je me sentais plutôt bien. Est-ce que le vin provoque une sorte de coup de fouet émotionnel ? Je me tourne sur le côté, rejetant la couverture impatiemment.

Il ne nous reste qu'un peu plus d'une semaine pour trouver le bracelet, le tombeau et pour sauver ma mère. Pour mettre fin au compte à rebours des prétendants et aux assassinats. Si le tombeau est vraiment ce qui peut arrêter l'Ordre, j'aurai alors rempli mon devoir envers le Cercle.

Et ensuite que faire ? Partir ? Quitter Lydia, et mon père ?

Jack ?

Dans le lit en face du mien, il bouge puis s'apaise avec un soupir. Viendrait-il avec moi si je partais ? Tant d'hypothèses et de questions…

Je rêve que je suis en cinquième, mais à Venise. Poppy Levine, la fille la plus riche de notre classe, organise sa Bar Mitzvah – à laquelle je n'étais pas invitée quand j'étais vraiment en cinquième – dans la basilique Saint-Marc. Au moment précis où elle souffle des bougies sur un gigantesque gâteau, tout le monde tombe raide mort.

Je me réveille en sursaut et il me faut une seconde pour me souvenir où je me trouve. La lumière de l'aube, gorgée de rosée, filtre par les fenêtres. Il fait chaud, la pièce est un peu humide et sent le renfermé. Quant à moi, je me sens complètement asséchée : les paupières collées, les lentilles arrimées à ma cornée, la bouche pâteuse et déshydratée.

Je me glisse hors du lit, me mets du collyre dans les yeux et trouve un vieux bonbon à la menthe dans mon sac. Jack se retourne contre le mur. Luc dort profondément aussi, sa jambe revêtue d'un pyjama pend d'un des lits supérieurs. Élodie est couchée en dessous, cheveux sur le visage, l'air remarquablement calme. Le lit de Stellan est vide.

J'ouvre la porte aussi discrètement que possible et me promène dans le salon désert. Peut-être que Stellan est parti acheter du café. Un atlas que quelqu'un a dû sortir de la bibliothèque hier soir est posé sur le sofa, ouvert à la page de la Grèce. Je le ramasse et me dirige vers le balcon. En approchant, je sens une odeur de cigarette entrer par la fenêtre.

Stellan se tient dos à moi, vêtu du même T-shirt et jean gris qu'hier.

Je m'arrête, me demandant si je ne préfère pas faire demi-tour, juste avant qu'il ne jette un coup d'œil derrière son épaule.

— Tu ne devrais pas fumer autant, dis-je en m'approchant.

J'appuie l'atlas contre la balustrade.

— Merci du conseil, j'en ferai bon usage, répond-il d'un ton sarcastique.

Il tire longuement sur sa cigarette et recrache la fumée du coin de la bouche, puis écrase son mégot dans un petit cendrier. Des volutes s'élèvent dans les premiers rayons du soleil.

— Bien dormi ? demande-t-il.

— Pas trop mal.

Dans la cour en contrebas, des vendeurs sont en train d'installer un petit marché de légumes. Une femme d'âge mûr en veste de cuir avec un épais trait d'eye-liner autour des yeux décharge des caisses et des caisses de tomates rouge et jaune.

Stellan montre l'atlas du doigt.

— C'est une carte qui nous mène jusqu'au bracelet ?

— Une carte qui nous mène à Delphes, c'est déjà ça.

Sur le minuscule canal un peu plus loin, deux embarcations se croisent et leurs conducteurs, des hommes d'un certain âge, se saluent.

Stellan saisit l'atlas et le feuillette, l'ouvre à la page de l'Inde, puis de Venise. Il éclate d'un petit rire.

— Tu as remarqué que Napoléon nous fait suivre sa propre « carte du destin », puisque nous nous déplaçons physiquement.

— Leurs destinées entrelacées, la cartographie des destinées… tu crois que Napoléon nous a sciemment transmis une sorte de carte au trésor ?

— Possible. En tout cas, il n'a rien laissé au hasard.

Je regarde le graffiti *Ti amo !* de l'autre côté de la place.

— Tu y crois vraiment ? demandé-je. Au destin. À la fatalité. Tout ça.

Stellan se penche par-dessus la rambarde pour observer les marchands en contrebas.

— À ton avis, tous ces gens y croient, au destin ? Ou bien ils vivent leur vie du mieux qu'ils peuvent en fonction de ce qui leur est donné.

Un homme plus âgé que les autres vide un seau de poissons sur de la glace pilée. Il lève la tête et nous salue. Je lui fais un signe de la main en retour.

— Je pense que certaines personnes sont engagées sur une certaine voie. Mais j'estime aussi qu'on a *toujours* le choix. Ça dépend si on est prêt à se battre ou pas. Si ton destin est de vendre du poisson sur un marché en Italie, tu peux passer toute ta vie à essayer de le changer… mais être poissonnier, ce n'est pas si mal, non ?

Je cligne des yeux dans le soleil levant.

— Présenté comme ça…

J'entends des bruits de pas dans l'appartement, puis des voix. C'est l'heure de commencer la journée. Stellan ferme l'atlas et me fait signer d'entrer.

— Le destin nous attend !

12.

Nous parvenons à nous faufiler dans l'hôtel sans que personne nous remarque. Je revêts une robe d'été a fleurs et retrouve Lydia, Cole et mon père dans l'entrée, comme prévu la veille au soir. Mon père nous conduit sur la terrasse du café du palace qui donne sur le Grand Canal. De minces gondoles attachées à des poteaux dansent paresseusement sur l'eau au gré du vent. Ma jambe ne cesse de gigoter sous la table.

Lydia s'est installée sur une chaise en osier à côté de moi et chausse ses lunettes de soleil tandis que le serveur nous apporte de minuscules tasses d'expresso bien noir. Je plonge deux morceaux de sucre dans la mienne.

— On ferait mieux de se dépêcher si on veut être à Pékin d'ici demain, remarque Lydia en examinant la carte du restaurant.

— Pékin ? (Je regarde mon père en clignant des yeux dans la lumière matinale.) Je croyais que nous allions à Johannesburg. Voir les Koning.

C'est ce rendez-vous que j'espérais repousser à mon retour de Grèce.

— En fait, répond mon père en se redressant, tandis que, de l'autre côté de la table, Cole avale son expresso d'une seule traite, il y a eu un changement de programme.

Je regarde Lydia, mais elle semble absorbée dans la lecture du menu.

— Quel genre de changement de programme ?

Mon père se racle la gorge.

— Au vu des événements récents, notre calendrier doit être modifié. Nous allons voir la famille Wang à Pékin et les Frederick aux États-Unis. C'est tout.

Je repose ma tasse sur la soucoupe avec fracas.

— Et les autres familles ?

Je n'en crois pas mes oreilles.

— Nous ne les rencontrerons pas. Après avoir rendu visite aux deux dernières, nous aurons une journée pour envisager les différentes options puis nous ferons notre choix.

Le café est soudain trop amer.

— Vous aviez dit *deux semaines*. Ça ferait seulement cinq jours !

Mon père plonge la main dans sa sacoche et en sort un journal. Il le pose sur la table en face de moi. À la une, on peut lire : « Meurtres aux quatre coins du globe : coïncidence ou conspiration ? »

— La situation est en train de dégénérer. Nous n'avons pas de temps à perdre avec les familles qui ne sont pas de bons choix.

Mes mains tremblent tellement que je suis obligée de poser ma tasse.

— Mais les indices alors ? La quête du tombeau ? Sauver ma *mère* ?

Je cherche Jack des yeux, mais il est posté à l'entrée du restaurant, trop loin pour nous entendre. Lydia continue d'éviter soigneusement mon regard. J'essaie de ne pas être blessée qu'elle ne m'ait pas prévenue. Mon père plie le journal.

— J'espère que nous serons en mesure de faire libérer ta mère, une fois le mandat accompli. Comme tes indices n'ont rien donné de concret pour l'instant, le mariage est notre seule option.

Ce n'est pas vrai. Les indices *ont* donné quelque chose de concret. C'est juste que je ne peux pas leur en parler – du moins pas tant que ma mère n'est pas en sécurité. Un vaporetto passe sur le canal avec un bruit sourd, ses hélices remuant l'eau dans son sillage.

— Si c'est comme ça, je ne viens pas.

Mon père ôte ses lunettes de soleil.

— Avery.

— Non. (S'ils ont vraiment prévu de faire ça, je dois me rendre en Grèce le plus tôt possible.) Tu sais que je ne veux pas me marier et tu ne me laisses même pas rencontrer tous les candidats ! Pourquoi tu continues à faire semblant de tenir compte de mon avis ?

Lydia ouvre enfin la bouche.

— Je suis sûre qu'Alex Frederick te plaira, dit-elle d'un ton implorant. (Sa voix semble chargée de culpabilité.) Il est vraiment adorable et…

Je fais non de la tête. Peut-être qu'il est gentil, mais là n'est pas la question. Et je ne peux plus me permettre de prendre en considération les sentiments des Saxon.

— Allez donc à Pékin et à Washington sans moi, lancé-je d'un ton mordant, pour qu'ils ne se posent pas de questions sur mes raisons. Colette LeGrand m'a invitée à passer quelques jours sur son yacht et je vais dire oui. Je serai là-bas jusqu'à votre retour.

— Non ! s'exclame Lydia. Même si tu ne viens pas avec nous, c'est trop dangereux pour toi de rester toute seule...

— Jack viendra avec moi. (Je me mets debout et mon père s'apprête à m'imiter. Je lève une main.) Pas la peine d'en discuter. Je suis sûre que ça vous arrange ! Je ne serai même pas là pour protester quand vous déciderez de mon avenir.

Je sors du restaurant sans me retourner, histoire de ne pas voir le chagrin sur le visage de ma sœur et la déception sur celui de mon père. J'espère que nous avons raison pour Delphes. C'est ma dernière chance.

Quelques heures plus tard, Jack et moi sommes à bord du jet privé de Colette. Dès que nous touchons terre, mon portable m'indique trois appels en absence d'un numéro masqué. L'Ordre. Tandis que nous roulons sur la piste d'atterrissage, je mets mon téléphone en haut-parleur et rappelle. Jack se crispe à côté de moi.

— Je commençais à croire que tu ignorais mes messages.

L'homme à la cicatrice ! Ça fait longtemps que je n'ai pas entendu sa voix. L'Ordre n'a pas appelé depuis que nous avons quitté Paris – il y a seulement eu les quelques textos.

Jack plie l'échine, les coudes sur les genoux.

— Je n'ignore rien du tout. Nous avons trouvé des indices. Nous allons suivre la piste du prochain.

— Où êtes-vous ?

Je consulte Jack du regard. L'Ordre a sans doute un moyen de savoir où nous allons même si nous cherchons à le leur cacher. Je ne veux pas mentir et leur donner un motif de se venger sur ma mère.

— En Grèce, réponds-je.

— Hum. J'espère pour vous que vous trouverez quelque chose. Le chef est las d'attendre.

— Je peux parler à ma mère ? Ça faisait partie du deal.

J'entends des bruits de pas, puis une voix :

— Avery ?

Je déglutis et agrippe la main de Jack.

— Maman, je t'aime ! Je…

— Ça suffit ! profère l'homme à la cicatrice.

Une porte claque à l'autre bout du fil.

Une boule s'est formée dans ma gorge. Je me force à déglutir. Ouf, ma mère va bien.

— Je ne me marierai pas, dis-je tout à coup. Quand vous tuez ces garçons, ça ne fait que renforcer la détermination du Cercle. Ils vont tout faire pour vous trouver.

L'homme à la cicatrice glousse.

— Tu as sept jours, conclut-il avant de raccrocher.

Notre dernière chance, me répété-je alors que nous traversons l'aéroport d'Athènes. *Notre dernière chance.* Ma mère est en vie et va bien. Pour le moment. L'Ordre nous donne encore sept jours – mais il n'en reste que cinq avant que je doive remplir mon devoir auprès du Cercle.

Élodie, Stellan et Luc nous rejoignent quelques minutes plus tard. En sortant de l'aéroport, nous passons devant un kiosque à journaux et je comprends tout à coup pourquoi Colette se terre. « La douleur de Colette LeGrand », c'est l'un des gros titres de la presse locale Tous les magazines montrent des photos d'elle sortant de son immeuble, les traits tirés, l'air affligé. Son visage en forme de cœur est encadré de ses célèbres boucles auburn et elle fixe l'objectif comme si c'était le photographe qui avait tué son petit ami.

— Tu es sûre que ça ne la dérange pas qu'on vienne ? Je me sens un peu coupable de la mêler à tout ça si tôt après la mort de Liam.

— Je crois que ça lui fait du bien de penser à autre chose, fait remarquer Luc. Elle a passé beaucoup de temps toute seule à se cacher en attendant Cannes où elle doit faire une apparition.

J'opine du chef. Ce n'est pas comme si nous avions le choix.

La Méditerranée est turquoise, je n'imaginais pas que l'eau puisse vraiment être de cette couleur. Le yacht de Colette est amarré dans une marina près d'Athènes, entouré d'une dizaine de splendides bateaux qui flottent sur une eau étincelante. Au loin s'élèvent de hautes falaises blanches.

Colette nous accueille en chapeau à large bord et lunettes de soleil, sa crinière plus folle que jamais mais le visage fermé. Elle nous invite à monter à bord par la passerelle et nous conduit dans la petite cuisine exiguë mais bien aménagée où nous attend un festin : fromages, fruits, pains et olives en quantité astronomique. Elle doit avoir tous les meilleurs commerces de Grèce dans ses contacts de portable.

Luc s'installe à la table et se jette sur la nourriture comme s'il n'avait pas mangé depuis des semaines. Je cligne des yeux, un peu désarçonnée, et Colette me prend par la main.

— Allez, entre ma chérie ! m'encourage-t-elle en me serrant dans ses bras.

Même si je l'ai déjà rencontrée, je suis surprise de voir qu'elle n'est pas plus grande que moi. Et, exactement comme lorsque je l'ai vue à Istanbul, même si elle est l'une des stars mondiales du cinéma et qu'elle arrive en tête de la liste des femmes les plus sexy tous les ans, elle a su rester douce et accueillante. Elle a même un côté maternel qui me fait monter les larmes aux yeux – d'autant que c'est elle qui devrait être réconfortée, pas moi. Je pensais qu'elle me lancerait un regard accusateur ou plein d'espoir, mais pas du tout. Elle me lâche, me contemple des pieds à la tête et dit :

— Mange. Tu es toute maigre. Ces voyous ne t'ont donc pas nourrie ?

Elle me tend une assiette et se perche sur un tabouret de bar, le regard inquiet. La dernière fois que je l'ai vue, elle était si sereine, riant de tout avec son petit ami, même si l'Ordre s'attaquait déjà aux membres du Cercle dans le monde entier.

Plus tard ce soir-là, ils s'en sont pris à Liam. Et Colette n'en est pas sortie indemne. Lorsque les freins de leur voiture ont lâché et que le réservoir d'essence a explosé, elle a été blessée et la tunique en dentelle qu'elle porte laisse entrevoir la cicatrice rouge qui barre son cou et ses épaules.

— Merci, fais-je en empilant des fruits sur mon assiette.

Jack, Stellan et Élodie nous rejoignent l'un après l'autre auprès du buffet et se mettent à picorer.

— Lucien m'en a vaguement touché deux mots, mais qu'est-ce que vous comptez faire en Grèce exactement ? demande Colette avec son léger accent français.

Élodie jette un coup d'œil vers Jack et vers moi. Je hausse les épaules. En venant ici, nous avons décidé de lui faire confiance.

Jack lui raconte notre histoire et Stellan ajoute quelques détails jusqu'à ce que nous arrivions à la partie qui concerne la Grèce.

Colette assimile toutes ces informations étonnamment vite.

— Quel est le plan ? nous interroge-t-elle. Qu'est-ce que je peux faire ?

— Amène-nous à Delphes, répond Jack.

— Le capitaine est au village. Je vais lui passer un coup de fil. (Colette disparaît et revient cinq minutes plus tard.) C'est bon. On sera à Delphes demain matin. Et maintenant ?

Élodie ouvre son sac et en sort un maillot de bain.

— Maintenant, on se repose, on prend des forces et on profite un peu du soleil.

Quelques heures plus tard, je pose ma petite dague sur une chaise longue installée sur le pont supérieur, et repousse furieusement quelques mèches de cheveux qui se sont échappées de ma queue-de-cheval. Jack et moi avons profité de l'après-midi libre pour nous entraîner : j'ai fini avec une égratignure sur le bras qui me brûle à cause de la transpiration, et Jack a évité de justesse l'œil au beurre noir.

Le maniement du couteau n'est vraiment pas mon fort, comme si mes mains n'étaient pas faites pour tenir une arme. Dès que j'essayais de bouger, je lâchais la lame, je ne parvenais pas à la contrôler ou j'oubliais tout ce que j'avais appris sur la manière de parer, et me mettais en danger.

Je me penche contre le bastingage et j'observe le sillage du bateau tandis que nous nous dirigeons vers Delphes dans un bruit de moteur. Élodie, Colette et Luc prennent un bain de soleil sur le pont inférieur. Élodie semble encore plus grande et mince que d'habitude avec son maillot une pièce alors que Colette est son antithèse : une Marilyn Monroe des temps modernes, tout en courbes et en douceur avec son bikini en crochet blanc. Ses cheveux sont retenus par un bandeau bobo, et surmontés de lunettes de soleil suffisamment grandes pour couvrir tout son visage. Elle a déjà l'air plus détendue et je suis heureuse que nous puissions au moins faire ça pour elle. Et là, allongé sur un transat entre les deux filles, se trouve Luc, qui fume sa cigarette avec de grands gestes théâtraux. Je ne peux m'empêcher de rire. J'avais oublié que tant d'hommes européens portent des slips de bain et non des shorts comme aux États-Unis. Celui de Luc est un minuscule bout de tissu turquoise avec des fleurs blanches et, si je ne m'abuse, les montures de ses lunettes à verres miroir sont assorties.

— Oh, waouh ! m'exclamé-je.

Colette m'entend et me crie :

— Allez, descends. Il n'y a plus que quelques minutes de bon soleil !

— Je n'ai pas de maillot de main. (Puis je me tourne vers Jack.) Et toi ?

Il fait signe que non et montre Luc du doigt.

— Et si j'en avais un, je serais en concurrence avec *ça*.

J'ai déjà vu Jack torse nu et, slip à fleur ou non, il n'a rien à envier à Luc. Mais je m'abstiens de lui en faire part.

— On devrait rentrer, dis-je. (Je plonge mon couteau dans le fourreau de fortune que j'ai fabriqué avec du carton, et le range dans mon sac.) Il faut que je rappelle Alistair et Lydia.

Mon père et ma sœur m'ont tous les deux laissé des messages tout à l'heure. Je ne sais pas s'ils sont sincèrement désolés de notre dispute, s'ils se font du souci pour moi ou s'ils veulent simplement s'assurer que je ne cherche pas à m'enfuir. Je fais mon possible pour rester détachée, mais je ne peux m'empêcher d'espérer qu'ils ne me trahiront pas. Si nous trouvons le tombeau – *quand* nous trouverons le tombeau – tout sera différent.

Cela me rappelle une question qui me taraude depuis plusieurs jours mais que je n'ai pas encore eu l'occasion de poser à Jack.

— Dev Rajesh…, commencé-je. (Je me mords la lèvre. S'il m'est aussi difficile de parler de toutes les personnes décédées que nous connaissons, je vais avoir du mal à ne pas m'effondrer.) Dev a dit quelque chose au dîner, l'autre soir. À propos d'*Oliver* Saxon.

Jack, qui récupère sa veste posée sur le bastingage, se raidit.

— Qu'a-t-il dit au juste ?

— Il n'a fait que mentionner son nom. Je n'ai pas eu le temps de lui poser plus de questions.

— Ça n'a pas d'importance. Tu n'as pas à t'en faire.

Ses mots sont étrangement saccadés.

— Mais…

— Je rentre. Je pense qu'Élodie veut qu'on dîne bientôt.

La porte de la cabine se referme derrière lui avant que j'aie le temps de répliquer et je me retrouve à parler dans le vide. Qu'est-ce qui se passe ?

Je me dirige vers l'intérieur du bateau lorsque j'entends la voix de Stellan.

— Pourquoi tu ne lui dis rien ? Combien de temps tu vas la laisser dans sa bulle ?

Je me fige et retiens la porte : si elle claque, ça pourrait me trahir.

Quelqu'un frappe du poing sur le bar.

— J'essaie de la protéger ! (C'est la voix de Jack.) Tu sais que le Cercle transforme les gens.

— Je sais. C'est pour ça que tu ne devrais rien lui cacher. Pour la laisser prendre ses propres décisions.

— Je ne pense pas t'avoir demandé ton avis.

— Avant, tu le faisais. (La voix de Stellan est empreinte d'une mélancolie factice.) Tu te souviens de l'époque où on se serrait les coudes ?

— Non.

J'entends la porte du réfrigérateur claquer et des bruits de pas s'éloigner.

— Tout ce que je dis (Stellan parle plus fort), c'est que si tu ne prends pas garde, elle va se rendre compte qu'elle a d'autres choix que toi. Tu vois bien comme ils la regardent. C'est pas seulement ses yeux. Elle est si menue, si mignonne. (Une porte de placard qui claque me fait sursauter.) Je dis *ils*, poursuit Stellan. (C'est évident, il est en train de provoquer Jack.) Parce qu'en ce qui me concerne, c'est juste du *business*. Une simple transaction avec des implications historiques, politiques, morales et personnelles importantes. La routine quoi.

— Stellan, je t'en prie, ferme-la !

— Ce que je veux dire, c'est que tu n'as pas à t'en faire. Les fillettes aux grands yeux innocents, ce n'est vraiment pas mon genre. Je ne toucherai pas à ta *petite-amie-qui-ne-l'est-pas*. (Stellan marque une pause et je distingue un sourire dans sa voix lorsqu'il poursuit.) Sauf si tu me le demandes.

Bon, ça suffit !

Je claque la porte de toutes mes forces et descends les marches d'un pas lourd. J'arrive à point nommé : Jack a l'air prêt à mettre un poing dans la figure de Stellan.

— Élodie parlait tout à l'heure de se faire beaux pour aller manger, lancé-je d'une voix faussement guillerette. Est-ce qu'on s'arrête quelque part ?

Jack lance un dernier regard assassin à Stellan qui est installé à la table, les jambes étendues sur la banquette, un ordinateur portable sur les genoux.

— J'imagine qu'Élodie veut faire un dîner un peu spécial. Elle adore les repas de famille, explique Stellan. On n'a pas souvent l'occasion d'en faire.

Le soleil commence à se coucher et je regarde les guirlandes de lumières blanches s'allumer sur le pont. Élodie apparaît, toujours en maillot de bain, portant dans ses bras des fleurs et des bougies qu'elle pose sur la longue table installée dans la salle à manger extérieure. Colette papillonne derrière elle, apportant des serviettes et des couverts en argent.

Je serre le bras de Jack.

— On va leur donner un coup de main ? proposé-je en le tirant vers l'extérieur.

Je me demande de quoi parlait Stellan.

— Attends ! (Jack m'arrête. Il se mord la lèvre.) Olivier Saxon était le grand frère de Lydia et Cole. Il a été tué dans un accident il y a deux ans.

Je me glace.

— Quoi ?

Jack tire sur la manche de son T-shirt, clairement embarrassé.

— L'aîné des Saxon a été tué ? Ça ne ressemblerait pas à ce qui se passe en ce moment ?

— C'était un accident si bizarre. Je pense que ça n'a rien à voir avec les attentats perpétrés ces derniers temps, c'est pour ça que je ne t'en ai pas parlé. Je ne voulais pas t'alarmer. (Il esquisse un petit sourire qui manque de conviction.) On va aider Élodie à préparer ?

Je fais oui de la tête et je lui emboîte le pas, lentement, en essayant d'imaginer le demi-frère que je ne connaîtrai jamais.

13.

Le lendemain, nous nous réveillons dans le port de Delphes. Les cris des mouettes et les légers tintements métalliques des chaînes amarrant les bateaux dans le port devraient être apaisants, mais je suis stressée, trop tendue pour manger. Le bracelet *doit* être ici – ou nous sommes finis.

Nous nous enfonçons vers l'intérieur des terres où l'air est chaud et sec. Je pensais que la Grèce était un pays vert et tropical mais la région de Delphes n'est pas du tout comme ça. Aux buissons épineux et affleurements rocheux succèdent de l'herbe rase et des oliviers aux feuilles couleur vert sauge et aux troncs noueux, tout droit sortis d'un conte de fées. Les versants montagneux sont parsemés de petits villages aux toits blanchis à la chaux et aux murs crème.

Je pensais qu'il n'y aurait qu'un seul temple au site de l'oracle. Or, au milieu des collines spectaculaires se dressent les ruines de plusieurs monuments religieux et d'un large amphithéâtre. Notre zone de recherche va être plus étendue que je ne l'avais anticipé.

Stellan me touche le bras en sortant du taxi.

— J'ai l'impression qu'il y a une voiture qui nous suit, murmure-t-il. Reste à côté de moi.

J'étouffe un juron. Je ne pense pas que ce soit les hommes de mon père, donc si quelqu'un nous suit à présent, ça ne peut être que l'Ordre.

Luc est devant nous avec Jack, à l'ombre d'un olivier. Je suis sur le point de l'appeler lorsque Stellan me coupe :

— Je l'ai déjà prévenu. Il va être prudent.

Je jette un coup d'œil par-dessus mon épaule, mais je n'aperçois qu'un car de touristes dans lequel grimpe un flot continu de personnes âgées.

— OK, allons-y.

Colette et Élodie se sont déjà éloignées vers un temple circulaire. Seules quelques colonnes, qui semblent figurer dans tous les guides touristiques, y subsistent encore. Le reste de notre petit groupe se disperse autour des autres temples. Stellan ne quitte pas Luc d'une semelle. Ils gravissent une colline pour observer un amphithéâtre tandis que Jack et moi descendons tant bien que mal une pente jonchée de rochers blanc-gris. Nous nous trouvons près des fondations d'un temple presque intégralement détruit.

La structure est enclose d'une simple corde qui longe le chemin. Comme il n'y a personne en vue, nous l'enjambons. Des brins d'herbe d'un vert vif poussent sur la pierre, comme si la terre avait fait sien le temple après toutes ces années. Le silence est presque inquiétant. Je lance un regard vers le parking avant de me pencher pour inspecter l'une des colonnes.

— Où pourrait-il avoir caché le bracelet ? Ce site est immense !

— Je pense qu'il y a deux possibilités, répond Jack. Il peut l'avoir enterré, dans ce cas nous cherchons une sorte de balise ou l'entrée d'un tunnel. Ou bien il peut l'avoir dissimulé à l'intérieur de quelque chose. Une cachette dans l'une de ces colonnes peut-être ?

Nous passons le temple au peigne fin. Je me faufile entre les pierres, sans crainte de me salir, je tâtonne, je scrute, à la recherche de quelque chose qui sort de l'ordinaire. En même temps, je surveille les alentours pour vérifier que personne n'approche trop près. Un couple avec un bébé passe à côté du temple. Un peu plus tard, j'ai l'impression que deux hommes en T-shirt blanc nous regardent depuis un chemin, mais ils restent à distance. Peut-être que Stellan se trompait. Si ça se trouve, il n'y avait pas de voiture.

Finalement, je m'accroupis et je m'essuie le front du dos de la main.

— Rien n'indique qu'il faudrait creuser…

Jack s'assied sur un muret de pierre.

— Tout à fait d'accord.

— Hé ! (Une voix nous arrive d'un peu plus haut. Je place ma main en visière pour me protéger les yeux du soleil brûlant de midi et je vois Luc qui agite gaiement le bras.) Vous avez trouvé quelque chose ?

— Non, crié-je. (Je scrute le site historique et distingue un mouvement. L'un des hommes en T-shirt vient de disparaître derrière un arbuste broussailleux non loin de nous.)

— Tu as vu ça ? dis-je à Jack.

Il se redresse, comme par réflexe.

— Quoi ?

— Je crois qu'il y a des mecs qui nous espionnent. L'un d'entre eux vient juste de se cacher. Je l'ai vu.

Jack plisse le front et se place devant moi pour me protéger.

Je me tourne vers Luc, j'appelle son nom et lui fais signe de se baisser. Il est extrêmement vulnérable, debout sur cette saillie rocheuse.

— Remontez ! Venez jeter un coup d'œil ici. Il y a des chevreaux dans un champ.

— Luc ! répété-je avec des gestes frénétiques.

Jack escalade les rochers jusqu'à lui et je l'imite. Stellan, qui a dû entendre la peur dans ma voix, est soudain aux côtés de Luc et l'attire vers un lieu moins exposé. Jack atteint le haut de la pente avant moi et me tend une main pour me hisser. J'hésite, jetant un coup d'œil vers l'endroit où j'ai vu disparaître l'homme. Personne.

— Avery !

Jack m'aide à gravir les derniers rochers et nous nous réfugions derrière des colonnes.

— Qu'est-ce que tu as vu ? me questionne Stellan.

— Deux types. Je suis sûre qu'ils nous épiaient. (Je jette un nouveau coup d'œil mais je ne vois rien hormis un groupe de touristes avec leur guide, une femme d'un certain âge brandissant un drapeau jaune.) Je dois être folle. Est-ce que vous avez vu quelque chose ?

Jack fait non de la tête. Stellan également.

Je m'assieds par terre, le dos contre une colonne brisée, et je vois que j'ai déchiré mon jean au genou en escaladant la butte.

— Allons-y, mais soyons prudents.

Depuis que Stellan nous a dit qu'une voiture nous suivait, j'ai peur, mais un autre sentiment commence à poindre aussi : et si nous ne trouvions rien ici ? Si ça ne suffisait pas ? Je serais obligée d'épouser quelqu'un ou de m'enfuir, ce qui ne permettrait pas d'aider ma mère. Je sais que l'Ordre est dangereux, pourtant, si j'essayais de confronter un de ses membres en tête-à-tête, il y aurait peut-être une chance pour qu'il me donne des informations. Et si c'était ma seule option ? Je le ferais sans hésiter.

À ce moment-là, nos téléphones se mettent à vibrer à l'unisson. Un SMS d'Élodie. *On a trouvé quelque chose. Temple circulaire.*

Contrairement aux vestiges que nous venons de visiter, le temple où nous attendent Élodie et Colette est noir de monde. Nous nous regroupons donc tous les six un peu à l'écart en attendant que la foule se disperse.

— Il y a le symbole de ton collier, murmure Colette. Là-bas, sur une pierre.

Je réfrène l'envie de bousculer un groupe d'enfants pour m'approcher. Lorsque les abords du temple commencent à se vider, nous nous avançons vers les ruines d'un mur à côté de la partie centrale. Effectivement, le symbole est bien là, gravé sur une pierre érodée.

— Et ça, dit Élodie en montrant du doigt une autre pierre, un peu plus haut.

Les caractères sont encore plus érodés que le symbole, mais on dirait une inscription, en français qui plus est.

Jack la lit :

— « Pour apprendre les secrets que mon jumeau et moi détenons, regarde où il regarde. Ceux qui ont tout donné détiennent la clé. »

— Ça me rappelle l'indice sur le premier bracelet, réponds-je en regardant mon poignet. (J'ai mémorisé l'inscription : « Il veille sur notre dame, au-dessus du site sacré. Où il regarde, il se trouve. Quand il sera découvert, mon jumeau, je vais tout révéler, seulement au vrai. ») Celui-ci dit aussi « où il regarde ». C'est l'indice qui nous a permis de trouver le journal de Napoléon.

— C'est logique que les indices se répondent, intervient Élodie.

— Attends, s'exclame Stellan, c'est écrit « mon jumeau et moi », comme si c'était le point de vue de l'autre bracelet. Vous pensez qu'il pourrait être ici ?

Je m'agenouille dans la poussière.

— Enterré peut-être ?

— Ou derrière l'une de ces pierres, suggère Luc en donnant de petits coups sur le bord de celle portant l'inscription.

Élodie regarde derrière elle et, ne voyant personne nous prêter attention, sort un burin et un petit marteau de son sac. Elle a vraiment tout prévu ! Tandis qu'elle s'attaque au mortier qui fixe les pavés, Jack m'aide à essuyer la poussière au bas du mur et nous regardons si nous trouvons autre chose.

— Merde ! Quelqu'un nous a vus, s'écrie Luc au bout de quelques minutes.

Je jette un coup d'œil par-dessus le mur et aperçois un homme d'une cinquantaine d'années en uniforme noir qui se dirige vers nous d'un pas décidé.

— Tout le monde se disperse, ordonne Élodie. Soyez discrets.

Je saisis la main de Jack et nous descendons la colline en papotant comme des touristes normaux. Je me retourne et vois que Luc et Stellan sont partis dans une autre direction tandis que Colette et Élodie n'ont pas bougé. Elles tentent de repousser l'employé avec des sourires charmeurs et une armée de questions. Je vois qu'il cherche à se débarrasser d'elles pour ne pas perdre de vue le reste de notre groupe, mais après une seconde d'indécision et des regards circulaires pour vérifier que tout va bien, il se laisse accompagner jusqu'aux temples principaux par Colette.

J'arrête Jack et attends que Colette et le garde aient disparu. En haut de la butte, Élodie fait de même. Puis, elle rebrousse chemin jusqu'au symbole. Jack et moi la rejoignons et je vois Stellan et Luc qui remontent la pente rocheuse en zigzaguant au milieu d'un groupe d'enfants criards.

— Je ne pense pas qu'il y ait quelque chose derrière cette pierre, affirme Élodie. Si la brique avait été sortie et replacée, j'aurais probablement déjà cassé le mortier.

— Et les autres pierres ? proposé-je. Celle avec le symbole par exemple ?

Élodie se met à buriner et, presque immédiatement, un craquement se fait entendre. Elle lève les yeux, enthousiaste, et frappe de l'autre côté. Lorsque Luc et Stellan nous rejoignent, elle est en train de gratter le mortier avec des ongles encrassés.

Puis je saisis un côté de la brique, Élodie l'autre. Je retiens mon souffle lorsque nous tirons.

La pierre se détache du mur. Nous la posons par terre et je m'agenouille à côté pour essuyer les bouts d'herbe sèche et la poussière. Derrière la pierre, il y a une cavité sombre et étroite. J'hésite une seconde, chassant de mon esprit l'idée d'éventuelles araignées, puis j'y plonge la main.

C'est froid, sec… et vide.

Je m'assieds sur mes talons et m'essuie les mains.

— Il n'y a rien ici.

Élodie palpe à son tour l'intérieur et secoue la tête.

J'ai envie de hurler.

— Ça *doit* être ici !

J'arrache le burin à Élodie pour m'attaquer à une autre brique mais mes mains sont glissantes de sueur et je ne réussis qu'à m'entailler le doigt. Je laisse tomber les outils avec un juron et suce ma plaie.

— Attendez, dit Jack. Il y a un musée ici. Ils ont pu trouver le bracelet et le mettre en sécurité.

Je repousse des mèches de cheveux qui me collent au visage.

— Il y a un *musée* ?

Quelques instants plus tard, nous redescendons la montagne. Je m'efforce de me calmer. Je me fige soudain, imitée par Jack.

— C'est encore eux, dis-je en montrant les hommes de tout à l'heure de dos. Le T-shirt de l'un d'eux est orné d'une carte de Delphes.

— Probablement de simples touristes, répond Jack, mais je vois sa main se diriger vers sa ceinture où il porte un pistolet.

— Tu as vu ? J'ai l'impression qu'ils font exprès de dissimuler leur visage. Ça semble fou mais… et s'ils étaient de l'Ordre ?

— Dans ce cas-là, on devrait tous aller à la voiture illico, fait Jack en posant une main protectrice sur mon bras.

Je me dégage.

— C'est Luc que tu devrais amener à la voiture. Ils ont déjà eu l'occasion de me tuer et ils ne l'ont pas fait. S'ils veulent m'enlever, ils ne choisiront pas un lieu public. (J'ai une idée fixe dont je n'arrive pas à me débarrasser.) S'ils sont de l'Ordre… peut-être qu'ils savent quelque chose… par exemple, le lieu où se trouve ma mère.

— Avery…, fait Jack, comme un avertissement.

Je fouille dans mon sac. J'ai bien mon couteau. Je pensais que j'avais réussi à garder mon sang-froid par rapport à tout ça mais après avoir entendu la voix de ma mère… et sachant que je n'ai plus que *quatre* jours pour la sauver…

Je regarde la casquette de baseball bleue de l'homme s'éloigner dans la foule et je me souviens de toutes les fois où l'Ordre a cherché à nous tuer, Jack et moi. En nous tirant dessus depuis le balcon de M. Emerson. En nous pourchassant dans le marché d'Istanbul. En nous poursuivant au Louvre.

Mes doigts se crispent sur mon couteau. Je sais que je ne suis pas douée avec une arme. S'attaquer à un assassin professionnel ne peut que mal se finir. Et si je me trompe et qu'ils veulent m'éliminer…

Au niveau du temple en contrebas, les deux hommes se sont arrêtés à côté de deux femmes accompagnées de plusieurs enfants. L'homme au T-shirt de Delphes caresse la tignasse blonde de l'un des petits.

J'exhale un souffle à travers mes lèvres pincées.

— Des touristes, marmonné-je. De simples touristes.

Nous continuons vers le musée en silence.

Colette est déjà arrivée.

— C'est une petite collection, indique-t-elle. J'ai déjà fait le tour. Il n'y a rien qui ressemble au bracelet.

— On devrait demander à quelqu'un, propose Stellan en faisant signe de la main à une guide.

Il décrit ce que nous cherchons.

— Ça me dit quelque chose, répond la femme. Nous avions un tel objet il y a plusieurs années, quand j'ai commencé à travailler ici. Un bracelet en cuivre.

Mon cœur fait un bond dans ma poitrine et je m'accroche à la main de Jack. La femme jette un coup d'œil dans ma direction et soudain je me souviens du bracelet que je porte au poignet. Je le retire et le glisse subrepticement dans mon sac sans que la guide le remarque.

— C'est une histoire assez mystérieuse, poursuit-elle. Ce n'était pas un objet ancien, il a dû être apporté à Delphes plus récemment. L'un de nos archéologues l'a associé à Napoléon Bonaparte. N'est-ce pas étrange ? Il a presque immédiatement été récupéré, rapporté en France et fait maintenant partie d'une collection privée.

Nous échangeons entre nous des regards pleins d'espoir.

— Auriez-vous une photo du bracelet ? s'enquiert Stellan.

La guide disparaît dans les bureaux et revient quelques minutes plus tard, un dossier à la main. Elle nous tend un cliché et notre stupéfaction simultanée est presque comique.

— Pourquoi vous intéressez-vous à ce bracelet ? nous interroge la femme.

— Nous étudions l'histoire napoléonienne, répond Élodie en regardant l'image de plus près. Je lorgne par-dessus son épaule. Il porte une inscription bien visible, comme le mien. Élodie la lit à voix haute voix :

— « Ce n'est que par l'union que mon jumeau et moi révélerons l'obscur secret que nous gardons dans nos cœurs. »

— Pouvons-nous prendre une photo de ce cliché ? demande-t-elle à la guide.

De retour au bateau, nous nous penchons tous sur le portable de Jack, posé au centre de la table. Nous avons mis le haut-parleur pour que tout le monde puisse entendre la conversation. Lorsque Élodie a photographié le bracelet, elle s'est débrouillée pour prendre un plan plus large du dossier. On y aperçoit le nom et le numéro de téléphone du collectionneur qui détient à présent notre indice. Ça sonne. Et ça sonne encore. Enfin, nous tombons sur le répondeur. Pendant le long message en français, la déception se peint sur le visage de mes compagnons. Lorsqu'il a raccroché, Jack traduit à mon intention :

— Le collectionneur est décédé. Les objets ont été légués à des musées ou vendus à d'autres amateurs d'art.

J'appuie ma tête contre le dossier du banc.

— Il doit y avoir un moyen de savoir où ce bracelet a atterri !

— Je ne pense pas que ses héritiers nous donneraient cette information, dit Colette.

— Que disait l'inscription déjà ? demandé-je en fixant le plafond en contreplaqué.

Élodie la répète :

— « Ce n'est que par l'union que mon jumeau et moi révélerons l'obscur secret que nous gardons dans nos cœurs. »

— « Dans nos cœurs. » On a l'impression qu'il y a quelque chose *dans* les bracelets. Pas simplement que nous allons trouver un autre indice lorsque nous réussirons à aligner les lettres. (Je ne vois pas vraiment ce qui pourrait tenir à l'intérieur d'un bracelet, mais les autres opinent du chef.) Ce qui signifie que nous devons mettre la main sur l'autre bracelet aussi. Il ne suffit pas d'avoir lu l'inscription. (Je me tourne vers Luc qui est perché sur un tabouret, la chemise maculée de terre.) Le propriétaire était français. Tu ne pourrais pas faire pression sur la personne qui s'occupe maintenant de sa collection pour savoir où se trouve le bracelet ?

— Si, probablement, affirme-t-il, la tête inclinée sur le côté. Mais, pour ça, il va falloir que je rentre en France et que je passe quelques coups de fil.

— OK, réponds-je, parfait. De toute façon, je pense qu'il vaut mieux que tu partes, après la fausse alerte d'aujourd'hui. S'il t'arrivait quelque chose pendant que tu es en train de m'aider…

— Tout à fait d'accord, approuve Élodie en coinçant ses cheveux derrière ses oreilles avant de les laisser retomber sur son visage. (Je ne pensais pas que quelqu'un comme Élodie avait un tic nerveux, pourtant elle n'arrête pas de tripoter ses mèches.) Le problème, c'est que cet indice mentionne l'union : « Ce n'est que par l'union que mon jumeau et moi révélerons l'obscur secret que nous gardons dans nos cœurs. » Luc est le seul ici capable de réaliser l'union avec Avery… Ça semble impliquer que quelqu'un va devoir se marier après tout. Ou juste brûler les étapes et faire un enfant ?

Luc lui donne un coup de coude. J'observe les doigts de Stellan qui tambourinent nerveusement sur la table. Jack, lui, a la bouche pincée.

— Qu'est-ce qu'il y a ? reprend Élodie. (Évidemment, elle a capté notre jeu de regards. Elle se lève si brusquement que la table tremble, faisant cliqueter le plateau de pâtisseries que Colette a apporté mais que personne n'a touché.) Je le savais ! Je *savais* qu'il y avait anguille sous roche ! S'il y a autre chose, on est en droit de savoir !

À côté de moi, Jack se trémousse sur le banc. Je pose une main sur son genou pour qu'il garde le silence. Ce n'est ni à moi ni à lui de révéler ce secret.

Stellan passe une main dans ses cheveux pour les dégager de son visage.

— Bon. Nous en savons plus que nous l'avons dit sur l'identité de l'Élu.

Élodie pousse un soupir frustré.

— Comment ça ? Ce n'est pas juste n'importe lequel des garçons du Cercle, du moment qu'Avery l'épouse ?

Stellan secoue la tête en effleurant sa cicatrice à la nuque.

— C'est quelqu'un de spécifique. Pas Luc. Ni aucun des autres du Cercle.

Élodie, Luc et Colette froncent les sourcils à l'unisson.

— Qu'est-ce que tu veux dire ? demande Élodie d'une voix dure.

— Ce n'est pas un membre des douze familles, poursuit Stellan. (Ses yeux rencontrent les miens avant de reprendre.) C'est moi.

14.

Élodie s'est d'abord montrée sceptique, mais à présent elle affiche un sourire jusqu'aux oreilles et nous fixe l'un après l'autre, moi, Jack, Stellan, avec un regard lourd de sens.

— Donc vous deux, vous êtes... (ses yeux se posent sur moi, puis sur Jack), ce que vous êtes. Et vous deux... vous êtes censés vous marier ? conclut-elle en passant de Stellan à moi.

— Oui, réponds-je sèchement.

— Ah, c'est pour ça que vous avez fait une tête bizarre quand j'ai parlé d'un bébé ! Comme c'est amusant !

— Je t'en prie, Él, arrête de les provoquer, fait Luc distraitement. (Il ébouriffe ses cheveux bruns déjà en pétard.) Donc c'est impossible que je sois...

— Si notre théorie est correcte, répond Jack, aucune chance.

Luc exécute une danse de la victoire dans la petite cuisine du yacht, avant d'aller tapoter les stores en bambou au-dessus de l'évier.

— Ah ! Quel soulagement ! s'écrie-t-il. Merci mon Dieu ! N'est-ce pas un soulagement ?

Pour la première fois, je prends conscience que Luc n'est pas aussi avide de pouvoir que les autres.

— Au moins, tu sais que tu n'es pas obligé de m'épouser, dis-je.

— Ça aurait été terrible !

Luc me caresse les cheveux, l'air absent, et je prends sa main dans la mienne.

— Bon, alors Luc n'a plus aucune raison de rester. (Élodie se lève et sort son téléphone sans attendre. Luc fait mine de protester mais elle l'interrompt.) Tu peux retourner à Paris et contacter des gens au sujet du bracelet. C'est le plus logique. Tu seras dans l'avion pour la France dès que possible.

Quelques heures plus tard, j'admire le coucher du soleil sur l'eau, les tons orangés qui se mêlent au rose pâle. C'est magnifique. La brise marine est fraîche et chargée d'iode. Derrière moi, le jacuzzi bouillonne joyeusement. Stellan a conduit Luc à l'aéroport tandis que le reste de notre petit groupe continuait à réfléchir à l'indice. J'ai reçu un autre SMS de l'Ordre. Six jours. Mais ça n'a presque plus d'importance. J'ai aussi eu des nouvelles de ma sœur. Ma famille est à Pékin. Apparemment, comme mon absence est une grave impolitesse, Lydia et Cole accompagnent mon père pour tenter de faire passer la pilule. Même sans moi, les visites avancent comme prévu, et mon destin ne devrait plus tarder à me rattraper.

Derrière moi, la porte s'ouvre et Jack apparaît.

— Tout va bien ?

J'acquiesce.

Il se tourne vers la mer et dit :

— Cette personne qu'il te semble avoir vue tout à l'heure..., commence Jack. Je sais que c'était une fausse alerte, mais si ça avait été un espion et que tu avais cherché à l'affronter... (Je plisse les yeux dans la lumière du couchant.) Tu es convaincue que l'Ordre ne te mettra pas de bâtons dans les roues tant que tu cherches le tombeau, mais imagine qu'ils soient au courant que l'union va avoir lieu plus tôt qu'ils ne le croient et qu'ils tentent de l'empêcher ?

Je n'avais pas envisagé cette possibilité.

Jack passe le doigt sur son tatouage à l'avant-bras.

— Peut-être qu'on devrait laisser les hommes des Saxon faire les recherches de terrain à ta place.

Je souffle de frustration.

— Hors de question !

— Il arrive un point où je pense que ça n'est plus seulement à toi de décider.

Je le dévisage.

— Pardon ?

— Je ne dis pas que... Ce que je veux dire, c'est que tu n'es pas totalement objective dans ton jugement. Pour une bonne raison, mais...

— Non, Jack.

— Avery...

— Non. Je t'ai déjà expliqué ce que je pense et si tu ne respectes pas mon avis, il n'y a pas de raison d'en reparler.

Je lui tourne le dos et croise les bras. Les dernières fois qu'il a exposé ce genre d'arguments, je lui ai trouvé des excuses. Il était inquiet. Il n'était pas persuadé de ce qu'il avançait. Mais il devient de plus en plus difficile de nier qu'il l'est à présent.

Je sens son regard s'appesantir sur moi un instant, puis il fait volte-face.

— Je vais faire un tour.

Il disparaît dans la cabine. Lorsque je suis certaine qu'il est bien parti, j'entre moi aussi. J'entends Élodie et Colette discuter dans l'autre chambre et je me dirige vers la cuisine. Je prends une poignée de cerises rouge grenat dans un bol et m'installe au bar. J'arrache les queues et fais rouler les baies sous mes doigts en petits cercles agités. De l'autre côté du pont, je vois la mer turquoise devenir orange dans le soleil couchant.

— Tu as l'air de leur en vouloir, à ces cerises ! Qu'est-ce qu'elles t'ont fait ? (Je foudroie Stellan du regard puis lâche un juron lorsqu'une cerise éclate sous mes doigts, faisant gicler du jus rouge sang sur le marbre blanc du comptoir et sur l'avant de ma robe.) La question est plutôt : qu'est-ce que t'a fait Bishop ? Je vous ai entendus vous engueuler. C'était à propos de quoi ?

Je me mets à essuyer le jus de cerise.

— Je ne sais pas. On s'est pas engueulés. D'ailleurs, occupe-toi de tes affaires.

— Laisse-moi deviner. (Stellan saisit une cerise et la porte à sa bouche.) Il est inquiet pour ta sécurité et tout le tralala.

— On ne s'est pas engueulés, répété-je.

J'aimerais que ce soit vrai. Jack est la seule personne à qui je pensais pouvoir faire confiance. Et si nos avis divergent à ce point, cela peut signifier deux choses :

soit que je ne peux pas vraiment me fier à lui, soit qu'il a raison et que j'ai tort.

Stellan s'accoude au comptoir en face de moi.

— Il veut te protéger, c'est son truc, au cas où tu ne l'aurais pas remarqué, ironise-t-il. (Je ne fais même pas l'effort de lever les yeux de mes cerises.) Il a raison. Il y a sans doute des gens qui veulent ta peau. Et je t'ai vue te battre… Tu n'es pas très douée.

Je pousse ma chaise en arrière et traverse la pièce pour trouver un torchon.

— Tu espionnes tout ce que je fais, ou quoi ?

— Vous vous entraîniez sur le bateau. C'était impossible de ne pas te voir.

Stellan s'assied à la table, laissant reposer son long bras sur le dossier du banc.

— Je… (Je ne sais que lui répondre car il a raison.) Oh, et puis ferme-la !

— Si tu as besoin d'un autre professeur d'autodéfense…, reprend-il après une minute. Pour une raison ou pour une autre.

— Merci, mais non merci.

— Tu sais, je trouve ça remarquable que tu sois prête à t'investir autant, à élaborer tous ces plans dangereux et difficiles, mais que tu ne sois pas prête à envisager un seul instant la manière dont le Cercle interprète l'union depuis des siècles.

Je jette le torchon sur le fruit mutilé.

— On a pas mal avancé avec cet indice, au cas où tu ne l'aurais pas remarqué. De toute façon, pas question que je t'épouse.

— Ah, mes avances sont repoussées avant même ma demande officielle en mariage, soupire Stellan. Tu veux vraiment me faire complexer.

— On est obligés d'en reparler ?

Mais je ne peux nier qu'une petite voix me demande combien de temps je résisterai encore avant de l'envisager sérieusement. Ce dernier indice ne laisse aucun doute quant à l'importance de l'union. Je ne vois toujours pas comment mon mariage avec Stellan pourrait ouvrir les bracelets, mais si rien d'autre ne marche… En outre, peut-être que nous pourrions obtenir de l'aide pour chercher ma mère ? Ça nous permettrait peut-être de trouver le tombeau plus facilement ? Je sais qu'épouser un autre membre du Cercle sera sans conséquence, mais avec Stellan, il y a une chance. Infime et inespérée, certes, mais une chance quand même.

— Si jamais on… (C'est la première fois que j'énonce cette idée à haute voix.) Je ne dis pas qu'on va se marier, mais si on se mariait, tu serais obligé de révéler qui tu es. On pense que tout le monde va t'accepter si je suis à tes côtés… Ça peut aussi être très risqué.

— Je sais. Crois-moi, je sais.

— Et tu devras aussi me jurer un amour éternel, ça ne te dérange pas ?

J'ouvre les placards qui regorgent de nourriture.

— Non. Tu es loin d'être aussi repoussante que tu le penses, Avery. (Le bateau se met soudain à tanguer, probablement à cause de la houle d'un autre navire filant à toute allure.) Autre détail qui va te réjouir : pour être valide aux yeux du Cercle, le mariage doit être consommé immédiatement après la cérémonie.

Je sors un pot de Nutella et une cuillère en roulant des yeux.

— Tu me fais marcher.

— Non, je t'assure que c'est vrai. Ça fait partie du rituel. C'est un vestige de l'époque médiévale. Le prêtre, les familles et quelques invités peuvent y assister. Pour s'assurer que ça ait bien lieu.

Je m'arrête, la cuillère en l'air.

— Sérieux ?

— Aussi sérieux qu'on puisse être lorsqu'il s'agit de voyeurisme.

— Donc si je m'étais vraiment mariée avec Luc…

Stellan opine du chef. Je m'affale sur la chaise en face de lui.

— Tu as déjà vu… ?

— Malheureusement non. Luc est l'enfant unique des Dauphin – du moins jusqu'à récemment –, je n'ai donc pas eu l'occasion.

Je pose les coudes sur la table.

— Peu importe. Nous deux, on ne va pas se marier donc on sera pas obligés de…

J'esquisse un geste vague de la main.

— C'est encore plus vexant que de t'entendre t'opposer au mariage !

Je ne veux pas lui donner satisfaction en répondant à sa remarque. Après quelques secondes je reprends :

— Que se passerait-il, hypothétiquement, si nous faisions semblant ? Est-ce qu'ils nous croiraient si on leur disait qu'on s'est mariés ?

Il hausse les épaules.

Ce serait notre parole contre celle des sceptiques. Mais faire semblant ne nous aiderait ni à trouver le tombeau, ni à déverrouiller les bracelets.

— Si « union » veut vraiment dire « mariage ».

Je remonte les pieds sur le siège et entoure mes jambes de mes bras. Comme d'habitude ce débat ne mène nulle part.

— Quelqu'un pourrait me lancer mon haut blanc qui sèche à côté de la porte ? crie une voix.

Colette sort la tête de la chambre, les bras croisés sur sa poitrine plantureuse. Elle porte un soutien-gorge rose à pois et une jupe fluide.

Pudique, je fais volte-face et détourne les yeux. Contrairement à Stellan. Il lui décoche un sourire taquin.

— Non, on ne peut pas.

Colette lui lance un regard faussement outré et lui répond en français. J'attrape son débardeur et le lui envoie.

— Merci ma chérie ! dit-elle en roulant des yeux vers Stellan.

Lorsque la porte se referme derrière elle, je me tourne vers Stellan.

— Son petit ami vient de mourir.

— Oui, et alors ?

— Tu es en train de la draguer ?

Il est comme ça depuis que nous sommes arrivés en Grèce. Elle s'installe souvent juste à côté de lui et il la fait glousser avec ses plaisanteries.

— Hum, je ne suis pas vraiment d'accord. Techniquement, c'est elle qui me drague. Moi, je me contente d'entrer dans son jeu.

Le soleil est en train de disparaître à l'horizon. Stellan se dirige vers le pont et je lui emboîte le pas.

— Ne profite pas de Colette, je l'aime bien.

Il jette un coup d'œil vers l'intérieur et baisse la voix.

— Moi aussi, je l'aime bien. C'est pour ça que j'agis de la sorte. Les gens font leur deuil de différentes manières. Lettie a besoin de distraction, donc j'essaie d'être gentil avec elle.

— Elle le sait, ça ?

Il penche la tête sur le côté. Sa chemise blanche se froisse sous l'effet de la brise.

— Oui. Comment t'expliquer ? Lettie... elle est sous les feux de la rampe depuis si longtemps ! C'est une fille qui a horreur d'être seule. Elle a besoin d'être adulée, il n'y a que comme ça qu'elle se sent bien. Mais aujourd'hui tous ses fans la traitent comme une veuve de guerre éplorée. (Il marque une pause et je commence à comprendre. Je n'ai jamais vraiment vu les choses comme ça.) Ce petit flirt sans conséquence sert nos intérêts à tous les deux. Et les tiens aussi.

— Mes intérêts ?

— Oui, si elle est heureuse, il y a plus de chances pour qu'elle nous aide à réaliser le prochain plan fou que tu vas nous sortir.

Je descends les marches qui mènent au pont inférieur avec Stellan sur mes talons.

— Tu utilises toujours le sexe pour arriver à tes fins ? demandé-je en touchant du doigt une petite tache d'eau sur le bar.

Il fait les gros yeux.

— Je ne couche pas avec elle. Comme tu l'as si bien dit, son petit ami vient de mourir. Liam était un de mes amis, tout comme Colette d'ailleurs. J'ai quand même certains principes. (Il s'arrête.) Et de toute façon, les filles font tout le temps ça. (Je commence à protester, mais il continue.) Écoute-moi. Je t'ai dit que j'allais t'entraîner. Je vais te donner une leçon qui n'a rien à voir avec le combat. Être gentil, ça ne mène à rien dans le monde du Cercle. La fin justifie toujours les moyens.

Sa voix est étonnamment amère. Et la conversation semble finie.

— Ne te sers pas d'elle, c'est tout, dis-je en m'asseyant sur une chaise longue.

Stellan lève les mains en signe de capitulation, d'exaspération, ou les deux, et s'installe sur un transat un peu plus loin. Au bout de quelques minutes, il montre du doigt le bracelet à mon poignet. Je le lui tends, il essaie plusieurs mots de passe, sans succès, avant de me le rendre.

— Trois jours, marmotté-je.

Stellan contemple la mer.

— Ce bracelet doit bien être quelque part. Nous allons le trouver.

— Peut-être, maugréé-je. Encore faut-il qu'on me laisse chercher. Entre les Saxon et Jack… (Sans vraiment le vouloir, je me mets à raconter à Stellan que Jack veut impliquer ma famille dans nos recherches.) Dans la quête du bracelet, j'ai encore une certaine marge de liberté. Mais à en croire Jack, je ne devrais même plus avoir mon mot à dire.

Stellan se redresse :

— Tu as toujours eu le choix.

— Je crois que tu ne m'as pas bien écoutée, réponds-je en tripotant le bas de ma robe. Moi et mes yeux violets avons une importance capitale, oui, mais il devient de plus en plus évident que tout se fait derrière mon dos. Pour résumer, il me reste trois jours avant que les Saxon me marient : j'ai l'impression de n'être qu'une marionnette de très grande valeur.

— À ta place, beaucoup de gens seraient déjà sur une plage en Indonésie. C'est ton choix de ne pas t'enfuir. C'est un choix courageux.

Tout à coup, je ne peux plus rester tranquille.

— Pourquoi tu dis des choses pareilles ?

Je marche de long en large sur le pont, mes pieds nus heurtant le bois lisse et froid. Je me souviens de ce qui avait plu à Jack lorsque nous nous sommes rencontrés. Il m'a vue au lycée, où je faisais semblant de me foutre de tout. Je faisais ce que je voulais, à la différence des autres. Ce qu'il n'a jamais compris, c'est que je n'avais pas le choix.

— Je suis là que parce que je suis obligée. Il n'y a pas de quoi être fière.

— Tu tiens aux gens et tu sors renforcée de l'adversité, dit-il. C'est pas rien !

Les cordes qui amarrent le bateau à côté de nous – le *Konstantinos*, c'est le nom qui est inscrit sur sa coque – grincent contre le dock. Puis nous entendons un bruit insolite, comme un grognement rauque. Stellan se lève d'un bond, se précipite dans la cabine et en ressort aussitôt.

— Cache-toi, m'enjoint-il du bout des lèvres et au même moment j'entends une voix étrange vociférer :

— *Astynomía.* Police.

Stellan m'attire derrière le bar et nous nous accroupissons tous les deux sous le comptoir.

— Qu'est-ce que la police vient faire ici ? chuchoté-je.

— Aucune idée. Ce n'est peut-être pas la police, répond-il, confirmant mes craintes.

Et si Jack avait raison ? Si l'Ordre était là pour m'enlever ?

Les voix se rapprochent. J'entends Colette parler en français puis Élodie intervient en anglais, ce qui me permet de suivre.

— J'ai l'impression que vous vous trompez de bateau, dit-elle d'une voix douce.

— Nous avons des ordres. Nous devons fouiller l'embarcation !

Un aboiement ponctue l'affirmation. Des chiens. Même si les hommes ne nous trouvent pas, nous n'avons aucune chance contre le flair de ces animaux.

Je me penche vers Stellan.

— Et si on se cachait dans la mer ? susurré-je.

Il opine du chef puis esquisse un signe du menton vers mon bracelet. Je le retire, l'introduis dans un seau à glace vide et le recouvre de serviettes en papier avant de planquer le tout sous le bar.

Tandis que Colette et Élodie font visiter le bateau aux hommes – à pas très lents, heureusement ! – je me fais toute petite, me coule jusqu'à la plate-forme de plongée, et descends par l'échelle métallique.

L'eau est absolument glaciale. Je ravale un cri lorsque je m'immerge, ma robe à fleurs flottant comme une corolle autour de moi. J'allais rappeler à Stellan que lui n'a pas besoin de se cacher, mais il m'a déjà suivie et indique du doigt le canot de sauvetage fixé au côté du yacht.

Les rayons du soleil sont de plus en plus faibles et il fait encore plus sombre ici que sur le pont. Nous nageons jusqu'à la petite embarcation pour nous glisser dans l'interstice entre les deux bateaux. Ça fera l'affaire.

Or, je prends rapidement conscience que ce n'est pas la cachette idéale. Il suffit que la « police » se penche par-dessus le bastingage derrière le bar pour qu'elle nous aperçoive. Le *Konstantinos* n'est qu'à quelques mètres de nous – peut-être devrions-nous nager pour nous réfugier de l'autre côté ? Nous serions exposés pendant quelques secondes, mais…

Soudain, l'onde autour de nous se retrouve puissamment éclairée : quelqu'un a allumé sur le pont. Si nous sommes encore dans la pénombre, les rides provoquées par nos mouvements dans l'eau sont bien visibles dans la lumière des projecteurs.

Nous nous figeons. Je me fais toute petite, me camoufle entre la carène recouverte de bernacles et la surface lisse du canot. Stellan est dos à moi, mon visage au niveau de son tatouage en forme de soleil. Je distingue les deux symboles qu'il porte sur la peau – l'astre et l'épée – à travers sa chemise blanche imbibée d'eau.

J'ai beau me retenir du mieux que je peux à la coque du bateau, mes doigts ne cessent de glisser. Stellan, lui, s'est agrippé à une corde qui pend du canot. Comme elle est trop loin pour moi, il tend le bras, attrape ma robe et m'attire vers lui, tout contre lui. Par réflexe, je cherche à me dégager avant de me raviser. C'est beaucoup plus facile comme ça. Et au moins, on se tient chaud. J'entoure sa taille de mes bras.

Les voix approchent. Stellan pose une main sur la mienne.

— Puis-je vous offrir un verre ?

L'écho de la voix douce de Colette se répercute contre la coque du *Konstantinos*. L'espace d'un instant, je suis surprise par la facilité de la jeune femme à se mettre à comploter avec nous. Nous sommes arrivés hier, avons chamboulé sa vie et à présent, elle fait diversion à merveille.

— Nous avons un bar splendide sur le pont supérieur !

La main de Stellan se crispe sur la mienne. Oh non. Colette doit croire que nous sommes cachés en bas et veut nous laisser le temps de nous échapper. Au premier étage, au moins, ils sont obligés de dépasser une rangée de gilets de sauvetage pour nous apercevoir. Au deuxième, en revanche, il leur suffira de s'approcher du bastingage.

L'un des hommes grogne, les chiens reniflent et j'entends un policier accepter la proposition de Colette.

Lorsque je distingue leur pas lourd dans l'escalier, je lâche Stellan qui en profite pour se positionner face à moi. Les pointes de ses cheveux blonds sont mouillées et plus foncées. Les cicatrices sur ses épaules sont presque luisantes.

— De l'autre côté…, articulé-je silencieusement.

J'ai beau gesticuler, il est déjà trop tard : je perçois un bruit sourd de bottes et lève la tête pour voir une ombre qui s'avance tout droit vers la balustrade. Sous les battements affolés de mon cœur, j'entends Colette poser une question sur une autre ville un peu plus loin sur la côte. L'un des gardes se penche par-dessus le bastingage – je suis pétrifiée. Il regarde vers le bas, puis son chien émet un jappement rauque. L'homme finit par se retourner. J'exhale un soupir de soulagement.

— Montrez-nous ce qu'il y a là-dedans, exige l'un des « policiers » en scrutant à nouveau le canot cerné de flots noirs.

Non, non, non ! Je cherche frénétiquement une cachette mais il n'y en a pas. Stellan tire alors sur ma main et pointe vers le bas. Pas le temps de réfléchir. Je prends l'inspiration la plus profonde possible et plonge dans l'eau sombre.

Nous ne voyons presque rien, mais le rire de Colette nous parvient encore, ainsi que le grognement étouffé des voix masculines. J'essaie d'entrer en communication télépathique avec Colette. *Allez, offre-leur ce verre. Montre-leur l'affiche de ton film. Fais quelque chose !*

Je sens déjà la pression monter dans ma poitrine. Je commence à faire de petits mouvements convulsifs. Stellan, lui, n'a pas l'air mal à l'aise du tout. Ce qui n'a rien d'étonnant – les Gardiens ont sans doute suivi un entraînement digne des Marines. Je laisse échapper de minuscules bulles d'air – c'est ce qu'il faut faire pour rester en apnée plus longtemps – mais mon corps est irrésistiblement attiré vers la surface. Je prends appui sur Stellan pour me repousser sous l'eau. Je peux tenir encore trente secondes, grand maximum.

Mais ils sont toujours en train de parler ! Juste au-dessus de nous. *Partez !* crié-je dans ma tête. À côté de moi, je sens que Stellan remonte légèrement. Je n'ai pas l'habitude d'ouvrir les yeux sous l'eau quand j'ai mes lentilles mais je ne peux m'en empêcher. Bien que le sel me brûle, mes verres de contact semblent rester en place et, après quelques clignements, je distingue la silhouette de Stellan. Il remonte suffisamment pour que seul son visage émerge, et prend une profonde inspiration avant de replonger dans l'eau trouble.

Bien sûr ! Pourquoi n'ai-je pas pensé à ça ?

Je commence à suffoquer et m'efforce de garder la bouche fermée encore quelques instants. Je nage vers la surface mais suis arrêtée dans mon mouvement. Je tente à nouveau. Impossible.

Il y a quelque chose qui retient ma robe ! J'essaie de tirer sur l'étoffe, rien n'y fait. Il me faut une seconde pour comprendre ce qui s'est passé : ma robe s'est coincée entre des cordages ou s'est prise dans un crochet.

Je suis sous l'eau, prisonnière. Et mes poumons sont vides.

15.

Prise de panique, je lève les yeux vers Stellan, son visage juste au-dessus de moi. Je tire à nouveau sur ma robe, plus fort. Stellan écarquille les yeux. Je commence à voir des étoiles.

Les hommes sont toujours là à discuter, mais leurs voix semblent de plus en plus lointaines à mesure que mon cerveau s'engourdit. Je souffle les dernières petites bulles tout en essayant encore de me dégager. Stellan tire aussi sur le tissu.

De l'air !

Je sens Stellan disparaître – peut-être, je ne suis pas sûre. Il me faut de l'air, de l'air ! D'un moment à l'autre, ma bouche va s'ouvrir et je vais inhaler de l'eau. C'est une réaction physiologique, c'est comme ça qu'on se noie. De l'air ! C'est comme si on me forçait à desserrer les mâchoires. De l'air ! Si je meurs, qui va sauver ma mère ? L'Ordre va la tuer ! De l'air ! Non, non, non, dit mon cerveau en train de s'éteindre, mais je respire et je ne peux pas m'arrêter.

De l'air. C'est bien de l'air que j'avale. Mon esprit est soudain limpide. Je m'accroche à Stellan dont la bouche est collée à la mienne pour me transférer l'air de ses poumons.

Il se recule délicatement, un doigt pointé vers la surface. Je me débats, secouant frénétiquement la tête. Je n'ai pas encore assez d'oxygène en moi. Il remonte pour inspirer et moi, je souffle encore de petites bulles pour vider mes poumons. Il revient et prend mon visage entre ses mains. Je bois l'air, avidement, et j'attire Stellan vers moi, incapable de m'en empêcher. Mais cette fois, de l'eau est entrée dans ma bouche et j'ai un goût salé sur la langue.

J'ai encore la tête qui tourne, je suis ailleurs. Mais un souvenir lointain me revient : un cours de sauvetage en mer que j'ai pris quand nous habitions près de la côte. Ce type de respiration artificielle n'est pas recommandé car il y a toujours un risque que la victime panique et prenne trop d'air. Mais la maître-nageuse nous a expliqué qu'elle avait déjà vu cette technique marcher lorsque deux personnes inspirent et expirent pendant quelques secondes, en position de bouche-à-bouche. Ce stratagème permet aux poumons de la victime de se remettre à fonctionner normalement.

Stellan tente de se dégager de mon emprise mais je colle mes lèvres aux siennes. Au début, il essaie de résister à l'afflux d'air dans sa poitrine lorsque j'expire, puis soudain, il comprend. Malgré l'obscurité à un mètre de profondeur, j'arrive à distinguer ses yeux qui regardent droit dans les miens jusqu'à ce que je ferme les paupières, euphorique. Je respire ! J'ai presque oublié que la bouche de Stellan est sur la mienne lorsqu'il ferme lentement nos lèvres et détache ma main qui est agrippée à ses cheveux. L'air qui a fait des allers-retours entre nos poumons doit être vidé de son oxygène. Il lève un doigt.

Cette fois, je suis suffisamment alerte pour réfléchir à ce qui est en train de se produire lorsqu'il redescend près de moi et que ses mains repoussent les cheveux qui flottent autour de mon visage. L'espace d'un instant, je ressens une bouffée de culpabilité absurde. Pourtant je ne suis pas en train de l'embrasser ! C'est humide, salé, terrifiant... pas du tout sexy. Il m'insuffle la vie, au sens propre du terme. Je l'attire contre moi, affamée, et je vide mes poumons pour pouvoir inspirer davantage avant de plaquer mes lèvres aux siennes. À la différence des deux dernières fois, je sens à présent sa poitrine se contracter contre la mienne lorsque ses poumons se vident et qu'il me laisse respirer avec lui.

Au moment où je prends la dernière inspiration, j'entends que les voix se sont tues. Stellan lève les yeux. Ses cheveux flottent tout autour de son visage comme un halo. Il lâche mon visage et remonte à la surface pour hasarder un coup d'œil hors de l'eau. Il doit avoir jugé que la voie est libre car il s'éloigne rapidement à la nage. J'ignore ce qu'il fait, mais je suis certaine qu'il va revenir. Je ne me suis pas trompée : une seconde plus tard, il nage vers moi à toute allure, avec quelque chose à la main. Mes poumons me font à nouveau souffrir. Ils se vident bien plus vite depuis qu'ils ont été traumatisés.

Il me donne encore une bouffée d'air et je sens mes yeux picoter violemment. J'ai beau être entourée d'eau, je prends conscience de mes larmes au moment même où la panique reflue et où je me rends compte de ce qui se passe. Stellan s'écarte de moi et me contourne à la nage. Il plante ce qu'il a à la main dans l'étoffe de ma robe. Je sens que ça tire et tout à coup je suis légère, libérée.

En deux secondes, me voilà remontée à la surface. Ma tête émerge. L'air de la nuit est glacial et je halète, je sanglote, je tousse et j'avale de l'air, de l'air.

Des larmes me dégoulinent le long des joues et mon corps entier est secoué de soubresauts. Stellan apparaît près de moi et, malgré la faible lumière, je vois qu'il semble terrifié. Il prend mon visage entre ses mains, m'examine.

— Ça va ? Tu arrives à respirer ? chuchote-t-il.

J'ai la gorge à vif. Mes yeux me brûlent. J'ai l'impression que mes poumons ne pourront jamais se dilater suffisamment pour accueillir tout l'air que je veux inspirer. J'opine néanmoins du chef.

Stellan émet ce que j'imagine être un chapelet de jurons en russe et j'aimerais m'excuser d'être restée coincée sous l'eau, de l'avoir mis en danger. Après tout, c'est à cause de moi qu'il a fallu se cacher. Mais je n'arrive pas à formuler mes pensées et, avant que je n'ouvre la bouche, il me plante un gros baiser humide sur le front.

En fait, il ne jure pas par colère mais parce qu'il est soulagé. Il s'écarte rapidement de moi, comme s'il s'attendait à ce que je le repousse. C'est ce que je ferais habituellement s'il essayait de m'embrasser...

Or, au lieu de le rejeter, je me jette à son cou et il n'hésite pas un seul instant avant de me prendre dans ses bras.

Je ne sais pas si c'est la reconnaissance, la fatigue ou juste le besoin d'un câlin, mais je m'accroche à lui comme si ma vie en dépendait. Je tremble tellement que nous faisons des vagues dans l'eau. Mes larmes roulent sur ses épaules et il m'enlace en murmurant des phrases en russe. Je ne comprends pas un traître mot, mais c'est le son le plus apaisant au monde. Je sens soudain qu'il lâche la coque du bateau sur laquelle il s'appuyait pour m'entourer de son autre bras et me serrer encore plus fort. Il nage sur place pour nous soutenir tous les deux et moi je plonge mon visage dans son cou en répétant à voix basse : « Vivante, vivante, merci, je suis vivante ».

Puis, soudain, la voix d'Élodie résonne sur la mer :

— Stellan ! (Elle baisse le ton pour s'adresser à Colette :) Où sont-ils ? Je te jure que si j'ai été obligée de flirter avec ces types dégoûtants sans raison…

— Ici ! appelle Stellan d'une voix rauque.

Je déroule mes jambes de sa taille en prenant conscience de notre position pour le moins ambiguë : tous les deux trempés, accrochés l'un à l'autre dans la pénombre. Mais lui ne me relâche pas.

Deux visages apparaissent au-dessus du bastingage, éclairés par les lumières du pont. Élodie renifle. Même d'ici, je sens qu'elle me regarde avec mépris.

— Tu es en état de nager ? chuchote Stellan.

Je fais oui de la tête, bien que je n'aie pas envie de me séparer de lui. Il garde un bras autour de moi et nous rejoignons l'échelle.

Avant de grimper, je me retourne une dernière fois. Les cheveux de Stellan sont plaqués en arrière, mettant en valeur son visage anguleux. Son T-shirt est déchiré à l'épaule. Je me retiens de me jeter à nouveau dans ses bras et il ouvre la bouche comme s'il allait dire quelque chose.

Des pas lourds se font entendre sur le pont. Je cherche la main de Stellan à tâtons, prête à me cacher, mais c'est la voix tonitruante de Jack que j'entends.

— Qu'est-ce qui se passe ? Où est Avery ?

Stellan s'écarte vivement de moi, comme si je lui brûlais les doigts et Jack traverse le pont en courant pour m'aider à me hisser.

Cela fait maintenant dix minutes que je suis emmitouflée dans un peignoir épais et doux, je tremble pourtant toujours comme une feuille. Dès que nous sommes remontés à bord, ils nous ont apporté peignoirs et serviettes pour qu'on se sèche, puis nous sommes tous descendus dans la cabine du pont inférieur pour être à l'abri des regards indiscrets.

— Au début, ils disaient seulement qu'ils avaient ordre de fouiller le navire, explique Élodie. Au bout d'un certain temps, ils ont fini par lâcher que le temple avait été vandalisé et que les suspects étaient apparemment toujours dans le coin.

— Donc c'était vraiment la police ? (J'ai le bout des doigts qui tire sur le bleu, et glisse mes mains sous mes cuisses.) Tout ça à cause d'une brique descellée ?

— On dirait bien, répond Élodie. Mais on pensait que c'était…

— Nous aussi, ajoute Stellan, et on a failli se noyer pendant que vous leur demandiez dans quelle ville trouver les meilleurs fruits de mer !

— Qu'est-ce qui s'est passé ? demande Colette en nous rejoignant.

Elle est penchée en avant, ses lèvres rouges entrouvertes reflètent son inquiétude. Elle a voleté tout autour du bateau comme un oiseau agité. Elle m'a apporté des couvertures supplémentaires, essayé de me faire manger, préparé du thé, puis est repartie faire bouillir de l'eau quand je lui ai dit que je n'aimais pas le thé à la menthe. En fait, je ne veux rien du tout. À présent elle est assise à côté de Stellan, en train de bander l'égratignure à son épaule.

Stellan accroche mon regard par-dessus de la table. Depuis que nous sommes sortis de l'eau, je n'ai ressenti que de l'indifférence, mais tout à coup je ne veux pas que nous racontions ce qui s'est passé. Je ne veux pas entendre Élodie déclarer que nous avons trouvé une bonne excuse pour enfin nous embrasser. Je ne veux pas que Jack soit jaloux, ou qu'il ait à faire semblant de ne pas l'être. Je ne veux pas essayer de décrire ce que ça fait d'être à l'article de la mort – sans exagérer – et d'être sauvée par Stellan de manière si sensuelle que je suis gênée de croiser ses yeux.

Les lèvres de Stellan s'écartent et il se dérobe à mon regard.

— Nous ne nous sommes pas noyés, c'est le principal. (Il prend la gaze des mains de Colette et se lève. Elle se retrouve les bras ballants et s'apprête à le suivre mais il l'ignore.) Je vais prendre une douche brûlante. La Méditerranée est encore vraiment froide en juin.

Colette se rassied, un peu mal à l'aise. Je me penche en arrière et prends conscience que le bras chaud de Jack m'entoure les épaules depuis tout à l'heure. Il m'enveloppe dans une couverture, m'attire contre lui et, par-dessus son épaule, je vois Stellan s'éloigner dans le couloir.

16.

Colette et Élodie dorment encore lorsque j'ouvre les yeux le lendemain matin. Je me rappelle que Colette m'a fait manger de la soupe alors que j'étais confortablement installée sur son lit, emmaillotée dans des couvertures. J'ai dû tomber de fatigue. Quand je me réveille, la couette est bordée et Élodie et Colette partagent l'autre lit de la chambre. Encore deux jours. C'est la première pensée qui m'assaille. Les Saxon ont quitté Pékin hier, passent par Londres aujourd'hui puis prennent l'avion pour Washington. Il ne me reste que deux jours avant la fin du compte à rebours et mon mariage avec un membre du Cercle.

J'enfile un pull et sors de la chambre sur la pointe des pieds. Stellan est assis sur l'un des grands tabourets.

Il lève les yeux lorsque j'arrive sur le pont, et pose une petite tasse d'expresso sur le bar. Une violente vague d'émotions déferle sur moi. C'est si intense et inattendu que je ne peux plus bouger.

J'ai failli me noyer hier. J'étais en train de me noyer et il m'a sauvé la vie. Mais là, je ne pense qu'à ce qui s'est passé ensuite.

Nous aurions pu nager jusqu'à l'échelle sans attendre. J'aurais remercié Stellan et pleuré sur l'épaule de Jack. Stellan aurait plaisanté, amusé d'avoir dû venir à ma rescousse. Il aurait taquiné Colette et Élodie, dit que le Cercle avait failli perdre la fille aux yeux violets.

Je m'attendais à ce genre de réaction. Mais pas du tout à ce qui s'est produit.

Stellan détourne les yeux – moi je n'en suis pas capable – et boit une gorgée de café.

— J'ai été surpris de constater que Bishop a passé la nuit tout seul. Je m'attendais à une séance de câlins – je suis si heureux que tu sois en vie, etc. – qui m'aurait empêché de fermer l'œil de la nuit.

L'enchantement qui me clouait sur place se brise.

— Bonjour à toi aussi, Stellan.

Ma voix est toujours rauque, ma gorge douloureuse. Je m'appuie sur le bar. Heureusement, Stellan ne semble pas remarquer ma gêne. Je contemple la baie, si paisible ce matin, la mer irisée des reflets rose et jaune du soleil levant.

— Tu sais, l'entraînement..., commencé-je avant de m'interrompre.

J'ai parlé un peu vite. Et pourtant, c'est logique, non ? Deux jours. Si nous ne pouvons pas résoudre l'énigme, peut-être que je serai obligée d'affronter l'Ordre directement. Hier j'ai été prise de doutes, mais à présent je suis sûre d'avoir raison, bien que Jack voie les choses différemment. Je sais que je dois faire tout mon possible pour sauver ma mère, même si c'est dangereux. C'est notre dernière chance.

Un sourire triomphant se dessine sur le visage de Stellan. Ce qu'il peut être exaspérant !

— Tu as changé d'avis en une nuit.

Mes joues s'empourprent d'irritation – et d'embarras.

— Laisse tomber, je vais m'entraîner toute seule.

— Attends. (Stellan pose la main sur mon bras.) J'ai pas dit non.

Je baisse les yeux sur sa main et il la retire.

— Ce n'est pas que Jack est un mauvais prof…, dis-je.

Je jette un coup d'œil derrière moi, vers les chambres, en essayant de ne pas me sentir coupable.

Stellan hausse les épaules et considère ses pieds nus.

— Donne-moi juste une seconde.

J'ai à peine le temps d'enfiler une paire de chaussures et de sortir mon couteau qu'il est déjà de retour. Je fourre mon arme dans la poche ventrale de mon sweat. Stellan fouille dans le réfrigérateur et en retire une sorte de gros paquet en papier.

— Tu apportes le petit déj' ?

— Non, se contente-t-il de répondre en indiquant de la tête le bout du quai. Il y a une petite crique à l'écart là-bas. Allez, viens !

À cette heure de la journée, le port est presque désert. Nous n'apercevons que quelques nageurs au loin, avec leurs bonnets de bain blanc et jaune vif qui se détachent sur l'eau turquoise et quelques lève-tôt qui prennent leur petit déjeuner sur le pont de leur bateau. J'enfile tout de même une casquette pour dissimuler mon visage. On n'est jamais trop prudent.

La crique se trouve au bout de la longue plage de sable fin qui s'étend au pied d'une falaise broussailleuse. Nous sommes obligés de nous déchausser et de marcher dans l'eau pour dépasser un éboulis de pierres noires et accéder à cet endroit planqué. Stellan avait raison : nous sommes à l'abri des regards. Impossible de nous voir depuis la promenade ou le reste de la plage. L'écho du clapotis des vagues sur les rochers renforce l'impression d'être coupé du monde.

Stellan remet ses chaussures tandis que je jouis de la sensation du sable entre mes orteils.

— Comme c'est beau !

Stellan observe mes pieds nus, mon legging et mon pull. Le couteau dans ma poche avant me brûle la peau du ventre. Je me sens mal à l'aise.

— Bon. J'ai besoin de savoir par où commencer. Qu'est-ce que tu as appris ?

Je prends une profonde inspiration, dégaine mon couteau et jette le fourreau par terre.

Stellan éclate de rire.

— Ah non ! Je n'ai pas fait tout ce chemin pour mourir.

Il ramasse l'étui, l'enfile sur la lame et me prend le tout délicatement des mains.

— Il vaut mieux s'entraîner avec ça, explique-t-il en ramassant entre deux rochers un morceau de bois aussi épais que mon poignet. (Il le casse en deux, me tend un bout d'environ quinze centimètres de long et garde l'autre moitié.) Alors ?

Je me demande s'il fait plus attention à moi à cause d'hier soir. Il se dit sans doute que je ne suis pas prête à me battre.

Je m'éclaircis la gorge. Le maniement d'un bout de bois n'a pas grand-chose à voir avec celui d'un couteau.

— Jack m'a montré la position à adopter. Et comment tenir un couteau. Principalement des techniques d'autodéfense. Il pense que je ne devrais pas me battre avec un couteau, donc il ne m'a appris que les bases, mais j'ai trouvé quelques tutoriels sur Internet…

— Tu as regardé des vidéos YouTube sur le combat à l'arme blanche ? demande-t-il, incrédule. Pas étonnant que tu aies des difficultés.

Je fronce les sourcils.

— Qu'est-ce que je dois faire ?

Il hausse les épaules.

— Poignarde-moi.

Je brandis le bâton, positionne mes pieds et…

D'un coup d'épaule, Stellan envoie valser mon « couteau » qui se retrouve deux mètres plus loin. D'un geste du menton, il indique où il est tombé.

— Encore une fois.

Cette fois, je m'efforce de ne pas préparer mon coup pour qu'il ne sache pas de quel côté je vais l'attaquer. Je vise sa hanche droite, mais il m'évite facilement.

— Encore.

Je l'attaque à l'épaule. Esquive. Hanche gauche. Esquive. Je vise sa poitrine, comme si je voulais lui donner un coup en plein cœur. Il m'attrape le poignet d'une main. Il est tellement plus fort que moi ! Il le retourne pour que le bâton se retrouve contre ma propre poitrine. Je me dégage d'un bond.

— Il faut tout recommencer à zéro, dit-il.

— Tu savais que je n'étais pas douée, maugréé-je.

J'ai horreur de me sentir nulle.

— Allons... (Stellan ôte son pull à capuche gris. Il ne porte plus qu'un débardeur blanc très fin qui laisse voir les cicatrices serpentant sur ses épaules.) Dis-moi ce que tu sais faire. (Je me force à détourner les yeux de son corps et lui décris la posture que je suis censée adopter.) Montre-moi. (Je m'exécute et il me corrige. Il me fait écarter les pieds d'un petit coup de botte et appuie sur mes épaules.) Détends-toi. Au moins la moitié du combat consiste à être prêt à esquiver, se défendre ou attaquer. Impossible si tu es tendue. (Il pose à nouveau ses mains sur mes épaules et les secoue.) Décontracte-toi. Plus que ça.

Dès qu'il me lâche, j'enfonce à nouveau la tête dans mon corps.

Stellan soupire.

— Ensuite ? (Il m'aide à bien tenir mon bout de bois et modifie ma position d'attaque.) Tu n'es pas si mauvaise. Au moins, tu as une bonne mémoire. Quoi d'autre ?

Outre les cours de Jack et les vidéos sur YouTube, j'ai aussi beaucoup lu sur Internet.

— J'ai appris des choses sur les meilleurs endroits à viser si on veut... blesser quelqu'un.

— Ou tuer, précise Stellan.

Je sens l'hésitation m'envahir mais j'opine du chef en silence. Il me fait signe de poursuivre.

— Les artères... J'ai lu qu'elles saignent beaucoup.

Le soleil vient d'apparaître derrière la falaise et Stellan plisse les yeux avant de me montrer un endroit plus ombragé.

— Les artères, oui. Où par exemple ?

— La, hum, la carotide ? Au niveau du cou.

Je fixe le cou de Stellan et j'arrive à distinguer de petits battements.

Il acquiesce.

— Viens ici. Pose le bâton.

Je lui obéis, prudemment.

— Tu as raison, il suffit d'une petite entaille à la carotide pour que le sang jaillisse. Si tu la sectionnes, la personne sera inconsciente en quinze secondes, morte en une minute. Mais... donne-moi ta main.

Il appuie le bout de mes doigts contre le côté de mon propre cou, suffisamment fort pour que je sente mon pouls s'accélérer. Il déplace ma main et je perçois le mouvement de ma glotte lorsque je déglutis.

— Tu as senti ? C'est là que se trouve la carotide, mais elle est placée sous un tas de muscles. Même chez une personne aussi menue que toi. Chez quelqu'un de plus grand, de plus fort... (Il colle mes doigts contre son cou, plus dur, moins flexible que le mien), cette artère est profondément enfouie. Et il faut déjà que ta victime se trouve dans la bonne position pour que tu puisses l'atteindre.

Il baisse la tête contre sa poitrine et approche à nouveau ma main. Je ne peux pas dépasser son menton. Je me recule et vois qu'il a les marques de mes doigts sur sa peau.

— Si tu as l'élément de surprise en ta faveur, suffisamment de forces et un couteau assez grand, alors oui, tu peux trancher la tête de quelqu'un. Toi, tu n'as probablement rien de tout ça. Donc, la carotide, ça va pas être une mince affaire pour toi. Ensuite ?

J'essaie de ne pas penser à l'épisode chez Prada, à Luc qui a vraiment décapité un homme. Et juste après, Stellan a poignardé quelqu'un d'autre en plein cœur. Il semble que c'était il y a un siècle.

— Hum, dis-je, le cœur ? C'est probablement le meilleur endroit pour poignarder quelqu'un, non ?

Cette fois, il prend ma main sans me le demander et presse mes doigts contre sa poitrine.

— Montre-moi exactement où le couteau doit entrer.

— Je... (L'espace d'un instant, la main sur sa poitrine, je me sens gênée.) Je sais pas... par ici ?

Il baisse ma main et appuie plus fort.

— C'est une zone très limitée, dit-il en me faisant prendre conscience de l'espace entre deux côtes. C'est plus facile par le dos.

Il attire ma main derrière lui – de loin, on dirait probablement que nous sommes enlacés. Son dos n'est pas aussi musclé que sa poitrine et je discerne ses côtes plus facilement sous mes doigts.

— Cela dit, continue-t-il, il y a à peine assez de place pour introduire un couteau et il faut beaucoup d'entraînement pour atteindre ce degré de précision.

Il me relâche et je recule. Un pas. Deux.

— Quoi d'autre ?

— L'artère fémorale. Sur Internet, ils disent qu'on se vide de son sang en moins de deux.

Stellan me décoche un grand sourire.

— En effet.

— C'est en haut de la cuisse.

— Hum, oui, tout en haut de la cuisse, reprend-il.

Son sourire s'agrandit et avant que je puisse m'en empêcher, mes yeux se posent tout en haut de sa cuisse. Il change de jambe d'appui d'un air provocateur.

— Cette fois, je ne vais pas te faire toucher, contentons-nous de dire que les mêmes problèmes se posent. C'est vrai qu'il n'y a pas de muscles pour protéger l'artère, mais les vêtements se révèlent souvent difficiles à transpercer. En plus, les hommes ont d'excellents réflexes quand on les frappe dans cette zone.

Mon regard est involontairement attiré par celle-ci, comme s'il avait un néon clignotant sur son entrejambe.

— Je vois, dis-je rapidement, j'aurais dû y penser.

Stellan affiche toujours un sourire jusqu'aux oreilles.

— Vous, les Américains, vous êtes tellement puritains ! Je t'explique comment tuer quelqu'un et ça ne te fait ni chaud ni froid mais quand je mentionne l'entrejambe d'un homme sans aucun sous-entendu, tu ne peux plus me regarder dans les yeux.

— Je pense que tu n'as jamais prononcé la moindre phrase « sans aucun sous-entendu », rétorqué-je.

— Les sous-entendus sont dans l'interprétation, *kuklachka.* Donc c'est toi qui as l'esprit mal placé, conclut-il en levant un sourcil.

Je ne vais pas me laisser provoquer.

— Bon, alors, est-ce que tu comptes m'apprendre quelque chose ? Jusqu'à maintenant, tu m'as dit que tout ce que je connais est voué à l'échec.

Stellan ramasse son couteau de bois dans le sable et me lance le mien.

— C'est la chose la plus importante à savoir. Il est difficile de tuer ou de blesser grièvement quelqu'un au couteau quand on ne sait pas ce qu'on fait et qu'on est incapable de maîtriser physiquement son adversaire. C'est à la fois un bon et un mauvais point.

Je me souviens de sa réplique dans la boîte de nuit à Istanbul, lorsque je lui avais demandé pourquoi il utilisait un couteau. « C'est plus difficile de tuer à l'arme blanche. Avec un pistolet, ça ne demande aucun effort. »

— Alors pourquoi apprendre ?

— Tu en sais plus maintenant qu'il y a une heure, non ? Tu ne feras plus l'erreur d'essayer de poignarder quelqu'un dans l'aine.

Je réponds en brandissant mon arme pour le frapper au bras.

— Bien ! s'exclame-t-il. Viser les articulations, ça, c'est une bonne idée. Un bon coup à l'épaule et ton assaillant est déstabilisé.

Il tend le bras et me montre l'endroit sensible à l'intérieur du bras. Pendant une demi-heure, il me donne un véritable cours et, lorsque le soleil est pleinement visible au-dessus de la falaise, je suis trempée de sueur.

— Tu fais des progrès, dit-il lorsque nous nous arrêtons pour reprendre notre souffle. C'est déjà mieux que quand tu t'entraînes avec Jack.

Je me hérisse, mais à la réflexion, son ton n'est ni accusateur ni railleur.

Stellan ramasse le paquet qu'il a apporté du bateau et, lorsqu'il commence à retirer l'emballage, j'aperçois... des travers de porc. Si je m'attendais à ça !

— Tu veux me renforcer en me faisant manger de la viande crue ? demandé-je, méfiante.

— Non, ce n'est pas pour manger. (Stellan pose la viande sur un gros rocher plat.) Plantes-y ta lame !

— Pardon ?

Stellan saisit mon petit poignard, ôte le fourreau et me le tend.

— Allez, plante-le dans la viande.

— Mais... pourquoi ?

Stellan prend ma main refermée sur le couteau et la serre dans la sienne.

— Tu te rappelles quand tu m'as poignardé à Notre-Dame ?

J'opine du chef. Oui, je m'en souviens comme si c'était hier. Nous étions en train de nous échapper du mariage et nous devions blesser Stellan pour qu'il ne soit pas accusé de nous avoir laissés partir. Je ne m'en souviens que trop bien. Pour la première entaille, c'est moi qui ai percé sa peau. Ensuite, il a pris ma main et a enfoncé la lame dans son épaule, bien profond, et j'ai senti le muscle se déchirer sous mes doigts. Je frémis.

— C'est bien ce que je pensais, reprend Stellan. Ce petit exercice va t'aider. (Il guide ma main vers le morceau de viande.) N'oublie pas ce que tu as appris sur la prise en main, dit-il. Essaie de te détendre. Relâche tes épaules et...

Il plante le couteau dans la viande, toujours en tenant ma main. Lorsqu'il le ressort, la lame est toute poisseuse.

Je déglutis.

— Je pensais que le coup lui-même était facile. Je n'ai pas besoin de m'entraîner.

— Si tu le dis... Montre-moi alors.

J'abaisse mon couteau vers la viande mais ne parviens pas à l'enfoncer. Je recommence, déterminée, mais la lame ne fait que ricocher. Je soupire.

— Tu n'as jamais coupé de viande ? Tu es végétarienne ?

Je secoue la tête.

— Fais comme si c'était un steak que tu prépares pour le dîner. Commence par en couper un morceau. Fais ce que tu veux pour t'habituer.

Je le foudroie du regard. Pourtant, il ne se formalise pas. Il est sérieux. Je me tourne vers le morceau de chair.

— D'accord, murmuré-je, d'accord.

Je plante à nouveau le couteau… mais touche une côte.

— Voilà pourquoi c'est si difficile d'atteindre le cœur. Maintenant, essaie de mieux viser. Prends ton temps.

Je plisse les yeux et plonge à nouveau mon couteau dans la viande. Cette fois, il pénètre profondément dans le muscle. Je suis prise d'un haut-le-cœur.

— Allez, encore.

Je m'exécute.

— Encore.

Je lui obéis. C'est juste de la viande. Je pourrais la manger au dîner. Ne pas y penser comme une personne. Ni même comme un animal. C'est quelque chose qui a sa place dans une cuisine. Je frappe encore, et encore. Je touche le muscle presque à chaque fois. Le dégoût que je ressens est de moins en moins fort, jusqu'au moment où je me souviens à peine d'avoir pensé que la viande était autre chose que ce qu'elle est. Je peux à présent me concentrer sur la prise du couteau et la position du corps.

Je repousse une mèche de cheveux trempée de sueur et laisse tomber le couteau à côté de moi.

Stellan me regarde, les bras croisés.

— Tu commences à te sentir mieux, non ?

Mes doigts se crispent autour du couteau ensanglanté et j'opine du chef.

— Tu as une réaction de dégoût chaque fois que tu parles de t'entraîner. Ou de te battre. Et tu peux à peine regarder un couteau...

— C'est pas vrai.

Une mouche solitaire tourne autour du travers de porc déchiqueté et finit par s'y installer.

— Si, c'est vrai, et c'est parfaitement normal. (Stellan chasse la mouche avec le bâton qu'il tient toujours à la main.) Il n'y a pas de honte à avoir peur de poignarder quelqu'un. Ou d'être blessé.

— Je n'ai pas peur, commencé-je mais je m'interromps.

Si la peur n'était pas mon problème, cette petite thérapie aurait-elle aussi bien fonctionné ? Je vais laver mon couteau dans la mer, laissant la houle laper la lame.

Lorsqu'une vague plus puissante mouille le bas de mon legging, je me relève d'un bond. Je ne suis pas surprise de voir Stellan debout à côté de moi, silencieux.

— Lorsque je suis arrivé dans le Cercle, les Dauphin m'ont directement envoyé en formation avec les plus grands. Je n'avais aucune idée de ce qui allait se passer. Mon enfance avait été facile. J'avais été très protégé. Je ne m'étais même jamais bagarré. Et je me retrouve là, à douze ans, tout droit sorti de l'hôpital. Mes parents viennent de mourir et le Cercle m'apprend à tuer. On ne me fait même pas croire que c'est de l'autodéfense.

On me fait comprendre que je vais devoir travailler pour l'Ordre et que certaines de mes missions m'obligeront à donner la mort.

Nous regardons tous les deux une mouette qui rase l'eau, plonge, et ressort avec un poisson dans le bec.

— Comment tu as réagi ?

— La première fois, je… (Il s'arrête, se gratte un sourcil.) J'ai fait une vraie crise de panique. J'ai presque mis en péril la mission. On m'a menacé de me liquider si je n'arrivais pas à me contrôler.

— Comment ça ? (Une vague vient me chatouiller les orteils.) Ils liquideraient un enfant ?

— J'étais un vrai fardeau, voilà tout. (Stellan tourne et retourne le bâton entre ses doigts.) Je venais de commencer mes cours avec Fitz. C'est lui qui m'a amené dans le Cercle, c'était sa responsabilité s'il m'arrivait quelque chose. Et il m'a fait faire ça, explique-t-il en montrant le morceau de viande. Une thérapie de désensibilisation classique. Après ça, je n'ai plus paniqué.

Je repense à l'attaque de l'Ordre chez Prada. Stellan a planté son couteau dans le cœur du type comme si de rien n'était.

— Tu es sûr que le détachement est une bonne chose ?

Il me fixe à présent, avec une expression indéchiffrable, inquisitrice.

— Tu devrais oublier cette question.

Je secoue ma lame pour faire partir les dernières gouttes d'eau salée.

— Pourquoi Jack ne m'a-t-il jamais fait faire cet exercice ? demandé-je d'un air détaché.

Je sens qu'il s'éloigne de la conversation, qu'il se perd dans ses pensées. Nous remontons vers la plage.

— Fitz n'a probablement jamais eu besoin de lui donner des cours de remédiation. (Sa voix est étonnamment amère. Je le regarde d'un air interrogateur et il poursuit son explication tandis que j'enfile mes baskets.) Jack a grandi dans le Cercle. Il n'a pas dû apprendre à accepter la violence.

L'idée de Jack plus habitué à la violence que Stellan m'aurait faire rire auparavant. Mais je vois bien qu'il dit la vérité. En fait, je suis sûre que Stellan me dirait toujours la vérité si je le lui demandais. Il a cet air mystérieux, mais ses secrets sont à fleur de peau.

— Je n'ai jamais utilisé une arme à feu non plus, dis-je en zieutant la bosse à l'arrière de la ceinture de Stellan.

Il lève un sourcil.

— Je ne t'apprends pas à tirer sur une plage. On se ferait arrêter.

— Oui, c'est clair. (Mais je me sens plus courageuse à présent. Curieuse.) Est-ce que je peux le tenir ? Juste une seconde. Tu peux me montrer comment ça marche ? Au cas où.

— Tu n'as jamais tenu un pistolet ? Jack ne t'a pas montré ?

Je fais non de la tête.

Stellan lance un regard circulaire et, voyant que nous sommes toujours seuls, extrait l'arme de sa ceinture. Je tends la main.

— Ça, c'est le cran de sûreté, montre-t-il en actionnant un levier. Là tu peux tirer, là tu ne peux pas. Je le laisse en position bloquée. Ne touche pas au cran, sauf si tu veux tirer.

— Je suis pas idiote, dis-je en recevant le pistolet.

Il est lourd et chaud. Stellan m'indique comment placer mes mains et où poser mes doigts lorsque je ne veux pas tirer. Il m'explique que ce revolver est un peu trop grand pour moi et que je me sentirais mieux s'il faisait la bonne taille.

Moi, je me sens bien avec cette arme.

— Jack espère que tu n'auras jamais à te défendre toute seule. C'est pour ça qu'il te protège. Mais si jamais tu devais… (Stellan se penche vers moi pour me montrer comment viser.) Je suis sûr qu'il pense que tu es naturellement douée. C'est pour ça qu'il n'a pas vu ta réaction épidermique face au couteau. (Je baisse le pistolet de ma ligne de mire. Soudain, il semble bien trop lourd.) Il t'a mise sur un piédestal, continue Stellan. (Mon pouce effleure la crosse du pistolet lorsqu'il me le prend des mains.) C'est…

— Il croit en moi. Ce n'est pas une mauvaise chose.

Son visage se rembrunit puis se ferme. Stellan pivote sur ses talons :

— Ou peut-être qu'il pense que tu es mauvaise et veut éviter que tu te tues. Il a probablement raison. On ne devrait pas continuer.

Stellan range son pistolet et enfile son pull. Moi, je le regarde, interloquée, décontenancée par son changement brutal de ton. Il jette le morceau de viande mutilé sur des rochers et une bande de chats rachitiques ne tarde pas à s'approcher.

— Tu viens ou tu restes là à pleurer sur ton sort ? dit-il par-dessus son épaule.

Je ne trouve rien à répondre. Je me contente de lui lancer un regard hostile et lui emboîte le pas vers la promenade en contournant les grands rochers.

17.

De retour au port, je dis à Stellan que je vais acheter des viennoiseries pour le petit déjeuner et il me laisse partir en haussant les épaules. Lorsque je reviens au bateau, Élodie est étendue dans un transat sur le pont. Elle ouvre un œil :

— Ah, tu es là ! Sans aucun de tes petits amis. Je suis sûre qu'il y en a au moins un qui te cherche.

Je regarde autour de moi, espérant que personne ne l'a entendue.

— T'es pas cool, Élodie.

— Ce n'est que la vérité, raille-t-elle en se levant pour aller s'appuyer sur le bastingage. Je comprends pourquoi tu les fascines tant… Après tout, tu es censée sauver le Cercle. Mais c'est *injuste* pour eux que tu t'acoquines avec les deux, et c'est injuste pour nous… que vous trois fassiez… ce que vous êtes en train de faire. Vous devriez garder la tête froide et éviter de nous faire tuer.

— On ne fait ri… (Je m'interromps. Élodie cherche la bagarre et je ne veux surtout pas rentrer dans son jeu.) On est sur la bonne voie. On s'apprête à faire une découverte historique, et tout ce qui t'intéresse c'est de parler de *ça* ? Je vais être franche avec toi, cette conversation me gave, rétorqué-je, ignorant son sourire narquois.

— Hé ! Tu devrais quand même trouver Jackie, crie-t-elle lorsque je m'éloigne. Il a l'air préoccupé. Je déteste le voir faire cette tête.

Jack, qui arpente le pont à la proue comme un lion en cage, me rejoint dans la cuisine dès qu'il m'aperçoit. Par un hublot situé en hauteur, j'aperçois Stellan assis tout seul sur le pont supérieur. Jack ne m'a pas demandé ce que nous avions fait de notre matinée, mais à présent ses yeux plissés sont pleins de questions. Je lui tends le sachet de viennoiseries.

— On s'est réveillés tôt, expliqué-je, gênée. (Hier soir, après ma quasi-noyade, nous n'avons pas reparlé de notre dispute, mais ce non-dit nous pèse.) On est allés se promener, Stellan est rentré directement et moi, je suis allée chercher le petit déj'.

J'ai l'impression de mentir. Jack contemple la gigantesque corbeille de fruits et le frigo plein à ras bord.

— C'est vrai que Colette a de quoi manger… Mais elle n'a pas de *bougatsa* fraîchement sortie du four ! (Il prend le sac en papier, l'ouvre, et une délicieuse odeur envahit la pièce.) Pâte phyllo et crème anglaise. Je pensais que ça te plairait.

Le bateau tangue légèrement dans la brise du matin. Au lieu de se servir, Jack pose les pâtisseries sur la table, s'assied sur une chaise et m'attire sur ses genoux. Il me serre dans ses bras de toutes ses forces.

— Comment tu te sens ?

— Bizarrement, ça va.

J'ai un peu mal à la poitrine et à la gorge, mais notre promenade et notre entraînement ne semblent pas avoir aggravé les symptômes.

Derrière lui, je vois Élodie monter sur le pont supérieur et nous jeter un coup d'œil furtif avant de s'adresser à Stellan. Je me lève et dispose les *bougatsas* sur une assiette. Quelques minutes plus tard, Élodie et Stellan nous rejoignent, suivis de Colette.

— Je suis navrée de mettre un terme à notre petit périple, déplore Colette en nouant son déshabillé en soie rose avant de s'installer à la table à côté de Stellan. Mais je dois assister à un festival de cinéma.

Stellan laisse reposer son bras sur les épaules de la jeune fille et je fais semblant de ne pas le remarquer.

— De toute façon, on en a fini avec nos recherches ici, non ? s'enquiert Jack.

— Et on n'a plus de temps, ajouté-je.

Ils échangent des regards et je sais qu'ils pensent à la date butoir imposée par les Saxon. En effet, l'étau se resserre et j'ignore moi-même ce que je ferai quand l'heure aura sonné. Plus j'y réfléchis, plus je suis convaincue qu'épouser Daniel Melech, Jacob Hersch ou un autre candidat n'est pas la solution.

— J'ai discuté avec Luc tout à l'heure, intervient Élodie. Il n'a rien trouvé pour l'instant, mais il est sur la bonne voie. Il dit qu'il aura bientôt quelque chose.

— J'espère que « bientôt » veut dire dans les prochaines heures, marmotté-je.

Je récupère le bracelet sur le frigidaire où je l'ai laissé après l'avoir sorti du seau à glace et je tourne les anneaux, priant pour qu'il nous livre ses secrets.

— Je dois partir ce soir, fait Colette. D'ici là, croisons les doigts pour qu'il se produise un miracle.

Pendant les heures qui suivent, nous nous étendons tous les cinq dans des chaises longues ou directement sur le pont sous le soleil de midi, chacun perdu dans ses pensées. Élodie spécule sur les implications scientifiques d'une union par le sang. Jack a recopié tous les indices et essaie des traductions légèrement différentes. Quant à moi, j'ai ouvert un thésaurus, un dictionnaire bilingue et Google sur mon téléphone pour continuer les recherches. Le bracelet est posé à côté de moi. De temps en temps, je compose un nouveau mot de passe. À l'heure du déjeuner, je suis vidée, incapable de réfléchir à des phrases, encore moins à des synonymes et des énigmes. J'ai presque envie de jeter le bijou par-dessus bord.

— Alors, où on va ? demande Jack à voix basse depuis la chaise longue à côté de moi. À Paris ?

— C'est sans doute le mieux, réponds-je.

Jack opine du chef.

— Je vais prévenir les autres.

Je fixe le bracelet, agacée. J'ai l'impression que nous sommes en train de passer à côté de quelque chose...

« Regarde où il regarde. Ceux qui ont tout donné détiennent la clé. » Et sur le bracelet que nous avons : « seulement au vrai ». Vrai. Exact. Précis. Authentique. Légitime. Véritable. Ce chapelet de synonymes s'égrène dans ma tête comme si mon cerveau tentait de me dire que je rate quelque chose. *Réel.* Factuel. Fiable. Moralement bon. Comme la rose des vents de Jack. Plein nord.

Mais ce n'est pas comme si Napoléon avait quelque chose à voir avec la rose des vents des Saxon. Il était de la famille des Dauphin. J'essaie le terme *north*, au cas où, même s'il n'est pas en français. Je me frotte les yeux. J'ai l'impression que dans ses énigmes Napoléon joue avec les mots, mais qu'il nous demande aussi de nous déplacer physiquement. Nous avons dû monter en haut de Notre-Dame pour repérer ce qu'observait la gargouille. C'est ainsi que nous avons trouvé le journal que M. Emerson avait dissimulé dans le sarcophage au Louvre.

Eurêka !

« Regarde où il regarde ». C'est ce que dit l'indice. Et sur le premier bracelet il est inscrit : « Où il regarde, il se trouve. Quand il sera découvert, mon jumeau, je vais tout révéler. »

Je me lève d'un bond. Mais c'est bien sûr ! Voilà ce que j'ai sur le bout de la langue depuis tout à l'heure. Nous avons ignoré le membre de phrase « où il regarde », pourtant répété à plusieurs reprises, parce que nous avons déjà trouvé le journal grâce à cette indication. Mais c'est M. Emerson qui a caché le journal. Pas Napoléon.

Comment avons-nous pu ne pas y penser ?

M. Emerson a suivi les indices de Napoléon et savait où regardait la gargouille. Il a donc dissimulé l'objet dans sa ligne de mire – au Louvre.

Or, la phrase « Où il regarde, il se trouve » que Napoléon a fait inscrire sur le bracelet ne peut *pas* faire référence au journal que nous avons découvert dans le grand musée parisien. Il renvoie obligatoirement à une chose qui était là au temps de Napoléon. Au Louvre ou ailleurs, mais forcément dans le champ de vision du monstre de pierre. « Regarde où il regarde. Où il regarde, il se trouve.

Ceux qui ont tout donné détiennent la clé. » C'est là que doit se trouver le mot de passe.

Mon excitation est à son comble, à tel point que je dois m'y reprendre à quatre fois avant de bien orthographier les termes « Louvre Paris ». Enfin, des images apparaissent à l'écran. Il est peu probable que ce que nous cherchons soit dans le musée. La collection a trop changé depuis l'époque de Napoléon. Peut-être y a-t-il une inscription bien visible sur l'édifice qui permettrait de déverrouiller les bracelets…

Je suis très vite frustrée. La plupart des photos ne sont pas d'assez bonne qualité. Je réunis le conseil de guerre dans la cuisine.

— Ce n'est pas une mauvaise idée, dit Jack, les yeux pétillants. C'est pas obligatoirement au Louvre. Il y a une infinité d'autres bâtiments dans la même direction.

— « Ceux qui ont tout donné »… (Je réfléchis tout haut.) Ça peut faire référence à quelqu'un qui est mort. Comme un martyr. Ou un saint ? Ça pourrait être une église ?

— Ça peut être plein de choses, réplique Stellan.

Il ouvre un plan de Paris sur son portable, mais l'écran est trop petit pour que nous puissions définir le champ de vision de la gargouille.

— Il nous faudrait une vraie carte, proposé-je.

Élodie secoue la tête.

— Non, ce qu'il nous faudrait, c'est aller à Paris !

18.

Quelques heures plus tard, nous voilà de retour sur la terre ferme, dans une ville où je me sens chez moi.

Comme il ne faut pas que les Saxon apprennent que nous sommes avec Stellan et Élodie, Colette nous a déposés, Jack et moi, à Paris, avant de continuer sa route vers Cannes tandis qu'Élodie et Stellan ont pris un autre jet. Pendant le voyage, Jack et moi avons examiné un plan de Paris acheté dans une librairie à Athènes. Nous avons déterminé la zone située dans le champ de vision de la gargouille et, à présent, nous dressons une liste des grands monuments du secteur. Les églises, les petits musées. Tout ce qui a eu de l'importance pour Napoléon.

Je sors mon téléphone dans le taxi de l'aéroport. Six appels en absence, tous de mon père. J'écoute le premier message juste au moment où le portable de Jack retentit.

— Élodie ? dit-il en s'avançant dans son siège. Quoi ? Comment il… Dieu merci !

En même temps, j'entends la voix de mon père expliquer :

— Avery, il y a eu un autre attentat, à Paris. Contre Luc Dauphin. Essaie de me joindre dès que possible.

Je pousse un cri de surprise. Jack raccroche.

— Il va bien. On l'a attaqué au beau milieu de la cour du Louvre, devant tout le monde. Les gardes des Dauphin sont intervenus à temps et l'ont mis en sécurité. Maintenant, ils interrogent l'agresseur, qui refuse de parler. Élodie et Stellan voulaient faire demi-tour immédiatement, mais Luc est déjà en lieu sûr. Ils ont décidé de maintenir le rendez-vous avec nous.

Nous descendons de la voiture. Je regarde autour de moi, pistolet braqué, certaine que quelqu'un va nous sauter dessus d'un moment à l'autre et, si c'est le cas, je me sens prête à massacrer l'assaillant de mes propres mains. À plusieurs reprises, je crois voir quelqu'un qui nous suit, mais lorsque je me retourne il n'y a plus personne.

Un taxi approche et Élodie en sort d'un bond, avant même qu'il soit complètement à l'arrêt.

— J'ai eu Luc au téléphone. S'il était tout seul, c'est parce qu'il venait nous rejoindre. Il sait où se trouve le bracelet !

Elle me lance son smartphone.

Je vois un plan zoomé sur le lieu même du Festival de Cannes. Je la regarde d'un air interrogateur et elle me montre du doigt une phrase : *Antiquités d'une valeur inestimable exposées pendant la cérémonie d'ouverture du Festival. De 18 h à 22 h. Salle principale.*

Je lève les yeux.

— Ça signifie que… ?

— Luc a parlé avec l'administrateur des biens du collectionneur, explique Élodie avec un sourire triomphant.

Le bracelet sera présenté à Cannes dans deux jours. (Le bijou à mon poignet brille dans la lumière du soleil et mon cœur se met à palpiter.)

— On va devoir le voler ! dis-je dans un souffle.

— Oui, on va devoir cambrioler le Festival de Cannes !

Jack veut partir immédiatement mais Élodie oppose son veto.

— D'abord, même si nous récupérons l'autre bracelet, nous avons besoin du mot de passe. Ensuite, pour le moment, le bijou est en transit vers le sud.

— Mais au Festival, il y aura des gardes de sécurité dans tous les recoins, dis-je, assise sur le rebord d'une fontaine, place de la Concorde. On ne pourrait pas essayer de l'intercepter avant, dans un entrepôt ou quelque chose dans le genre ?

Stellan acquiesce d'un mouvement de tête.

— Je pourrais attaquer un garde dans une allée sombre.

Élodie plonge les doigts dans l'eau.

— À la soirée, il y aura forcément une grande confusion. Des gens ivres qui se pencheront sur les vitrines, des célébrités qui voudront s'approcher des bijoux, de belles femmes en robe de couturier. Et puis, tout le monde se demandera si l'Ordre va encore frapper, qui sera la prochaine victime. N'oublions pas non plus qu'on ignore où se trouve le bracelet à l'heure actuelle. Faites-moi confiance, cette fête est *le* moment idéal pour agir.

Stellan observe l'obélisque au centre de la place.

— On va aller à Cannes avant la cérémonie d'ouverture. Étant donné qu'Avery et Jack ne peuvent pas utiliser notre avion, je vous propose qu'on prenne tous le train de nuit ce soir.

Nous sommes tous d'accord.

— Ce qui veut dire qu'il nous reste du temps pour explorer Paris aujourd'hui, puis passer voir Lucien avant de partir, ajoute Élodie.

Nous sortons nos cartes avec une énergie renouvelée. Il n'y a rien sur la place de la Concorde. Dommage, je commençais à y croire : l'obélisque est égyptien et pourrait donc avoir un lien avec Alexandre… Mais nous comprenons vite que le monolithe n'a été apporté à Paris qu'après la mort de Napoléon. Les édifices avoisinants sont assez anciens, mais rien n'indique une inscription importante ou un rapport avec Napoléon.

Je me protège les yeux du soleil et scrute les environs.

— On continue ?

Je m'interromps. Un individu à casquette bleue disparaît derrière un stand de crêpes…

— Qu'est-ce qu'il y a ? demande Jack en jetant un coup d'œil derrière lui.

— Je suis sûre que quelqu'un nous suit, murmuré-je. Tu n'as rien remarqué ?

Il secoue la tête.

Ils doivent me prendre pour une folle avec mon espionnite aiguë. Je me suis déjà laissé emporter à tort en Grèce ; je dois avoir des visions à cause de la fatigue…

— Alors ne perdons pas de temps !

Nous nous dirigeons vers les autres bâtiments que nous avons cochés sur le plan. En vain. On dirait que tous les monuments de France se vantent d'avoir un lien avec Napoléon alors qu'il est souvent très ténu.

Dans la troisième petite église que nous visitons, je m'intéresse à des plaques au pied de saints en marbre à l'entrée tandis que Jack, assis sur ses talons, inspecte la base d'autres statues. Sauf qu'en fait, il n'inspecte rien du tout. Il a le regard dans le vague et se mordille la lèvre inférieure. Lorsqu'il me surprend en train de l'observer, il se concentre à nouveau sur le sol, mais je vois bien qu'il n'a pas la tête à ça.

— Qu'est-ce qu'il y a ? demandé-je, immédiatement sur mes gardes.

— Rien, dit-il en s'éloignant le long des sculptures.

Il me semble qu'il avait le visage tourné vers l'autre côté de l'église, où s'affairent Stellan et Élodie.

— Tu as remarqué quelque chose ?

— Non. C'est rien.

— Bon… (Avec mon téléphone portable, je prends une photo de chaque plaque, au cas où je pense à quelque chose plus tard. Jack se tient non loin de l'autel et mes pas résonnent sur le plancher abîmé lorsque je le rejoins.) Sérieusement, Jack, qu'est-ce qui se passe ?

Son bras retombe le long de son corps.

— Je suis… je sais que c'est pas le bon moment. (Il lance un nouveau coup d'œil vers Élodie et Stellan qui chuchotent entre eux.) C'est juste que… il y a quelque chose entre toi et Stellan ?

Il ne manquait plus que ça. J'avais déjà les nerfs en pelote, mais là, ça m'achève. Je me laisse choir sur le bord du banc derrière moi.

— Comment ça ?

Jack pâlit. Il prend ma réaction pour un aveu alors que je tombe tout simplement des nues. Et je suis fâchée qu'il me pose ce genre de questions. Non, je ne déteste plus Stellan. Oui, les choses sont un peu différentes entre nous. Mais c'est tout.

— Je sais que toi et moi on ne sort pas ensemble, mais…

Je vérifie que Stellan et Élodie ne sont pas en train de nous écouter et je baisse la voix :

— Alors pourquoi cette question ? Parce que la réponse est évidente : c'est non. Sauf qu'on est censés se marier. Mais tu sais que ça ne veut rien dire, non ?

— Je pensais le savoir.

Ses mots sont comme une gifle en pleine figure.

— Et qu'est-ce qui t'a fait changer d'avis ?

Jack se dirige vers la sortie, pousse les portes et extirpe le plan de son sac. Je lui emboîte le pas et me penche sur la carte sans vraiment y faire attention.

— Vous êtes plus proches ces derniers temps.

— On est tous plus proches, dis-je sur la défensive. (Je prends une profonde inspiration et me force à garder mon calme.) On a habité sur un bateau. Et dans un petit appartement. On est ensemble tous les jours. Je ne t'ai pas demandé s'il y a quelque chose entre Élodie et toi.

— En plus, je l'ai vu sortir de ta chambre hier soir, sur le yacht.

— Quoi ? Impossible.

— J'en suis sûr. J'étais réveillé.

— Eh bien, il devait rendre visite aux deux autres personnes qui dormaient dans cette pièce…

— Lettie et Élodie étaient parties faire un tour. Je crois que… je l'ai vu se faufiler hors de notre chambre, entrer dans la tienne et revenir quelques minutes plus tard. Soit il espérait quelque chose de toi, soit il voulait s'assurer que tu allais bien.

Jack n'a pas l'air fâché. Simplement… résigné.

— Il est sans doute passé prendre un somnifère dans le sac d'Élodie. Je dormais. Ce que tu as aperçu… ça ne veut rien dire. Rien du tout.

— Tu dois avoir raison.

— Je sais que j'ai raison.

Je m'appuie contre un lampadaire sur le bord du trottoir et tends la main pour saisir la carte. Je me demande bien pourquoi la réaction de Jack m'énerve tant, mais je ne veux pas y penser. Je lui arrache le plan un peu plus violemment que nécessaire.

— Tu l'envisages, non ? De te marier avec Stellan, s'enquiert Jack à voix basse.

— Si on ne trouve pas le bracelet… il faudra bien chercher une autre solution. Et franchement, je préfère Stellan au potentiel prétendant choisi par Alistair, affirmé-je, m'étonnant moi-même. (Ah bon ? Quand ai-je pris cette décision ?) Mais pour le moment, je fais de mon mieux pour dénicher le prochain indice. Et ça m'arrangerait de parler d'autre chose.

Jack plonge les mains dans les poches.

— Mais moi, quand je vois comme il te dévore des yeux…

Je me retourne vers l'église. Les lourdes portes de bois sont fermées, Élodie et Stellan toujours à l'intérieur.

— Tu rigoles ! Il me regarde comme si j'étais une statuette en or, un bibelot de valeur. De même que tous les membres du Cercle.

Ce qui est vrai. Habituellement. Sauf la nuit dernière, quand il a compris que je n'étais pas morte. Sauf ce matin, lorsqu'on s'est quittés fâchés.

Jack effleure le dos de ma main.

— Oublie ce que j'ai dit, d'accord ?

— C'est juste que... Toute cette affaire commence à me peser.

— Oui, moi aussi.

Je m'écarte et suis de l'index les lignes que j'ai tracées sur la carte. Nous nous sommes focalisés sur les édifices à l'intérieur du triangle ; j'élargis un peu la zone en plaçant deux doigts en V.

— On est sûrs que les angles sont corrects ? demandé-je.

— Non, tout ça, c'est approximatif.

Je plisse les yeux.

— Je suis certaine que Napoléon a fait très attention au positionnement des indices. Mais la gargouille a peut-être été décalée de quelques millimètres. Plus on s'éloigne de Notre-Dame, plus ça peut modifier le périmètre.

— Pour Fitz, le Louvre était l'endroit idéal, c'est pour ça qu'il y a caché son indice...

— Mais ça ne signifie pas qu'il en va de même pour Napoléon ! (Je me penche sur la carte, enthousiaste.) Peut-être qu'on pourrait s'écarter légèrement du triangle ?

— Ça, c'est vraiment très proche, fait Jack en plaçant son doigt sur l'Arc de Triomphe.

— En plus, c'est Napoléon qui l'a fait bâtir, non ?

— Il l'a commandité, oui, mais il est décédé avant la fin de la construction. Je suis sûr qu'il a pu y faire inscrire ce qu'il voulait.

Les portes de l'église s'ouvrent, laissant sortir Stellan et Élodie. Nous leur exposons le fruit de nos analyses.

— Pour cacher l'un des indices, Napoléon a choisi Notre-Dame, un gigantesque édifice, pas une petite chapelle. Il espérait peut-être que l'ouvrage qu'il a fait ériger deviendrait aussi célèbre que la cathédrale.

Effectivement. Outre la Tour Eiffel, dressée bien après la mort de Napoléon, l'Arc de Triomphe est sans doute le monument le plus connu de Paris.

Élodie nous regarde, comme si elle venait d'avoir une révélation.

— L'Arc de Triomphe rend hommage aux soldats qui ont combattu pendant la Révolution française et les guerres napoléoniennes !

L'espace d'un instant, Jack et Stellan semblent consternés, puis leurs visages s'éclairent. Moi aussi, je finis par comprendre.

— « Ceux qui ont tout donné », dis-je en citant l'indice. Allons-y !

19.

Le taxi nous dépose sur un gigantesque rond-point au centre duquel se dresse l'Arc de Triomphe. Pour moi, ce monument historique imposant, avec ses sculptures sophistiquées, est l'incarnation même de Paris. D'élégantes femmes passent en scooter autour de nous et des vendeurs de porte-clés en forme de Tour Eiffel déambulent sur la place. En observant l'édifice de plus près, je remarque que les hauts et bas-reliefs représentent des batailles, des anges et des soldats.

Jack part dans un sens sans m'attendre et Élodie lui emboîte le pas en me jetant un regard étrange. Je m'appuie contre la pierre et ferme les paupières avec un soupir. Quelqu'un s'adosse à la façade à côté de moi et je ne suis pas surprise d'entendre la voix de Stellan.

— Alors, ton petit-ami-qui-n'en-est-pas-un pense que tu le trompes avec moi ?

— Comment tu sais… ? Laisse tomber.

Ça n'a pas d'importance. J'ouvre les yeux. Stellan a l'air tendu, la tête enfoncée dans les épaules. Son regard ausculte la foule de touristes qui se presse sous le monument.

Il s'efforce d'agir normalement, mais je sens bien que l'agression de Luc a entamé sa tranquillité.

Je devrais lui demander s'il est venu chercher un somnifère dans ma chambre hier soir ou s'il voulait me voir, mais je garde le silence. Je m'écarte de la façade et examine la zone au-dessus de nous.

— C'est à cause d'Élodie ? l'interrogé-je tout à coup.

Stellan croise les bras.

— À cause d'Élodie, quoi ?

Je détache les yeux des bas-reliefs gravés sur l'Arc au-dessus de moi. Je n'ai aperçu ni le symbole de mon médaillon ni les trois Moires qui nous ont permis de trouver des indices jusqu'à présent.

Je montre Jack d'un geste de la main.

— L'animosité entre Jack et toi… il s'est passé un truc, j'en suis certaine. Avant, vous étiez amis, et maintenant vous vous haïssez. J'ai l'impression que vous avez tous les deux été intéressés par Élodie et à présent Jack pense que tu essaies de me détourner de lui.

Stellan se retrouve les bras ballants. Il semble tout à coup épuisé.

— Non, dit-il, on était *tous* amis. Élodie et moi, on s'aimait bien, mais ce n'était pas… Bref, nos chambres donnaient sur le même couloir. (Il hausse les épaules, d'un air de dire « À quoi tu t'attends ? ») Plus tard, elle et Jack ont été en couple pendant un moment. Il y a quelques années, on travaillait main dans la main avec les Saxon. Jack et moi, on collaborait, surtout grâce à Fitz. On était proches d'Élodie, et de Luc aussi, bien sûr. Jack était comme mon petit frère.

Je tente de m'imaginer la relation entre les deux garçons lorsqu'ils s'entendaient bien. Et Jack et Élodie, *ensemble* ? Je sais depuis le jeu « je n'ai jamais » qu'ils se sont embrassés... mais je ne m'attendais pas à ce qu'ils aient été en couple.

Mon silence s'éternise et Stellan s'éloigne de moi. Je le rejoins sous l'Arc où sont gravées des colonnes et des colonnes de noms. Sans doute des soldats. Certains sont soulignés.

— Alors, qu'est-ce qui s'est... ? (Je m'interromps. Un guide vient d'expliquer quelque chose qui a attiré mon attention.) Il a dit que les noms mis en évidence sont ceux des hommes morts au combat, non ?

Stellan hausse les épaules, s'approche d'une touriste et lui pose la question. La femme opine du chef.

— « Ceux qui ont tout donné détiennent la clé », répété-je. Et si le mot de passe était le nom d'un des soldats ?

Stellan regarde les listes, puis le bracelet à mon poignet. Je l'ôte et fais pivoter les anneaux à l'intérieur.

— On pourrait tous les essayer, propose Stellan.

— Non, seulement les noms à cinq lettres.

Je tourne les anneaux pour composer le premier nom souligné. Rien. Je teste les patronymes l'un après l'autre. *Damas. Binot. Penne.* Au milieu de ce côté de l'Arc, mes yeux commencent à loucher de fatigue et Stellan prend le bracelet. Je lui épelle les noms suivants.

— Alors, s'il était comme ton frère, qu'est-ce qui est arrivé ?

Stellan teste un nouveau mot de passe.

— On avait un projet fou ensemble : tous les trois, on devait travailler sous les ordres de Fitz. Être des Gardiens bien particuliers, chargés de la sécurité de tout le Cercle. Jack, Élodie et moi. (Je lève un sourcil, étonnée, et il hausse les épaules d'un air gêné.) Avant les derniers attentats de l'Ordre, les choses étaient plus faciles dans le Cercle. On était idéalistes. Puis, il y a eu l'affaire Oliver.

— L'aîné des Saxon.

Le frère que je ne connaîtrai jamais. Je me souviens que Jack s'est renfermé lorsque je lui ai posé des questions sur Oliver.

Stellan fait oui de la tête.

— Il avait même pas un an de plus que Lydia et Cole. Tu sais qu'on utilise l'expression « jumeaux irlandais » pour les frères et sœurs nés à moins de douze mois d'écart ? Et bien eux se faisaient appeler les triplés irlandais.

— Alors… (Je fais un calcul rapide.) Il était un tout petit peu plus jeune que moi.

Je commence à comprendre la chronologie. Mon père a dû se marier et fonder sa famille peu après le départ de ma mère.

— Oui. Ça s'est passé pendant un événement auquel il participait. Pour la première fois, Jack était le seul Gardien. C'était un accident idiot, c'est ce qu'ils ont dit. Une voiture a foncé dans la foule. Quatre morts. Dont Oliver.

Je me glace.

— Mon Dieu !

— Jack n'a rien pu faire. Il a vu le véhicule une demi-seconde avant les autres et a poussé Oliver pour essayer de le sauver. Non seulement il n'a pas réussi, mais à cause de ça il s'est retrouvé à l'hôpital lui aussi.

— C'était vraiment un accident ? Ou c'était l'Ordre ?

— On n'a jamais su. Il y a eu des rumeurs, mais l'Ordre n'a jamais revendiqué l'attentat.

— Quel rapport avec le fait qu'il soit fâché contre toi ?

— Élodie et moi, on était là. Avec Luc. Il s'est passé certaines choses et Jack s'en est voulu d'avoir été distrait… Depuis, rien n'est plus comme avant.

— Je comprends qu'il soit si protecteur.

— Les Saxon l'ont gardé alors qu'on pensait qu'il serait… tu peux deviner. Oliver était sous sa responsabilité ce jour-là. L'aîné de la famille décédé sous sa surveillance, c'est très grave. Mais M. Saxon – ton père – ne le lui a jamais reproché.

— C'est pour ça qu'il se sent redevable.

J'éprouve une certaine affection pour mon père qui a pardonné à son Gardien. Et pour Lydia qui continue d'accepter Jack.

— Il y a aussi…

— Quoi ?

— Rien. Laisse tomber.

— Qu'est-ce qu'il y a ? demandé-je en lui arrachant le bracelet des mains. Dis-moi tout de suite.

Il a l'air embarrassé. Ça ne lui ressemble vraiment pas.

— Ce n'est pas… tu vas croire que je veux le faire passer pour quelqu'un de mauvais, mais ce n'est pas ça. Je pense que tu préférerais ne pas savoir.

Il tend le bras pour récupérer le bracelet, mais je le tiens à distance.

— J'écoute.

— Le jour où Oliver est mort, lâche-t-il avec un soupir, Jack a embrassé Lydia Saxon. Apparemment, ça n'est arrivé qu'une fois. C'est elle qui l'a encouragé – elle en a toujours pincé pour lui. C'était pendant cet événement. Je les ai vus et Élodie aussi – à l'époque, il sortait avec elle. C'est le genre de drame stupide qui se produit quand on est jeunes et irresponsables. Mais ça nous a tous troublés, inquiétés... et après il y a eu cet accident.

Je laisse Stellan prendre le bijou. De l'autre côté du monument, Jack et Élodie sont en train d'observer une fresque.

Effectivement, quelle déconvenue ! Et Jack qui se permet d'être jaloux de Stellan alors que lui a embrassé toutes les filles que je connais ! *Lydia.* C'est le comble !

Stellan fait le tour de l'Arc de Triomphe et je le suis sans trop voir où je vais. C'est idiot. Ce que Jack a fait par le passé n'a aucune importance. C'est vrai que Lydia me ressemble. Ce qui signifie que lorsque Jack a compris que j'étais une Saxon, il n'a pas vu une nana quelconque. Il a vu une autre version d'une fille avec qui il a eu une amourette.

— Je t'avais prévenue qu'il valait mieux que tu l'ignores, reprend Stellan, tripotant toujours les lettres du bracelet.

Je le lui arrache des mains et commence la liste suivante.

— Le nom suivant est « Gudin », dis-je. Attends, on l'a déjà essayé celui-là.

— Non, je crois pas.

— Si, si, je l'ai lu tout à l'heure. Sauf qu'il était pas souligné sur l'autre frise.

Je forme le mot *GUDIN*. À l'instant où j'enclenche la lettre N, le bracelet émet un *clic* si fort que je manque de lâcher le bijou. Quelques touristes âgés nous décochent un regard alarmé. L'intérieur du bijou n'est plus lisse, comme avant, mais le mot entier – *GUDIN* – est à présent surélevé de cinq millimètres.

Je croise les yeux bleus de Stellan. Il est aussi surpris que moi. Il m'attire dans un coin ombragé, à l'écart de la foule, et nous nous asseyons sur un rebord au bas de l'Arc.

— Il s'est passé quelque chose, dis-je en tournant et retournant le bracelet entre mes doigts. C'est ça ! On a trouvé !

Stellan saisit l'objet avec précaution et examine le mot en relief.

— Qu'est-ce que ça signifie ? Le reste des lettres ne constituent pas une phrase et on ne sait toujours pas s'il y a quelque chose à l'intérieur.

Je lui serre le bras et il me tend le bracelet pour me laisser voir. Sous la partie qui ressort, je distingue un trait fin couleur topaze, mais nous avons beau essayer de l'ouvrir, impossible.

— On peut continuer à réfléchir à ce que ça veut dire, mais on a au moins trouvé quelque chose.

— Oui ! répond Stellan, les yeux pétillants.

Quand je m'aperçois que je suis accrochée à lui comme à une bouée de secours, je relâche mon emprise. Jack et Élodie apparaissent de l'autre côté de l'Arc et je leur fais de grands signes de la main, oubliant mon ressentiment tandis que nous leur faisons part de notre découverte.

— Vous pensez que c'est le même mot de passe pour les deux ? demandé-je essoufflée.

— Comment savoir ? réplique Élodie. Peut-être qu'on peut recopier tous les noms soulignés ?

Je m'empresse de sortir un papier et commence à écrire. Puis j'ai une idée :

— Pas les noms soulignés... les doublons ! Les bracelets sont des jumeaux et il y a deux « Gudin ». Un ici, et un là-bas. Trouvez les patronymes qui se répètent.

— Ici, fait Jack d'un air triomphant. Celui-ci porte l'initiale du prénom. Ça signifie peut-être qu'il y en a deux.

Je note le nom « Boyer » et cherche des yeux d'autres couples. Tout à coup, le visage de Jack se rembrunit et son sourire s'éteint comme s'il y avait une coupure de courant. Je suis son regard, pivote sur mes talons et tout mon corps brûle, puis se glace.

Derrière nous se tient ma sœur.

20.

En un clin d'œil, Stellan a dissimulé le bracelet dans sa poche. Cole fait lui aussi son apparition et à présent les deux jumeaux se dirigent vers nous d'un pas décidé. Lydia fait un signe de la main.

Mon sang ne fait qu'un tour. C'est trop tard. Impossible qu'ils n'aient pas vu Stellan et Élodie.

Soudain, quelque chose bouge derrière eux et cette fois j'en suis sûre : c'est la casquette bleue que j'ai aperçue tout à l'heure. La personne fait volte-face et, lorsque je découvre son visage, je me pétrifie.

C'est l'homme à la cicatrice !

Tout à coup, justifier la présence de Stellan et d'Élodie paraît dérisoire.

— Lydia ! Cole ! m'écrié-je en me précipitant vers mon frère et ma sœur. (Je les attrape par les poignets et j'essaie de les attirer derrière l'Arc.) Il faut s'enfuir d'ici au plus vite !

Jack a déjà tout vu et expliqué la situation à Stellan et Élodie qui sont prêts à dégainer leurs armes. L'espace d'un instant, je songe à affronter l'homme à la cicatrice, même si nous avons à présent les mots de passe et sommes à deux doigts de trouver le second bracelet. Ça pourrait valoir le coup... mais j'ai peur qu'il ne s'en prenne à mon frère et ma sœur.

Je n'ai pas beaucoup de temps pour envisager mes options. Jack s'est placé devant les jumeaux et moi pour faire écran et il nous pousse vers les escaliers qui descendent sous le rond-point. Un monospace nous attend de l'autre côté.

— Qu'est-ce que tu fabriques ? rouspète Cole.

— Obéis, lui dis-je. Fais-moi confiance. On va tout vous expliquer.

Je me retourne vers Stellan et Élodie qui nous rejoignent dans le tunnel.

— On l'a perdu, fait Stellan.

— Venez, tous dans la voiture ! (Nous nous entassons dans l'habitacle.) Démarrez ! dis-je au conducteur. Allez n'importe où.

Une fois que le véhicule s'est engagé sur les Champs-Élysées, je m'affale contre le dossier avec un long soupir.

— Prenez les petites rues !

Le chauffeur quitte l'artère principale. Personne ne semble nous suivre. Mon cœur cogne contre ma poitrine.

— Qu'est-ce que vous faisiez là tous les deux ? s'enquiert Jack.

— Et vous ? rétorque sèchement Lydia.

— Et eux, c'est qui ? demande Cole en montrant du doigt le siège passager où Élodie est assise sur les genoux de Stellan.

— Stellan Korolev, répond Lydia. Le Gardien des Dauphin. Et... Élodie Fontaine, leur assistante. (Elle lui lance un regard mauvais et continue de parler comme si nous n'étions pas là. Elle se tourne ensuite vers moi.) Ton ami Luc a failli être *assassiné* tout à l'heure. Ça devrait te convaincre de nous aider à arrêter l'Ordre ! Tu dois revenir avec nous immédiatement.

— Je... quoi ? (Je suis complètement perdue. Les jumeaux me cherchaient-ils à cause de ce qui arrivé à Luc ?) L'homme qui était à l'Arc de Triomphe, il vient de l'Ordre ! Comment a-t-il fait pour nous retrouver ?

Coincée entre Jack et Lydia, je me dégage pour me retourner et regarder derrière nous. Nous longeons à présent le fleuve et j'ai l'impression que nous sommes seuls.

— Je crois qu'on l'a semé. Continuez un peu...

— Pas la peine, coupe Cole dans sa barbe.

Il est serré contre la porte de l'autre côté de la banquette.

— Comment ça « pas la peine » ? m'écrié-je. Il était juste derrière nous ! Il nous suit depuis je ne sais quand. Il faut qu'on lui échappe.

Cole me gratifie d'un sourire méchant

— Oui, j'ai très peur...

Élodie fait volte-face et lui fait les gros yeux.

— Merde Élodie, râle Stellan. Ça, c'est ton genou qui appuie sur une de mes parties sensibles.

Elle l'ignore.

— C'est quoi ton problème, lance-t-elle à Cole. Qu'est-ce que tu entends par là ?

— Cole, je t'en prie, plaide Lydia.

— Qu'est-ce que vous croyez ? mugit Cole. (Il se tourne vers Lydia.) Si on doit se coltiner notre imbécile de *sœur*, ouvrons-lui au moins les yeux ! Je sais que tu crèves d'envie de lui raconter. Et les autres, on s'en fout. D'ailleurs, l'assistante des Dauphin est déjà au courant.

— Elle ne l'était pas, mais maintenant oui. (Lydia lui décoche une gifle.) T'es vraiment qu'un abruti ! Je ne voulais pas avoir à faire le ménage après toi.

— Faire le ménage ? dis-je. De quoi vous parlez ?

Et là, sur le visage habituellement calme et blasé d'Élodie, je découvre une expression de terreur.

— Arrêtez la voiture ! hurle-t-elle. Elle essaie de pousser la portière, tripote le bouton de verrouillage, même si nous roulons encore et que ses jambes et celles de Stellan sont enchevêtrées.) Sortez ! Grouillez-vous ! Avery, Jack, dehors !

Je suis tellement occupée à me demander si elle a perdu la boule que je ne vois pas le pistolet de Cole braqué sur la tempe du chauffeur.

— Non, l'enjoint-il, continuez. Verrouillez les portières. Et toi, miss, les mains en l'air.

Le conducteur pâlit et accélère. Élodie s'exécute.

— Qu'est-ce qui se passe ? (Je m'écarte des jumeaux et me hisse sur les genoux de Jack – je sens son cœur battre contre mon dos alors qu'il me serre contre lui d'un geste protecteur.) Lydia ? Qu'est-ce qui... ?

— Toi aussi, le Gardien, les mains en l'air ! (Cole pointe tour à tour son pistolet vers tous les occupants de la voiture.) Bishop également !

Jack détache ses mains de ma taille et les lève.

— Mais enfin, Cole ! dis-je.

— Ils s'en foutaient que l'Ordre soit là, reprend Élodie, la voix tremblante. Ils sont arrivés *en même temps* !

Soudain, j'ai envie de me boucher les oreilles, ne plus rien entendre de tout cela.

— Allez, sœurette, je te trouve un peu longue à la comprenette, raille Cole d'un ton glacial.

Je sens la poitrine de Jack se serrer contre mon dos.

— Non…, murmure-t-il.

Stellan se retourne, le choc se lit dans ses yeux écarquillés. Le sourire cruel de Cole, son arme… Tout à coup je comprends, ça me frappe comme un tsunami et je suis engloutie, je me noie…

Tout le temps que nous avons passé à papoter, Lydia et moi… Elle me parlait du Cercle, faisait semblant de compatir. « On devrait se mettre d'accord sur un signe secret au cas où tu aurais besoin de quelque chose » ; « c'est un beau gosse, je suis sûre qu'il te plaira ». Tout ça, c'était du flan.

— Hé, oui, reprend Cole, d'un ton ennuyé, comme s'il expliquait quelque chose d'évident à un enfant. L'homme à la cicatrice, comme tu dis, il est avec nous. Ils le sont tous.

Mon Dieu ! J'étouffe.

Lydia est restée silencieuse, mais à présent elle se penche en avant :

— Avery, écoute-moi. Tu avais prévu de donner ce que tu trouverais à quelqu'un que tu croyais être de l'Ordre… On devait te surveiller, on n'avait pas le choix !

— Mais ça veut dire que…

Je n'arrive plus à relier le fil de mes pensées. Moi qui avais interprété toutes nos prises de bec comme des querelles familiales des plus normales ! Les Saxon qui me promettaient de sauver ma mère ; leur date limite pour le mariage au sein du Cercle qui correspondait – du moins au début – à l'échéance fixée par l'Ordre. Je rencontre les yeux de ma sœur, si semblables aux miens.

— Rien de tout ça n'était vrai, chuchoté-je.

— Si, c'était vrai. *C'est* vrai, insiste Lydia. J'ai toujours rêvé d'avoir une sœur. C'est moi qui ai convaincu Cole et notre père de faire ce qui est le mieux pour la famille.

— Mais toi, tu n'as jamais voulu être des nôtres, coupe Cole.

— Vous..., bafouillé-je, incapable de prononcer ces mots. L'Ordre, c'est *vous*. Depuis le début ?

Dans le siège passager, Élodie s'étrangle d'indignation. Et moi, je commence à prendre toute la mesure de la situation.

— C'est vous qui avez ma mère ! (Je me jette sur les jumeaux, ma voix devient un rugissement.) Où est-elle ?

Un canon glacial se colle à ma tempe. Lydia le retire d'une tape.

— Cole, non ! On ne va pas tirer sur Avery. En revanche, je te conseille de garder les autres à l'œil, ils pourraient faire quelque chose qu'ils vont regretter. (Lydia me pousse contre Jack, m'éloignant de son frère.) Ta mère va bien.

— C'est vous qui tuez les membres du Cercle ? aboie Élodie. Et l'agression de Luc aujourd'hui, c'est vous ?

— On ne lui a pas fait de mal. C'était juste une petite piqûre de rappel pour qu'il n'oublie pas qui mène la danse.

Stellan et Élodie se penchent vers elle comme s'ils voulaient l'étrangler. Cole brandit son arme et ils s'adossent au fond de la banquette.

— Vous avez assassiné tous ces garçons ! m'égosillé-je. Comment avez-vous pu faire ça ? Pourquoi ?

Comment est-ce possible ? Je repense à la peur que j'ai vue dans les yeux de tous les membres du Cercle que j'ai rencontrés récemment. La haine. On a ce genre de réaction face à quelque chose d'abominable. Pas devant Lydia Saxon et le reste de ma famille.

— C'est *vous* qui avez poussé Eli Abraham au suicide !

— C'était nécessaire, constate-t-elle avec un haussement d'épaules.

Elle qui a ri, flirté avec lui au concert comme une adolescente ordinaire est également celle qui a fait tout ça ! Cette fille *normale* !

— Vous avez agi seuls ? fulminé-je. Ou est-ce que mon… notre… euh, Alistair vous a aidés ?

— Disons qu'il ferme les yeux… On a les mêmes objectifs, mais il est foncièrement trop bon pour participer à nos plans – si on était comme lui, on serait aussi faibles que tous les autres membres du Cercle.

— Depuis le début, il rêve de t'enfermer en lieu sûr, ajoute Lydia. Il sera ravi d'avoir enfin une excuse pour le faire.

— Mais vous êtes censés être les *gentils*, dis-je, bien consciente d'être pathétique.

— Il n'y a pas de gentils, Avery, répond Lydia. Tu n'as pas pigé que les Dauphin – tes chers amis ici présents – cherchaient à te réduire en esclavage ? Et les Mikado et les Rajesh… Si tu en savais un peu plus sur ces familles, tu comprendrais pourquoi on ne pouvait pas te laisser épouser l'un de leurs fils. C'est pour ton bien. Et le nôtre.

— Quoi ? Vous avez éliminé ces garçons parce que vous aviez peur que je les choisisse ? (Ma voix monte dans les aigus.) Vous êtes des monstres !

Elle fronce les sourcils.

— Qui dit que c'est mal de se débarrasser des importuns pour rendre le Cercle non seulement plus puissant, mais aussi meilleur ? Nous avons raison de faire ce que nous faisons.

— Oui, c'est un mal nécessaire, poursuit Cole pour enfoncer le clou. Notre frère aîné est mort, le grand frère de notre père aussi. Tout ça à cause du Cercle qui ne s'est pas montré à la hauteur. La seule manière pour nous de garantir la survie de notre lignée, c'est de prendre la tête des Douze.

— La fille aux yeux violets est des nôtres, reprend Lydia. C'est le *destin.* Si les autres se rendent compte que les assassinats cessent dès que notre famille aura accompli le mandat, eh bien, ils n'auront aucune raison de ne pas nous accepter comme dirigeants. Et peut-être qu'on aura le tombeau par-dessus le marché.

La « destinée manifeste », ça me revient. Le destin. La nausée m'assaille.

— On n'a pas le choix ! (Lydia me regarde droit dans les yeux et je comprends qu'elle est convaincue de ce qu'elle dit.) Parfois il faut faire des choses qui ne nous plaisent pas pour servir l'intérêt général. Et ce n'est pas que je ne les respecte pas. (Elle soulève son T-shirt et me montre son tatouage en forme de fleur avec quelques pétales.) Je me souviendrai d'eux toute ma vie, comme le reste du Cercle. Ce sont des martyrs.

De près, je vois que certains traits sont plus récents, la peau est encore à vif.

— Chaque pétale est une personne que vous avez fait exécuter, chuchoté-je.

Jack se penche par-dessus mon épaule et fixe le ventre de Lydia, sous le choc.

— Vous..., commence Stellan, avant de poursuivre en russe.

— Descends-le, Cole, ordonne Lydia en se rhabillant. Il en sait trop. La fille aussi.

— Non ! hurlé-je. Je... (Oh mon Dieu, qu'est-ce que je peux faire ?) Moi aussi j'ai tout entendu, je vais bien réussir à alerter quelqu'un. Et moi, vous ne pouvez pas me tuer. Laisse-les partir, ils garderont le silence.

Cole ne baisse pas son arme. Je ne peux pas rester les bras croisés et assister au meurtre d'autres personnes qui me sont proches !

— Je viens avec vous ! dis-je. Si vous les libérez.

— Avery, non ! s'exclame Élodie, qui a les yeux rivés sur le pistolet de Cole ; je vois qu'elle se creuse la cervelle pour trouver une idée.

— Hors de question qu'on t'abandonne, grommelle Stellan.

— Si, partez, les encouragé-je. (Stellan a empoché le bracelet dès l'instant où nous avons aperçu Cole et Lydia à l'Arc de Triomphe. Il est entre de bonnes mains. Quant à moi, j'irai chez les Saxon pour chercher ma mère, puis je tenterai de m'échapper.) Cole, laisse-les sortir !

Les yeux mauves de Cole lancent des éclairs. Après un moment qui me paraît interminable, Lydia tire sur le bras de son frère qui baisse son arme.

— On s'occupera d'eux plus tard, annonce Lydia en faisant signe au chauffeur de s'arrêter.

Mon regard croise celui de Stellan et il secoue la tête. Je dévisage Élodie et lui dis du bout des lèvres :

— Allez ! (Élodie ouvre la portière et sort du véhicule, suivie de Stellan.) Toi aussi, Jack ! (Je l'encourage en essayant de descendre de ses genoux.)

— Tu sais que je ne partirai pas, répond-il.

Oui, je le sais bien.

À peine Élodie a-t-elle claqué la portière que la voiture redémarre sur les chapeaux de roues.

— Maman !

Je hurle, sans doute pour la centième fois depuis que nous sommes arrivés dans la résidence parisienne des Saxon. Des gardes m'ont enfermée dans une chambre dépourvue de fenêtres, mais avec plusieurs télévisions. Il y a peu de chances que ma mère soit ici – ils la gardent probablement à Londres –, mais je me suis quand même égosillée pendant une heure, juste au cas où. À présent, ma voix est tellement éraillée qu'on dirait que j'ai passé plusieurs années à fumer comme un pompier.

— Silence ! On t'a déjà expliqué qu'elle n'est pas là ! tempête une voix, accompagnée de grands coups frappés à la porte.

Je flanque un gros coup de pied dans le battant et me remets à arpenter la chambre en attendant. En attendant qui ? Mon père ? Lydia ? Je tripote la mèche plus courte au niveau de ma nuque. La dernière fois que l'un des clans du Cercle m'a enlevée, mes cheveux ont été la seule victime. Mais là, je suis dans *ma* famille. Leur trahison m'est insupportable.

Je distingue des bruits de pas, on tourne le verrou et Alistair se faufile dans la pièce. J'éprouve d'abord un immense soulagement en découvrant que ce n'est pas Lydia. Ma sœur, je ne veux plus *jamais* la revoir. Cependant, me retrouver en tête-à-tête avec mon père est beaucoup plus difficile que je ne l'imaginais.

Alistair appuie sur les boutons d'une télécommande. Les téléviseurs s'allument et montrent mon visage décomposé alors que je presse frénétiquement – et vainement – la paume sur la poitrine de Takumi Mikado pour contenir le flot de sang.

— Tu es une héroïne maintenant, déclare mon père en reposant le boîtier sur un bureau dans un coin de la pièce. Nous revivons le moment où Eli lève les yeux au ciel et dégaine son pistolet. J'apparais à nouveau, puis le Premier ministre japonais et sa famille choqués, terrifiés. Les images passent en boucle.

— Tu as presque sauvé la vie de Takumi.

Je détache mon regard des écrans.

— Non, ce n'est pas vrai.

— Dans notre histoire, si. Tu es la fille qui aurait pu partir en courant, mais qui a courageusement essayé de ressusciter la victime.

Les images du journal télévisé prennent une nouvelle dimension.

— Comment avez-vous pu faire ça ?

— Il suffit de regarder les informations pour saisir. Ils n'ont d'yeux que pour toi ! Tu es une célébrité mondiale. Le Cercle n'attend que toi. Les membres sont encore plus enthousiastes qu'avant. (Alistair rassemble quelques documents sur le bureau et dépose le tas de papiers d'un air résolu.) Quand j'étais plus jeune, je voulais que les familles du Cercle soient alliées, pas ennemies. Mon père et mon frère pensaient comme moi. Et voilà où ça les a menés ! J'ai changé d'avis depuis… Et ta sœur est beaucoup plus perspicace que moi à son âge. Nous sommes plus qu'un simple rouage dans une machine. Tôt ou tard, une famille doit prendre les rênes du pouvoir, et ça doit être la nôtre. Tu comprendras un jour.

Il tente de poser une main sur mon épaule, mais je le repousse violemment.

— Je ne comprendrai *jamais* ! Et tu crois vraiment que le reste du Cercle ne va pas s'en apercevoir ?

Mon père s'affale sur une chaise de bureau, l'air tout à coup épuisé.

— J'espérais que tu allais revenir à la raison sans chantage. Mais si ce n'est pas le cas…

Malgré la chaleur de la chambre, mon corps se glace instantanément. Ma gorge se serre.

— Tu m'as dit que tu aimais ma mère !

Mon père tape des paumes sur la table et me dévisage.

— Je ne veux pas faire ça Avery, crois-moi. Pas plus que toi.

Pourtant, il n'hésite pas à utiliser ma mère pour me faire coopérer, et après tout ce que j'ai découvert sur les Saxon, je suis certaine qu'il mettrait sa menace à exécution.

— Je vais trouver le tombeau, imploré-je. On a des indices. Je te jure qu'on y est presque !

Mon père pianote sur la pile de papier.

— J'épouserai qui tu veux si vous la laissez partir. (Je me penche en avant, prenant appui sur le bureau pour être face à lui.) S'il te plaît !

Il s'enfonce dans son siège.

— J'aimerais pouvoir te croire, mais nous savons tous les deux que tu t'enfuiras dès que nous aurons libéré ta maman.

— Qu'est-ce que tu vas faire alors ? (Ma gorge se noue comme si les treize boucles gravées sur mon médaillon se resserraient autour de mon cou.) M'enfermer avec elle ? Nous tuer toutes les deux ? Tu ne peux pas faire ça ! On a presque trouvé le tombeau et si vous lui faites du mal, vous ne saurez jamais ce que j'ai découvert. Je ne serai *jamais* votre petite princesse !

Mon père laisse reposer son menton dans sa main et fixe le portrait accroché au mur derrière moi. L'homme a les mêmes yeux que moi – lui aussi. Lorsque mon père le contemple, quelque chose dans son regard fait naître chez moi un espoir.

Je me place entre lui et le tableau.

— Je t'en prie, Alistair ! Père. *Papa.* Si tu as aimé ma mère, si tu tiens à moi, rien qu'un tout petit peu, laisse-moi gagner la liberté de ma mère. Au pire, je disparais de vos vies à jamais et vous pourrez diriger le Cercle avec ce qui est dans le tombeau. Donne-moi une dernière chance !

Il serre les lèvres puis exhale un long soupir.

— D'accord, oui. Trouve-nous le tombeau et nous délivrerons ta mère. (Quel soulagement ! Mes genoux flageolent et je m'effondre sur une chaise.) Je te fais confiance pour étouffer les rumeurs malveillantes que tes amis les Gardiens pourraient lancer à notre propos, ajoute-t-il.

— Je me plierai à toutes tes exigences, m'empressé-je de promettre. Ne lui faites pas de mal. Et je t'en prie, relâche Jack. Ce n'est pas sa faute…

Mon père soupire à nouveau.

— Avery…

On frappe. Mon père se lève en boutonnant sa veste et entrouvre la porte.

— Lucien Dauphin est ici, monsieur, dit le garde. C'est à propos de la rumeur absurde impliquant vos enfants. Il vient offrir l'aide de sa famille. Si vous voulez mon avis, il cherche à se faire pardonner pour cette histoire de mariage arrangé.

Non, je n'y crois pas : Stellan et Élodie ne peuvent pas être assez inconscients pour tenter de me libérer ! Si seulement j'avais mon téléphone portable !

Un talkie-walkie grésille.

— Ils disent qu'il est devant.

— Une personne reste ici, à surveiller la chambre, ordonne mon père. Les autres, suivez-moi ! (Il me fait face.) Nous finirons cette conversation plus tard.

Il m'enferme à double tour et les voix s'éloignent dans le couloir.

Non, non, non. J'ausculte la pièce pour trouver une sortie. Rien, pas de fenêtre. Pas même un conduit d'aération.

Soudain j'entends un bruit sourd venant du corridor, comme si quelqu'un était tombé contre la porte.

Puis, on frappe doucement.

— Avery ? Tu es là ?

Élodie.

21.

— Oui, je suis ici, dis-je à voix basse. Je suis enfermée. Les gardiens ont les clés.

Quelques instants plus tard, je distingue un cliquetis métallique et la porte s'ouvre en grand. Élodie tient un immense porte-clés à la main et, derrière elle, Stellan traîne un garde inconscient. Il le dépose dans la chambre puis retire le pistolet et le couteau de sa ceinture.

Je sors et jette un coup d'œil vers le fond du couloir, à la recherche d'autres agents de sécurité.

— Qu'est-ce que vous faites ici ? Ils vont vous massacrer !

— Si on vous laisse ici, ils tueront Jack et te séquestreront, répond Élodie. On ne voulait pas que Luc nous aide, mais il a insisté.

— Je ne pense pas que les Saxon osent s'attaquer à lui *chez eux*, dit Stellan, mais il ne réussira pas à les retenir longtemps.

— Où est Jack ? s'enquiert Élodie.

— Aucune idée.

Élodie lâche un juron et fourre les clés dans sa poche.

— Je m'en occupe. Vous, sortez !

J'acquiesce et m'apprête à détaler, avant de me raviser : ils ont toujours ma mère en otage. Je vais chercher un bloc-notes sur le bureau d'Alistair et griffonne : « Je vais trouver le tombeau. Ne lui faites pas de mal. »

— Allez, grouille-toi, m'enjoint Stellan. Qu'est-ce que tu fabriques ?

Je balance le carnet sur la table et fais volte-face juste au moment où le gardien se relève, brandissant une lourde chaise qu'il s'apprête à abattre sur la tête de Stellan.

— Attention ! hurlé-je.

Stellan se baisse, mais pas assez vite. L'un des pieds du siège vient heurter son crâne, il chancelle et pose un genou à terre pour se stabiliser.

Le garde s'élance ensuite vers moi, m'empoigne et me traîne dans le couloir. Je me débats tant bien que mal en lui assenant des coups de pied dans les rotules.

— Lâchez-moi !

L'homme plaque une main sur ma bouche. J'enfonce mes dents dans un bout de chair et mords le plus fort possible, jusqu'à sentir le goût métallique du sang sur ma langue. Beurk. Il braille et me laisse tomber en serrant sa main blessée dans l'autre, un mélange de choc et de mépris sur le regard.

— Sale petite pute, je…

Il n'a pas le temps de finir. Stellan apparaît derrière lui et lui presse un pistolet contre la tempe.

— Stellan, non !

Il retire son doigt de la détente et donne un coup de crosse à l'homme, qui s'affale à mes pieds.

J'aperçois deux téléphones avec des coques en caoutchouc qui dépassent de sa poche. Mon portable intraçable, et celui de Jack ! Je m'en empare et les glisse dans mon sac en bandoulière. Stellan m'aide à me relever. Je crache et m'essuie la langue comme si de cette manière, je pouvais me débarrasser de l'idée d'avoir mordu quelqu'un.

— Tu saignes !

Les cheveux blonds de Stellan sont écarlates.

— T'inquiète pas pour moi.

Sa blessure a l'air grave, mais il fait comme si de rien n'était et braque son arme vers le bout du couloir. Personne.

Nous nous hâtons de gagner une porte qui s'ouvre sur une cage d'escalier noire comme la poix. Stellan me saisit la main et je sens que sa paume est humide de sang.

— Tu es sûr que ça va ?

— Oui, allons-y !

Je m'accroche à Stellan d'un côté et à la rambarde de l'autre pour descendre les trois étages qui nous séparent du rez-de-chaussée dans l'obscurité la plus totale.

— Il doit bien y avoir une sortie, chuchote Stellan.

Nous cherchons à tâtons, palpons le mur, sans succès. Pas de poignée, pas de gonds.

Pourtant, tout à coup, une porte s'ouvre. Une lampe torche est braquée sur nous et j'aperçois un pistolet. Tenu par une silhouette familière : l'homme à la cicatrice.

Je n'ai pas le temps de réfléchir. J'oublie l'arme qu'il pointe vers nous. Je lâche la main de Stellan, me tourne vers l'homme et lui décoche un coup de genou dans l'entrejambe.

Oui, Stellan a raison, les hommes ont de bons réflexes lorsqu'on touche à leurs bijoux de famille, mais il y a l'élément de surprise. Ma victime tombe à genoux, hurlant de douleur en lâchant son pistolet.

— Ça, c'est pour venger Fitzpatrick Emerson, crié-je. Et ma mère ! Où est-elle ?

— J'en sais rien, putain, halète-t-il. Pas ici en tout cas.

J'ai envie de le croire. Il a sans doute trop mal pour mentir.

— J'ai déjà appelé les renforts, nous prévient-il en indiquant l'arme de Stellan. Même si vous me tuez, ils seront là avant que vous n'ayez le temps de vous enfuir.

— Donnez-leur un contrordre !

L'homme à la cicatrice éclate de rire.

— Je suis prêt à prendre le risque, déclare Stellan en lui pressant le canon contre la tempe.

— Attends ! (Une autre idée vient de me traverser l'esprit. C'est osé, c'est vrai, mais mieux vaut tenter le tout pour le tout plutôt que d'être faits prisonniers à nouveau.) Il va leur dire de rester où ils sont, dis-je à Stellan de la voix la plus convaincante possible.

Stellan me lance un regard interrogateur.

— Par les temps qui courent, il ne fait pas bon être du côté des Saxon, expliqué-je.

Dans le Cercle, on est d'abord fidèle à sa famille, puis au Cercle, mais moi, je suis beaucoup plus puissante que les Saxon.

La grande cicatrice sombre de l'homme se tord lorsqu'il fronce les sourcils.

— Je sais qui tu es ! Tu appartiens aux Saxon.

— Non, je n'appartiens plus à personne, répliqué-je. Je vous donne le choix parce que je pense que vous êtes intelligent. On pourrait travailler ensemble.

Des voix se font entendre aux étages supérieurs.

— Appelez-les maintenant et laissez-nous partir. Quand je serai au pouvoir, vous serez à mes côtés.

Les yeux de l'homme naviguent compulsivement de Stellan à moi.

— Tu veux vraiment diriger le Cercle toute seule ? Sans les Saxon ?

— Je ne suis plus avec les Saxon.

L'homme réfléchit, puis se met à genoux. Je me crispe, prête à réagir, mais il s'incline, les mains croisées sur le front, paumes vers moi. Je reconnais cette posture : au mariage à Notre-Dame, lorsque j'ai révélé mes yeux violets, les invités s'étaient courbés de la même manière pour me jurer fidélité.

Je le considère, éberluée. Puis je soupire de soulagement.

— Allez, rappelez-les.

L'homme à la cicatrice détache un talkie-walkie de sa ceinture.

— Il y a personne dans les escaliers arrière, aboie-t-il, allez voir l'aile est !

Je n'en reviens pas. Ça a marché !

— Bon, pour le moment, restez avec Lydia et faites semblant de continuer à travailler pour elle. Essayez de retenir les gardes pendant qu'on s'enfuit, et assurez-vous qu'il ne soit fait aucun mal à Luc Dauphin. Dernière chose, ne laissez pas les Saxon toucher à un seul cheveu de ma mère, OK ? C'est la chose la plus importante.

L'homme à la cicatrice hoche la tête. Je me dirige vers la porte, mais il demeure à genoux.

Stellan m'arrête.

— Tu dois accepter officiellement son serment d'allégeance, dit-il. Sinon, il n'est pas vraiment à toi.

Je jette un coup d'œil vers la sortie, vers la liberté.

— Qu'est-ce que tu racontes ?

— On le fait généralement pendant la cérémonie du tatouage. (Stellan fronce les sourcils.) Le tatouage est le symbole de la famille à laquelle on a juré fidélité.

Un rituel sacré, pas de temps pour ça ! Ce n'est pas comme si je pouvais lui faire un tatouage au pied levé. Mes doigts effleurent mon pendentif, jouent avec. Une idée germe dans mon esprit. Le symbole du nœud, les treize boucles.

— Où est votre tatouage ? demandé-je à l'homme à la cicatrice.

Sans se redresser, sans même lever les yeux, il tire sur le col de sa chemise, exposant une rose des vents qui semble recouvrir un autre dessin. Je ne suis pas certaine, mais ça ressemble à une branche d'olivier.

Peu importe. Je détache mon collier.

— Briquet ? dis-je à Stellan.

Il en extirpe un de sa poche. Je l'allume et l'approche du pendentif. La lumière orangée fait briller le bijou d'or.

— Tu es sûr que tu lui fais assez confiance pour ça ? C'est important

— Du moment qu'il nous laisse partir, je m'en fous, murmuré-je à son oreille.

Ce n'est pas comme si nous étions obligés de le revoir si les choses devaient tourner au vinaigre.

Lorsque je pense que c'est assez chaud, j'essaie de tenir le bijou entre le pouce et l'index, mais je le lâche avec un gémissement.

— Je vais le faire, se dévoue Stellan.

Je secoue la tête. Peut-être que sa peau ne brûle pas, mais ça le fait quand même souffrir. Je sors un mouchoir de ma poche pour saisir le collier.

— Dis-moi où tu le veux.

— Avec la rose des vents. Juste au-dessus.

Je pose ma main sur celle de Stellan. Ensemble, nous appuyons le pendentif ardent sur le bout de la branche d'olivier. L'homme à la cicatrice tressaille et je réagis en pressant plus fort. Je veux qu'il en bave. Pour ma mère. Pour M. Emerson. Stellan retire le bijou, révélant une marque rouge vif. J'espère que ça suffira pour qu'il nous laisse partir.

L'homme à la cicatrice touche son cou, puis ses mains se posent à nouveau sur son front.

Bien que l'homme ait renvoyé ses collègues, une porte tourne sur ses gonds dans la cage d'escalier quelques étages plus haut.

— Allons-y ! encouragé-je Stellan.

Nous ouvrons la porte de sortie au moment où des pas résonnent dans l'escalier. L'homme se lève d'un bond et intercepte deux gardes.

— Ils s'enfuient, s'écrie l'un d'entre eux.

En réponse, l'homme à la cicatrice leur tranche la gorge le plus naturellement du monde. Je pousse un cri étranglé.

— Ce n'est pas la peine de massacrer tout le monde ! (Le battant se referme derrière nous. Je le retiens.) Ne tuez personne, sauf si vous n'avez pas le choix, hurlé-je.

Stellan m'attrape par le bras et m'attire vers lui.

— Rien à faire. (Je suis prise d'un haut-le-cœur. Après un dernier regard en arrière, je lui emboîte le pas, claquant la porte derrière moi.) Tu sais ce que signifient nos tatouages, non ? La loyauté jusqu'à la mort. C'est ce qu'il t'a promis. S'ils le voient nous laisser partir, c'est lui qui se fait tuer.

Mon collier est toujours enroulé autour de mon poignet. J'essaie de me l'attacher au cou, mais mes mains tremblent si fort que c'est impossible. Stellan me vient en aide. Une large tache vermeille, presque noire dans la lumière tamisée, macule sa chemise blanche.

— C'est comme planter ton couteau dans un bout de viande ? Ça devient plus facile quand tu as vu beaucoup de gens mourir ?

— Non. (Il laisse retomber ma chaîne sur ma poitrine.) Le bijou, rouge de sang, est encore chaud. Ça ne devient jamais plus facile.

Stellan pose une main sur mon épaule et j'expire lourdement. Mon cœur palpite. L'espace d'un instant, j'ai l'impression qu'il va me serrer dans ses bras pour me réconforter, mais en réalité il chancelle. Je le prends par la taille.

— Commotion cérébrale, explique-t-il. Je crois. Me sens pas bien. Je dois m'asseoir.

Impossible. Nous ne sommes pas encore sortis d'affaire.

— Tu sais où Élodie allait chercher Jack ?

— Non, fait Stellan en titubant.

Je le retiens. Je scrute le château. Quatre étages, des fenêtres partout. Aucune idée d'où Jack peut se trouver. Je ne me suis pas fait de bile pour lui jusqu'à présent, mais là, l'inquiétude déferle sur moi comme un raz de marée. Je sais ce qu'encourt un Gardien rebelle.

Bon, ils n'ont pas dû l'exécuter, car ils veulent sans doute l'interroger. Et Élodie a dû dénicher sa cellule, non ? Une autre terrible pensée m'assaille : et s'ils lui avaient proposé la même chose qu'à moi – reste à nos côtés et tu auras la vie sauve – Jack aurait-il choisi les gens auxquels il a toujours été fidèle ?

Une explosion répond à ma question. Une vitre du deuxième étage vient d'éclater en mille morceaux, jetant une pluie de verre qui étincèle sous les rayons de lune.

Deux personnes se penchent par la fenêtre. Jack et Élodie. Je cours vers eux, remorquant Stellan derrière moi. Il trébuche et m'écrase le pied. Je vois qu'il lutte pour garder les yeux ouverts. Je gémis de douleur et lui balance un coup d'épaule dans les côtes pour le réveiller.

— Allez, avance, Stellan !

Il marmonne quelque chose en russe. Sa blessure à la tête est plus grave que je ne le pensais, peut-être qu'il a perdu trop de sang. En tout cas, il est lourd et traîne la patte. Je suis presque obligée de le porter jusque sous la fenêtre. Élodie, cramponnée au rebord, s'apprête à se laisser tomber dans la haie en contrebas. Au moment où elle se lâche pour atterrir dans le buisson, Jack se hisse sur le rebord derrière elle. Juste à ce moment-là, les lumières s'allument dans la maison et une ombre pénètre dans la pièce. Jack n'a pas encore sauté.

Le garde qui était devant ma porte apparaît à la fenêtre, criant des ordres à ses collègues. Il nous aperçoit en premier. Puis Jack. Il lève son arme. Un objet argenté fend l'air. Le couteau d'Élodie s'enfonce dans l'épaule du gardien, mais il a eu le temps d'appuyer sur la détente. Jack parvient à éviter la balle en se plaquant contre le mur, mais il lâche prise et s'écrase de tout son poids dans le buisson.

Je repousse le corps amorphe de Stellan dans les bras d'Élodie et me précipite vers Jack. Il s'assied, clairement sonné.

— Ça va, me rassure-t-il, en portant la main à l'épaule.

— Allons-y, lance Élodie et j'aide Jack à se relever tandis que des cris se font entendre de l'intérieur.

Jack soutient Stellan d'un côté, Élodie l'épaule de l'autre et nous nous empressons de contourner le château jusqu'à une voiture. Élodie se jette derrière le volant et nous démarrons en trombe.

22.

Nous avons réservé des billets pour Cannes sous de faux noms et nous sommes à présent dans le train, direction le midi de la France. Élodie est en train de panser la plaie de Stellan dans l'un de nos deux compartiments en première classe. Jack et moi sommes dans l'autre, épuisés, perdus dans nos pensées maintenant que l'adrénaline est retombée. Les lieux sont exigus mais élégants, avec des boiseries aux cloisons et un lit à deux places couvert de brocart marron qui occupe presque toute la pièce. Dans un petit renfoncement à côté de la salle de bains se trouve un fauteuil solitaire. De beaux œillets jaunes posés sur les tables de chevet égayent la chambre.

La terre continue à tourner, tout le monde agit normalement, mais moi j'ai l'impression que rien ne sera plus jamais comme avant.

Jack s'approche de moi, fouille des yeux le quai puis ferme les lourds rideaux. Je continue à les fixer comme si je pouvais voir à travers.

— Élodie trouve qu'on devrait les dénoncer au reste du Cercle, déclare-t-il.

Je me détourne de la fenêtre. Je savais que cette option serait évoquée tôt ou tard.

— D'abord, on doit retrouver ma mère. (Je lui rapporte ce que m'a dit mon père et il opine du chef.) Encore faut-il qu'Alistair tienne sa promesse. Qu'est-ce que tu en penses ?

Jack a le regard vide.

— Avant, je l'aurais cru sur parole, mais là… (Je reconnais l'expression de Jack, je suis sûre que mon visage reflète les mêmes émotions. Le choc. Le découragement. La colère. Le doute. Aucun d'entre nous ne sait de quoi ils sont capables.) À présent, poursuit-il, je ne peux que dire que je l'espère.

Je l'espère aussi. Je ne serais pas partie si je pensais qu'il ferait du mal à ma mère. Mais franchement, comment s'en assurer ?

Jack, habituellement si robuste, a la mine défaite.

— Je suis tellement désolé, dit-il. Lydia n'a pas que des qualités, Alistair n'est pas parfait, mais je n'aurais jamais imaginé que…

— Je sais. (Je triture le bracelet qu'Élodie m'a rendu en chemin vers la gare. Avec ses lettres en relief, la sensation contre ma peau est complètement différente.) Ce retournement de situation a au moins un avantage : on n'a plus à s'inquiéter de l'Ordre.

— Je n'arrive pas à croire qu'ils n'ont rien à voir avec tout ça !

— C'est clair ! Je me demande ce que fait l'Ordre – le vrai – en ce moment.

Jack tripote le bas des tentures.

— Avery, tout ça, ça n'en vaut plus la peine. Dès qu'on aura récupéré le deuxième bracelet, on fait ce qu'on peut pour l'échanger contre ta mère, puis on se taille. Ensemble. Peu importe ce qu'en disent les autres. Qu'est-ce que tu en penses ?

Je lève les yeux.

— Tu quitterais le Cercle pour de bon ?

— Tu ne le ferais pas, toi ? Tu ne veux pas de tout ça. Tu te fiches éperdument du Cercle.

— Mais pas toi.

Je me demande s'il accepterait vraiment de partir avec moi si c'est ce que je décidais de faire. Je me rends compte que je ne l'en ai jamais cru capable.

Jack caresse du pouce la rose des vents tatouée sur son avant-bras.

— Je pensais que je tenais aux Saxon. Je croyais que rester avec eux, dans le Cercle, était la meilleure chose à faire. Et à présent... (Il secoue la tête.) À présent, j'ai l'impression que la meilleure chose à faire est de s'éloigner le plus possible de ce panier de crabes.

Est-il intimement convaincu de savoir quelle est la meilleure chose à faire ? Je devrais être d'accord avec lui. Je devrais vouloir, moi aussi, fuir le Cercle à tout prix. Mon père est prêt à me rendre ma liberté en échange du tombeau et Jack me promet de venir avec moi. Quitter ma nouvelle famille ne me cause plus aucun cas de conscience, à présent. Que demander de plus ? Je devrais être extatique.

Pourtant, des pensées contradictoires se bousculent dans mon esprit. Bien entendu, d'un côté, je rêve de m'enfuir, mais de l'autre, je sens que tout le Cercle compte sur moi. J'ai l'impression que je pourrais, par mes actions, être digne de ce regard plein d'espoir que ses membres posent sur moi. Dev et son entourage. Takumi. Même l'homme à la cicatrice.

Jack n'imagine pas un seul instant que je puisse raisonner de la sorte. Pour une bonne raison : c'est complètement insensé. Je me souviens des mots que Stellan a prononcés dans l'appartement à Montmartre : le Cercle n'a pas de dirigeant unique, mais je suis ce qui s'en approche le plus. Ou plutôt, nous, Stellan et moi.

Si Jack et moi prenons la clé des champs, qu'est-ce que ça signifie ? Allons-nous nous promettre de rester ensemble jusqu'à ce que la mort nous sépare ? Oui, je tiens à lui – énormément –, mais c'est tout de même un engagement de taille. Le nœud dans ma gorge est de plus en plus serré.

Je n'ai toujours pas répondu à Jack et je ne sais pas quoi lui dire. Je me contente de sourire en regrettant que mon rictus ne soit pas sincère.

— Je vais aller faire un brin de toilette.

Lorsque je reviens dans la chambre après avoir m'être lavée, avoir effacé les traces du sang de Stellan sur mes mains, Jack est assis sur le lit. Torse nu, il inspecte son épaule droite dans un miroir accroché au mur. Il commence à remettre sa chemise, mais laisse échapper une grimace de douleur.

— Ça ne va pas ?

Je pose ma serviette sur le lit et fais le tour pour me poster à côté de lui. Je lui prends le vêtement des mains et touche l'hématome de plus en plus sombre qui barre son omoplate. Il s'écarte d'un bond.

— C'est quand je suis tombé de la fenêtre. J'ai atterri sur l'épaule. Je m'en occuperai demain.

Je laisse courir mes doigts sur sa peau froide. Maintenant que je me suis un peu calmée, j'ai autre chose à lui demander, une pensée lancinante que je m'efforce de chasser de mon esprit depuis que j'ai vu Lydia et Cole à l'Arc de Triomphe. Une question que je dois absolument poser avant d'envisager de prendre la poudre d'escampette avec lui. Le train donne un à-coup. Nous partons. Je m'avance jusqu'à la vitre et tire le rideau pour voir le quai s'éloigner lentement.

Je n'ai pas envie de demander, mais je n'ai pas le choix.

— Comment Lydia et Cole savaient-ils qu'on était ensemble aujourd'hui ?

Un ange passe.

— Aucune idée.

Le nœud dans ma gorge se resserre plus encore. Ma question est implicite, mais je suis obligée de la formuler :

— C'est toi qui le leur as dit ?

Il pousse un gros soupir.

— Non.

J'appuie le front contre la vitre froide avec un bruit sourd. Merci mon Dieu ! J'ignore ce que j'aurais fait s'il m'avait... Je secoue la tête.

— Ils doivent avoir des dispositifs de géolocalisation ultra-performants. (Je réfléchis tout haut.) On leur a dit qu'on allait à Paris. Ils doivent avoir fait la déduction. Et l'homme à la cicatrice... Ah !

Je m'interromps. Je ne lui ai pas encore raconté. J'observe les banlieues parisiennes défiler par la fenêtre tandis que je lui relate la version courte de ma rencontre avec l'homme à la cicatrice. Le tatouage à la va-vite avec mon collier. L'assassinat des autres gardes. Son serment. Je suis étonnamment détachée.

Les ressorts du lit couinent et je perçois la présence de Jack derrière moi.

— Je suis tellement navré. Tu ne devrais pas avoir à subir ça.

— Si. (Je me retourne pour lui faire face.) C'est mon combat autant que celui des autres. Même davantage, d'ailleurs. Tu ne peux pas me protéger contre la vie, d'accord ?

Jack m'entoure les épaules de son bras gauche – celui qui n'est pas blessé. Il sent la sueur et le sang. Je penche la tête contre son torse dénudé.

— D'accord.

La porte coulisse avec un grincement et Stellan apparaît dans l'embrasure.

— Oups, je dérange ? Vous devriez vraiment apprendre à fermer à clé.

— Non, non, pas du tout, réponds-je en me dégageant du bras de Jack. Ça va, ta tête ?

Il a l'air d'aller bien mieux que tout à l'heure. Il acquiesce d'un signe de tête. Lui aussi est torse nu et porte un bas de pyjama beaucoup trop serré pour lui.

— Heu, c'est celui d'Élodie ? fais-je, interloquée.

— Mes vêtements sont pleins de sang, explique-t-il avec une petite moue. (Son accent russe est beaucoup plus fort que d'habitude.) Elle m'a dit que je ne pouvais pas m'asseoir sur le lit, sauf si je… (Il désigne le pantalon de la main. Je réprime un gloussement inapproprié. Il scanne le corps de Jack.) Épaule déboîtée ?

Jack fait oui de la tête.

— Son épaule, il suffit de la regarder de travers pour qu'elle se disloque, ricane Stellan en se tournant vers moi.

Un sourire nostalgique se dessine sur son visage. Il a l'air plus insouciant qu'il ne le devrait, après ce qui s'est passé. Et clairement dans les vapes.

— Tu es bourré ? lui demandé-je en grimpant sur le lit.

Il me décoche un autre de ses étranges sourires rêveurs.

— Commotion cérébrale. Médocs antidouleur. *Trop* de médocs antidouleur ? Mais ils font pas effet… Ou peut-être qu'ils font effet ?

Il se touche la tête et tressaille comme s'il se souvenait à quel point sa blessure le fait souffrir. Il observe le décor autour de lui, l'air étonné de se trouver dans cette pièce, avant de se concentrer sur Jack.

— Couche-toi, lui ordonne-t-il en montrant le matelas.

Jack fronce les sourcils.

— Je vais m'en occuper demain. Sinon, Avery peut m'aider.

Stellan balaie la remarque d'un revers de main :

— Tu sais bien qu'elle n'a pas assez de force. Et ça… ça va te faire mal toute la nuit si on ne la remet pas maintenant.

Installée contre la tête du lit, je suis surprise de voir Jack soupirer puis s'allonger avec précaution. Je suis encore plus étonnée de voir Stellan monter sur le lit aussi et se pencher vers lui.

— La même chose que d'habitude ?

Jack acquiesce et son visage se tord de douleur lorsque les doigts fins de Stellan palpent sa peau. Puis, Stellan pose un genou sur la poitrine de Jack, qui tend son bras droit en fermant les yeux.

La scène est tellement curieuse que je me demande l'espace d'un instant si je ne suis pas en train d'halluciner. Intéressant, songé-je avec un détachement clinique, c'est *ça*, le genre d'images que mon cerveau fait apparaître quand je suis stressée ?

Avec une main appuyée contre la clavicule de Jack, Stellan tire de toutes ses forces sur son bras.

Jack étouffe un grognement, son épaule s'emboîte d'une manière étrange, un peu dégoûtante, et il expire lourdement lorsque Stellan repose son bras le long de son corps. Jack se touche l'épaule et le remercie d'un geste de la tête.

— Y a pas de quoi, fait Stellan en venant s'asseoir à côté de moi.

Jack se masse la clavicule.

— Son épaule… L'os, il… (Stellan mime une explosion avec ses paumes.) Je dois… (Il continue à faire des gestes, ramenant ses mains ensemble.)

— Lui remettre l'épaule en place ? proposé-je.

— Oui, oui. Déjà fait plusieurs fois.

— T'étais plus doué avant, fait Jack, entre ses dents serrées.

— Toi, avant, t'étais pas une mauviette, badine Stellan. (Il appuie la tête contre le cadran du lit.) Suis fatigué… Mais je dois pas dormir. À cause de la commotion.

Jack l'observe avec circonspection.

— Tu peux retourner dans la chambre d'Élodie, maintenant ?

Stellan ouvre un œil.

— Elle veut parler, parler. Le bracelet. Le vol. Moi, veux pas parler. *Toi,* va parler.

Un gloussement menace de s'échapper de ma gorge, bien que la situation soit loin d'être amusante. Ne sachant que faire, je tapote le côté libre du matelas pour encourager Jack à s'y asseoir. Je ne vais pas jeter dehors un mec shooté aux médicaments, surtout dans un train en marche.

Stellan attrape la télécommande pour allumer la télévision – une antiquité ! – installée dans un coin de la cabine. Si je comprends bien, il s'agit d'un publireportage sur des mixers, mais les vendeuses semblent bien trop excitées pour être crédibles.

Après une seconde d'hésitation, Jack se hisse sur le lit à côté de moi. Je le vois lancer un regard de biais à Stellan, ce qui ne l'empêche pas de se caler bien confortablement contre la tête de lit. Puis, il prend ma main, comme un aveu. Malgré la surprise, je ne retire pas la mienne, et nous demeurons ainsi, tous les trois, épaule contre épaule. Moi, et ces deux garçons qui sont tout ce qui me reste sur cette terre.

23.

Peu après, je remarque que les paupières de Stellan sont presque entièrement closes. Je lui donne un coup de coude.

— Réveille-toi. (Il cligne des yeux et marmonne quelques mots en russe.) Tu n'es pas censé t'endormir, dis-je, mais il ne fait pas attention à moi.

Je regarde le journal télévisé qui a commencé après le publireportage sur les mixers. Il est encore question d'Eli Abraham et de Takumi Mikado. On me voit soutenir son corps inerte, avec mon père près de moi et Lydia un peu plus loin, tous les deux paralysés, les yeux écarquillés comme s'ils n'avaient aucune idée de ce qui se passait. Un petit rire incrédule s'échappe de mes lèvres. Quels hypocrites !

Ma main serre celle de Jack mais il ne réagit pas. Me tournant vers lui, je remarque que sa tête repose contre la bibliothèque à côté du lit. Dans la lumière bleutée de la télé, je contemple son visage relâché – pas tout à fait paisible, mais plus détendu que tout à l'heure. Il dénoue nos doigts sans se réveiller.

— L'insomnie, lui, il connaît pas. (Il y a une note de jalousie évidente dans la voix de Stellan.) J'aimerais bien dormir comme ça, pouvoir m'allonger avec lui.

— Oui, ce serait mimi de vous voir vous faire des câlins, mais s'il te plaît, ne t'assoupis pas, OK ? Ça m'embêterait que tu meures sous ma surveillance.

Il se penche contre moi, sa tête est lourde sur la mienne et sa peau est chaude contre mon bras nu.

— Empêche-moi de dormir alors, chuchote-t-il. Raconte-moi des histoires.

Je le repousse doucement et, lorsqu'il se tourne vers moi avec un sourire niais, je remarque un filet rouge sur son front. J'attrape un mouchoir sur la table de chevet et le lui tends.

— Je croyais qu'Élodie avait pansé ta plaie.

La télévision répand une lumière bleu pâle sur la silhouette somnolente de Jack. À présent, il est question du Premier ministre japonais. L'angoisse qui se lit sur son visage et celui de sa femme me fait serrer les dents. Je ne veux plus penser à ça ce soir.

Stellan s'essuie le crâne, sans résultat.

— Tu vas mettre du sang sur mon lit, dis-je, irritée. Dans la salle de bains, et que ça saute !

Je jette un dernier coup d'œil aux informations puis j'accompagne Stellan. Il se regarde dans le miroir, se penche en avant pour observer sa plaie et se cogne dans son reflet.

— Aïe ! s'indigne-t-il comme si la glace l'avait attaqué.

Je m'arrête dans l'encadrement de la porte. Stellan est si grand ! Sa tête frôle presque le plafond bas du train. Élancé et intimidant, sculpté comme la statue d'un beau prince viking à demi nu. Et là, il est debout dans cette salle de bains étriquée, en pantalon de pyjama féminin, du sang sur le front et une moue de bambin colérique plaquée sur les lèvres. Je détourne le visage pour dissimuler un nouveau fou rire déplacé.

— Quoi ? fait-il d'un ton acerbe.

Je me mords la lèvre. Mais qu'est-ce qui me prend ? Je colle une main sur ma bouche lorsque je pouffe de rire et tout à coup, les gloussements que je réprime depuis une heure pulvérisent la digue de ma raison, et j'explose.

— Tu as l'air… ridicule ! (Ma voix est forcée, stridente et désespérée, et je sens que je vais perdre le contrôle.) Tout est… si ridicule !

La moue de Stellan s'évanouit. L'inquiétude et la consternation se peignent son visage. Il tend les bras vers moi.

— Non. (Je m'écarte. S'il me serre dans ses bras ou me susurre des paroles réconfortantes, je me mettrai à pleurer. Et si je pleure, je ne pourrai pas m'arrêter. Je préfère pouffer comme une hystérique.) Assieds-toi.

J'extrais un petit tabouret de sous le lavabo, toujours hilare. Stellan s'installe dessus et laisse tomber sa tête en avant. Je l'examine et découvre que seule la couche supérieure de ses cheveux blonds est propre mais que le sang qui tapisse son cuir chevelu n'a pas été nettoyé. J'éclate de rire à nouveau, tellement fort que j'en ai le hoquet.

— Élodie n'a vraiment fait aucun effort, c'est n'importe quoi ! dis-je, une fois que j'ai retrouvé l'usage de la parole.

Stellan arque un sourcil. J'avale une grosse bouffée d'air. On se calme, Avery. Tout va bien.

— Il faut que tu laves ça ce soir, sinon ça ne cicatrisera jamais.

Stellan m'adresse un regard interrogateur, mais s'appuie sur mon épaule pour se lever et désigne la cabine de douche.

— Tu ne devrais peut-être pas le faire tout seul.

Dans son état, je crains qu'il ne se tue dans cette douche grande comme une cage à poules. Ou, au mieux, qu'il ne soit pas précautionneux et que sa blessure se rouvre.

Un sourire vague mais un peu lubrique se dessine sur son visage.

— Ça veut dire que tu m'accompagnes ? Je ne pensais pas que j'avais mes chances, mais je ne dis pas non…

— Je vais te laver les cheveux dans le *lavabo.* Assis.

Je laisse couler de l'eau, verse du shampoing à l'orange que je trouve dans la douche et Stellan se penche en arrière. Son long torse emplit la moitié de la salle de bains. Je roule l'une des épaisses serviettes blanches et la place sous sa nuque. Il esquisse une grimace presque imperceptible – s'il avait eu toute sa tête, il aurait réussi à la ravaler.

— Qu'est-ce qu'il y a ? Toi aussi, tu as mal à l'épaule ? Vous avez vraiment un problème, vous deux ! Si tu as la clavicule cassée et que tu ne m'en as même pas parlé…

— C'est rien, affirme-t-il sans conviction.

Je croise les bras. Il finit par prendre une grosse inspiration et effleure les cicatrices qui ondulent le long de son cou. Ces marques étranges, translucides, tortueuses comme une plante grimpante fantomatique, qui couvrent son dos, montent sur ses épaules et les côtés de son cou.

— Tes cicatrices te font mal ? Elles ont été touchées ?

Il secoue la tête doucement, les yeux rivés au plafond.

— Toujours..., répond-il si bas que j'ai du mal à l'entendre.

Je ne saisis pas tout de suite ce qu'il veut dire mais, quand je comprends, je n'en crois pas mes oreilles. Mes doigts se retrouvent instinctivement sur la cicatrice qu'il touchait.

— Tes cicatrices te font *toujours* souffrir ?

Il opine du chef. Je frôle ses stigmates nacrés, au fil de son cou et sur ses épaules, ne sachant que dire. La main de Stellan effleure la mienne.

— C'est pas grave. Je suis habitué.

Mes yeux me brûlent à nouveau. Voilà ce que ce monde fait aux gens. Voilà ce qu'il a fait à ce garçon, dont la vie a été bien plus dure que la mienne et qui me regarde avec un mélange d'émotions que je ne suis pas certaine de comprendre. Pas certaine de *vouloir* comprendre. Pourtant, lorsque j'ai sous-entendu que je ne voulais pas m'enfuir, je ne mentais pas.

— Incline la tête en arrière. (Je lui mouille les cheveux à l'eau chaude. Essayant de faire abstraction de la boule dans ma gorge, je babille d'une voix faussement gaie.) Je me suis ouvert le crâne, comme ça, une fois. J'étais penchée en avant, j'avais oublié de fermer le placard et quand je me suis relevée, je me suis pris le coin de la porte de plein fouet. Y avait du sang partout ! C'était immonde ! Ma mère m'a lavé les cheveux. Elle savait toujours exactement... (Je prends une inspiration irrégulière, pleine de sanglots retenus.) C'est comme ça que je sais ce qu'il faut faire. D'abord, on va tout nettoyer pour bien voir la plaie, puis… (Ma voix se brise. Les mots ne veulent pas sortir, ma gorge est trop serrée.) Et puis…

Je m'interromps quand je sens la main de Stellan sur ma jambe.

— Et puis, on va stériliser, continué-je d'une voix suraiguë, nasillarde. Les lésions à la tête, ça saigne beaucoup, mais ça guérit vite si on n'y touche pas trop et puis tu… tu…

Stellan me caresse le genou, calmement, fermement. Toute la tension accumulée, le nœud dans ma gorge qui m'étouffe, mon impression de sombrer dans la folie, c'est finalement trop et je craque, je lâche tout.

Les vannes de mes canaux lacrymaux s'ouvrent pour ne plus se refermer.

Cette fois, je ne ris plus. Mes larmes dégoulinent de mes yeux en silence, sans discontinuer, pendant un long moment, leur goût salé dans ma bouche se mêlant à l'odeur écœurante du shampoing à l'orange. Le bourdonnement du néon fluorescent au-dessus du sèche-mains, le *clac clac clac* du train sur les rails, le bruit de l'eau lorsque Stellan relève la tête pour me regarder, résonnent dans mes oreilles.

J'aspire une grosse bouffée d'air, rassurée par les caresses apaisantes du pouce de Stellan sur mon jean, qui me promettent que je ne suis pas seule, mais qu'il ne me forcera pas à parler. Le dernier sanglot meurt dans ma gorge.

— Et après, tu iras mieux, conclus-je.

Je cligne des yeux pour chasser les dernières larmes et ma vue redevient claire. La tête de Stellan repose toujours contre mes paumes, lourde, et mes doigts sont toujours enfouis dans ses cheveux blonds aux mèches écarlates, créant des vaguelettes sur l'eau rougie.

Je retire mes mains et essuie les traces de mascara sur mon visage. J'ajoute un peu de shampoing dans le lavabo et mélange. Stellan n'a pas lâché ma jambe et je n'ai pas bougé non plus.

— Tes cicatrices… ce n'est pas normal, dis-je comme si les dernières minutes n'avaient pas existé. (Ma voix est plus forte à présent.) C'est censé être du tissu mort.

— Je ne brûle pas comme les autres – rien n'est normal dans ce processus. Non, effectivement, je pense que les cicatrices ne devraient plus faire mal sept ans après l'accident. Je crois que j'ai toujours su qu'il y avait quelque chose… de bizarre. C'est peut-être pour ça que je n'en ai jamais parlé à personne.

— Personne n'est au courant ?

Il fait signe que non. Mes yeux courent le long de ses stigmates et je songe à tous les gestes quotidiens qui doivent être un calvaire pour lui. Je soupire et me penche à nouveau vers le lavabo, m'efforçant de trouver une position qui ne m'oblige pas à m'allonger sur son torse.

— Tu es bien installé ? demandé-je.

— C'est étonnamment confortable.

— Je vais faire attention, dis-moi si ça ne va pas.

Je nettoie le sang de ses cheveux en essayant de ne pas toucher la plaie. Je ne sais pas si les antalgiques qu'il a pris font effet, mais je suis rassurée lorsque je vois, au bout de quelques instants, un sourire béat naître sur son visage. Ses yeux sont clos. J'essuie une perle d'eau rougie sur son front.

— Interdiction de dormir.

— C'est agréable… *Très* agréable.

— Personne ne t'a jamais fait ça ?

Ses yeux s'entrouvrent et il lève un sourcil, l'air de dire : « Qu'est-ce que tu crois ? »

— Moi je me suis assoupie, une fois, pendant qu'on me lavait les cheveux, lui avoué-je pour essayer de le maintenir éveillé. C'était juste après un déménagement et j'étais épuisée, incapable de fermer l'œil la nuit. Ma mère m'a amenée chez l'esthéticienne et le coiffeur. J'ai sombré dans le sommeil, la tête dans le bac à shampoing, et ma mère a insisté pour qu'on me laisse dormir pendant une heure. Je me suis réveillée avec le pire torticolis de ma vie.

Stellan sourit mais je comprends qu'il est en train de partir lorsque sa main lâche ma jambe. Je lui pince le lobe de l'oreille.

— Hé, réveille-toi ! Montre-moi tes pupilles.

— Mmmmm. (Il soupire mais ouvre les yeux. Ses pupilles ne sont pas très dilatées. C'est bon signe, je pense. Il marque un temps d'arrêt.) Ce type… Celui qui *est à toi* maintenant. Avec la balafre sur la joue.

Je me fige. Ma main dans le halo flottant de ses cheveux me rappelle soudain ma noyade. Mes poumons hurlent.

— L'homme à la cicatrice – c'est comme ça que je l'appelle.

— Il ressemble à quelqu'un… Je n'arrivais pas à me souvenir à qui, mais ça m'est revenu. Un Gardien des Emir. Rocco. Il a été liquidé il y a deux ans parce qu'il…

— Sortait avec une fille de la famille.

— Oui. À part la cicatrice, c'est son portrait craché. En plus, j'ai l'impression qu'il avait une branche d'olivier tatoué sous la rose des vents. Tu l'as vue ?

J'opine du chef.

— Pourtant c'est impossible, non ? Ce Gardien est mort.

Je ne sais pas ce que ça veut dire mais je préfère ne pas y réfléchir. Le train freine brusquement et de l'eau éclabousse le sol de la salle de bains.

— Désolé d'aborder ce sujet, reprend Stellan. (Comme d'habitude, il lit dans mes pensées.) On n'est pas obligés d'en parler.

— Non, ça va, réponds-je, bien que nous nous taisions tous les deux pendant que je m'attelle à nouveau à la tâche de nettoyer le sang de ses cheveux sans toucher la blessure.

Je lorgne Stellan pour m'assurer qu'il ne dort pas et je remarque qu'il me dévisage.

— Quoi ?

— Tu es jolie. (Je roule des yeux et pas seulement parce qu'à présent, avec du mascara étalé sur les joues et le nez rouge d'avoir pleuré, je suis très loin d'être à mon avantage.) Arrête ça !

— Arrête quoi ?

— Tu le sais très bien.

— Ne prends pas ça comme une insulte.

— Non, je ne le prends pas comme ça mais… (Il a l'air tellement désorienté… ça me donne envie de m'ouvrir, comme si, dans la petite bulle de cette soirée, je pouvais être plus honnête que d'habitude.) Tu sais que tu n'as aucune raison de dire des choses pareilles, n'est-ce pas ? Je vois clair dans ton jeu.

Son visage se tord d'incompréhension.

— Quel jeu ? Qu'est-ce que tu veux dire ?

— Je sais très bien que je ne suis qu'un prix à gagner pour tous les participants à cette compétition. Tu es comme les autres. Donc oui, je sais que tu flirtes avec moi pour les mêmes raisons que toutes les familles du Cercle m'invitent à dîner en grande pompe. Et ça ne prend pas. Alors… arrête, conclus-je en me sentant devenir pivoine.

Il y a un long silence. Je l'ai lavé du mieux que j'ai pu. Je soulève ses cheveux et débouche le siphon.

— Tu ne sais rien, marmonne-t-il en laissant tomber ses paupières alors que j'ouvre le robinet pour lui rincer les cheveux. Tu crois toujours que tu as raison, mais ce n'est pas vrai. Tu n'as pas toujours raison. (Mon cœur se contracte. Nouvelle pause.) Quand je t'ai rencontrée pour la première fois…

Il ouvre un œil et c'est maintenant mon estomac qui se serre lorsque je me souviens de Jack, sur le balcon des Dauphin, qui m'avoue qu'il a toujours eu un faible pour moi – comme moi pour lui. Ça a commencé de la même manière. *Ne le dis pas*, lui ordonné-je mentalement. Je ne suis pas sûre de pouvoir le supporter. *Ne le…*

— Quand je t'ai rencontrée, continue-t-il d'un ton endormi, je t'ai trouvée conne. (Ses yeux se referment. Moi, je laisse échapper un long soupir.) Qui accepte de suivre un parfait étranger dans un avion alors qu'il vient de la menacer avec un couteau ? T'as vraiment un problème ! J'aurais pu être un tueur en série !

Je renifle et pouffe de rire à la fois. C'est vrai. Je bouge sa tête sous le filet d'eau pour rincer les restes de mousse.

— Mais si tu avais été aussi idiote et naïve que je le pensais, tu n'aurais pas survécu cinq minutes dans ce monde. Ou, du moins, tu aurais pris tes jambes à ton cou en hurlant à la première occasion. En fait, tu es moins bête que tu n'en as l'air.

Je me fige, surprise de cet aveu, et je ferme le robinet. Lorsque je me tourne vers lui, je vois qu'il a sombré dans le sommeil.

Je le laisse dormir quelques instants, le temps de sortir la trousse de secours de l'armoire à pharmacie. J'ignore comment lui faire tenir un bandage sur la tête, je me contente donc de vaporiser du spray antibactérien sur sa plaie puis je lui donne un petit coup de genou pour le réveiller. Il cligne des yeux, regarde autour de lui, comme s'il avait non seulement oublié notre conversation, mais également le lieu où nous nous trouvons.

— Comment on va faire pour te garder éveillé ? dis-je avec lassitude en lui tendant une serviette pour ses cheveux.

Avec une grimace, il m'emboîte le pas dans la chambre où Jack dort paisiblement au bord du lit, un oreiller sur la tête. Je m'assieds au milieu du matelas et Stellan grimpe à côté de moi. Je vois le dos de Jack se lever et s'abaisser, il respire calmement. Soudain, il est secoué d'un petit mouvement convulsif et marmonne quelque chose dans son sommeil, mais lorsque je pose une main sur son épaule, il s'apaise et nous restons ainsi, bercés par les cahots du train. Stellan prend la télécommande et zappe jusqu'à tomber sur un jeu télévisé. Nous baissons le son au minimum et, par-dessus les grincements métalliques du chemin de fer, j'entends Stellan murmurer les traductions des réponses à des questions sur les snacks préférés des supporters de football ou les lieux de villégiature des retraités. J'apprends même que 53 % des femmes commencent à se teindre les cheveux à quarante ans.

Lorsque j'ouvre les yeux, je veux immédiatement me rendormir. Je suis si bien, appuyée contre un torse large et chaud, et le rai de lumière qui pénètre dans le compartiment me dit qu'il est encore tôt. Pour la première fois depuis longtemps, je me sens reposée. Je me tourne pour regarder ma montre, mais des mains me retiennent.

— Mmmm, non, proteste une voix. C'est confortable.

Et c'est vrai. C'est tellement confortable que j'aimerais rester dans cet état de demi-conscience pour toujours. Je replonge la tête la première dans ces bras.

Tout à coup, je suis arrachée à mon sommeil. Ce n'est pas un doux accent britannique qui résonne à mes oreilles. J'écarquille les yeux. Ce n'est clairement pas Jack parce que Jack dort à côté de moi, nos mains à quelques centimètres l'une de l'autre, comme si nous nous tenions la main mais que nos doigts s'étaient lâchés pendant la nuit.

Tous les événements de la veille me reviennent à l'esprit et je me lève d'un bond, chassant le sommeil de mes yeux, mes lentilles sèches et collantes.

— Tu t'es endormi, chuchoté-je à Stellan.

Il bat des paupières lui aussi, encore dans les vapes, l'air aussi surpris que moi en découvrant que nous avons passé la nuit l'un contre l'autre.

— Apparemment, *on* s'est endormis.

Je lance à Jack un coup d'œil coupable. Dans mon souvenir, nous étions en train de regarder un jeu à la télévision et j'avais la main sur son dos.

— T'as de la veine que je sois pas mort. Je ne te recommanderai pas comme baby-sitter, sourit Stellan. Par contre, en câlins, je te mets vingt sur vingt.

— Chuuut !

Je me sens rougir et lorgne Jack du coin de l'œil. Ses sourcils sombres se froncent et sa bouche remue comme s'il parlait à quelqu'un dans un rêve.

— Je vais…, murmuré-je sans croiser le regard de Stellan.

Avec un signe de la tête, je m'achemine vers la porte et sors dans le couloir.

Il est plus tard que je ne le pensais. Le soleil s'est déjà levé et je me dirige vers le bout du wagon. Le paysage défile derrière les grandes fenêtres. Nous dépassons à vive allure un vignoble, une maison en pierre blanchie à la chaux perchée sur une colline, puis un champ de tournesols jaune vif qui s'étend à perte de vue.

Je me démêle les cheveux avec les doigts et les noue en queue-de-cheval. J'ignore si c'est une bonne ou une mauvaise chose que je sois parvenue à trouver le sommeil après la journée d'hier. Ça faisait un siècle que je n'avais pas dormi toute la nuit d'une seule traite.

Conclusion, je vais être obligée de dormir lovée entre les deux garçons pour le restant de mes jours. Ce qui n'est *pas du tout* bizarre, ni condamnable ni rien du tout.

Quelques minutes plus tard, je fais volte-face en entendant des bruits de pas. Stellan a remis ses vêtements, un jean slim et un T-shirt noir suffisamment sombre pour qu'on ne voie pas le sang séché. Je sens mes joues s'empourprer de nouveau en pensant à la nuit que je viens de passer, ses bras autour de moi. Je me demande comment nous avons fini serrés l'un contre l'autre, si l'un d'entre nous s'est approché accidentellement ou si nous avons tout simplement migré l'un vers l'autre en dormant, nos esprits inconscients cédant au besoin d'étreindre un autre être. Il s'arrête en m'apercevant. Se dit-il la même chose que moi ?

Il me dépasse et ouvre la porte coulissante qui donne sur les voies.

— On a le droit de faire ça ?

Je me recule de quelques pas en sentant le vent s'engouffrer dans le train, comme s'il allait m'emporter. Le champ de tournesols a laissé la place à un ravin et la locomotive file au bord d'une falaise.

— Probablement pas, répond Stellan.

Il saisit la poignée de la porte et se penche au-dessus des rails, laissant les bourrasques gonfler ses vêtements. Puis il se repousse en arrière et allume une cigarette. Du coin des lèvres, il expire une volute de fumée aussitôt happée par le souffle du vent.

J'esquisse une grimace de dégoût et il m'imite.

— Tu as l'air en forme, me réjouis-je. (Il est redevenu lui-même, il n'a plus cet air confus, un peu désorienté.) Tu as regardé ton crâne ?

Il tient sa cigarette dehors et se cambre pour que j'examine sa tête. Il me suffit d'un coup d'œil pour constater que la plaie est beaucoup plus petite qu'hier.

— Ça cicatrise vite. C'est presque inquiétant.

Il se recoiffe.

— C'est comme pour les brûlures. Peut-être que ma peau est magique. J'ai toujours guéri très rapidement, mais je ne me suis jamais posé de questions.

J'aimerais en savoir plus sur sa « peau magique » quand nous aurons le temps d'en parler. Peut-être à l'avenir. *Si* Stellan fait partie de mon avenir. Dans quelques jours, je serai fixée. Nous aurons trouvé le second bracelet et, je l'espère, la voie vers le tombeau. Si tout se passe bien, je donnerai le bijou à Alistair, il libérera ma mère et puis… je devrai décider : est-ce que je veux appartenir à la société la plus puissante du monde ou prendre mes jambes à mon cou et disparaître à jamais ?

Je m'appuie contre le mur et joue avec mon collier. Lorsque je le lâche, je remarque que mes doigts sont noirs de suie. En examinant le médaillon, je constate avec surprise que de la poussière coule par des interstices. Je l'ouvre.

La photographie qu'il contenait a dû partir en fumée lorsque nous avons chauffé le pendentif au briquet, car il ne reste que des cendres. Les délicats morceaux de mon ancienne vie s'envolent avec légèreté par la porte.

Je contemple une dernière fois l'emplacement de la photo puis ferme doucement le médaillon.

— Qu'est-ce qu'il y avait dedans ?

— Une photo de ma mère.

J'essuie les traces noires et serre le pendentif dans le poing, contre mon cœur.

Stellan reste silencieux quelques instants puis écrase sa cigarette et s'installe dans l'encadrement de la porte, ses longues jambes repliées et les semelles sur le marchepied. Il tapote le sol à côté de lui pour m'inviter à m'asseoir.

J'hésite.

— Porte de train ouverte, falaise à pic. Très peu pour moi.

Ses lèvres se retroussent.

— Vraiment ? Ne me dis pas qu'après tout ce que tu as vécu tu as peur de *ça* ?

Je dois admettre que la brise est rafraîchissante. J'essaie d'ignorer le ravin et je me cale près de lui avec précaution, une main sur le montant de la porte, l'autre toujours sur mon collier.

— Tu vois ? C'est parfaitement sûr !

Il se moque de moi, c'est super dangereux !

Stellan pose les coudes sur les genoux et nous regardons défiler les rochers escarpés qui laissent place à des vergers puis à un début d'urbanisation. Si le train est à l'heure, nous serons à Cannes sous peu. Je me lève et époussette mon jean. Stellan me suit jusqu'à notre compartiment.

J'ouvre la porte coulissante et découvre que Jack est encore dans les bras de Morphée. Impressionnant ! Je place un doigt sur mes lèvres.

— Ah, on peut parler normalement. Il a assez dormi, affirme Stellan en se laissant tomber à plat ventre à côté de Jack. Voilà comment je le réveillais quand on était plus jeunes. Je suis sûr que ça lui fera plaisir.

Il remonte la jambe de pantalon de Jack et lui tire les poils au niveau de la cheville. Jack se redresse d'un bond.

Son inquiétude se mue en irritation lorsqu'il aperçoit Stellan, particulièrement guilleret pour quelqu'un qui se remet d'une commotion cérébrale.

Les haut-parleurs au-dessus de nos têtes grésillent et annoncent en français et en anglais que nous allons entrer en gare de Cannes.

— Je vais m'assurer qu'Élodie est levée, déclare Stellan.

Jack se passe les mains dans les cheveux. Il suit Stellan du regard puis me voit, perchée au bord du lit

— Bonjour, me dit-il.

Il a l'air gêné. Comme si son « bonjour » signifiait autre chose. Par exemple « désolé de m'être assoupi et de t'avoir laissé jouer à l'infirmière toute seule ». Ou « as-tu réfléchi à notre conversation d'hier, à l'idée de partir ensemble ? » Ou encore « comment se fait-il que nous ayons dormi tous les trois dans le même lit ? »

Mais peut-être que l'embarras vient de moi.

— Coucou, réponds-je en ramassant la télécommande dans le coin où nous avons dû la faire tomber cette nuit.

Je m'apprête à éteindre le journal télévisé du matin lorsque je remarque que mon visage est encore à l'écran. C'est la vidéo du meurtre de Takumi Mikado, mais cette fois l'image s'arrête rapidement sur moi avant de montrer un reporter, sourcils froncés. J'augmente le volume.

Jack tend l'oreille puis me regarde, visiblement inquiet.

— Ils disent que la fille que certains voient comme une héroïne est recherchée par la police.

Un fossé béant se creuse dans mon ventre.

— Alistair est en train de retourner le Cercle contre moi pour expliquer ma disparition. Ils essaient de faire croire qu'ils se sont débarrassés de moi, et non pas que je me suis enfuie.

« Tu es une héroïne dans notre histoire », m'a-t-il dit. Il peut faire de moi un monstre tout aussi facilement.

Il faut pourtant que je continue à me montrer en public si je veux trouver l'autre bracelet. Ce détail a dû échapper à Alistair.

— Je vais être l'une des femmes les plus recherchées au monde. On ne pourra rien faire…

La porte s'ouvre et je suis immédiatement sur mes gardes, déjà parano. Combien de passagers de ce train ont vu les infos ? Combien de personnes à Cannes ?

Mais Élodie et Stellan se glissent dans la cabine et referment derrière eux.

— Allumez… ah ! vous êtes déjà au courant.

— Oui…

— Bon, fait Élodie en me tendant un chapeau à large bord et des lunettes de soleil. On arrive à Cannes dans dix minutes. Essaie de ne pas te faire arrêter.

24.

Colette a envoyé une voiture nous chercher à la gare. Nous la rejoignons avec une extrême discrétion. Nous n'avons toujours pas compris comment les Saxon ont su que nous étions à l'Arc de Triomphe, ce qui ajoute à notre inquiétude. Élodie a passé en revue tous nos gadgets électroniques et n'a rien trouvé – ni virus, ni dispositif GPS –, même si elle admet que le Cercle utilise des technologies dont elle ignore l'existence.

Cannes est loin d'être un petit village côtier endormi. Nous nous retrouvons dans les embouteillages sur un boulevard longeant la mer – la Croisette, me dit-on. Une rangée de palmiers s'élève sur un terre-plein central.

Sur la plage, le sable est à peine visible entre les parasols aux couleurs vives et les serviettes des touristes. Un homme corpulent, bronzé à l'extrême et vêtu d'un simple slip de bain traverse la rue entre les véhicules à l'arrêt.

— Alors c'est ça, la Côte d'Azur, dis-je.

Élodie montre du doigt un hôtel blanc avec des tourelles bleu marine qui se dresse, imposant, devant la mer.

— Les Dauphin descendent habituellement au Carlton, mais on va loger chez Colette, c'est plus prudent.

Oui, c'est indispensable pour garantir notre sécurité. Je suis sûre qu'il y a des dizaines de membres du Cercle dans ce palace. D'ailleurs, les Saxon eux-mêmes pourraient bien assister au festival de cinéma et, dans ce cas, nous devons mettre la main sur le bracelet avant eux. Ils savent à quoi il ressemble.

Un coup d'œil à droite m'indique la raison des embouteillages. Nous sommes arrivés aux abords du palais du Festival – j'aperçois d'ailleurs une bannière haute de deux étages qui annonce l'événement. En face, le tapis rouge est entouré de dizaines de photographes chapeautés, assis en tailleur sur le sol, appareils photo sur les genoux.

— La cérémonie d'ouverture officielle se déroule demain, comme tu sais, explique Élodie. Mais la montée des marches, c'est ce soir. Les paparazzis attendent toute la journée pour être aux premières loges.

Une fois le palais dépassé, le trafic se fluidifie et nous roulons à bonne vitesse jusqu'à la maison de Colette, juchée sur une falaise de l'autre côté de la ville. La villa couleur crème aux volets noirs, entourée de haies bien entretenues, se reflète dans une piscine bordée de palmiers. Avant même que nous soyons descendus de la voiture, Colette dévale l'escalier pour nous accueillir et le chauffeur sort la valise d'Élodie du coffre. Comme elle est la seule à avoir apporté des bagages, Colette a commandé quelques vêtements pour Jack, Stellan et moi, auprès d'un grand magasin.

Grâce à ses hautes haies, la demeure est invisible depuis l'extérieur du parc. Ouf. Pour la première fois depuis que j'ai vu le reportage, je me calme un peu.

— Lucien m'a raconté ce qui s'est passé, dit Colette en me prenant dans ses bras.

Puis elle fait la bise à Jack et serre Élodie contre elle.

— Vous allez bien ? Tous ?

— Oui, à part quelques égratignures…, répond Stellan.

Colette se presse contre lui mais il se contente de lui pincer l'épaule amicalement.

Je la suis des yeux lorsqu'elle s'éloigne vers la villa, Jack et Élodie à ses côtés et me rappelle ce que Stellan m'a dit sur le bateau : « La fin justifie toujours les moyens. »

— Tu as fait la même chose avec moi, lui dis-je.

Ses mains dans mes cheveux dans l'avion, quelques heures après notre rencontre, les remarques inappropriées qui ont si bien réussi à me faire rougir.

Il me voit regarder Colette et semble comprendre.

— Je pensais que tu serais une proie facile.

Nous grimpons les larges marches en grès.

— En fait, je crois que je le savais. Je *savais* que tu n'allais pas me faire de mal. C'est pour ça que je t'ai accompagné dans l'avion.

Stellan pousse la porte et j'entre devant lui.

— Et si tu t'étais trompée ?

— Je ne me suis pas trompée.

À l'intérieur, tout le monde est installé dans un grand salon. De hautes baies vitrées ouvrent sur le jardin, donnant l'impression que les palmiers et les vignes garnissent la pièce. Je m'assieds à côté de Jack dans le canapé et il glisse une main sur mes épaules, affirmant ainsi qu'il se fiche de l'opinion des autres. Élodie remarque le geste et lève un sourcil dans notre direction. Je l'ignore.

Elle se racle la gorge puis prend la parole.

— Comme vous le savez tous, le bracelet qu'on doit récupérer sera exposé à la cérémonie d'ouverture du Festival, demain. C'est notre meilleure chance – voire la seule – de le voler. Donc on doit être sur le qui-vive. (Je jette un coup d'œil circulaire. Tout le monde opine du chef. Nous sommes devenus une machine bien huilée.) Voilà le plan. Avant l'événement principal de demain, il y a la montée des marches ce soir. Colette et moi, on va y aller en repérage. Demain soir, Colette assistera à l'ouverture du Festival. Au moment propice, elle me fera signe et je couperai l'électricité, ce qui devrait désactiver le dispositif de sécurité des vitrines pendant quarante-cinq bonnes secondes avant que les générateurs de secours ne se mettent en marche. Stellan accompagnera Colette comme garde du corps et, lorsque les lumières s'éteindront, il prendra le bracelet et le remplacera par celui-ci. (Elle nous montre un bijou doré en toc assez ressemblant.) Ensuite on se disperse le plus vite possible.

Tout le monde semble d'accord. Sauf moi.

— Et moi ? Je fais quoi dans tout ça ?

— Toi et Jack vous nous préparez des piña coladas pour trinquer quand on rentrera ! (Élodie tend le bras d'un geste ample, comme si elle servait une boisson.) Écoute Avery, aujourd'hui, tu es la personne la plus reconnaissable dans le monde du Cercle et tu es une fugitive hors du Cercle. Si on te voit, ça pourrait compliquer les choses. Et toi, ajoute-t-elle en se tournant vers Jack, tu n'es pas aussi identifiable qu'elle, mais il y a beaucoup de membres du Cercle qui te considèrent comme un traître et qui seraient heureux de te dénoncer. Ce qui foutrait notre plan en l'air. Tu dois faire profil bas, toi aussi.

Je m'apprête à protester et me ravise in extremis en constatant que Jack semble d'accord.

— Tu as raison. On va rester ici.

Je frémis de colère et me dégage du bras de Jack, tout en tâchant de ravaler ma frustration.

— OK, je ne vais pas faire foirer votre super plan parce que je m'acharne à vouloir y participer. Moi, je pense qu'on peut être utiles, mais, soit… Quoi d'autre ?

— C'est tout. Maintenant, on reste planqués et on se prépare au casse du siècle !

25.

Une fois que tout le monde s'est dispersé pour choisir les chambres, Jack me suit dans le patio. Je passe une porte-fenêtre cintrée et découvre la petite cour décorée d'arbustes taillés et meublée de chaises longues. Je m'approche de la fontaine. Un gros poisson en marbre crache de l'eau dans un bassin. Jack s'arrête à côté de moi, les mains dans les poches.

— Désolé pour ma réaction épidermique, dit Jack. J'aurais dû te laisser discuter avec Élodie. Je préfère que tu restes ici, mais…

— Moi, je trouve qu'on ne devrait pas se séparer, réponds-je, les sourcils froncés. Au cas où il arrive quelque chose. On est une équipe, après tout. Mais si le risque qu'on me reconnaisse est trop grand, eh bien, je vous fais confiance et je resterai ici à me tourner les pouces.

Au-dessus de nos têtes, deux oiseaux gazouillent à tour de rôle, comme s'ils tenaient une conversation. Je m'appuie contre la rambarde qui entoure la fontaine et observe les grandes demeures environnantes.

Nous gardons le silence pendant quelques instants, perdus dans nos pensées. Jack finit par tendre le bras pour m'attirer vers lui. Je cale la joue contre sa poitrine, lui laisse reposer son menton sur ma tête.

— Tu sais que je ferais tout pour toi, hein ? (Ces mots, je les ressens autant que je les entends.) Je m'en fous qu'on se dispute. Et tu auras beau me critiquer, je… (Il s'interrompt. Sa main, qui traçait de petits cercles au bas de mon dos, s'immobilise. Je me crispe, le nez dans son T-shirt. Il… quoi ?) Je ferai ce qui est bon pour toi, conclut-il en recommençant à me caresser le dos. Toujours.

Je repense au passé de Jack, à l'épisode qu'il ne m'a pas raconté. Comme il a dû se sentir désarmé face à la mort d'Oliver Saxon ! Si c'était moi, je ferais tout pour ne pas éprouver à nouveau cette impuissance.

— Je sais, murmuré-je.

Il laisse courir ses doigts sur mes bras et se recule.

— Attends-moi une seconde.

En trois enjambées, il a traversé le jardin jusqu'à un grand rosier. Il cueille une fleur rose, revient en courant et me la tend.

— Et si on sortait, ce soir, quand Colette et Élodie seront en mission de reconnaissance ? Un vrai rendez-vous. Je t'amène dans un endroit éloigné de la foule, où personne ne nous reconnaîtra. Ça ne sera pas un restau trois étoiles, mais… (J'affiche une expression sceptique. Maintenant ? C'est vraiment le meilleur moment ?) Ce n'est pas une blague. Dans le Minnesota, je t'avais invitée à sortir, mais on ne l'avait jamais fait. J'étais sérieux à l'époque et je le suis mille fois plus aujourd'hui ! Je ne vois pas ce qui nous retient. Avery West, puis-je vous inviter à dîner ?

J'accepte la rose. Ça va nous faire du bien, je pense. Revenir à la normalité – si tant est que ce soit encore possible.

— Bon, d'accord.

Une porte-fenêtre qui s'ouvre sur le balcon d'une villa voisine me fait sursauter. Une femme en bikini rouge apparaît. Elle porte un grand chapeau, mais ses longues boucles folles et son épais trait d'eye-liner formant une virgule aux coins de ses yeux sont reconnaissables entre mille. C'est Miranda Cruz, celle qui a gagné l'Oscar de la meilleure actrice l'an dernier. Elle se penche par-dessus la balustrade, jette un coup d'œil circulaire et voit que nous la regardons. Je me cache derrière Jack, au cas où.

Au même moment, Élodie ouvre la porte du patio et nous fait signer de rentrer.

— Je te cherchais, Avery. J'ai l'impression que t'as pas bien compris : *tout le monde peut te reconnaître.* Ne sors pas ! Pendant deux jours. Même toi, tu dois en être capable !

Nous pénétrons dans la fraîcheur climatisée de la maison.

— Je ne suis pas partie de chez les Saxon pour devenir ta prisonnière, merci. Je peux mettre des lunettes de soleil, ou un autre accessoire, mais je ne resterai pas enfermée ici. En fait, je pourrais mettre de grosses lunettes et me cacher près du palais du Festival demain, comme renfort éventuel. J'ai lu les infos. Tout ce qu'ils disent c'est que je pourrais être interrogée. C'est pas comme s'ils avaient collé des affiches « Avery West : ennemie publique numéro un ». Les locaux ne vont pas me remarquer.

— Pff ! Comme si des lunettes de soleil allaient faire une différence, maugrée Élodie.

— On pourrait la déguiser ! propose Colette. Je fais ça tout le temps. C'est vrai que de grands verres fumés, ça ne suffit pas, mais si tu changes de coiffure et de style, tu peux vraiment passer inaperçue. Moi, si je porte une perruque et un grand manteau, j'ai à peine besoin de lunettes. Comme si les gens ne regardaient pas mon visage lorsque mon corps n'est pas conforme à leurs attentes.

— Ce que je vais faire, dis-je en regardant mes longs cheveux bruns ondulés qui tombent sur ma poitrine, c'est que je vais tout couper !

— Elle a parlé de perruque ! rétorque Élodie. Pas besoin d'en faire trop. Enfin, c'est vrai que vu ta touffe, je ne sais pas si ça rentrera sous un postiche…

Je touche la mèche qu'ils ont raccourcie au mariage. Elle me chatouille la nuque.

— Ça peut être l'occasion de faire un truc sympa, reprend Colette avec un sourire mélancolique. Fais-toi un carré et teins-les en rose.

Je m'esclaffe, mais me reprends aussitôt.

— C'est pas une mauvaise idée. En mode hipster. Avec des mèches fuchsia, des grosses lunettes… De toute façon, ma coupe est ringarde. J'avais prévu d'aller chez le coiffeur… Élodie, tu veux t'en charger ?

Quand Élodie revient du supermarché avec une teinture, nous laissons les garçons et Colette dans le salon pour nous enfermer dans la somptueuse salle de bains en marbre.

— Prête pour devenir une *fashion victim* ? Même si ça va nécessiter plus qu'une coupe de cheveux ! dit Élodie en posant une paire de ciseaux et la boîte de colorant sur le bord du lavabo.

Je m'observe une dernière fois dans le miroir au cadre doré, tire sur les pointes de mes cheveux et m'assieds sur le couvercle des toilettes.

— Est-ce qu'on peut faire quelque chose pendant que tu montes les marches ce soir ?

— Non. Tu restes là à te sentir inutile, riposte-t-elle en passant une brosse dans mes cheveux.

Je me mords la lèvre.

— Qu'est-ce que je t'ai fait, Élodie ? J'ai l'impression que tu peux pas me saquer alors que j'essaie d'être sympa avec toi depuis le début. (Elle esquisse un sourire en coin.) Je suis sérieuse. Je veux être sûre que tu ne vas pas me raser le crâne, là.

Élodie tombe sur un nœud dans mes cheveux et je tressaille.

— J'ai rien contre toi, Avery. On est dans une situation à la con et j'aurais préféré que tu n'entres pas dans nos vies. Mais c'est pas contre toi.

— Hum, d'accord, merci, fais-je sans cacher mon ton sarcastique.

Elle pousse un soupir exagéré.

— C'est un *compliment*. Franchement, je trouve que tu t'en sors bien. J'espère simplement que tu ne lui feras pas de mal. Jackie, c'est un mec bien. Les deux le sont.

Ah ! Je comprends mieux la raison de cette animosité renouvelée. Je me disais bien qu'elle me regardait de travers ce matin dans le train.

— Je croyais qu'on avait décidé de ne pas en parler. Cette histoire de cœur n'a rien à voir avec nos indices, tu te souviens ?

— C'est étrange que tu dises ça alors que tu continues à leur faire des avances. À tous les deux.

Je fais volte-face si vite que la brosse reste accrochée dans mes cheveux.

— Ah ! Mais je ne fais d'avances à personne ! Il y avait quelque chose avec Jack. Il y a encore quelque chose. Peu importe. C'est compliqué. Fin du débat.

— Avoue que tu aimerais goûter la langue de Stellan !

— Élodie !

Je me retourne encore, cette fois pour vérifier que la porte est bien fermée. J'espère que personne ne l'a entendue. Je siffle à travers mes dents quand la brosse me tire à nouveau. Je la lui arrache des mains pour me démêler moi-même les cheveux.

— Je suis sûre que j'ai raison !

Elle reprend la brosse puis attache la couche supérieure de mes cheveux avec une pince.

— Laisse tomber.

Heureusement, elle se contente de hausser les épaules et tire légèrement sur ma mèche courte.

— Tu es certaine que tu veux tout couper ? Je te préviens, ça fait bizarre au début. Et ta crinière est tellement sexy !

Je secoue la tête et sens mes cheveux chatouiller ma peau. Je les ai longs depuis notre premier déménagement. Je ne les ai jamais teints, jamais coupés. Suis-je en train de faire une folie ? Peut-être. Suis-je sûre de moi ? Non. Je reluque la coupe au carré audacieuse d'Élodie.

Elle intercepte mon regard et touche ses cheveux.

— Exactement. Tu n'as sans doute pas envie de me ressembler.

— Au contraire, j'étais en train de me dire que j'aime bien ta coiffure.

J'ai passé tellement de temps à me battre, à rester obstinément accrochée à l'idée de tout laisser comme avant, alors que je devrais sans doute m'adapter. Ajuster ma coupe à la mèche disparue au lieu de m'évertuer à cacher ce que j'ai perdu. Je sais que cette image est vraiment neuneu, mais elle est vraie.

— Je suis prête. Vas-y.

Elle m'examine, la bouche en cul-de-poule, comme si elle mettait en doute mes paroles.

— D'accord.

Pourtant, je retiens mon souffle lorsqu'elle donne le premier coup de ciseaux. Le *clac* de la lame est suivi du murmure d'une mèche s'échouant sur le sol. La boucle est beaucoup plus longue que je ne l'imaginais. Elle repose sur le carrelage, enroulée en spirale. C'est presque comme une gifle.

— Oh mon Dieu !

— Trop tard !

— Je sais.

Je regarde une deuxième boucle tomber. Puis une troisième.

Ensuite, Élodie se poste devant moi pour égaliser. J'effleure les pointes nouvellement coupées. Elles se balancent librement.

Élodie détache les mèches qu'elle avait remontées et je me prépare aux prochains assauts des ciseaux.

— Au fait, je ne te déteste pas non plus, dis-je pour penser à autre chose.

Elle prend une nouvelle touffe entre deux doigts.

— Je sais.

Lorsqu'elle a terminé, je me sens beaucoup plus légère. Elle finit par m'ébouriffer les cheveux avant de les dégager de mon visage. Mes yeux sont toujours fermés et je la sens arranger mes boucles autour de mes oreilles puis me prendre par le menton pour me faire lever la tête.

— Ouvre les yeux.

Je m'exécute. Le visage d'Élodie est à quelques centimètres de moi. Elle sourit – vraiment – et prend mon visage entre ses mains.

— À ta tête, on dirait que tu as vu un fantôme ! Arrête ça tout de suite ou je ne te fais pas la couleur.

Je la gratifie d'un sourire factice et elle attrape la teinture en soupirant. Ensuite, elle me toise et fronce le nez.

— S'il te plaît, ne me dis pas que ces vêtements sont ceux que tu portais en Grèce ?

— Je n'ai pas vraiment eu le temps de faire du shopping.

Je me touche les cheveux et essaie de jeter un coup d'œil dans le miroir derrière moi.

— Non ! Tu triches ! (Élodie m'indique la cloison qui dissimule la cabine de douche.) Tu dois avoir les cheveux mouillés de toute façon. Prends une douche, je vais demander à Colette de t'apporter d'autres habits et on te fera la couleur.

Près d'une heure plus tard, je suis propre, mes cheveux sont teints et Élodie sort un sèche-cheveux. Elle m'empêche de voir mon reflet, mais je sens qu'elle entortille des mèches autour de ses doigts. Une fois qu'elle en a terminé, elle me décoche un vrai sourire.

— Approuvé. Tu peux regarder.

Je me lève et lisse la robe noire que Colette m'a apportée. Nous ne faisons pas du tout la même taille, mais la robe est fluide, ça n'a donc aucune importance.

Je prends une profonde respiration et pivote sur mes talons.

Élodie a coupé mes cheveux en un carré long qui tombe sur mes épaules. Je me demandais si les cheveux courts me rajeuniraient ; au contraire, j'ai l'air plus sophistiquée, plus mûre. En outre, mes pommettes ressortent davantage et mes yeux semblent plus grands, mais également plus proportionnés. C'est moi, mais… autrement.

Que dire de la couleur ? Le rose semble presque naturel, si tant est qu'il puisse l'être. Il est lumineux, incroyablement lumineux. En fait, mes cheveux sont magenta, avec des mèches roses au-dessous et Élodie a fait en sorte qu'on les voie à travers les boucles du dessus. On les remarque à peine au premier regard, mais si je secoue mes cheveux ou tourne la tête rapidement, c'est une véritable explosion fluorescente.

— J'adore ! m'exclamé-je. J'a-dore ! Tu es un génie !

— Je vais me souvenir de cette phrase et l'utiliser pour te faire du chantage, répond-elle, mais elle rayonne.

— On ne me reconnaît pas. (Si, un peu, mais je suis tout de même assez différente pour pouvoir déambuler dans le couloir du lycée de Lakehaven sans que personne me repère.) Ça va marcher.

— C'est un bon début. Maintenant, on va devoir t'habiller en vêtements amples : il faut que tu aies l'air plus grosse.

J'opine du chef :

— Je suis prête à tout, pourvu que je puisse sortir. Avec les cheveux et la robe, j'ai l'air si… sûre de moi. Si compétente.

— Merci. Je n'aurais jamais… Merci.

— Tu ne vas quand même pas me prendre dans tes bras ? fait Élodie en reculant d'un pas.

Un grand sourire se dessine sur mon visage.

— Non, mais merci. C'est canon !

— Bon, on vient de perdre la moitié de l'après-midi, dit Élodie en ouvrant la porte, donc j'espère que ça valait le coup.

Nous descendons l'escalier. Colette nous intercepte dans le couloir. Elle applaudit avec enthousiasme puis me prend par le bras et me guide dans le séjour.

— Alors, vous avez fait des bêtises pendant notre absence ? demande Élodie.

Les garçons ne répondent pas. Ils essaient de m'apercevoir derrière elle.

Lorsque j'apparais dans leur champ de vision, Jack se décroche la mâchoire d'étonnement. Il a l'air incrédule. Stellan semble sidéré, lui aussi. Tout à coup, je me sens terriblement gênée. Tandis que Colette touche les pointes de mes cheveux, je me mordille la lèvre.

— Ça te plaît ? demandé-je à Jack.

— Oui ! Oui. Absolument. C'est superbe ! lance-t-il, sortant de son hébétude. Les cheveux roses… Ça, c'est du déguisement !

— Tu n'aimes pas.

— Qu'est-ce que t'es vieux jeu ! me défend Élodie. Ça lui va à merveille. Dis-lui, S, qu'elle est magnifique.

— Magnifique, répète Stellan, mais il me regarde à peine, occupé à écraser le sol de sa botte.

— Eh bien, *moi*, j'aime, dis-je d'un ton confiant.

Et c'est vrai. Le but est avant tout de pouvoir sortir incognito. L'intérêt esthétique passe au second plan.

— Tu es très belle, intervient Jack à nouveau. C'est juste… tellement différent. Je…

Élodie lui lance un regard noir, pose les mains sur mes épaules et me guide jusqu'à la fenêtre.

— Je les déteste, me souffle-t-elle à l'oreille. Je me suis tapé les deux et il n'y en a pas un pour rattraper l'autre ! (J'éclate d'un rire outré qui ressemble à un hoquet.) Bon, *ça*, c'est un mensonge. Mais je les déteste quand même.

— C'est sans doute le pire discours de motivation que j'aie jamais entendu.

— On s'en fout de ce qu'ils pensent. Tous les garçons gays de Cannes vont vouloir te toucher les cheveux !

J'appuie la tête contre son épaule.

— Ha non, ça, ça ressemble trop à une accolade, se rebiffe-t-elle en s'écartant de moi. Et maintenant, Lettie (elle prend Colette par le bras), à nous de jouer. Notre mission de repérage commence dans moins de quatre heures.

26.

Plus tard, Élodie et Colette se préparent, tandis que Stellan est parti faire je ne sais quoi. J'erre dans la cuisine. En un sens, j'aimerais qu'on dérobe le bracelet dès ce soir. Je comprends bien pourquoi il vaut mieux attendre demain, mais la tension commence déjà à monter. Au moins, je me réjouis d'avance du rendez-vous avec Jack. Je me demande où il va m'amener. Je ramasse mon téléphone sur la table.

Il y a un texto.

Je n'apprécie pas ton silence.

Lydia Saxon.

Mon corps entier se glace. Lydia n'est pas censée connaître l'existence de mon téléphone intraçable. Et si elle est au courant, ça veut dire qu'il n'est plus secret.

— Jack ! Jack ! l'appelé-je.

Si nous ne déguerpissons pas tout de suite, les Saxon vont nous trouver. Nous ont *déjà* trouvés.

C'est là que j'aperçois mon téléphone, posé là où je l'avais laissé, dans la salle à manger, au-dessus de mon sac. Le téléphone que j'ai entre les mains n'est pas le mien. C'est celui de Jack. Je ne peux pas m'en empêcher : je déroule la liste de ses SMS. Il y en a beaucoup. Je m'effondre sur une chaise transparente. J'en suis réduite à cligner des yeux devant les mots qui s'affichent à l'écran, formant des phrases qui ne devraient pas faire sens.

Jack pénètre dans la pièce par l'une des multiples portes de la salle à manger. Les murs sont couverts de miroirs du sol au plafond et son sourire incertain s'y reflète à l'infini.

— Désolé de ma réaction quand j'ai vu tes cheveux. J'ai été pris de court.

Je serre son portable dans mon poing.

— Bien sûr, dis-je d'une voix creuse. Bien sûr que tu es étonné que je veuille faire quelque chose que tu ne cautionnes pas !

— Avery, excuse-moi, je t'en prie. Tu es toujours magnifique, quelle que soit ta… Qu'est-ce qui se passe ?

Je lui montre son téléphone.

— Je regardais des SMS. Je pensais que c'était le mien.

L'espace d'une demi-seconde, il a l'air désorienté, puis son visage se décompose, répété à l'infini dans tous les miroirs. Je fais glisser l'appareil sur la table.

— Avery…

— C'est comme ça qu'ils ont su qu'on était à Paris.

Jack se laisse tomber sur une chaise en face de moi.

— Mon Dieu. Non. C'est pas…

— C'est pas ce que je crois ? C'est quoi alors, hein ? Parce qu'on dirait bien que tu as tout raconté à ma sœur ! Et que tu as menti à tout le monde.

Il pose ses paumes sur le plateau de verre de la table. Je retiens mon souffle. Peut-être y a-t-il une autre explication ?

— J'essayais de te protéger, répond-il, anéantissant ainsi tous mes espoirs.

— Ce n'est pas à *toi* de prendre cette décision !

— Lydia m'a promis qu'elle enverrait des gens pour te surveiller, sans te gêner.

Soudain, tout fait sens.

— Chaque fois qu'il m'a semblé que quelqu'un nous épiait et que tu disais qu'il n'y avait personne… C'était les Saxon ?

— Je n'avais pas d'autre choix…

Ça fait mal. J'ai si *mal* au cœur que je ne peux m'empêcher d'empoigner l'avant de mon T-shirt. C'est comme si mes entrailles avaient explosé en mille morceaux.

— Je ne savais pas ce qu'elle faisait. J'ai tout découvert en même temps que toi. Je n'aurais jamais…

— Tais-toi, s'il te plaît ! (J'ouvre une porte et jette un coup d'œil vers l'allée bordée de colonnes blanches.) Les Saxon sont au courant qu'on est ici ?

— Pas du tout ! Je n'ai pas été en contact avec Lydia depuis hier et elle n'a jamais pu localiser ce portable. Il faut que tu comprennes une chose, Avery. Ton père ne t'aurait jamais laissée partir en Grèce sans être accompagnée par des gardes. Ils ne t'auraient jamais laissée aller à Paris toute seule.

J'aurais dû me douter que c'était trop simple…

— En plus, ils travaillent sur les indices.

— Tu leur as parlé des *indices* ? De tous les indices ? (Je me prends la tête entre les mains.) Tu étais en contact avec eux avant même qu'on décide d'aller les voir ?

— Tu crois vraiment qu'on aurait pu rester cachés à Paris aussi longtemps ? Ils nous auraient retrouvés. De cette manière, ils ont pu sécuriser notre appartement…

J'étrangle un cri de colère.

— Depuis le début tu es de mèche avec Lydia !

— Je pensais qu'elle était de notre côté, dit Jack en serrant les poings. On avait tous l'intention d'arrêter l'Ordre et Lydia savait que tu avais besoin d'espace. Elle ne voulait pas te donner l'impression que tu étais surveillée.

— Mais je l'étais !

Je me lève d'un bond, laissant l'indignation étouffer la douleur parce que c'est un peu plus facile. Quelle humiliation ! Je n'arrive pas à croire que je n'ai rien vu venir !

— Pourquoi avec Lydia ? En plus d'être une Saxon, c'est une fille avec qui tu as flirté ! (Jack redresse la tête brusquement.) C'est Stellan qui m'a raconté. Vu qu'il est le seul à me dire encore la vérité. Je m'en fous que tu aies eu des aventures, mais pas que tu me mentes ! Comment tu as pu me faire ça ? *Lydia* ? Elle me ressemble ! C'est *moi*, version Saxon.

— Non, toi, tu n'es pas une Saxon. C'est toute la différence. Enfin, je veux dire, tu l'es par le sang, mais tu n'agis pas comme eux. Ça n'a rien à voir !

Je repousse la chaise avec une telle violence qu'elle manque de se renverser.

— Pendant tout ce temps, tu disais qu'on ne pouvait pas être ensemble. Et tu complotais avec *elle* dans mon dos !

— Pour te protéger ! Et toi, dans mon dos, tu parlais de moi avec Stellan. Tu aurais pu me demander !

— C'est pas la même chose ! (Je distingue des bruits de pas à l'étage et m'efforce de baisser la voix. C'est déjà assez pathétique comme ça. Pas besoin qu'Élodie et Colette nous entendent.) Ça n'a rien à voir avec Stellan !

— Ah non ? Tu me cherches des noises à cause de lui depuis quelques jours !

— C'est *toi* qui m'agresses à cause de lui ! (J'éprouve une furieuse envie de frapper quelque chose.) On peut laisser Stellan en dehors de tout ça ? Le problème c'est que toi, tu fais exactement ce que je t'ai demandé de ne pas faire ! Tu étais la seule personne au monde à qui je faisais confiance. Tu avais le choix. Tu aurais pu me choisir !

Jack se lève et se penche sur la table.

— J'avais le choix, oui, entre faire ce que je voulais et te garder en vie. Tu sais combien de fois j'ai regretté de ne pas être suffisamment égoïste pour choisir notre relation. (Il se repousse en arrière, faisant chanceler le vase de pivoines posé au milieu de la table.) Tu te souviens de ce que je t'ai dit sur le balcon après le bal des Dauphin ? Tout ce que j'ai fait, je l'ai fait pour toi.

Les ongles plantés dans le dossier de la chaise, j'aperçois mon visage dans les miroirs qui se reflètent à l'infini : j'ai l'air d'une folle.

— Tu devrais partir avant que les autres ne comprennent de quel côté tu es vraiment.

— Je suis de ton côté, Avery ! (Il a les mains crispées, les articulations blanches.) J'ai fait un choix différent parce que je tiens à toi !

— Eh bien tu ne devrais pas ! (J'attrape mon sac et me dirige vers la porte d'entrée.) Tu ne devrais plus tenir à moi. Ce qu'il y avait entre nous… c'est fini. Tu entends ? Terminé.

— Attention, crie Jack derrière moi, la voix cassée. Ta nouvelle coupe ne te rend pas invisible. Reste cachée et…

Je m'immobilise devant le battant laqué.

— Je t'ai dit d'arrêter ! Arrête d'essayer de me protéger !

Les chaussures de Jack résonnent sur le carrelage.

— Avery ! Tu peux rompre avec moi, mais ça ne changera rien à mes sentiments !

— Je ne romps pas avec toi puisqu'on n'a jamais été ensemble, fulminé-je avant de claquer la porte derrière moi de toutes mes forces.

Je ne pleure pas car je n'ai plus de larmes, mais j'ai l'impression que mon cœur est au bord de l'implosion. Je ne parviens pas à rester tranquille. Je descends en tapant du pied une rue bordée de villas et m'assieds à un arrêt de bus. La fraîcheur du banc métallique traverse la robe de Colette et s'insinue dans mes jambes.

Qu'est-ce qui me prend ? Est-ce que j'ai pété les plombs ? Bien que le jour décline, je chausse mes lunettes de soleil et garde la tête baissée en espérant que mon look punk dissuade les gens de me regarder de trop près. Je suis prête à croire que Jack n'a pas divulgué notre position actuelle aux Saxon, mais je n'ai aucun moyen d'en avoir la certitude. Et le Cercle a des yeux dans le dos.

Je serre mon sac comme une bouée de sauvetage. Pour la première fois de ma vie, j'avais l'impression d'avoir une famille, et pourtant je n'arrête pas de perdre une à une les personnes qui me sont chères. M. Emerson. Ma mère. Lydia et mon père. Et enfin, Jack.

Au moins, les Dauphin avaient le mérite d'être clairs lorsqu'ils m'ont kidnappée et ont essayé de me marier de force à Luc.

Je ne sais plus quoi faire. Je ne veux pas retourner chez Colette, mais je n'ai nulle part d'autre où aller. Sans vraiment y penser, je fouille dans mon sac pour trouver mon téléphone.

J'écris : *Où t'es ?* et appuie sur « Envoi ».

Je suis déjà en train de m'éloigner lorsque la réponse me parvient.

27.

En bas de la rue, une zone piétonnière bordée de cafés, de bars et de restaurants, longe la plage. Je dépasse une grande terrasse avec des dizaines de tables jaunes et, après un coup d'œil à mon téléphone pour vérifier l'adresse, je pousse une porte marron assez quelconque. Je pénètre dans une salle exiguë, obscure mais plutôt chaleureuse. L'intérieur est baigné d'une lumière rouge – les ampoules des lustres sont écarlates – ce qui donne au petit pub un air de lupanar élégant bien que défraîchi.

Je traverse un groupe de jeunes à peine plus âgés que moi. Stellan est accoudé à l'autre bout du comptoir, en pleine discussion avec le barman et un client. Je m'approche de lui à grands pas, prends son verre et en bois une grosse gorgée – je grimace en m'apercevant que c'est un expresso.

— Heu, salut ? dit-il.

J'ignore le regard interrogateur de ses deux acolytes qui nous laissent seuls sans un mot.

Je repose le verre avec plus de force que nécessaire.

— Qu'est-ce que tu fais là ?

— Je voulais un café.

— Dans un bar ?

Les commissures de ses lèvres frémissent.

— Je pensais que tu serais contente que je sorte au lieu de demander à Colette de m'en faire un.

— Ce que tu fais avec Colette, c'est pas mes affaires. Pourquoi tout le monde a l'air de croire que…

Je suis sur le point de le dire, mais je m'arrête à temps : pourquoi tout le monde croit qu'on est ensemble ? Je m'appuie sur le zinc, les mains dans les cheveux. Quel foutoir ! Je suis complètement paumée. Qu'est-ce qui m'a pris de venir ici, d'ailleurs ?

Stellan jette un coup d'œil derrière moi, vers la porte.

— Peut-on savoir où est ton petit ami garde du corps ?

— Aucune idée, et je m'en fous – du moment qu'il n'est pas là.

Je tente de me convaincre que c'est vrai.

Stellan lève un sourcil interrogateur. Je lui explique.

— Pendant tous nos déplacements, il était en contact avec les Saxon. Il leur disait exactement où on était !

Son corps entier se fige.

— Ils savent qu'on est *ici* ?

— Apparemment, non. Il ne leur a pas adressé la parole depuis qu'ils nous ont révélé leurs intentions cachées. Je crois qu'il dit la vérité.

Stellan fait un signe au barman qui nous apporte deux verres emplis d'un liquide transparent. J'avale le mien cul sec sans demander ce que c'est et en recommande un aussitôt. Puis je sens le goût sur ma langue et dans ma gorge, et suis prise d'un haut-le-cœur.

— C'est dégueulasse !

— C'est de la vodka.

— Les gens absorbent ça volontairement ?

Mon deuxième shot m'attend déjà. Je le porte à la bouche, mais un réflexe m'empêche de le boire. Je le repose et me contente de faire tournoyer l'alcool au fond du verre.

Stellan toussote. La lumière tamisée accentue ses cernes.

— Alors toi et Jack…

— On peut ne pas en parler ?

Il hoche la tête et avale une gorgée de sa vodka.

Quelques secondes plus tard, je sens une agréable chaleur se répandre dans mon estomac. Après une minute, elle atteint mon cerveau et je commence à me sentir plus légère. Je scanne la pièce du regard. En dépit de l'éclairage rouge sang, le bar est accueillant et sympathique, comme si tout le monde se connaissait depuis des années. Rien à voir avec les pubs de quartier aux États-Unis, où de vieux hommes grisonnants se prennent des cuites à la Bud Light. Nous sommes les seuls à consommer de l'alcool fort. La plupart des clients sirotent un verre de vin ou un expresso.

— C'est fini, dis-je après une gorgée. (Stellan me dévisage, les sourcils en accent circonflexe.) Moi et Jack. C'est terminé entre nous. Je sais pas ce qu'il y avait avant, mais maintenant il n'y a plus rien du tout.

J'attends que la douleur m'assaille, mais les affres se sont déjà apaisées. Délibérément, j'évite de regarder Stellan pour ne pas voir sa réaction. Derrière nous, sur une piste de danse improvisée, un homme fait des mouvements de robot, qui jurent totalement avec la chanson française sensuelle qui sort des haut-parleurs. J'ai l'impression de flotter.

Nous sirotons nos verres en silence pendant quelques minutes, le temps que je me calme. Stellan ne cherche jamais à combler les blancs, c'est quelque chose qui me plaît chez lui.

Le coude sur le bar, je le contemple. Ses cheveux sont toujours blonds, malgré l'étrange lumière, mais sa peau est rouge. Il m'a sauvé la vie en Grèce. Et il m'a empêché de sombrer dans la folie depuis. Je me demande à quoi il pense. Il est sans doute en train de se moquer de moi intérieurement ou de blâmer Jack.

Tout à coup, je remarque que tous les clients le reluquent. Une fille et deux garçons le matent ouvertement, avec un mélange de fascination et de jalousie. Stellan agite la main devant mes yeux. Il m'a surprise en train de le fixer. Je glousse. Ma boisson n'est pas si mauvaise que ça, au final.

— Cul sec ! dis-je en trinquant avant de vider mon verre, sans ressentir le moindre écœurement cette fois.

— Doucement avec l'alcool ! On a des choses à faire demain. Des choses importantes.

Je l'ignore. Je comprends maintenant pourquoi les gens boivent. Depuis tout à l'heure, je ne pense qu'à la beauté du garçon à côté de moi. Bientôt, j'oublierai tout ce qui s'est passé ce soir. Et au cours des derniers jours. Et même depuis longtemps.

— Un autre !

Stellan s'adresse en français au barman. Comme je commence à saisir quelques mots de la langue, j'entends qu'il me commande un soda.

— Je suis pas bourrée.

— Hum. J'aime bien cette chemise. Je ne veux pas avoir à nettoyer des taches de vomi.

Je lui donne un petit coup de coude et fais une pirouette sur moi-même. Mon sac ne tourne pas aussi vite que moi et cogne contre le bar. Je continue à virevolter.

— Tu vois ? Si j'étais bourrée, je ne pourrais jamais faire ça !

— Oui, et je suis sûr que tu aurais fait ça sobre, répond-il ironiquement.

Je m'arrête brusquement et vois que sa main est posée sur ma hanche pour m'équilibrer. Il remarque son geste et déplace son bras, lentement. Je grimpe sur un tabouret qui vient de se libérer et il s'installe à côté de moi.

— Est-ce que tu aimes vraiment les Dauphin ? demandé-je. À part Luc, tu ne sembles pas tenir à eux autant que Jack est attaché aux Saxon.

— Pourquoi tu dis ça ?

Je hausse les épaules. Les genoux de Stellan effleurent les miens.

— Je fais ce que j'ai à faire. Je le fais pour moi. Et pour ma sœur.

Je me souviens de l'avoir vu parler à Mme Dauphin au bal.

— Tu obéis toujours. Mme Dauphin t'a ordonné de m'espionner et tu l'as fait.

— Oui, j'étais obligé. C'est mon travail.

J'étire les jambes, mais elles sont à peine assez grandes pour atteindre le repose-pied sous le comptoir.

— On dirait que tu as peur de Mme Dauphin, alors que tu n'as peur de personne.

— Elle est très exigeante envers moi. Je n'ai pas le droit à l'erreur.

— Elle ne t'aime pas ?

Il esquisse un sourire méchant.

— Quelque chose dans ce goût-là, oui… (Je lui fais signe de poursuivre. J'ai l'impression qu'il ne va pas continuer, mais il avale une gorgée de sa vodka et reprend.) Bon. Il y a un an environ, je crois que je… me suis trompé sur son compte. (Je secoue la tête, pas sûre de comprendre.) Ça a toujours été dans mon intérêt d'être dans ses petits papiers. Elle m'a toujours apprécié. Jusqu'au jour où j'ai découvert à quel point…

Il me faut quelques secondes pour percuter. Je le regarde bouche bée.

— Attends, Mme Dauphin a essayé de… ? (On dirait une série télévisée à l'eau de rose. Stellan absorbe les dernières gouttes de son verre et une horrible pensée m'assaille.) Tu as cédé à ses avances ?

— Non, mais j'en viens presque à le regretter. Maintenant, elle me mène la vie dure. À l'époque, j'étais sur le point d'être muté à un poste qui m'aurait permis d'aller en Russie voir ma sœur plusieurs fois par an. Après cet épisode, il n'en a plus été question. C'est une autre raison pour laquelle l'union pourrait m'être utile. Découvrir le tombeau. Tout ça…

— C'est pour ça que tu veux tout faire pour le trouver ! Pour faire pression sur eux.

— C'est l'une des raisons.

— Il y en a d'autres ?

— Toujours. (Il fait tourner son verre sur le bar.) Il y a quelques années, j'ai appris que l'Ordre était à l'origine de l'incendie qui a tué ma famille.

— Je croyais que c'était un accident.

— Non.

— Pression *et* vengeance. (Je pensais que je pouvais lire en lui comme lui en moi, mais j'avais tort.) Je n'étais pas au courant. Tu ne m'avais rien dit.

— Tu n'as pas posé les bonnes questions, dit-il en levant les yeux sur moi. Je ne t'ai pas menti.

— Je sais. J'ai l'impression que tu ne m'as jamais vraiment menti. Bizarrement.

Un demi-sourire se dessine sur son visage.

— Ça me fait plaisir que tu aies une si haute opinion de moi.

Je m'avance vers lui pour le bousculer gentiment, mais je perds l'équilibre et me retrouve quasiment sur ses genoux. Il attrape ma main pour me redresser. Nous nous immobilisons tous les deux et je sens son cœur battre sous ma paume.

— Comment ai-je pu leur faire confiance ? Quelle imbécile je suis ! (Je dis ce qui me passe par la tête, sans retenue, j'ai l'impression que ma langue est maladroite, comme si elle était déconnectée de mon cerveau.) Les Saxon ne voulaient que ce que je pouvais faire pour eux. Et Jack…

Stellan prend une profonde inspiration, sa poitrine se gonfle puis se vide. Il ne sent pas le parfum. Son odeur est tout autre. Une odeur d'homme, intrigante, épicée.

— Tout le monde aime se sentir désiré, dit-il. Ça nous pousse à baisser la garde.

J'observe ses longs doigts qui pressent ma main contre son torse et je pense à Jack qui fait une confiance aveugle aux Saxon car ils font semblant de tenir à lui. Je pense à Lydia qui glorifiait l'idée de faire partie de quelque chose de plus grand qu'elle. Elle a utilisé cet argument pour faire croire à tout le Cercle que l'Ordre était notre ennemi.

— Et tout le monde aime *désirer*, poursuit-il doucement, en reposant ma paume sur le bar. C'est un sentiment agréable. Et très désagréable à la fois.

— Moi, je ne désire rien, réponds-je à voix basse en étirant le dos.

Le serveur approche, mais Stellan le renvoie d'un geste de la main.

— Je suis sûr que tu ne te sentais pas en sécurité quand tu es montée dans l'avion avec moi. Mais ton *désir* était plus fort que tout. Tu souhaitais tellement cette famille, tu aspirais à cette nouvelle vie.

Je me souviens de cette matinée à Paris. Dans la voiture qui filait vers la boutique Prada, je n'avais pas encore conscience que mon existence venait de changer radicalement. Stellan m'avait alors expliqué la signification de *toska* : quelque chose qui te manque, dont tu souffres jusqu'au plus profond de toi-même.

Je laisse glisser mes doigts sur mon gobelet couvert de buée.

— C'est pour ça que je sais que tu mens quand tu me dis que tu ne désires rien. Tu es pleine d'envies. Tu as beau essayer, tu ne pourras pas les refouler. Tu espères un jour comprendre ce qui te manque exactement.

— Et toi ? Quel est ton désir le plus ardent ? l'interrogé-je, le nez dans mon verre. Qu'est-ce qui manque à ta vie ?

Il m'adresse un léger sourire énigmatique et mon regard s'attarde un peu trop sur ses lèvres.

— Tu t'en souviens.

— Oui, bien sûr.

Je dégage mes cheveux de mon visage, surprise de ne pas les avoir assez longs pour les nouer en chignon. Je les relâche et ils tombent sur mes épaules.

Stellan tire doucement sur une mèche rose. Je lui donne une petite tape sur la main.

— Je sais que tu n'aimes pas.

— Si, c'est très joli.

Je roule des yeux en inspectant les pointes d'une boucle fluo.

— Tu n'es pas obligé de mentir. Ta réaction était assez claire tout à l'heure. Tu trouves ça hideux. Mais c'est pas grave, je m'en moque.

Il ricane.

— Non, je ne suis pas inconscient au point de dire ce que je pense devant ton « petit ami ». C'est tout. (J'arque les sourcils.) *Kuklachka*, tu es...

Il passe au français. Je ne saisis pas les mots, mais son ton, et la manière dont ses yeux me parcourent lorsqu'il me parle – assez vite pour que ça puisse être accidentel, mais assez lentement pour que ma peau picote –, m'oblige à détourner le regard.

— Je t'ai déjà dit d'arrêter de me draguer !

— Alors je vais me contenter de dire que j'aime bien ta nouvelle coiffure.

Cette fois, j'attache mes cheveux en une queue-de-cheval réalisée à la hâte.

— Pourquoi... Pourquoi j'ai parfois l'impression que tu es comme mon meilleur ami ? (Les mots bondissent tels des ballons de baudruche.) Et parfois, j'ai l'impression que tu ne peux pas me saquer ?

Il s'immobilise et contemple notre reflet dans la glace derrière le bar.

— Parfois je suis ton meilleur ami ?

Je nous trouve dans le miroir aussi. Je laisse retomber quelques mèches autour de mon visage.

— *Kuklachka*... (Je sens son regard brûler ma peau.) Je ne te déteste jamais, dit-il si vite que je l'entends à peine.

Une chaleur qui n'a rien à voir avec l'alcool envahit ma poitrine et je baisse les yeux sur son tatouage solaire. *Lumière dans les ténèbres.*

Je lève une main et suis du doigt le dessin. Sa peau est chaude, comme si le soleil brillait vraiment sur sa nuque. Puis j'effleure ses cicatrices, froides et lisses comme des veines de marbre sur sa peau ardente.

Je m'écarte en remarquant qu'il m'observe avec une expression très étrange.

— Pardon. Je t'ai fait mal ?

Il cligne des paupières.

— Non.

On nous sert un autre verre, j'en avale une gorgée et fais la grimace.

— Beurk, dis-je en m'emparant du sien. (Au moins, dans sa boisson, on sent le goût amer de l'alcool.) Hé ! Commande-moi une vraie vodka !

— Non !

Il me prend son verre des mains, le pose plus loin, et je suis obligée de m'appuyer contre lui pour l'attraper. La bulle invisible de l'espace personnel s'est officiellement réduite comme peau de chagrin.

Je me redresse sur mon tabouret avec un « Ha ! » triomphant, mais il récupère son verre avant que je ne puisse boire.

Je fais la moue. J'ai chaud, ma tête est légère, comme dans un rêve, vaporeuse comme de la barbe à papa. À un moment, nous nous sommes tournés de sorte que nos chaussures s'effleurent sur le repose-pied.

J'hésite, puis déplace ma jambe d'un millimètre, suffisamment pour signaler qu'il est en train de me faire du pied. Je m'attends à ce qu'il change de position. Mais non. Je me redresse et, même si je suis sûre que j'aurai bientôt des fourmis, je ne bouge pas non plus.

De l'autre côté du bar, un couple s'embrasse – ils ont presque dépassé la limite de l'inconvenant.

— Embrasser…, dis-je en prolongeant le son *s*.

— Hum ? fait-il, un peu distraitement, les yeux dans le vague.

Il n'a pas l'air complètement sobre non plus.

— Embrasser… c'est un joli mot, non ? Ça ressemble à *embraser*, englouti par les braises…

Nous observons tous les deux le couple. Les mains du garçon disparaissent sous le T-shirt de la fille. Elle manque de renverser son verre sur le bar. Mon pied appuie un peu plus sur celui de Stellan. Le sien répond de la même manière.

— Englouti par les braises…, répète-t-il.

Et maintenant c'est *lui* que je regarde. Il tourne la tête et me voit.

— Ce que je veux dire, c'est que ça correspond bien à leurs baisers voluptueux.

Stellan sourit. Ses dents effleurent sa lèvre inférieure et il la mordille. Nos pieds n'ont pas bougé.

— Je crois que tu as assez bu, dit-il. Je te commande un café.

— Comme si tu étais sobre, toi !

Je le pousse à nouveau suffisamment fort pour qu'il manque de dégringoler. Il attrape mes deux poignets d'une main.

— Plus sobre que toi en tout cas. C'est toi qui fais une scène, là.

Je dégage une main et la plaque sur sa bouche. Il me regarde, ses yeux dansent.

— Chuuut.

— Umph, marmonne-t-il et je sens son haleine chaude contre ma paume. Je parie que tu ne peux pas te retenir de rire pendant dix secondes, fait-il derrière ma paume, posant un coude sur le bar.

Je retire ma main et me place en face de lui.

— C'est parti.

Mes lèvres frémissent un peu, prêtes à pouffer. Ses yeux tournoient gaiement, le cercle d'or dans son iris particulièrement brillant dans l'obscurité. Or, lentement, son air badin s'évanouit.

Je suis juchée sur le bord de mon tabouret et nous sommes l'un en face de l'autre. Nos genoux, qui s'effleuraient déjà, sont à présent délibérément collés. Je sens mes lèvres s'écarter.

— Arrête ça, souffle-t-il d'une voix encore plus basse que d'habitude, avec un accent encore plus prononcé.

— Arrêter quoi ?

— Tu sais exactement de quoi je parle, se moque-t-il.

C'est ce que je lui reprochais tout à l'heure. Je regarde nos jambes.

— Pourquoi ?

Nous restons immobiles.

— *Kuklachka*, tu ne m'as jamais répondu. Qu'est-ce que tu veux ?

Je pousse un soupir. Je ne sais pas si c'est la dispute avec Jack, la vodka, la musique ou l'obscurité. Ou si toutes ces choses me désinhibent, m'autorisent à ressentir ce que j'avais refoulé depuis si longtemps. Tout ce que je sais, c'est que le nœud dans ma gorge est en train de se défaire face à lui.

— Tu te souviens du sens complet de *toska* ? Parfois tu désires quelque chose que tu crois être interdit. (Nos visages sont à moins de dix centimètres l'un de l'autre et je vois les pulsations de sa jugulaire.) Tu n'es même pas sûr de comprendre ce que c'est, mais son absence te coupe le souffle. (Pour la première fois, je remarque ma respiration. Haletante. Saccadée. Il s'approche encore de moi.) Ce n'est pas uniquement pour ta mère que tu veux trouver le tombeau. Tu aimes l'idée d'avoir du pouvoir. De contrôler ta vie. Tu aspires aussi au pouvoir qu'on pourrait avoir ensemble. Tu ne serais pas seule. Ça t'a plu quand on a parlé et que les gens nous ont écoutés. (Je déglutis. Il regarde ma bouche.) Je crois que tu commences même à t'attacher au Cercle. Tu rêves d'en faire partie. Tu *désires* être désirée. Dis-le. Je veux te l'entendre dire à haute voix.

Je me passe la langue sur les lèvres, ma bouche est tout à coup très sèche. J'ai l'impression que mon corps ne m'appartient plus. Ma voix non plus. Je n'ai pas les mêmes ambitions que certains membres du Cercle.

Je me moque de l'argent, de la gloire, de diriger le monde. Mais pour le reste... Il y a une heure, j'aurais tout nié. Maintenant...

— C'est ce que je veux..., murmuré-je. (Stellan me regarde, captivé.) Je veux le pack intégral !

Ce n'est pas bien de vouloir ces choses-là. Désirer quelque chose qui va au-delà de l'envie de sauver ma mère. Je n'arrive pas à croire que j'ai prononcé ça tout fort. Mais je me sens légère. Libre.

Un sourire passe sur le visage de Stellan. Ses pupilles ont l'air immenses dans la pâle lumière.

— Quoi d'autre ?

Je suis parcourue d'un frisson qui se propage au plus profond de mon ventre. Nous nous déplaçons un peu, et l'un de ses genoux se retrouve entre les miens. Il baisse les yeux. Moi aussi.

— Petite poupée. Est-ce qu'il y a autre chose que tu veux ?

Je plonge dans ses yeux. Ça ne dure qu'une seconde et pourtant ça semble une éternité – comme si l'instant était suspendu, précaire, entre oui et non, entre vouloir et ne pas vouloir.

Je suis terrifiée. Je me sens puissante. Je me sens audacieuse.

J'acquiesce.

28.

Stellan me contemple. Puis il se lève si brusquement que je perds l'équilibre. Il me rattrape, jette une poignée d'euros sur le comptoir puis me prend par la main et me conduit dehors.

Nous atteignons bientôt les escaliers à flanc de colline.

Il pivote tout à coup vers moi, me laissant sur une marche au-dessus de lui. Il agrippe ma robe et m'attire vers lui.

Une seconde d'hésitation, peau contre peau, nez froid contre joue chaude, lèvres qui se frôlent, si proches... Est-ce que nous allons vraiment... ?

Je me mets sur la pointe des pieds et presse mes lèvres contre les siennes.

Il n'avait pas besoin d'un autre encouragement. Des étincelles jaillissent dans mon corps, depuis ma bouche jusqu'à mes orteils qui fourmillent. Mes jambes flageolent.

Après la montée du désir, si puissante, je croyais que le baiser serait décevant.

Je me trompais.

Je me recule un peu, les yeux grands ouverts.

— Ah ! expiré-je, ce qui veut dire un million de choses que je ne pourrais jamais dire tout haut sans rougir.

Ses lèvres forment un sourire et bientôt je ne peux plus le voir, mais je le sens contre moi et plus rien d'autre ne compte.

À ce moment-là, je prends conscience que j'ai déjà pensé à l'embrasser – et que j'ai tenté de refouler ce fantasme. J'imaginais une fusion presque violente de nos bouches, de notre souffle, de nos mains qui brûleraient si fort que le désir partirait en fumée aussitôt assouvi. Je croyais qu'il suffisait d'échanger un baiser pour étancher cette soif.

Jamais je n'aurais pu imaginer que, malgré son expérience en la matière, il soit tout aussi captivé que moi par la façon dont nos bouches s'habituent l'une à l'autre, par nos respirations étouffées, par la chaleur et la douceur de nos visages si proches, en dépit de la fraîcheur de l'air. Je n'imaginais pas – peut-être aurais-je dû – que ce baiser serait la manifestation physique de la manière dont il me regarde depuis notre première rencontre, comme s'il savait ce qui se passait dans ma tête avec une clairvoyance presque gênante. Je n'ai jamais été embrassée par quelqu'un qui sache ainsi prévenir mes désirs – qui sache exactement quand plonger ses doigts dans mes cheveux, quand prendre mon visage entre ses mains comme s'il s'agissait d'une œuvre précieuse.

C'est délibéré, doux et frénétique à la fois, parfumé à la vodka, au citron vert, mais pas à la cigarette. Je me demande brièvement s'il s'est abstenu de fumer pour moi, mais cette pensée s'évanouit, elle aussi, parce que tout s'évanouit sauf le gémissement étouffé qui s'échappe de ma bouche lorsqu'il se recule.

— *Kuklachka*, susurre-t-il. Petite poupée.

« Petite poupée »... C'est justement ce que je refuse, non ? Être une marionnette dans ce jeu.

Je me force à m'écarter aussi, les mains sur sa poitrine.

— Tu veux ce que je peux faire pour toi ? Ou tu me veux, moi ?

Je suppose qu'il va dire n'importe quoi pour pouvoir continuer à m'embrasser, mais il prend un air de profonde réflexion. Il se lèche les lèvres – je ne peux m'empêcher de les regarder avec avidité. Ses yeux s'assombrissent.

— Les deux, répond-il, comme s'il venait de se rendre à l'évidence.

— Je croyais que je n'étais pas ton genre, murmuré-je – la conversation qu'il a eue avec Jack sur le bateau me revient en mémoire.

— Tu ne l'es pas, fait-il avec un rire doux. (Ses mains sont sur mes hanches, ses doigts écartés sur mes côtes comme sur un piano.) Cette fois, c'est toi qui nous espionnais.

Je hausse les épaules, lasse de m'excuser constamment, puis j'attire son visage contre le mien et je ne le lâche plus.

Je ne sais plus où nous sommes, ni *qui* nous sommes. Nous nous embrassons dans la rue pendant de longues minutes. Puis contre une statue au milieu du trottoir, contre un mur de pierre froid – mes pieds ne touchent même plus le sol – et contre la grille métallique d'un magasin fermé pour la nuit.

Ensuite, le quartier me devient familier, mais je m'en moque. Nous entrons dans une allée, montons quelques marches – je crois – et franchissons des portes et des portes avant d'ouvrir celle d'une chambre.

Je m'écarte de lui, ébahie.

— On est de retour chez Colette ?

Il hoche la tête. Sa chemise, sur laquelle j'aperçois des cheveux roses, est à moitié sortie de son pantalon.

Je jette un coup d'œil dans la pièce. Une lampe de chevet à la lumière douce. Des livres sur la table basse. Stellan – mon Dieu ! – Stellan, vraiment ? Après tout ce qui s'est passé ? Le souvenir d'autres lèvres s'impose à mon esprit, un baiser si différent de celui-ci et mon cœur se serre. Cependant, dans l'encadrement de la porte, c'est bien Stellan. Je m'attends presque à voir une expression triomphante sur son visage, comme lorsque je lui ai demandé de me donner un cours d'autodéfense. Or, il n'arbore pas du tout cet air suffisant.

Ça devrait être interdit d'être aussi beau. Peut-être est-il encore plus sexy comme ça, les pommettes roses, les cheveux en pétard, ou peut-être ai-je tant essayé de le chasser de mon esprit que j'ai simplement oublié sa perfection.

— Viens, dis-je en lui prenant la main.

Le battant claque derrière nous. Lorsque j'ouvre à nouveau les yeux, je suis assise sur le rebord de la fenêtre, le torse de Stellan entre mes genoux. Nous nous embrassons depuis des heures et, avec des baisers comme ceux-ci, pas étonnant que je commence – par instinct, plus que par décision raisonnée – à chercher les boutons de sa chemise. Mes doigts sont maladroits, mes gestes gauches. Le premier bouton se détache. Puis le deuxième.

Il recule, le souffle court, et regarde mes mains le déshabiller. Sa chemise glisse de son épaule, exposant ses cicatrices translucides, magnifiques, comme luisantes dans la lumière basse.

Une petite boule d'appréhension se forme au creux de mon estomac. Je sais exactement où nous allons si nous ne nous arrêtons pas. Il n'est pas trop tard pour reboutonner sa chemise et nous en tenir à de chastes baisers.

Mais est-ce que je le veux vraiment ?

Les doigts de Stellan se referment sur ma cheville, au niveau du bas de ma robe. Il lève les yeux avec la même incertitude que moi dans le regard.

J'ai dû m'immobiliser un instant parce que, très doucement, avec un tendre baiser sur la joue, sa main revient sur ma taille et glisse dans mon dos. Raisonnable.

Et nous recommençons à nous embrasser. Seulement nous embrasser.

Les papillons dans mon ventre battent nerveusement des ailes, mais il ne m'a pas bien comprise. Cette hésitation, ces pulsations irrégulières de mon cœur, ce n'est pas du mauvais stress.

Je m'écarte de quelques centimètres. Suffisamment pour qu'il prenne mon visage entre ses mains, pour qu'il se demande ce que je fais. J'effleure du doigt le col de sa chemise puis continue de la déboutonner.

Ses yeux m'interrogent : *Tu es sûre ?* Sa bouche n'a pas le temps de relayer la demande, car mes lèvres sont déjà sur les siennes. Pour lui dire *Je t'en prie, ne réfléchis pas, ne pose pas de questions, ne parle pas, pour une fois, ne me laisse pas me tourmenter, décider si je fais la bonne chose ou pas. Fais-le.*

Après ça, les baisers deviennent plus ardents. Je défais encore un bouton. Deux. Il n'en reste que quelques-uns.

Je jette un œil au lit, de l'autre côté de la chambre, ses draps blancs et propres. Il en fait autant. Je m'attaque à un autre bouton.

Il arrête mon geste, nos mains se lèvent et s'abaissent au gré de sa respiration irrégulière.

— Avery, attends. (L'utilisation de mon prénom m'ébranle. Il dégage tendrement une mèche rose qui s'est prise entre mes lèvres et la coince derrière mon oreille.) Tu as déjà… ?

Je suis sûre qu'il connaît la réponse. Je secoue la tête.

— Peu importe.

Et je l'embrasse à nouveau. Après une seconde, il hésite, la bouche dans mes cheveux.

— Tu es sûre ?

— Certaine.

— Vraiment sûre ?

— Vraiment sûre, dis-je en dégrafant le dernier bouton.

— OK, fait-il contre ma bouche. Attends. Stop. Je ne peux pas. Tu ne peux pas.

J'écarquille les yeux.

— Comment ça ? Pourquoi ?

Il soupire, comme s'il éprouvait une douleur physique, et se dégage de mes bras en jurant de façon très imagée dans sa barbe.

— *Kuklachka…* (Il se perche sur l'accoudoir du canapé, cachant son visage dans son bras.) Tu as trop bu. Moi aussi. Je veux juste m'assurer que… Je pense qu'on ne devrait pas… Je ne veux pas que tu regrettes.

Ses mots flottent au-dessus de nous et jettent un froid dans la pièce. Je frissonne malgré la chaleur de ma peau.

— Je ne vais pas regretter…

— C'est beaucoup plus difficile pour moi qu'il n'y paraît, sache-le. Donne-moi une seconde, s'il te plaît.

Il est sérieux. C'est incroyablement gênant. J'ai tour à tour la sensation que ma peau est brûlante, puis glaciale. Tout à coup, mon esprit devient limpide et la réalité du monde me rattrape. Je me lève d'un bond, et me dirige vers la porte. Le canapé derrière moi couine.

— Non, attends ! (Stellan se jette devant moi, bloquant la sortie.) Reste, je t'en prie. Il faut juste que je réfléchisse calmement. D'accord ?

Je me dégage. Non, non. Je ne suis pas d'accord. C'est chaque fois la même chose. Il est comme tous les autres, à penser qu'il sait ce qui est bon pour moi.

— Pousse-toi, s'il te plaît, ordonné-je sans croiser son regard.

— Avery…

Nous sursautons tous les deux lorsque la porte s'ouvre en grand de l'extérieur.

— Stellan ! appelle Élodie, essoufflée. (Elle porte une robe de soirée noire et un épais maquillage autour des yeux. Ses cheveux décolorés sont retenus en arrière par un serre-tête.) Tu es là ! Pourquoi tu réponds pas à ton portable ?

Elle finit par remarquer ma présence. Je ne dois pas être belle à voir. Stellan reboutonne sa chemise à la hâte. Élodie fait une petite moue. En plus de l'humiliation d'avoir été repoussée, je ressens la honte d'avoir fait exactement ce qu'elle avait prédit alors que j'avais promis de ne pas le faire.

— Ah, reprend-elle. Bien sûr. Bon, désolée de vous interrompre, mais on a un petit, tout petit problème… qui est en fait très sérieux.

29.

En arrivant dans le séjour, nous trouvons Élodie et Colette autour de la table – Élodie tout en noir et Colette en robe de tulle blanc, d'une légèreté et d'une sensualité exquises.

Je garde les yeux baissés et m'affale sur une chaise. Je me sens si mal. J'ai la tête qui tourne, mon corps est lourd.

Je suis passée par la salle de bains pour tenter de me démêler mes cheveux, mais je sais que mon aspect débraillé est à l'image de ma décadence intérieure. Mes iris sont brillants, mes joues écarlates malgré l'eau dont je me suis aspergée, ma robe plissée et chiffonnée.

L'apparence de Stellan ne laisse pas non plus de doute quant à la nature de nos activités. Lorsqu'il se redresse sur sa chaise, je constate qu'il a boutonné dimanche avec lundi. Colette me surprend en train de l'observer, et je vois ses yeux faire des allers-retours entre nous. Elle s'avance vers lui, lui chuchote quelque chose à l'oreille et il s'empresse de boutonner sa chemise correctement avant de me jeter un regard auquel je ne réponds pas.

— Où est Jack ? s'enquiert Colette.

Gênée, je leur raconte notre dispute, version courte : je lui ai demandé de partir et il semble m'avoir prise au mot.

— Malheureusement, c'est un problème mineur comparé à ce que je viens d'apprendre. On était sur le point de se rendre à la montée des marches quand on a appris qu'il y avait eu un autre attentat. Quelque chose de plus grand cette fois : une bombe a explosé dans le domaine de la famille Emir. Le plus jeune fils a été tué.

— C'est pas possible ! (Je tire nerveusement sur une de mes mèches.) Pourquoi ils continuent ?

— C'est du terrorisme, répond Élodie calmement. C'est ce que nous a dit Lydia : lorsque le mandat sera accompli et que les attaques cesseront, le Cercle saluera les Saxon. Ils frappent de plus en plus fort et, le moment venu, ils sauront gagner les faveurs de l'opinion.

— Dès qu'on aura récupéré ma mère, l'affaire devra éclater au grand jour, dis-je. On doit les arrêter !

— Dans ce cas, on ferait mieux de se dépêcher de trouver ce bracelet. À ce rythme, ils vont tuer la moitié du Cercle.

En entendant la voix de Stellan, un souvenir remonte, si réel que je manque en tomber à la renverse. Les joues brûlantes, la tête légère, je me penche sur lui pour lui voler son verre… Je chancelle sur mon tabouret, ma main posée sur son torse…

— Je sais, fais-je.

Impossible de le regarder. Je me persuade que la rougeur qui se diffuse à nouveau sur mon visage n'est due qu'à la honte d'avoir trop bu et d'avoir perdu le contrôle, mais les étincelles et les frémissements de ma peau lorsqu'elle effleurait la sienne disaient bien autre chose.

Élodie se met debout.

— Ce qui nous amène à notre mission. Cette bombe est la goutte d'eau qui a fait déborder le vase. Le Festival est annulé pour raisons de sécurité. La cérémonie de ce soir est maintenue – elle a déjà commencé –, mais ce sera le seul événement.

— Ça veut dire qu'on ne peut pas attendre demain pour mettre la main sur le bracelet !

Nous sommes déjà en retard. Stellan et moi enfilons nos tenues de soirée à la hâte. Le plan a changé du tout au tout. Comme Élodie va se faufiler dans le bâtiment pour récupérer le bracelet, nous avons besoin de faire diversion. En conséquence de quoi, le fait que les gens me reconnaissent n'est plus une catastrophe potentielle, mais bel et bien un atout en notre faveur : tous les membres du Cercle présents ce soir n'auront d'yeux que pour moi. J'espère que les gardes du corps et les autres invités auront lu le journal au cours des derniers jours et qu'ils ne verront pas Élodie se faufiler dans le local technique pour couper l'électricité et dérober le bracelet. Stellan et Colette resteront à mes côtés, pour s'assurer que personne ne cherche à me faire du mal.

— Je vais être aussi rapide que possible, promet Élodie. (Elle ajuste les bretelles de la robe de Colette.) Je ne veux pas que vous soyez là-bas trop longtemps. Quand les lumières se rallument, vous faites comme s'il ne s'était rien passé hormis une coupure de courant un peu inquiétante, mais de courte durée. Vous tirez votre révérence et rentrez avant qu'Avery se fasse arrêter. Et si Avery se fait arrêter… Bref, chaque chose en son temps.

— Ça marche, dis-je.

Colette acquiesce également. Stellan est en train d'attacher son nœud papillon en se mirant dans la glace au-dessus du bar. Lorsqu'il me surprend à le regarder par-dessus le miroir de poche que j'utilise pour me mettre du rouge à lèvres, ses doigts lâchent le tissu et les deux extrémités du nœud retombent sur sa poitrine.

— J'espère qu'on sera déjà loin quand ils constateront la disparition du bracelet, conclut Élodie.

— Ça a l'air… trop simple, dis-je.

— Les meilleurs plans le sont. (Élodie enfile ses talons de dix centimètres.) Au cinéma, quand tu vois un cambriolage qui implique que le voleur numéro un bouscule le type qui a les clés pour les lui voler afin que le voleur numéro deux puisse grimper dans un conduit d'aération et ouvrir un cadenas, franchement, c'est pas crédible. Imagine si l'homme aux clés est introuvable, parce qu'il a mangé de la viande avariée la veille et qu'il a une intoxication alimentaire !

— Mouais, fais-je, en chaussant mes escarpins.

Élodie m'a prêté une robe bustier, décorée de perles dorées, qui m'arrive au milieu du mollet.

— En fait (Élodie me montre de la pointe de son rouge à lèvres orangé, puis désigne Stellan), la partie la plus compliquée de mon plan, c'est qu'il va falloir faire équipe. Après ce que j'ai surpris tout à l'heure, je me demande si vous allez y parvenir.

Les yeux de Colette s'agrandissent et Stellan s'apprête à nous défendre, mais je prends les devants.

— Laisse tomber Élodie. Oui. On gère.

Elle se contente de hausser les épaules.

— Bon, on est tous prêts, sauf… (Par réflexe, je cherche Jack du regard. Notre petit groupe est trop clairement incomplet et l'absence de Jack me donne le cafard.) On est tous prêts. C'est parti.

30.

La montée des marches a déjà commencé depuis deux heures lorsque nous arrivons sur le lieu du Festival. Notre chauffeur zigzague entre les paparazzis dont les flashes illuminent le tapis rouge à la manière d'un stroboscope. De l'autre côté de la rue se dressent des gradins où des fans s'égosillent, gesticulent et brandissent eux aussi leurs appareils photo. La voiture doit nous déposer au bas des marches et j'aperçois par la vitre plusieurs célébrités qui saluent le public, sourire aux lèvres. La plupart des visages me sont familiers.

— Ce sont les acteurs du nouveau film d'Alejandro Ruiz, explique Colette en se penchant par-dessus moi pour avoir une meilleure vue. Je suis censée lui parler, d'ailleurs. J'avais presque oublié que je suis aussi là pour le boulot.

– Colette, tu sors en premier, dit Élodie avec un signe de la tête. Je t'accompagne. Avery, attends quelques minutes et essaie d'attirer l'attention sur toi pour que personne ne me voie faire le tour par-derrière.

— Je vais faire de mon mieux, réponds-je en scrutant le flot de gens.

Dès que la portière s'ouvre, je suis aveuglée par les flashes. Colette, parfaitement calme, habituée aux bains de foule, arbore son plus beau sourire, salue le public et accepte la main du chauffeur pour sortir de la voiture. Élodie la suit et ferme derrière elle, nous plongeant, moi et Stellan, dans l'obscurité de l'habitacle.

Colette devient immédiatement Colette LeGrand, la star. Elle prend la pose, décoche des clins d'œil aux photographes et fait la bise à des acteurs que je n'aurais jamais rêver approcher il y a quelques mois.

— Les gens devraient me remarquer assez vite, dis-je à Stellan.

Étant donné que nous voulons qu'on me reconnaisse, j'ai attaché mes cheveux et je n'ai laissé tomber autour de mon visage que quelques mèches foncées. J'ai également remplacé mes lentilles de contact marron par des transparentes.

— Premier objectif : trouver un membre du Cercle à qui parler, continué-je. Avec un peu de chance, il fera un esclandre et ça attirera encore plus de monde.

Stellan regarde dehors.

— Là, dit-il en montrant un couple d'âge mûr en train de discuter avec un groupe un peu à l'écart des marches. Des cousins des Frederick. Elle, c'est une vraie commère.

J'acquiesce, consciente du silence plus pesant que d'habitude qui s'est installé dans la voiture.

— Avery…, commence Stellan, mais il est coupé par une portière qui s'ouvre.

Nous sursautons tous les deux. Le visage d'Élodie apparaît.

— On doit passer par des portiques de sécurité. (Elle sort un pistolet de son sac et le lance sur le siège puis se tourne vers Stellan.) Tu devrais peut-être rester ici, au cas où on ait besoin des armes ?

Il secoue la tête.

— Non, je ne laisse pas Avery et Colette toutes seules.

Élodie pince les lèvres et jette un coup d'œil par-dessus son épaule.

— Je n'aime pas ça du tout, s'exclame-t-elle, puis elle claque la portière et se hâte de rejoindre Colette.

Stellan retire son revolver de sa poche de veste et le pose près de celui d'Élodie.

— Ils sont au chaud dans la voiture si jamais on en a besoin, dit-il, comme s'il essayait de se convaincre de l'utilité de cette manœuvre.

Nous restons silencieux pendant quelques secondes puis il prend une inspiration comme s'il s'apprêtait à parler.

Mais je le devance.

— C'est pas grave. Inutile de te justifier. (Mon souffle crée de la buée sur la vitre.) Si tu ne tiens pas à moi, pourquoi tu fais semblant ?

Il me prend par le bras et m'attire brusquement vers lui.

— C'est vraiment ce que tu crois ? Si je me suis arrêté à temps, c'est parce que je tiens à toi.

Il lâche mon bras, l'air exaspéré, et moi je fixe les manchettes de sa chemise blanche qui dépassent de sa veste de smoking noire.

Je jette un coup d'œil par l'autre fenêtre, à la rangée de limousines et à la mer, aux touristes avec leurs appareils photo. Je suis aussi embarrassée que pendant ma dispute avec Jack.

— Je me rappelle que *quelqu'un* m'a avertie que tenir aux gens ne sert à rien dans le Cercle.

— Tu déformes mes propos ! J'ai dit qu'être *gentil* ne te mènerait à rien dans le monde du Cercle. Mais oui, je tiens à toi et c'est pour ça que je ne voulais pas... (Il souffle, frustré. Colette et Élodie ont commencé à monter les marches.) Moi aussi, j'avais trop bu et j'avais du mal à réfléchir. Je n'aurais pas dû te pousser et maintenant tu me fais la tête.

— Tu ne m'as pas poussée...

Je suis sûre que mes joues s'empourprent. Je n'arrive pas à croire que nous ayons cette conversation. Et maintenant, en plus ! Par la vitre, je vois Élodie se retourner vers nous.

— C'est le moment de sortir ?

— Sans doute, répond-il en allongeant le bras pour ouvrir la portière.

— Je suis fâchée parce que tu es aussi désespérant que les autres ! Libre à toi de ressentir ce que tu veux, mais tu n'as pas à *me* protéger contre ce que *tu* penses être un mauvais choix. Ce n'était pas à toi de décider. C'était à moi !

Stellan se fige en plein mouvement, le bras suspendu en l'air lorsque la portière s'entrebâille. Le chauffeur me tend une main que je saisis.

Les objectifs ont tôt fait de se braquer sur nous. Stellan descend de la voiture, tout sourire, en boutonnant sa veste. Ses cheveux sont coiffés vers l'arrière et il a l'air raffiné, à l'aise, comme s'il appartenait à ce monde. Ceux qui ne me reconnaissent pas s'imaginent sans doute que c'est lui la célébrité et que je suis sa fiancée sortie de nulle part.

Il me donne le bras.

— Souris, m'enjoint-il d'un ton sec qui contraste avec son visage rayonnant. Si tu fais semblant d'être à ta place, personne n'en doutera. Il faut jouer le jeu.

Je retrousse les lèvres et agite la main. Je vois que plusieurs personnes me remarquent, n'ont pas l'air d'en croire leurs yeux et se mettent à faire des messes basses.

Je m'accroche fermement au bras de Stellan tandis que nous marchons vers le couple qui fait apparemment partie du Cercle.

Du coin de l'œil, je constate que mon cavalier se penche vers moi.

— Écoute. (Il sourit à un photographe qui vient de faire un sprint sur le tapis rouge pour nous tirer le portrait. Lorsqu'il est parti, Stellan baisse encore plus la voix.) Je sais qu'en ce moment tu deviens particulièrement irascible quand on veut prendre des décisions à ta place, mais les choses ne sont pas aussi simples. Je suis sûr qu'il faut être deux pour faire ce qu'on allait faire, donc deux à prendre la décision. Je dois dire que ça me gêne de profiter d'une fille ivre, contrariée et pas très lucide. Et oui, insiste-t-il lorsque j'essaie de lui couper la parole, l'expression *profiter de quelqu'un* est utilisée quand on est obligé de faire boire une fille pour qu'elle s'intéresse à soi. Compris ?

— J'étais pas…

Je jette un coup d'œil par-dessus mon épaule et mes lèvres s'étirent mécaniquement.

Une femme en robe couleur émeraude est en pleine conversation avec un garde de sécurité ; les deux regardent dans ma direction.

Nous nous approchons des Frederick. Les questions se bousculent dans ma tête. Qu'est-ce qu'il ressent pour moi ? Et moi pour lui ? Avais-je envie de lui *uniquement* parce que j'étais éméchée et contrariée ? Si tel était le cas, pourquoi serais-je encore en train de rêver à ce qui aurait pu se passer s'il n'avait pas arrêté ?

Une chose est sûre, cependant. Je me serre contre lui et garde un visage lisse, faussement heureux.

— Je savais exactement ce que je faisais. Tu ne *profitais* de personne.

— Je ne sais pas si tu le faisais pour narguer Jack, pour te sentir mieux ou simplement parce que tu avais trop picolé… (Stellan s'approche de moi, faisant jaillir des étincelles dans tout mon corps), mais si tu es en colère parce que tu penses que je n'en avais pas envie, eh bien, sache que ce n'est pas vrai. Pas vrai du tout.

Bien qu'éblouie par les flashes, j'aperçois les Frederick qui pivotent vers nous.

— Bonjour, monsieur, fait Stellan, complètement dans son rôle. Bonjour madame.

Ils ont l'air agacés qu'on ose les interrompre, jusqu'à ce qu'ils me voient. La main de Mme Frederick monte immédiatement à sa poitrine. M. Frederick, lui, s'empresse de prendre congé du groupe avec qui il discutait. Plus loin, le garde de sécurité parle dans un talkie-walkie.

Le sang pulse dans mes veines, je suis toujours cramponnée au bras de Stellan, Élodie et Colette sont presque en haut des marches. J'encourage mentalement Élodie. *Allez, c'est le moment !*

Avant que j'aie le temps de dire ouf, une foule s'est amassée autour de moi, pendue à mes lèvres lorsque je réponds aux questions des Frederick.

Oui, je suis américaine, bien que je fasse partie de la famille des Saxon. J'ai grandi aux États-Unis. Non, je ne connaissais pas Eli Abraham avant cette soirée-là. Oui, c'est affreux.

En dépit de ce que relaient les médias, mes admirateurs – sans doute des membres du Cercle – me contemplent comme si j'étais le messie. Ils ne semblent pas du tout prêts à dénoncer l'une des leurs, quand bien même elle serait recherchée par la police. En revanche, les invités en périphérie du groupe se tiennent en retrait, comme s'ils craignaient que je cache un flingue dans mon minuscule sac en perles.

Je jette un nouveau coup d'œil à Colette et Élodie qui sont maintenant arrivées devant les portes d'entrée. Colette me fait un petit signe de la tête puis s'approche d'un garde qui surveille le bâtiment et pointe le doigt dans ma direction. Il plisse les yeux et prend un air préoccupé. Derrière eux, Élodie se glisse sur le côté de l'édifice et disparaît.

Je serre le bras de Stellan et il effleure ma main en signe de compréhension. *Phase un réussie !* Il se penche en avant et chuchote :

— Les seuls gardes que j'ai vus sont postés devant le bâtiment et sur les côtés. Ils ont laissé passer quelques personnes, peut-être pour aller aux toilettes, donc la présence d'Élodie ne devrait pas paraître trop suspecte. Mais si les types de la sécurité entrent, je te préviens et on essaie de faire un esclandre. Pour l'instant, tout se déroule comme prévu.

Je hoche la tête et tente de me concentrer sur les conversations en attendant nerveusement que les lumières s'éteignent. Les gardes n'ont probablement pas l'autorité pour m'arrêter eux-mêmes, mais ils peuvent avoir appelé la police. Je tends l'oreille. Pas de sirènes pour l'instant.

Au même moment, une voiture freine dans la rue au pied du tapis rouge. Je tourne la tête. Ce ne sont pas les flics, mais c'est presque pire : Lydia Saxon et son frère sont de retour !

Stellan les remarque en même temps que moi, attrape ma main et m'attire hors de leur champ de vision. Trop tard. À la seconde où ma sœur sort du véhicule, son regard s'arrête sur moi, comme si la foudre me frappait, et mon corps est parcouru d'un frisson glacial.

— Je croyais qu'ils n'étaient pas ici, s'étonne Stellan.

— Jack m'a dit qu'il ne les avait pas informés. Mais ils ont pu être mis au courant d'une autre manière.

— Ils ne te feront pas de mal devant tous ces gens.

Certes. Mais les jumeaux foncent droit vers nous, dépassant les photographes qui cherchent à attirer leur attention. Ils forment un duo de choc : Lydia, les cheveux tirés en arrière dans une queue-de-cheval moderne, porte une robe bustier rouge et Cole, la même peau olive et la tignasse de la même couleur que sa sœur, est affublé d'un nœud papillon écarlate et affiche son habituel sourire méprisant.

— Avery ! Quel plaisir de te voir ici, s'écrie Lydia en se penchant pour m'embrasser sur la joue.

Elle lève un sourcil autoritaire lorsqu'elle aperçoit que ma main est toujours dans celle de Stellan. Je la retire et serre ses deux mains dans les miennes, surtout pour m'assurer qu'elle ne va pas dégainer une arme.

— Je ne savais pas que tu serais au Festival ! m'exclamé-je.

J'espérais qu'ils me laisseraient tranquille, même s'ils avaient vent de ma cachette, puisque j'ai promis le tombeau à Alistair. En fait, ils ne doivent pas me faire confiance un seul instant.

— Décision de dernière minute, intervient Cole. (Il n'arrive qu'aux épaules de Stellan, mais il le regarde en ricanant.) Nous non plus, on était pas au courant que tu serais là – avec ton garde du corps.

Ils sont surpris que je sois là ? Vraiment ? Les appareils photo continuent à lancer des éclairs comme une nuée de lucioles dans la nuit.

Les Frederick posent une question à Cole qui me tourne le dos pour leur répondre, mais Lydia reste collée à moi.

— J'ai hâte que tu me racontes ce que tu fais à Cannes, dit-elle, me décochant l'adorable sourire qui m'a fait croire qu'elle s'intéressait à moi.

Je jette un coup d'œil vers le palais. Que fait Élodie ? Elle ne trouve pas le disjoncteur central ?

— Avery, fait Colette qui s'est matérialisée à mes côtés, il y a un réalisateur à qui j'aimerais te présenter. Tu peux venir avec moi un instant ?

Je fais signe que oui, reconnaissante. Peut-être pourrais-je me cacher jusqu'à ce que…

Les lumières s'éteignent. Enfin !

J'entends des gloussements épars, comme toujours lorsque les gens se retrouvent inopinément plongés dans l'obscurité, et une profonde inspiration juste à côté de moi.

La main de Lydia me comprime le poignet.

— Avery, tu dois partir tout de suite !

— Pourquoi ?

— Tu n'es pas en sécurité ici, poursuit-elle d'un ton de plus en plus nerveux. La coupure de courant n'était pas prévue au programme.

Un frémissement me parcourt l'échine.

— Qu'est-ce que vous avez fait... ?

Je pense à l'attroupement de gens autour du tapis rouge, puis à l'attaque de la famille Emir. Lydia et Cole ne sont pas venus ici pour me chercher. Ni pour monter les marches.

— Amène ton amoureux avec toi si tu veux. Je ne dirai rien. Mais cassez-vous d'ici.

Colette et moi nous écartons déjà du bâtiment et de la foule, guidées par Stellan. Lydia nous emboîte le pas.

— Vous allez faire du mal à tous ces gens ? demande Stellan, assez bas pour que personne ne nous entende.

Quand mes yeux s'accoutument à l'obscurité, je vois qu'il tient le bras de Lydia aussi fermement qu'elle agrippe le mien. Elle essaie de se dégager.

— Je ne suis pas sûre que ça explosera quand le courant reviendra, mais c'est possible. Si quelqu'un est trop proche...

— Quoi ? Vous avez posé une bombe ? Ici ? suffoque Stellan.

— Élodie ! Appelle-la ! Tout de suite ! vociféré-je au même moment. (Stellan attrape son portable de la main qui ne retient pas ma sœur.) Tout le monde doit évacuer les lieux !

J'ouvre la bouche pour crier, mais Lydia me réduit au silence en me fusillant des yeux.

— C'est vraiment ce que tu veux ?

Le hurlement s'étouffe dans ma poitrine. Ils ont toujours ma mère et je ne peux pas être sûre à 100 % que Lydia et Alistair sont sur la même longueur d'onde. Elle pourrait convaincre notre père de l'exécuter.

Stellan marmonne quelque chose en français au téléphone, d'un ton pressant.

— Lydia, ces gens vont mourir, plaidé-je.

— La bombe ne devait exploser que plus tard, répond-elle en jetant un coup d'œil vers l'édifice. Une fois tout le monde parti. Nous pensions subtiliser le bracelet dans la confusion, sans que personne s'en rende compte.

Ils savent que le bracelet est ici, j'aurais dû m'en douter ! C'est probablement la dernière chose que Jack leur a dite avant de découvrir leurs véritables intentions.

— Je m'en fous, Lydia. On doit prévenir tout le monde…

— Non ! On ne peut rien dire ! Sinon les gens sauront qu'on a quelque chose à voir avec la bombe !

Lydia a l'air étonnamment affolée. J'arrache ma main de la sienne. J'ai déjà vu trop d'innocents perdre la vie. Si ma mère était là, je suis sûre qu'elle dirait que ça vaut le coup d'essayer.

Je prends une profonde respiration et hurle à pleins poumons :

— Au feu !! (Il n'y a pas l'ombre d'un incendie, c'est évident, mais je continue à m'époumoner. Des murmures se propagent dans la foule.) Éloignez-vous tous du bâtiment !

Ma panique est contagieuse, une autre personne se met à brailler et le tour est joué. Quelques invités commencent à courir, créant un mouvement de foule qui se dirige vers nous. J'attire Colette et Stellan sur le côté, derrière une voiture, loin des piétinements de la multitude. Tout à coup, les spots au sommet des marches se rallument, surprenant la foule.

Les cris redoublent d'intensité… puis sont couverts par le vacarme infernal d'une explosion qui ébranle le tapis rouge.

31.

Je me protège la tête des mains et Stellan nous plaque, Colette et moi, au sol. Le rugissement de la déflagration s'accompagne d'une émanation à l'odeur chimique et d'une soudaine vague de chaleur, comme si on avait ouvert un four industriel. Ma peau dénudée est instantanément couverte de débris. Les projecteurs explosent en mille morceaux et, quand j'écarte le visage de la poitrine de Stellan, je vois de minuscules éclats de verre tomber comme une pluie de paillettes.

Stellan a les mains posées sur mes épaules. Il me dit quelque chose, mais je n'entends pas.

— Quoi ? demandé-je – même ma propre voix est inaudible.

Le seul bruit dans mes oreilles est un long sifflement.

— Ça va ?

Je lis la question sur ses lèvres et acquiesce d'un hochement de tête.

— Et toi ?

Des fragments de verre scintillent dans ses cheveux et il a une égratignure sur la joue.

— Oui, ça va.

Cette fois, je l'entends, bien que sa voix semble lointaine. Colette se redresse doucement et s'assied péniblement. Elle répond par un geste affirmatif quand je lui pose la même question.

Je me lève. J'ai l'impression que le temps s'est arrêté, les gens sont figés sur place, comme pétrifiés. M. Frederick, affalé contre un mur, les lunettes de guingois, la tête entre les mains. Miranda Cruz, l'actrice, le visage et la robe blanche maculés de sang. Un photographe accroupi au-dessus des vestiges de son appareil photo regarde fixement la fumée qui se dégage du bâtiment. Je cherche Lydia. Aucune trace ni d'elle ni de Cole.

Puis tout le monde se met à courir. Stellan et moi marchons à contre-courant pour rejoindre l'édifice.

En approchant du palais, nous croisons de plus en plus de gens qui s'enfuient en titubant ou qui gisent au sol, ensanglantés, mais en vie. Heureusement que presque personne ne se trouvait à l'intérieur. Stellan pousse la porte par laquelle nous avons vu Élodie s'engouffrer, laissant s'échapper une fumée noire et épaisse.

Je suffoque et tousse dans mon coude.

— Élodie ! hurlé-je entre deux quintes. (Un homme en smoking sort en chancelant, le bras devant le visage, suivi d'un garde de sécurité qui épaule une femme.) Il y a encore quelqu'un ?

Ils n'ont pas l'air de m'entendre. Le nuage noir se dissipe suffisamment pour qu'on aperçoive des flammes qui lèchent le mur. Stellan frémit – je sais qu'il n'aime pas le feu – pourtant il dit :

— J'y vais. Reste là.

Je n'ai pas le temps de protester, il prend une profonde inspiration et se précipite à l'intérieur. Bien que les prières ne soient pas trop mon truc, je prie pour que sa peau ignifuge le protège. Je cours jusqu'à une autre porte et tire sur la poignée de toutes mes forces. Sans succès. De l'autre côté, il y a une entrée ouverte mais ça a l'air trop dangereux de passer par là. Je crie le nom d'Élodie puis je cale une brique dans l'embrasure de la porte, au cas où, et retourne à l'avant du bâtiment.

Colette attend en haut des marches, entourée d'un petit groupe de curieux.

— Stellan, m'égosillé-je par la porte entrouverte, Élodie !

Quelque chose bouge derrière l'écran de fumée. Des silhouettes apparaissent. L'une d'elles s'écroule à terre.

Lasse de mon rôle passif, je me protège le visage de la main et pénètre dans l'édifice. Je tombe nez à nez avec Stellan qui soutient difficilement Élodie. Ils titubent tous les deux et se retrouvent à genoux. Je me penche pour aider l'assistante des Dauphin.

— Allez ! m'écrié-je avant de succomber à un autre accès de toux.

Soudain, sortis de nulle part, des bras s'avancent et soulèvent Élodie. Je me lève, ébranlée par une toux violente.

Jack ?

Il retire sa veste et me la lance.

— Mets ça sur ton visage.

Il hisse Élodie sur son épaule et me pousse devant lui. Je me retrouve dans une autre paire de bras. Luc ! Il m'aide à soutenir Stellan et nous gagnons tous tant bien que mal la sortie.

L'air du dehors est si froid qu'il me prend à la gorge. Jack aide Élodie à s'asseoir et s'accroupit, les mains sur les genoux, avalant des bouffées d'air. Élodie cligne des paupières, hébétée, luttant pour ne pas s'étouffer. Stellan, lui, tombe à genoux, le corps secoué par une crise de toux.

Je regarde Jack, mes yeux me brûlent, je suis aveuglée.

— Comment tu savais ce qui se passait ?

— Je ne savais rien, réponds Jack. Je suis venu avec une surprise. J'y travaille depuis qu'on a appris la trahison des Saxon. Je lui ai dit d'attendre dans la voiture, c'est trop dangereux…

Une tignasse blonde traverse la foule – là, je dois vraiment être en train d'halluciner. Impossible que je voie ce visage ici et maintenant !

Pourtant c'est bien ma mère qui court vers moi et se jette dans mes bras.

32.

Des sirènes approchent de tout côté. Élodie, le corps couvert d'une pellicule de suie, se relève à grand-peine et nous fait signe de la suivre.

Je ne fais pas attention à elle. Ma mère et moi sommes assises sur les marches, où le tapis rouge a pris une couleur gris cendré. Je ne peux m'empêcher de l'observer, comme si elle allait disparaître dès que j'aurai le dos tourné. Elle est si maigre, si pâle, elle a une blessure en train de cicatriser au-dessus de l'œil, les cheveux aplatis et emmêlés.

Je suis déchirée entre l'envie de massacrer Lydia et Cole pour ce qu'ils ont fait, et celle de me jeter dans les bras de ma mère pour pleurer. Elle semble lire dans mes pensées, car elle m'attire contre elle et me serre très fort.

— Il faut qu'on parte d'ici, murmure-t-elle.

Oui, c'est ce que nous devrions faire, ma mère et moi. Sauter dans un taxi, rouler sans nous arrêter, traverser une frontière ou deux avant de ralentir. Laisser le Cercle derrière nous pour toujours, sans un mot d'adieu. Malgré ce que j'ai pu dire – et qui d'ailleurs était vrai ! –, voir ma mère devant moi et savoir que je pourrais la protéger me fait presque changer d'avis.

Mon regard va se poser sur Stellan, qui enroule un mouchoir autour de sa main brûlée, couverte de cloques. Et sur Jack, en sueur et noir de cendres – d'ailleurs, je porte encore sa veste. Puis sur Élodie, qui serre contre son corps une petite pochette noire comme si elle contenait un trésor – je crois que c'est le cas.

Lydia et Cole ont disparu. Ils ont dû décamper avant qu'on puisse les accuser.

— Je ne peux pas les quitter tout de suite, maman.

Elle prend mon visage entre ses mains, l'air résignée.

— Je me doutais que tu dirais ça. Alors allons faire ce qu'il y a à faire.

J'adresse aux autres un signe de ralliement et nous nous éloignons en fendant la foule.

Nous cherchons des yeux la voiture, introuvable. Comme nous étions arrivés tard au palais, le chauffeur a probablement pu s'en aller après l'explosion, avant que les véhicules de secours et de sécurité ne bloquent la rue. Malheureusement, il a emporté toutes nos armes avec lui, et nous n'avons nulle part où nous réfugier.

Résultat, nous nous terrons dans un petit café près de la plage, à quelques pâtés de maisons de là. Luc a prié les serveuses de sortir en leur glissant quelques billets.

Je m'approche de Jack qui verrouille la porte d'entrée.

— Merci, lui dis-je. Ma mère... Je...

Je n'ai pas de mots pour décrire ce que je ressens. J'ai rompu avec lui, je suis partie en claquant la porte et j'ai passé le reste de la soirée avec son ancien meilleur ami. Et lui – ce garçon qui a toujours vécu dans le respect des règles – a passé la soirée à couper toute attache avec la seule famille qu'il ait jamais eue afin de sauver la personne à qui je tiens le plus.

Il secoue la poignée. C'est bien fermé. Il me fait face.

— Merci du fond du cœur, Jack.

Il esquisse un geste de la tête et plonge les mains dans les poches.

— Je suis désolé. Profondément désolé.

— Je sais, réponds-je en tirant nerveusement sur le bas de ma robe.

Je ne peux pas lui dire que je le pardonne, ce serait mentir. Je serre mon pendentif dans mon poing.

Jack fixe ses pieds, désemparé, mais il se ressaisit vite.

— C'est Rocco qu'il faut remercier – l'homme à la cicatrice. C'est lui qui a libéré ta mère et l'a confiée à Luc. Moi, je lui ai juste donné les ordres.

Jamais au grand jamais je n'aurais cru que je voudrais me jeter au cou de cet homme ! Il est plus loyal que je ne le pensais. Il faudra que je m'en souvienne.

Je me tourne vers ma mère. Colette a posé un châle sur ses épaules, aussi maternelle avec elle qu'avec le reste du groupe. Je me serre contre ma mère dans un grand fauteuil, elle prend ma main et ne la lâche plus.

Jack lance un coup d'œil par la fenêtre et s'installe dans un canapé, à côté de Colette. Leurs vêtements maculés de cendres laissent des traces grises sur le tissu beige abîmé. Stellan et Élodie sont assis en face de nous et Luc est à une petite table branlante.

— Alors ? demandé-je.

Élodie montre le bracelet qu'elle a trouvé dans le palais. C'est effectivement le jumeau de l'autre. Ils sont presque identiques. Je retire le mien et le lui tends.

— Le mot de passe du second est Boyer… du moins, on l'espère.

Élodie fait tourner les anneaux du bracelet et nous entendons un *clic* au moment où une pièce du bijou se surélève. Nous laissons tous échapper un soupir, mais le soulagement est de courte durée.

— Et maintenant ? s'impatiente Élodie. Le bracelet doit nous divulguer un secret, non ? Il doit nous manquer un truc.

— Je m'imagine que l'énigme va plus loin que ça, réfléchit Colette. Récapitulons.

— Le premier indice était, commence Luc, « Un pas de plus vers la révélation du secret, à travers une union scellée dans le sang ». Ensuite, il y avait la phrase sur la prêtresse de Delphes. Puis l'inscription sur ce bracelet : « Ce n'est que par l'union que mon jumeau et moi révélerons l'obscur secret que nous gardons dans nos cœurs » et celui sur l'autre : « Quand il sera découvert, mon jumeau, je vais tout révéler, seulement au vrai ».

— Il y a aussi le mandat, nous rappelle Stellan. « Par leur union, ce qui revient de droit aux diadoques est révélé ». (Il me regarde.) « Leurs destinées entrelacées deviennent le destin du Cercle ».

Élodie pose les deux bracelets sur la table basse devant elle et s'avance. Elle s'essuie le visage, qui est à présent strié de suie.

— Je reviens sans cesse à la cartographie de la destinée cellulaire, dit-elle. « Une union scellée dans le sang ;

leurs destinées entrelacées »… Moi, ça me fait penser à la génétique. Donc… l'union crée quelque chose qui permet aux bracelets de révéler quelque chose. Il y a un lien avec le sang, c'est sûr, mais *physiquement,* qu'est-ce qui…

Une explosion derrière moi nous fait tous bondir de nos sièges. On vient de fracasser la serrure de la porte d'entrée.

Le battant s'ouvre en grand, laissant pénétrer mon frère et ma sœur.

33.

Je me jette devant ma mère pour la protéger. Jack brandit déjà son arme. Stellan cherche la sienne, mais pousse un juron en s'apercevant qu'il l'a laissée dans la voiture. Ils se figent tous les deux en voyant que Lydia et Cole braquent leurs pistolets sur nous.

— Ne faites pas cette tête, lance Lydia à la cantonade. (Elle se tourne vers moi.) Je sais que Père te fait confiance, et je voudrais en être capable aussi, mais… ta robe est vraiment idéale pour y glisser un traceur.

Je me raidis et commence à palper mon bustier à la recherche d'un petit boîtier, mais c'est ma mère qui détache quelque chose de mon dos, près de mon omoplate. Une puce électronique noire. Loin de s'excuser, Lydia pointe son arme sur Jack.

— Bishop, pose ce flingue tout de suite !

Il hésite, mais le laisse tomber sur le sol.

Cole esquisse un geste dans la direction de ma mère.

— Comment elle a fait pour sortir ? On aurait dû la buter, comme je te l'avais dit.

— Si vous touchez à un seul de ses cheveux…, dis-je, mais ma mère presse ma main dans la sienne.

— Ne le contrarie pas, murmure-t-elle.

— Pourquoi on ne ferait pas tous un petit brainstorming ? propose Lydia.

Elle se tient à une distance qui lui permet de tirer sur le premier qui tenterait de l'agresser.

— Je crois avoir saisi quelques bribes, mais je ne suis pas sûre d'avoir tout pigé. Les bracelets doivent vous révéler un secret, l'union est ce qui va les ouvrir et elle a un rapport avec le sang.

Je jette un coup d'œil vers la porte et Stellan fait de même. Il secoue très discrètement la tête. Nous pourrions essayer de sortir en courant, mais les jumeaux tueraient l'un d'entre nous, j'en suis persuadée.

— Pas question qu'on vous dise quoi que ce soit, me révolté-je.

— Mmm, dit Cole d'un ton songeur. Devinez qui va se prendre une balle dans la tête ? (Il pivote sur lui-même, braque son arme sur moi, puis sur Colette avant de s'arrêter sur Luc.) Celui que vous voulez sauver à tout prix : l'héritier des Dauphin.

Élodie a le souffle coupé et Stellan commence à se lever du fauteuil.

— On ne bouge pas, menace Cole, en pressant le canon sur la tempe de Luc.

Stellan se rassied.

— Bon, fait Lydia.

Les deux bracelets sont posés sur la table basse entre nous. Ma sœur en ramasse un.

Tout à coup, un couteau fend les airs au-dessus de sa tête. Cole se baisse, la lame frôle son épaule et vient s'échouer sur le sol avec un bruit sourd. Un bruit de plastique. C'est le couteau d'Élodie. Elle a dû le dissimuler sous ses vêtements pour passer le détecteur de métaux.

Dans la seconde, Élodie s'élance de la banquette et se précipite sur Luc. Un coup de feu part et elle s'effondre sur la table.

Je hurle. Stellan, Colette et Jack bondissent.

— Assis ! beugle Lydia. Sinon, la prochaine fois, je vise un organe vital.

Élodie presse sa paume contre le côté de son ventre qui saigne abondamment. Mais elle est en vie. Stellan s'approche d'elle.

— Ne bouge pas !

— Elle va se vider de son sang. Laisse-moi la bander.

— Elle aurait dû y réfléchir avant d'essayer de tuer mon frère, éructe Lydia. Si vous nous racontez tout maintenant, on vous laissera peut-être l'aider.

— Non, gémit Élodie en grimaçant. Ne lui dites rien !

— Comme mademoiselle l'a bien expliqué, poursuit Lydia comme si de rien n'était, le bracelet dans une main, le pistolet dans l'autre, le sang est la clé qui ouvrira le bracelet. Il suffit de savoir comment ça fonctionne. (On entend les mouches voler.) D'abord, comment peut-il y avoir une *union* de sang ? Il y a la solution évidente – dont vous avez certainement déjà parlé. Un enfant.

Jack jette à Lydia un regard haineux qui me fait froid dans le dos.

— Impossible que ça marche.

Lydia lève un sourcil. C'est sans doute la première fois qu'il lui répond avec insolence.

— C'est surtout qu'on n'a pas le temps d'attendre. Mais réfléchissons-y quand même. Si c'est la bonne réponse, qu'est-ce que ça signifie ? Scientifiquement parlant ?

Personne n'ouvre la bouche, même si nous avons une petite idée.

Élodie est blanche comme un linge. Elle avale des respirations brèves et heurtées.

— L'ADN d'un enfant est une combinaison des ADN de ses deux parents, intervient soudain Luc, en se penchant en avant.

— Ne les aide pas, grogne Élodie.

— Je ne vais pas te laisser mourir Él ! Si les parents sont spéciaux, le mélange de leurs sangs pourrait former quelque chose d'entièrement différent.

Nous le regardons tous bouche bée. Ce n'est pas que je le croyais idiot, mais je pensais qu'il ne prêtait pas attention aux détails techniques et là, il relance une théorie qu'Élodie élabore depuis plusieurs jours.

Les jumeaux n'ont pas l'air convaincus.

— Tu dis que l'ADN du sang d'un bébé pourrait ouvrir une espèce de loquet inséré dans le bracelet ? Une substance biologique humaine pourrait suffisamment modifier un matériau non humain pour le transformer ? (La voix de Cole trahit son scepticisme.) Donc on fait en sorte qu'Avery tombe enceinte de l'Élu – reste encore à savoir qui c'est –, on attend neuf mois, on prélève l'ADN, on l'injecte dans le bracelet et abracadabra ! Ça nous donne quatre bijoux moches au lieu de deux !

— Intéressant…, commente Lydia.

Les lèvres de Cole se retroussent.

— On n'a qu'à les péter !

— Mais non, on casserait ce qu'il y a à l'intérieur, fait Lydia avec mépris.

— Maintenant vous en savez autant que nous, dis-je (Élodie exerce une pression sur sa plaie, mais je vois bien que ses forces déclinent. Stellan est juché sur le bord du canapé, prêt à bondir vers elle), s'il vous plaît, laissez-nous la soigner.

Lydia fait non de la tête.

— Même si l'hypothèse du bébé était vraie, ça ne nous est pas d'une grande aide à présent. Vous devez bien avoir d'autres théories.

— Non, rien, lance Jack. On ne te ment pas. On pensait que les mots de passe ouvriraient les bracelets, mais il manque quelque chose !

J'enroule nerveusement mon collier autour de mes doigts et m'étonne de voir qu'ils sont tachés de rouge. Une de mes coupures à la poitrine occasionnées par l'explosion doit encore saigner.

Je m'essuie le doigt sur ma robe puis le fixe, songeuse. Du sang… Et si c'était beaucoup plus simple ? Je pince les lèvres.

— Qu'est-ce qu'il y a ? s'enquiert Lydia.

Elle m'a vue, évidemment.

— Rien.

Lydia s'approche de moi par-derrière en continuant d'agiter son arme vers nous.

— Tu lui donnes encore combien de temps, à l'assistante ? (Stellan émet un grognement rauque et Colette pousse un sanglot étouffé alors que les yeux d'Élodie commencent à se fermer.) Peut-être que je peux estropier l'un des gardiens ? Je crois que tu les aimes un peu trop tous les deux, Avery.

Son regard navigue entre Jack et Stellan et se pose sur sa brûlure à la main. Le mouchoir a glissé, je vois que c'est déjà beaucoup moins rouge. Presque cicatrisé. Impossible que Lydia comprenne ce que ça signifie.

J'ai un goût de bile dans la gorge

— J'allais dire…, commencé-je

Lydia me coupe la parole.

— Le sang…, fait-elle en effleurant ma clavicule. (Merde ! Elle a dû me voir observer ma blessure.) L'ADN est contenu dans le sang. C'est à ça que tu penses, non ? On pourrait mélanger les sangs au lieu d'attendre un bébé !

Élodie ouvre un œil au prix d'un gros effort.

— Pas la même chose, dit-elle d'une voix éteinte. Mélanger le sang de deux personnes ne permet pas de combiner les ADN.

— On tâtonne, répond Lydia, hautaine. Comment on sait que ce n'est pas la bonne hypothèse ?

— Alors, on prend le sang d'Avery et celui de l'Élu et on injecte ce petit cocktail dans le bracelet. J'imagine que ça nous fait gagner neuf mois, ce qui est un avantage évident, bien que tout ça me paraisse toujours absurde, critique Cole.

— Mais c'est assez facile à tester, réplique Lydia. (Elle montre Luc du doigt.) Il a autant de chance d'être l'Élu que n'importe qui.

Cole saisit l'avant-bras de Luc et lui entaille la peau avant de tendre le couteau à Lydia. Luc se recule sur le canapé, les yeux écarquillés. Lydia se penche vers moi et m'incise la poitrine. Elle colle son pouce à la lame pour recueillir nos deux sangs, se frotte les doigts et enduit la partie surélevée du bracelet de liquide écarlate.

Bien que nous sachions qu'il ne va rien se passer – Luc n'est pas l'Élu – nous gardons tous les yeux rivés sur le bijou. Je regarde Cole et Lydia. Peut-être que nous pourrions les maîtriser pendant qu'ils sont concentrés sur autre chose ? Mais ils n'ont pas l'air de baisser la garde.

Après quelques secondes, voyant que le bracelet ne réagit pas, nous nous détendons tous.

— C'est pas lui, dit Lydia à voix basse, vous saviez tous que ça n'allait pas marcher.

Elle semble réfléchir pendant un instant, puis, tout à coup, elle m'entaille la peau plus profondément. J'ai un hoquet de surprise et colle ma paume contre la plaie lancinante. Le sang s'écoule entre mes doigts. Ma mère m'attire contre elle.

Lydia fait volte-face. Stellan est toujours assis sur le bord de l'autre canapé, à un mètre d'elle. Avant que je ne comprenne ce qu'elle a derrière la tête, elle lui taillade l'avant-bras avec le même couteau et essuie la lame dans sa main, mêlant son sang au mien.

— Non ! m'étranglé-je en me dégageant de l'étreinte de ma mère. Une tache cramoisie se forme sur la manche relevée de la chemise de Stellan. Il regarde Lydia, comme hypnotisé, alors qu'elle ramasse l'autre bracelet.

Elle presse sa paume ensanglantée contre l'intérieur. Le cuivre devient rouge.

Rien ne se passe.

Puis, le jumeau du bracelet de Napoléon se met à fumer.

34.

— Le sang le fait fondre, s'écrie Lydia en posant le bracelet sur la table basse. Ou le chauffe. Ou quelque chose. Il y a une serrure. J'avais raison !

Je sens une main saisir la mienne et je glisse mes doigts rougis entre ceux de Stellan. Des gouttes écarlates tombent sur le parquet usé du café. Nous ne pouvions pas en être sûrs, mais à présent il n'y a plus aucun doute : l'union, c'est nous. Notre carte du destin est bien réelle. Stellan fait partie de la treizième lignée et, même s'il n'est pas question de mariage, notre union nous donne du pouvoir.

Et apparemment, il ne s'agit pas d'un pouvoir uniquement symbolique.

Lydia tourne sur elle-même.

— C'est lui. Je le savais ! Quand on est entrés, j'ai été étonnée de voir qu'il n'avait qu'une petite brûlure. Et depuis, ça a complètement cicatrisé, non ?

Elle a raison. Je m'approche pour regarder sa lésion, mais ne distingue que de la peau rosée et un peu translucide comme le reste des cicatrices de Stellan.

— Comment est-ce possible ? aboie Cole.

— Je savais qu'Avery ne s'attacherait pas à ce Gardien juste pour ses beaux yeux, continue Lydia, presque avec fierté. (Stellan me lâche la main.) Ça a un rapport avec l'histoire du treizième qui est mentionnée partout, non ? (Sur la table, le bracelet fume toujours.) Mais si le treizième est une personne… ça signifie qu'il existe… une treizième famille dans le Cercle ?

— Mais il y a douze Diadoques, rétorque Cole, d'un ton à la fois méprisant et suspicieux.

— Et Alexandre, ajoute Lydia, qui semble avoir une révélation. C'est ça, la treizième famille ? Tout le monde croit qu'il n'a pas d'héritier, mais c'est peut-être faux ?

— Mais, crache Cole, ça veut dire que… le mandat dit qu'il est l'Élu ?

— N'importe qui de cette lignée. (Lydia s'assied sur une ottomane à fleurs, le pistolet toujours à la main. Malgré tout, je suis impressionnée par son esprit de déduction.) C'est ça, n'est-ce pas ?

— Mais la lignée de l'Élu… est censée prendre le pouvoir…, déclare Cole en braquant son arme sur Stellan.

Lydia s'intercale entre les deux garçons.

— Ça signifie qu'il est important. On a besoin de lui.

Cole se tourne vers Luc en grimaçant.

Tout à coup, on entend un *clic*. Le bracelet se divise en deux. Nous le regardons tous, abasourdis. Lydia tend sa main rougie pour le saisir, mais Élodie intervient d'une voix faible :

— Non, tu pourrais endommager ce qu'il y a à l'intérieur avec tout ce sang…

Lydia le donne à Jack.

— Vas-y, ouvre.

Il le saisit et le cache derrière son dos.

— On a coopéré jusque-là. Laissez-nous aider Élodie.

— Bon, OK, soupire Lydia.

Stellan bondit sur ses pieds, allonge Élodie sur le canapé et compresse la plaie.

— Maintenant, ouvre-le, ordonne Lydia. Et Cole, surveille l'assistante !

— Passe-moi le deuxième flingue, fait Cole en esquissant un geste vers le pistolet de Jack posé par terre.

Lydia le lui tend. Il garde le sien pointé sur Luc et celui de Jack sur nous.

— Magne-toi ! fait Lydia.

Jack croise mon regard. Nous n'avons pas le choix. Il tire doucement et le bracelet s'ouvre. Après un coup d'œil circulaire, il en extirpe un bout de papier qu'il commence à déplier. La feuille fait environ cinq centimètres sur quinze. On voit qu'elle est à deux doigts de se désagréger entre ses mains. Jack se penche sur les minuscules caractères.

— Lis ! ordonne Lydia. Ai-je besoin de vous rappeler qu'on pourrait vous buter et partir avec les bracelets maintenant qu'ils sont ouverts ? Je me demande bien pourquoi je fais preuve de clémence, vous devriez m'être reconnaissants, bande d'ingrats !

Moi, j'ai une petite idée. Elle espère encore que d'une manière ou d'une autre, après tout ce qu'elle a fait, je veuille toujours faire partie de leur clan. Elle sait qu'il n'en serait pas question si elle tuait mes amis. Lydia a beau être tarée, elle tient à sa famille.

— Lis-nous le parchemin, ordonne Cole, le suspense a assez duré.

Jack nous regarde l'un après l'autre et se racle la gorge.

— C'est en français. En haut est inscrit : « Transcription d'écrits découverts dans le tombeau d'Alexandre le Grand, dans sa propre ville, au sein du treizième au centre des douze. Voici le trésor que j'ai cherché pendant la moitié de ma vie. Cela va même au-delà : il existe un remède, mais je crains qu'il ne soit pire que le mal. Je l'ai donc laissé sous terre. Je vous avertis par devoir envers le Cercle. S'il devait tomber entre des mains ennemies, cela déboucherait sur une catastrophe sans précédent. » C'est signé « Napoléon Bonaparte, 1801 ».

Nous nous jetons des coups d'œil déconcertés. On dirait que Napoléon va nous raconter ce qu'il a découvert dans le tombeau, au lieu de nous expliquer où il se trouve.

— C'est tout ? s'enquiert Lydia.

Jack secoue la tête et poursuit sa lecture :

— « Chère Helena, j'espère que tu es saine et sauve et que tu n'as pas découvert qu'il est trop tard pour détrôner les usurpateurs et recouvrer ce qui est à toi de plein droit. » (Nous sommes tous interdits. Des usurpateurs ?) « Dès le jour de ta naissance, j'ai su que je ferais l'impossible pour te protéger – n'ayant pu protéger ni mon fils, le maître du monde comme tu le sais, ni son fils après lui – ton père. »

Lydia laisse échapper un cri de surprise.

— « Mon fils », murmure-t-elle. « Son fils après lui ». La personne qui écrit est…

— Olympias, dit Élodie d'une voix chevrotante. (Stellan est en train de nouer les manches de sa veste de smoking autour de la poitrine de la jeune fille.) La mère d'Alexandre le Grand.

— Le fils d'Alexandre est mort jeune, pourtant, songé-je tout haut.

— Il était adolescent, répond Jack, pas nécessairement trop jeune pour avoir un enfant.

— C'est à cet enfant qu'elle écrit, soufflé-je. Helena. La petite-fille d'Olympias.

Le silence retombe et Jack reprend sa lecture :

— « Après s'être emparés de la dynastie de mon fils, les Diadoques ont voulu être liés par le sang. De manière à être vraiment frères. »

— S'emparer ? m'étonné-je.

— Oui, d'où les « usurpateurs », acquiesce Stellan. Continue.

— « Mais ils n'auraient pas dû sous-estimer une femme. L'Ordre d'Olympias et moi »...

— L'Ordre, chuchote Lydia. Vous pensez que...

— Oui, l'interrompt Colette, ça doit être ça.

Jack poursuit :

— « L'Ordre d'Olympias et moi les avons liés ensemble, comme ils le demandaient, mais ils ne pouvaient savoir que j'avais semé les graines de leur destruction. »

Les poils de mes bras se hérissent. Nous nous regardons tous sans rien dire. C'est incontestable à présent. Olympias ne parle pas des Diadoques comme s'ils étaient les descendants choisis d'Alexandre, ainsi que le Cercle en est convaincu depuis toujours : elle parle d'eux comme des voleurs de pouvoir et du droit de *sa* lignée à gouverner.

— C'est tout pour ce document, conclut Jack.

Tout le monde se tourne vers le deuxième bracelet, puis vers Stellan et moi. Il vient de terminer le bandage d'Élodie et ne porte plus qu'une chemise blanche. Lydia se lève brusquement, passe la main sur le bras de Stellan puis en haut de mon torse et macule de sang l'intérieur du second bracelet. Quelques minutes plus tard, nous extrayons un deuxième papier enroulé et Jack recommence à déchiffrer le texte.

— « Tout ce qu'il vous faut pour accomplir le destin des Diadoques est une femme de la lignée. Assurez-vous qu'elle a les yeux violets – ce qui signifie qu'elle a suffisamment de sang, dans sa composition correcte. » (Jack lève les yeux vers moi.) « Son sang, mêlé au tien, créera… (Sa voix se brise.)… créera une épidémie. »

— Une épidémie ? répète Stellan, incrédule.

Cole éclate d'un rire démoniaque. Les autres sont frappés de stupeur.

— Continue, dis-je.

— « Répétez les rites bachiques célébrés lorsqu'ils furent liés, avec leurs sangs mêlés dans une coupe. Seule une goutte du virus est nécessaire et le royaume sera à toi, jusqu'à la fin des temps. »

Nous nous tenons cois pendant un long moment. C'est Élodie qui finit par rompre le silence :

— La malédiction d'Olympias… (Bien que ses yeux soient fermés, c'est un immense soulagement d'entendre qu'elle est suffisamment alerte pour comprendre ce qui se passe.) J'en ai eu vent, mais je ne pensais pas que…

— Alors c'est *ça* l'arme contenue dans le tombeau ? demande Cole. Je pensais que c'était une arme contre l'Ordre.

Lydia retrousse ses lèvres.

— Tu te soucies encore de l'Ordre, toi ? Selon ces écrits, l'Ordre était déjà impuissant il y a deux mille ans. *Voilà* ce que signifie le mandat depuis le début. On pensait qu'il parlait de l'Ordre parce qu'il mentionne « les pires ennemis ». Mais les membres du Cercle sont les ennemis les uns des autres depuis toujours !

Près de moi, ma mère est secouée d'un frisson.

— Vous avez écouté ? m'agacé-je. Tout le monde peut attraper le virus, il suffit d'ingérer notre sang. Même *vous* n'êtes pas immunisés.

— Que personne ne porte ses mains à ses lèvres, articule Élodie difficilement.

Je reste bouche bée devant mes doigts sanglants, qui sont tout à coup devenus des armes mortelles.

Lydia observe ses propres mains, les écartant le plus possible de son corps.

— Napoléon a écrit qu'il existe un remède dans le tombeau. On peut le trouver. Et dans tous les cas, on trouvera une solution. La médecine moderne est forcément plus avancée que ce que pensait avoir découvert cette femme.

— Alors il suffit de mélanger leurs sangs, tranche Cole, et les faire boire à quelqu'un.

— Pas obligatoirement boire…, réplique Lydia. Si j'ai bien compris, une goutte suffit. On n'a même pas besoin d'infecter qui que ce soit. Le simple fait qu'on possède cette arme… (Je vois qu'elle se creuse les méninges.) Je ne sais pas ce qu'on peut faire de tout ça, mais c'est sûr qu'on peut faire quelque chose !

— Pas sans notre sang, intervient Stellan.

Lydia baisse les yeux sur ses mains et sur le couteau posé sur l'ottomane. Je comprends tout de suite ce qu'elle a en tête.

— Faut qu'on nettoie les endroits où le sang est mélangé, haleté-je. Sur nous et sur toi, Lydia.

Jack opine du chef. Nous nous tournons tous les deux vers Cole qui a toujours son pistolet pointé sur Luc et celui de Jack sur nous. Et si nous essayions de partir en courant...

— Préparez-vous, lance Jack.

— Pour quoi ? chuchoté-je, mais avant que je ne m'explique son ordre, Jack prend une profonde respiration et saute de sa chaise. Jack !

Cole presse calmement la détente... qui émet un *clic* sourd. Il appuie à nouveau. Sans succès. Jack fond sur lui. Cole tire alors avec le deuxième pistolet. La balle touche un lustre en cristal au-dessus de nos têtes avant de se loger dans le plafond, faisant pleuvoir des morceaux de plâtre.

— Cole ! s'égosille Lydia en dirigeant son arme vers eux.

Elle est clairement réticente à l'idée de tirer dans le tas. J'attrape le couteau de Lydia et l'appuie contre sa taille avant qu'elle n'ait le temps de traverser le cercle de chaises pour rejoindre son frère.

— Pas un geste !

Elle s'immobilise, puis pivote d'un seul coup pour tenter d'envoyer valser la lame. Cette fois, je me souviens de mes leçons d'autodéfense : je lui fais un croc-en-jambe tout en éloignant l'arme. Lydia s'effondre sur le canapé et je l'y maintiens d'un genou dans le dos.

Stellan arrive tout à coup près de moi et arrache le revolver de la main de Lydia.

Un peu plus loin, Luc s'est jeté dans la bataille et aide Jack à désarmer Cole. Jack flanque ensuite un coup de crosse à mon frère qui s'écroule sur le sol.

Lydia pousse un cri strident.

Jack ramasse son pistolet, retourne à la place qu'il occupait et récupère le chargeur qu'il replace dans son arme. Il a dû sortir les munitions avant de poser son revolver. Mais si son stratagème n'avait pas fonctionné et que Cole avait pointé l'arme chargée au lieu de…

J'exhale un soupir entrecoupé, mon cœur bat comme un tambour à mes oreilles.

— Cole ! Laisse-moi voir s'il va bien !

Lydia gesticule, essayant de se libérer.

— Je suis sûre qu'il va bien, dis-je en la plaquant sur la banquette. (Je me tourne vers Stellan.) On va les enfermer, mais d'abord il faut essuyer le sang sur elle et sur nous.

Stellan charge Lydia sur son épaule.

— Colette, dit-il alors que nous sortons tous du café, appelle une ambulance pour Élodie.

Ma mère est sur nos talons.

— Je peux faire quelque chose pour vous aider ? s'enquiert-elle.

— Accompagne Colette et Élodie, lui dis-je. (Elle hésite, mais si elle pouvait se tenir à distance du danger, je me sentirais mieux.) Je t'en prie, maman.

Elle finit par accepter ma demande, m'embrasse sur la tête et retourne vers le café. Quant à nous, nous continuons à nous en éloigner.

Lydia hurle des obscénités.

— Il y a une fontaine quelque part ? crié-je pour me faire entendre.

— On contaminerait l'eau.

Je cherche frénétiquement des yeux une solution.

— La mer ! Ça devrait diluer le sang.

Nous courons sur le sable, je retire mes chaussures d'un coup de pied, et nous plongeons tous dans la mer glaciale, affrontant les vagues qui se brisent sur la plage. Mes plaies me brûlent au contact du sel et ma robe dorée gorgée d'eau me tire vers le fond. Je me revois en Grèce, en train de me noyer, incapable de remonter à la surface. Je lutte contre la panique et lance le couteau aussi loin que je peux – espérons qu'il sombre avant qu'un innocent touriste ne se coupe le pied. C'est de toute façon moins dangereux que de le garder couvert de sang. Stellan pousse Lydia dans la houle et je l'attrape pour frotter ses mains encore rougies.

— Arrête, crache-t-elle.

Nous faisons à peu près la même taille, mais elle a plus de force. Seules les vagues déferlantes nous mettent sur un pied d'égalité.

— Tu crois que tu vaux mieux que nous. Tu crois que tu es différente. Tu ne l'es pas, c'est juste que tu ne le sais pas encore.

Une vague plus haute frappe le rivage et m'éclabousse. Je cligne des yeux pour en chasser le sel.

— Lydia…

Les cheveux de ma sœur lui collent au visage comme des tentacules noirs.

— Attends de trouver une cause qui mérite que tu te battes ! Une chose pour laquelle tu ferais n'importe quoi ! Et là, tu comprendras.

Elle regarde Stellan qui se lave les mains et les bras dans l'écume, sa chemise blanche luisant sous la lune presque pleine, puis se dégage de mon étreinte et plonge dans l'eau. Stellan l'attrape d'un ample geste et la retient malgré ses coups de pied.

Je m'immerge dans les vagues et frotte les dernières taches écarlates.

— C'est bon ?

Stellan examine mon cou, ma poitrine et mes bras dans les rayons de la lune. Nous ignorons tous les deux ma sœur qui se débat.

— Tu saignes encore, mais je pense que le sang mélangé est parti.

Le courant nous pousse vers le rivage et Stellan laisse tomber Lydia sur le sable. Elle se relève avec difficulté, se prenant les pieds dans sa robe de soirée détrempée.

— Où est Cole ? veut-elle savoir.

Nous découvrons un peu plus loin Jack et Luc qui se tiennent à côté d'une silhouette gisant sur la plage.

Lydia se précipite vers eux.

— Cole !

Elle se jette à terre près de son frère, dont la blessure à la tête saigne toujours.

— Il va s'en sortir, Lydia, arrête de hurler, lui dis-je en attrapant Jack par le bras. On ne peut pas rester ici.

Faut qu'on les amène dans un endroit où on peut les enfermer jusqu'à ce qu'on ait une idée.

Avant qu'il ne puisse répondre, plusieurs voitures freinent violemment dans la rue qui donne sur la mer.

— Merde ! s'exclame Jack. Les agents de sécurité des Saxon.

Ma bouche s'assèche. Les ombres sprintent vers la plage.

— Par ici ! les appelle Lydia. Dépêchez-vous.

Stellan dégaine le pistolet de Cole et s'apprête à répondre à l'assaut des hommes.

— Non ! clamé-je. Tout le monde se disperse. Ils sont trop nombreux. Luc ! Cours !

Jack opine de la tête. Stellan braque son revolver sur les jumeaux.

— Non ! fais-je. Ne tire pas.

— Pourquoi pas ? On ne peut pas les laisser partir. Ils vont propager une *épidémie* !

— On ne va pas le faire, sanglote Lydia en levant les mains au ciel. Il faudrait être idiot ! Baisse ton flingue. On va attendre que la sécurité arrive, on va parler calmement et…

— Tu ne les crois tout de même pas, Avery, rassure-moi ? fait Stellan sans abaisser son arme.

Non, je ne les crois pas, mais…

— Ils n'ont pas nos sangs mélangés. Et ils sont toujours… (Je m'interromps. *Ils sont toujours de ma famille* – je finis la phrase dans ma tête. Après tout ce qui s'est passé, comment puis-je encore penser comme ça ?) S'il te plaît, ne fais pas ça.

Jack attrape Stellan par le poignet.

— Si tu les tues, les gardes ne t'épargneront pas.

— Je t'en prie…

Stellan serre les dents, mais finit par baisser son arme, et nous nous mettons à courir tous les trois, avec Luc. Je jette un coup d'œil par-dessus mon épaule pour voir Lydia qui nous observe en silence. Nos yeux se croisent quelques instants puis elle est engloutie par la nuit.

35.

Quelques jours plus tard, nous sommes de retour à Paris.

Je me réveille dans la chambre à coucher de l'appartement que je partageais avec Jack à Montmartre. Ma mère, qui a passé la nuit à côté de moi, est déjà sous la douche.

Je passe la tête dans le salon. Jack est encore endormi sur le canapé. Je me surprends à le contempler. Sa main posée sur son ventre s'élève et s'abaisse, son T-shirt est légèrement remonté, exposant les étranges cicatrices qui barrent sa hanche et dont je ne connais pas la signification. Ses cheveux noirs, suffisamment longs pour être un peu ondulés, flottent sur son oreiller.

Il n'est pas revenu sur notre rupture. Moi non plus. Je croyais que je l'avais perdu pour toujours, mais maintenant je n'en suis plus si sûre. Jack me ressemble plus que je ne l'imaginais. Il est capable d'avoir une confiance absolue dans les gens et finalement, moi aussi. Je pensais que je ne laisserais jamais personne percer ma carapace. J'avais tort. À plusieurs reprises, j'ai ouvert mon cœur et je l'ai donné à qui voulait bien de moi. Pourtant, je suis enfin en train d'intégrer le fait que personne – pas même Jack – ne mérite ce type de confiance aveugle.

Stellan ne m'a pas non plus reparlé de cette fameuse soirée, mais il est évident que ça a changé la donne entre nous. Nous savons à présent que pour réaliser l'union, nous n'avons pas besoin de nous marier – tout bien réfléchi, ça ne m'aurait pas dérangé tant que ça. J'ai fini par prendre conscience qu'il est un repère, une présence stabilisatrice dans ma vie. Bien que lui ne se fie à personne, j'ai finalement compris que je pouvais me fier à lui – et peut-être plus encore.

L'espace d'un instant, je m'imagine une conversation que j'aurais pu avoir avec Lydia, si la situation avait été différente. Une vraie discussion entre sœurs, sur l'amour, le désir, le deuil, les incertitudes, tous ces sentiments inexplicables et mystérieux. Je me sens tout à coup plus égarée, plus seule qu'avant…

Mais peut-être que la solitude n'est pas ce qu'il y a de pire. Peut-être que je dois maintenant apprendre à me faire confiance, apprendre à vivre avec moi-même.

Je ferme la porte de la chambre.

Stellan, Élodie et Luc sont parvenus à convaincre les Dauphin que leur présence à Cannes pendant les événements était une pure coïncidence. Ils sont de retour à Paris et la blessure d'Élodie commence à guérir.

Hier soir, Colette nous a téléphoné pour nous informer que la Fashion Week de Paris est maintenue, contrairement au Festival de Cannes. Mme Dauphin aurait été ravie d'annuler la Semaine de la Mode, mais elle a déjà réussi à la reporter une fois, pendant sa grossesse, et ne peut pas en décaler à nouveau la date. Les mesures de sécurité vont simplement être renforcées. Colette nous a aussi indiqué que son amie et cousine éloignée, Émilia Deschamps, participera à un défilé. Et apparemment, Lydia et Cole y seront présents en tant qu'invités d'honneur.

Nous avons essayé d'appeler Lydia plusieurs fois depuis Cannes, mais elle ne décroche pas. Mon père est lui aussi injoignable. Heureusement, ils n'ont pas d'échantillon de mon sang ni de celui de Stellan ; qu'ils connaissent l'existence du virus est déjà une catastrophe en soi. Je me demande bien ce qu'ils manigancent et je dois dire que je suis loin d'être rassurée.

En tout état de cause, nous avons prévu d'avoir une petite conversation avec eux au défilé. Ils ne s'attendront pas à nous voir et nous aurons l'avantage de la surprise. J'espère que je parviendrai à les raisonner et que nous négocierons un semblant de trêve – en particulier parce que je n'ai toujours aucune idée de la position à adopter vis-à-vis du Cercle. Je suis si connue à présent qu'il va être difficile de passer inaperçue. D'ailleurs, ai-je vraiment envie de me cacher ? Ai-je envie de fuir le Cercle ? Maintenant que ma mère a été libérée, je devrais disparaître avec elle… mais ce n'est pas si facile.

J'enfile les vêtements que Colette m'a envoyés : une robe ultracourte à perles, une veste kaki et des chaussures à semelles compensées de la nouvelle collection que nous voyons aujourd'hui. Puis, direction le Carrousel du Louvre, la galerie marchande sous le musée.

Colette et Luc nous retrouvent devant l'entrée et nous fendons la foule de paparazzis qui hurlent non seulement le nom de Colette, mais aussi le mien. Les médias ne me présentent plus comme présumée coupable de la mort de Takumi, ce qui n'empêche pas le Cercle de se perdre en conjectures. Cela n'empêche pas non plus les journalistes, et les spectateurs, de remarquer que la fille au cœur de la tragédie d'Eli Abraham était présente lors de l'attentat à la bombe de Cannes et semble aussi être la nouvelle meilleure amie de Colette LeGrand.

Cercle ou non, tout le monde est friand d'intrigues, surtout quand il est question de célébrités. À présent, la vedette à la réputation sulfureuse, c'est moi.

Nous dépassons des hordes de jeunes femmes *extrêmement* minces, affublées de vêtements *extrêmement* étranges – Elie Saab, Miu Miu, Alexander McQueen, Chanel – et continuons dans le couloir.

Colette nous conduit au défilé d'Émilia. Il doit y avoir à peine une centaine de spectateurs, mais la salle, minuscule, est bondée. Nous nous dirigeons vers nos places réservées au premier rang et je cherche mon frère et ma sœur des yeux.

Stellan et Jack sont postés à l'arrière de la pièce. Si les jumeaux tentent de me kidnapper, d'enlever Stellan, ou de voler notre sang, ils seront abattus en clin d'œil.

Cependant, Lydia et Cole sont aux abonnés absents et bientôt une file de mannequins en tailleur-pantalon de tweed, en veste à miroirs à même la peau, ou encore en robe droite similaire à celle que je porte, se déhanchent au rythme d'une musique électronique. Des deux côtés du podium, les spectateurs s'approchent pour mieux voir, prennent des photos avec leur smartphone ou griffonnent des notes.

J'observe les vêtements, mais je scrute surtout les visages pour m'assurer que tout se passe bien. Je me demande où sont les Saxon.

Les derniers top models entrent en scène, défilent puis se postent au fond du podium, laissant la place à un homme aux cheveux blancs et portant des lunettes de soleil – sans doute le créateur – qui salue la foule. Derrière lui, des femmes en noir apparaissent, un plateau à la main, et servent des coupes de champagne au grand couturier, aux mannequins, aux spectateurs, à nous.

L'homme s'adresse en français au public qui éclate de rire. Puis il passe à l'anglais.

— J'aimerais souhaiter une chaleureuse bienvenue à notre invité spécial. Cole Saxon, je tiens à remercier votre famille pour son soutien inestimable.

Cole entre sur scène avec son sourire factice et obséquieux. Lydia n'est pas avec lui. Je jette un coup d'œil vers le fond de la salle et vois que Jack et Stellan ont remarqué son absence.

Toute la foule lève son verre pour trinquer et je sirote mon champagne sans le goûter.

Je n'ai aucune envie de négocier avec Cole. Lydia est le cerveau des opérations – c'est à elle que je dois parler. Ou à mon père. Comme c'est étrange que Cole soit le seul présent.

Puis un verre se brise et j'entends une femme hurler.

Je m'aplatis au sol, attirant ma mère et Colette avec moi. Jack et Stellan se précipitent vers la femme – l'un des mannequins –, suivis d'autres personnes, sans doute des gardes du corps.

Elle pousse un deuxième cri, plus strident encore, et il me faut un instant pour comprendre ce qui se passe : un autre mannequin est à genoux, les doigts cramponnés à son cou, la respiration bloquée, des larmes de sang ruisselant le long de ses joues. Elle tousse violemment puis s'écroule par terre, inerte.

Toute la salle fixe la scène en silence, médusée.

Un peu plus loin, une autre fille gémit et, lorsqu'elle retire les mains de ses yeux, je vois sur son visage des filets pourpres.

Je croise le regard horrifié de Stellan, puis celui de Jack. Élodie, en chemise large pour ne pas comprimer sa plaie, arrive en courant derrière eux.

J'ignore comment Cole s'est débrouillé, mais je sais de quoi il s'agit.

Le virus.

La musique résonne encore, un mix électronique endiablé, et là, tout le monde semble foudroyé en même temps. Les gens hurlent, bondissent de leur chaise, une flûte de champagne se brise à mes pieds, aspergeant mes jambes de liquide collant et d'éclats de verre.

À quelques sièges de moi, une femme tousse, le corps secoué de convulsions, les yeux injectés de sang, au sens propre du terme. Puis elle s'écroule sur Jack et Stellan qui se fraient un chemin à travers la foule dans ma direction. L'homme aux cheveux blancs se palpe le visage et ôte ses lunettes de soleil. Des larmes rouges roulent sur ses joues.

J'aperçois Cole qui marche vers la porte, au milieu de chaos. Plus que de la satisfaction, ses traits expriment une jubilation qui donne la chair de poule. Autour de moi, plusieurs personnes gisent à terre, mortes ou à l'agonie, certaines entourées de leurs proches qui sanglotent désespérément.

— Les garçons !

Je tente d'attirer l'attention de Jack et de Stellan, occupés à allonger le jeune mannequin sur le sol, mais ils ne m'entendent pas sous les lamentations angoissées de la foule.

Je joue des coudes pour rattraper mon demi-frère.

— Qu'est-ce que tu as fait ? m'égosillé-je.

Cole lève sa coupe de champagne, un sourire démoniaque plaqué sur le visage.

Soudain, je comprends. Je fais volte-face vers Luc, Colette et les membres du Cercle, tous figés, leur verre à la main.

— Le champagne, il est empoisonné ! crié-je à la cantonade. (Cole a dû garder un peu de notre sang quelque part – et ça a suffi. Maintenant, il s'apprête à sortir de la pièce, comme si de rien n'était.) Jack ! Stellan !

Je n'ai pas d'arme sur moi, mais quelqu'un doit l'arrêter ! Je cherche des yeux Élodie, bien qu'elle soit blessée. Ne voyant personne dans ce raz de marée de corps, je suis sur le point de me lancer à la poursuite de Cole lorsqu'il s'immobilise et ses lèvres se retroussent, comme s'il assistait à un spectacle féérique.

Je ne veux pas vraiment savoir ce qui le rend si heureux, mais je ne peux m'en empêcher. Cole aurait pu regarder n'importe qui, mes yeux trouvent immédiatement son motif de réjouissance. Ma mère. Elle est pliée en deux, déchirée par une toux sèche.

Il me faut quelques secondes pour comprendre. Avant que mon univers entier ne s'écroule.

— Maman !!

La fuite de Cole n'a plus aucune importance, je me précipite vers ma mère en manquant de me casser la figure et je la rejoins juste à temps pour la rattraper alors qu'elle tombe à genoux en crachant ses poumons. Elle me contemple, les paupières baignées de larmes rouges.

— Maman ! Non ! Non, non, non !

Comme chez toutes les personnes infectées, des gouttes de sang ruissellent le long de son visage. Ça a pris un peu plus de temps que pour les autres, mais elles sont là. Les yeux de ma mère s'agrandissent, elle essaie de s'approcher de mon oreille pour me dire quelque chose, mais ses mots restent coincés dans sa gorge. Puis tous ses muscles se relâchent.

— Non ! (Ma voix se brise. Je la secoue.) Maman !

Jack me pousse sur le côté et cherche son pouls.

— Réanimation cardio-pulmonaire, dit-il en comprimant sa poitrine.

Je me penche vers elle et lui insuffle de l'air dans les poumons. Ma bouche s'emplit du goût de son sang, mes yeux se gonflent de larmes. Massage cardiaque. De nouveau ventilation artificielle. Massage. Ventilation. Massage. Pendant des minutes, des heures, une vie. Je vois que les gens se rassemblent autour de nous, mais je m'en moque.

— Maman, sanglotè-je.

Colette tombe à genoux et prend la main de ma mère en fixant son beau visage, blême à présent.

— Je croyais qu'elle n'était pas du Cercle.

— Non, elle ne l'est pas ! (Désespérée, j'essaie une dernière ventilation artificielle.) Peut-être que ce n'est pas le virus, que c'est quelque chose d'autre ! Appelez une ambulance ! (J'essuie le sang sur ses joues.) Elle est blessée ! Elle saigne ! Il faut l'amener à l'hôpital. Faites quelque chose !

Des mains se posent sur les miennes, calmes.

— *Kuklachka*, me dit Stellan doucement, c'est fini.

— Non ! Elle a juste besoin d'aide. Elle va s'en sortir ! (Je tourne frénétiquement la tête.) Au secours ! Quelqu'un…

Jack prend le pouls de ma mère, attend quelques secondes… puis secoue la tête. D'un geste délicat, il lui ferme les yeux.

C'est comme si son geste avait ouvert les miens.

Je cligne des paupières, incrédule, puis je comprends ce que je vois. Ma mère gît par terre, immobile. De même que les autres personnes touchées par le virus. Elle n'est pas blessée. Elle est morte.

J'explose.

Mon cœur, mon cerveau, mes entrailles explosent en une violente pluie de sang. Comme le tir en plein crâne de M. Emerson. Comme le liquide écarlate sur les joues de ma mère. Comme du cristal qui se brise, comme une épaisse fumée noire dans ma tête. La douleur m'envahit, prend mon corps en tenaille. C'est la fin du monde. Et je hurle, je hurle si fort que je ne m'entends pas hurler, si fort que tout cesse d'exister, l'univers n'existe plus, je n'existe plus.

Puis tout se fige autour de moi, se durcit. La lave se solidifie et devient roche.

Je me lève. Doucement, avec précaution, je retire ma veste kaki tachée de sang – ma robe en dessous est remarquablement propre – et en recouvre le visage de ma mère. Puis je tourne les talons.

Je distingue vaguement des voix, prends vaguement conscience qu'on m'arrête, qu'on me touche. Quelqu'un me nettoie le visage à l'aide d'un mouchoir. Tout le monde parle à voix basse. *Qu'est-ce que ça signifie si ma mère n'est pas du Cercle ? Elle devait l'être sans que nous le sachions. Quelqu'un a vu où est parti Cole ? Non.*

Les voix s'éteignent.

Ma mère n'est plus. M. Emerson n'est plus. C'est ma propre famille qui les a tués.

Non.

Stellan avait raison dès le début, à Paris. J'ai beau avoir le même sang que les Saxon – je ne peux changer ça –, ils ne sont pas de ma famille.

— Où est Stellan ? m'entends-je demander.

Il est juste à côté de moi. Jack est de l'autre côté. Les deux ont l'air inquiets.

Je m'en fous. Je pivote la tête vers Stellan.

— Je vais les empêcher de faire ça à d'autres. *On* va les arrêter.

Jack me prend délicatement la main. Je retire la mienne.

— Avery…

— Elle a raison, intervient Élodie. Le virus fait des ravages, et maintenant ils en ont la preuve.

— Il y a un antidote dans le tombeau, fait Luc d'une voix fatiguée. On doit le trouver. On *doit* les arrêter.

— Personne ne doit être mis au courant, dit Jack. Lydia et Cole, c'est déjà une tragédie. Mais imaginez si d'autres membres du Cercle apprennent que ce poison existe ! Ils pourraient essayer de se venger et Dieu sait où ça peut nous mener.

Je les entends. Je ne les entends plus. J'entends toujours les cris, en sourdine. C'est peut-être moi. Je vais peut-être hurler jusqu'à la fin de mes jours.

— Non. (Ma voix sonne creux. Je vois flou. J'ai l'impression d'être sous l'eau.) On va tout raconter. (Je sens mes amis se figer, me lancer des regards en coin.) La vérité va éclater au grand jour ! Tout le monde saura ce que les Saxon ont fait et ce qu'ils peuvent encore faire. On aurait dû tout révéler dès l'instant où on a appris leur trahison !

— Ça va déclencher une Troisième Guerre mondiale, argumente Jack.

— Si on ne dit rien, on pourrait avoir une nouvelle peste noire, rétorque Stellan.

— Certaines familles vont prendre le parti des Saxon, même s'ils sont au courant de leurs atrocités, ajoute Luc.

La voix d'Élodie se fait entendre au-dessus du vacarme :

— Et certains ne prendront *pas* leur parti. Ils choisiront une autre option.

Ils se tournent tous vers moi. Puis vers Stellan.

— D'accord, dis-je.

Nous échangeons des coups d'œil. Une paume apaisante se pose sur mon dos et caresse mes cheveux. Colette.

Élodie me saisit brusquement la main et me force à la regarder dans les yeux.

— Écoute-moi. Je sais que ce n'est pas le bon moment, mais on a besoin que tu sois avec nous et que tu comprennes de quoi on parle ! Tu peux te concentrer, juste quelques minutes ?

Je me dégage des mains qui s'agrippent à moi, qui me retiennent comme si j'allais tomber, qui tentent d'éviter que je me brise.

— Je sais de quoi je parle.

— Mais ça signifierait que…

— Je *sais* ce que ça signifierait.

Ça veut dire que le Cercle a besoin de garanties pour nous croire. Au fil du temps, j'ai pris conscience que les puissants de ce monde veulent, au même titre que moi, un guide, quelqu'un qui leur montre le chemin. Je dois leur prouver que je suis capable de l'être. La voix d'Alistair me revient en mémoire. « Le mandat concerne la découverte du tombeau, oui, a-t-il dit lors du dîner à Londres, mais il s'agit aussi de politique. Et de pouvoir. C'est l'unité du Cercle qui permet de vaincre tous ses ennemis. »

Ils doivent être unis derrière moi. Stellan s'est affalé sur une chaise pliante, la tête dans les mains. Unis derrière *nous*.

Quelqu'un hurle dans le couloir. Mme Dauphin entre dans la pièce comme une furie, les joues baignées de larmes.

Luc me jette un coup d'œil furtif avant de lui ouvrir les bras.

— Maman !

M. Dauphin, cet homme à la stature imposante, la suit de près. Puis apparaissent les Frederick que j'ai rencontrés à Cannes ainsi que d'autres visages familiers. D'autres membres du Cercle. Ils entrent prudemment dans la pièce à présent silencieuse et évaluent l'étendue des dégâts.

— Que s'est-il passé ? Lucien, réponds-moi ! commande M. Dauphin en traversant la salle à grands pas.

Je devrais avoir peur, songé-je en me rappelant notre dernière rencontre à Notre-Dame, lorsqu'il voulait me marier de force.

Or, loin d'être affolée, je le dévisage froidement. Lui et les autres.

— Lucien ! répète-t-il en pivotant vers Colette, la seule personne respectable parmi notre petite bande bigarrée de traîtres et d'employés rebelles. Je viens de demander ce qu'il s'est passé !

Avant que Luc ne puisse ouvrir la bouche, je prends la parole :

— Les personnes qui ont tué vos fils et terrorisé le Cercle possèdent à présent une arme biologique qui pourrait décimer le Cercle et le monde entier. Vous voyez ici les conséquences d'une expérience à petite échelle.

Un murmure parcourt la foule.

Je sens une main sur mon épaule, un cœur qui bat contre mon cœur. La main de Stellan se glisse dans la mienne. Nous sommes face aux gens qui dirigent sa vie depuis qu'il a dix ans et je comprends son besoin de s'accrocher à moi. Je le laisse faire.

Mais pour une fois, je n'ai pas besoin de lui. Ni de Jack, debout de l'autre côté de moi. Ni de personne.

Tout à coup, j'ai l'intime conviction que je n'aurai plus peur. Ni du virus, ni de mes frères et sœurs, ni de la main de Stellan et de ce qu'elle signifie. Le pire est déjà advenu. Il n'y a plus aucune raison d'avoir peur.

M. Dauphin aboie quelque chose en français à l'adresse de Luc qui se tourne vers moi. J'opine du chef. Il bombe le torse.

— Ce qu'Avery veut dire, c'est que ce n'est pas l'Ordre qui a fait ça. Les assassinats, ce n'est pas eux non plus.

Ses paroles sèment le trouble dans le groupe.

— Votre ennemi n'a jamais été l'Ordre, dis-je au-dessus des murmures. C'est la famille Saxon.

Il y a un moment de silence complet puis les chuchotements se muent en vives protestations. Mais je ne m'arrête pas en si bon chemin :

— Ils sont responsables de la tragédie d'aujourd'hui et de la récente vague de meurtres. Et oui, je fais partie de leur lignée, mais je ne suis pas des leurs. Je vous dis ça maintenant parce que je veux que cette tuerie cesse.

Les discussions sont de plus en plus vives. Jack et Élodie s'avancent de part et d'autre pour nous protéger. Luc et Colette sont devant. Elle lève une main et prend la parole.

— Ce n'est pas tout. Nous avons découvert l'identité de l'Élu.

Le silence retombe sur l'assemblée.

— Non, clame Luc d'une voix plus forte en fixant son père, ce n'est pas moi. Ce n'est pas un garçon du Cercle.

Lui et Colette se décalent et il pointe Stellan du doigt.

— Il y a une treizième lignée perdue. Celle d'Alexandre le Grand.

Stellan et moi sommes soudain exposés aux regards, entourés de nos amis. Il me comprime la main, mais ça fait du bien.

Je contemple les Dauphin et le reste du groupe tandis qu'ils enregistrent nos doigts entrelacés. Le choc se lit sur leurs visages.

— C'est vrai, dit Luc.

— Et vous feriez mieux de vous faire à l'idée, ajoute Colette, parce qu'ils ont déjà accompli le mandat. Et nous les soutenons tous.

Mme Dauphin plisse les yeux comme si elle n'en croyait pas ses oreilles.

Élodie s'avance, croise leur regard sans hésitation.

— Je ne vous appartiens plus.

Les grandes mains de M. Dauphin s'agrippent à ses épaules.

— Et le Gardien des Saxon ?

— Je ne suis plus le Gardien des Saxon, répond Jack. (Tous les regards sont braqués sur lui. Il esquisse un signe de la tête vers Stellan et moi.) Je suis à eux, maintenant.

Stellan serre toujours ma main dans la sienne. Ce garçon qui est presque comme un frère, et dont j'aurais pu tomber amoureuse, vient de nous prêter allégeance, promettant de sacrifier sa vie pour nous s'il le faut. Mme Dauphin est à deux doigts de s'évanouir.

Je fixe M. Dauphin du regard jusqu'à ce qu'il détourne les yeux. Les autres membres du Cercle, tassés derrière lui, murmurent avec animation.

— Silence ! Taisez-vous tous ! (Les mots jaillissent spontanément de mes lèvres. Les conversations cessent instantanément.) Ce n'est pas un *jeu* ! Il ne s'agit pas de cancans et de commérages.

Cette voix froide, dure, ne me ressemble pas. J'aperçois mon reflet dans le miroir au bout du podium. J'ai toujours l'air minuscule à côté de Stellan, mais, ensemble, avec nos amis qui nous entourent, nous formons une muraille impénétrable. Je suis au centre, avec du sang sur le visage en guise de peintures de guerre et une robe noire et lourde pour armure brillante.

Tout le monde retient son souffle, attendant que je termine.

— Nous allons les arrêter !

Je jette un dernier coup d'œil à ma mère, à ce corps menu couvert d'une veste de haute couture.

J'ai toujours eu une carapace qui me protégeait quand j'en avais besoin, mais elle n'a jamais été résistante. Je la laisse se former autour de moi, je redresse l'échine, j'affermis ma voix, j'étouffe la moindre émotion qui me traverse encore jusqu'à me sentir parfaitement, merveilleusement vide. Rien n'a changé et pourtant, tout a changé.

Je n'ai pas besoin de réfléchir à la suite de mon discours. C'est comme si je l'avais toujours porté en moi.

— Nous avons accompli le mandat. Nous avons trouvé ce que vous cherchiez, ce qui vient du tombeau. (Tout le monde me dévisage.) Vous allez faire exactement ce que je vous demande pour empêcher les Saxon de persister dans leur folie meurtrière. (Le visage des jumeaux apparaît sur ma rétine.) Puis je les tuerai.

Je suis sérieuse. Et le Cercle m'aidera, car à partir de maintenant je suis leur guide. Stellan et moi sommes leurs guides. Ils sont à nous, comme si je les avais marqués au fer rouge de mon pendentif. Élodie avait raison tout à l'heure – certaines des familles prendront sans doute parti pour les Saxon. Ça pourrait être la Troisième Guerre mondiale et nous serions en première ligne. Mais nous n'avons pas le choix.

Luc m'adresse un petit signe de la tête avant d'interpeler à nouveau ses parents et les autres membres du Cercle.

— Vous l'avez entendue. Mais au cas où vous n'auriez pas bien compris, permettez-moi de vous présenter Avery West et Stellan Korolev, la fille aux yeux violets et l'Élu, unis. La nouvelle treizième famille du Cercle des Douze.

Remerciements

Seul mon nom figure sur la couverture mais un livre n'est jamais l'œuvre d'une seule personne. Je tiens à remercier tous ceux qui ont donné à ce livre et à son auteur leur temps, leur amour, leur expertise, tout au long du processus d'écriture. Et tout particulièrement :

Merci à Arianne Lewin, mon éditrice. J'ai parfois cru qu'elle voulait me tuer, mais son amour pour le livre, sa perspicacité, son refus d'accepter un texte qui n'était pas parfait ont (enfin !) permis de faire de ce livre l'ouvrage que j'ai toujours rêvé d'écrire. Elle est sacrément douée !

Merci à Katherine Perkins, qui s'est occupée de tous les détails avec aplomb et qui, de plus, m'a donné de précieux conseils éditoriaux. On peut dire qu'elle a l'œil ! Merci à toute l'équipe de Putnam – conception, relecture, ventes, marketing… – pour son enthousiasme, son soutien et dévouement sans faille pour faire de ce livre un livre.

Merci à Julie Chang, pour son enthousiasme ; à Eve Attermann, qui a été la première personne dans le monde de l'édition à s'intéresser aux aventures d'Avery ; à Laura Bonner et à tous les autres agents chargés des droits ainsi qu'à l'équipe WME d'avoir fait connaître cette histoire dans le reste du monde.

Merci à Dahlia Adler, mon amie écrivaine, d'être devenue une véritable amie ! J'ai regardé *Sharknado* en pyjama avec toi, j'ai donné ton nom à ma chambre d'ami – et toi le mien à la tienne – et nous avons eu d'innombrables conversations par e-mail en temps réel. Merci de ne pas m'avoir reniée toutes les fois où tu aurais dû.

Merci à Gina Ciocca d'avoir rouspété et râlé avec moi – c'est toujours salutaire. Merci pour toutes les plaisanteries graveleuses mais hilarantes et pour les e-mails interminables que nous avons échangés au lieu de bosser sur nos romans.

Merci à Marieke Nijkamp pour les gaufres au caramel et « Bohemian Rhapsody » sur la Seine ; merci d'avoir été une lectrice super-rapide et terriblement perspicace qui ne semblait jamais se lasser de mon livre.

Merci à Kim Liggett qui est comme ma sœur et qui a toujours adoré mon livre même lorsque moi-même je doutais de sa qualité. Quand tu liras ceci, nous nous en serons toutes les deux sorties.

Merci à Erica Chapman, pour les marathons d'e-mails et les petits cris de joie.

Merci à Leigh Ann Kopans et Chessie Zappia. Vous êtes deux de mes plus vieilles amies de bringue mais aussi mes premières lectrices. Merci au reste de la bande de nanas fans de littérature YA : Jamie Grey, Megan Whitmer, Jenny Kaczorowski, Naseoul Lee, Cait Greer. Je suis tellement heureuse de vous avoir rencontrées les filles ! Merci d'avoir lu les premières versions du livre, merci de votre amitié, merci pour les bons moments passés ensemble.

Merci à Seabrooke Leckie d'avoir été à mes côtés depuis le début, d'avoir lu les nombreuses versions de mon manuscrit, de m'avoir fait lire les tiennes et d'avoir émis des critiques pertinentes.

Merci à tous mes autres amis écrivains qui ont lu la version beta de mon livre et qui se sont embarqués dans ce voyage avec moi. Brenda Drake, Angi Black, Jenny B, tous mes amis Twitter, mes nouveaux amis Fifteener que j'apprends tout juste à connaître et, bien sûr, tous mes amis du monde réel qui ont été intrigués et/ou excités par mon aventure éditoriale. Si je vous énumérais tous, j'écrirais un autre livre.

Merci à Kristen Boers pour les discussions enjouées autour de la littérature YA. Et merci d'avoir été ma première lectrice non écrivain.

Mes premiers correcteurs Sari and Jason, qui ont lu absolument *toutes* les versions de ce livre et savent à quel point il a évolué.

Merci à Lisa et Laura Roecker dont l'enthousiasme au début de mon travail d'écriture m'a convaincue que ce projet valait la peine d'être mené à bien.

Merci à mon ancien cercle littéraire, tout particulièrement à Antoine Ho, Sonja Dewing, et Jim Schnedar, pour tous les fous rires. Et merci d'avoir lu mon texte avant même qu'il ne vaille la peine d'être lu.

Merci à mes parents Jill et Dave de m'avoir donné tous les livres que je voulais quand j'étais petite, de m'avoir permis de passer tout mon temps libre à les lire et d'avoir été convaincus que j'allais réussir lorsque j'ai décidé de m'essayer à l'écriture.

Merci à mes frères, Tom et John qui font très bien semblant d'être enthousiasmés par un genre auquel ils ne connaissent rien.

Merci à mes beaux-parents, Chuck et Sarah pour leur soutien sans faille et leur mojitos lorsque le calendrier de publication semblait interminable.

Merci à mon mari, Andrew, de m'avoir encouragée, versé des verres du vin, d'avoir fait la cuisine et supporté ma mauvaise humeur. Merci d'avoir comblé les lacunes de l'intrigue et d'avoir parlé d'Avery, de Jack et de Stellan comme s'ils étaient de vraies personnes. Merci d'avoir accepté de partir à l'aventure avec moi (notamment dans un tour du monde… et dans l'aventure de la vie). Toutes les écrivaines (toutes les femmes, en fait) seraient heureuses d'avoir un mari comme toi !

Merci à tous les guides touristiques et aux habitants des pays que nous avons visités d'avoir répondu à des questions complètement farfelues sur la manière de s'échapper des tours de Notre-Dame. Merci de ne pas m'avoir dénoncée aux autorités en m'entendant parler de ce qu'il arriverait si différents monuments explosaient.

Merci aux libraires, et en particulier à l'équipe de Bookworks, de m'avoir montré à quel point on peut s'amuser dans le monde fascinant des livres !

Merci aux bibliothécaires et à tous ceux qui travaillent dans les bibliothèques. J'ai moi-même vécu presque toute ma vie dans les bibliothèques et je suis impatiente de voir mon propre livre dans un rayon.

Merci à toutes les personnes que je vais rencontrer entre le moment où j'ai rédigé ces remerciements et le moment de la publication, qui vont encore aider ce livre à faire le tour du monde. Je suis désolée de ne pas vous citer, je ne connais pas encore votre nom.

Merci à ceux que j'ai oubliés, j'en suis navrée. Je vais sans doute remarquer l'omission, mais trop tard et je me sentirai terriblement coupable. Je vous adore de toute façon.

Enfin, merci à *vous* d'avoir lu ce livre.

LA SÉLECTION

de Kiera Cass

35 candidates, 1 couronne, la compétition de leur vie.

Elles sont trente-cinq jeunes filles : la « Sélection » s'annonce comme l'opportunité de leur vie. L'unique chance pour elles de troquer un destin misérable contre un monde de paillettes. L'unique occasion d'habiter dans un palais et de conquérir le cœur du prince Maxon, l'héritier du trône. Mais pour America Singer, cette sélection relève plutôt du cauchemar. Cela signifie renoncer à son amour interdit avec Aspen, un soldat de la caste inférieure. Quitter sa famille. Entrer dans une compétition sans merci. Vivre jour et nuit sous l'œil des caméras... Puis America rencontre le Prince. Et tous les plans qu'elle avait échafaudés s'en trouvent bouleversés...

Le premier tome de la série phénomène, mêlant dystopie, téléréalité et conte de fées moderne, bientôt adaptée au cinéma.

Tome 1 : *La Sélection*

Tome 2 : *L'Élite*

Tome 3 : *L'Élue*

Tome 4 : *L'Héritière*

Hors-série :
La Sélection, Histoires secrètes : Le Prince & Le Garde
La Sélection, Histoires secrètes : La Reine & La Préférée
La Sélection - Mon Carnet

Tome 5 : *La Couronne* à paraître en mai 2016

Kaleb

de Myra Eljundir

SAISON 1

C'est si bon d'être mauvais...

À 19 ans, Kaleb Helgusson se découvre empathe : il se connecte à vos émotions pour vous manipuler. Il vous connaît mieux que vous-même. Et cela le rend irrésistible. Terriblement dangereux. Parce qu'on ne peut s'empêcher de l'aimer. À la folie. À la mort.

Sachez que ce qu'il vous fera, il n'en sera pas désolé. Ce don qu'il tient d'une lignée islandaise millénaire le grise. Même traqué comme une bête, il en veut toujours plus. Jusqu'au jour où sa propre puissance le dépasse et où tout bascule... Mais que peut-on contre le volcan qui vient de se réveiller ?

La première saison d'une trilogie qui, à l'instar de la série *Dexter*, offre aux jeunes adultes l'un de leurs fantasmes : être dans la peau du méchant.

Déconseillé aux âmes sensibles et aux moins de 15 ans.

Saison 2 : *Abigail*

Saison 3 : *Fusion*

LA 5e VAGUE

de Rick Yancey

Tome 1

1re Vague : Extinction des feux. 2e Vague : Déferlante.
3e Vague : Pandémie. 4e Vague : Silence.

À l'aube de la 5e vague, sur une autoroute désertée, Cassie tente de *Leur* échapper... *Eux*, ces êtres qui ressemblent trait pour trait aux humains et qui écument la campagne, exécutant quiconque a le malheur de croiser *Leur* chemin. *Eux*, qui ont balayé les dernières poches de résistance et dispersé les quelques rescapés.

Pour Cassie, rester en vie signifie rester seule. Elle se raccroche à cette règle jusqu'à ce qu'elle rencontre Evan Walker. Mystérieux et envoûtant, ce garçon pourrait bien être son ultime espoir de sauver son petit frère. Du moins si Evan est bien celui qu'il prétend...

Ils connaissent notre manière de penser. *Ils* savent comment nous exterminer. *Ils* nous ont enlevé toute raison de vivre. *Ils* viennent maintenant nous arracher ce pour quoi nous sommes prêts à mourir.

Le premier tome de la trilogie phénomène
adapté au cinéma par Sony Pictures,
avec Chloë Grace Moretz.

Tome 2 : *La Mer infinie*

Tome 3 : *La Dernière Étoile*, à paraître en mai 2016

Night School

de C. J. Daugherty

Tome 1

Qui croire quand tout le monde vous ment ?

Allie Sheridan déteste son lycée. Son grand frère a disparu. Et elle vient d'être arrêtée. Une énième fois. C'en est trop pour ses parents, qui l'envoient dans un internat au règlement quasi militaire. Contre toute attente, Allie s'y plaît. Elle se fait des amis et rencontre Carter, un garçon solitaire, aussi fascinant que difficile à apprivoiser… Mais l'école privée Cimmeria n'a vraiment rien d'ordinaire. L'établissement est fréquenté par un curieux mélange de surdoués, de rebelles et d'enfants de millionnaires. Plus étrange, certains élèves sont recrutés par la très discrète « Night School », dont les dangereuses activités et les rituels nocturnes demeurent un mystère pour qui n'y participe pas. Allie en est convaincue : ses camarades, ses professeurs, et peut-être ses parents, lui cachent d'inavouables secrets. Elle devra vite choisir à qui se fier, et surtout qui aimer…

Le premier tome de la série découverte par le prestigieux éditeur de *Twilight*, *La Maison de la nuit*, *Nightshade* et Scott Westerfeld en Angleterre.

Une série best-seller de cinq tomes, publiée dans plus de vingt pays !

Tome 2 : *Héritage*

Tome 3 : *Rupture*

Tome 4 : *Résistance*

Tome 5 : *Fin de partie*

LES 100

de Kass Morgan

Tome 1

Depuis des siècles, plus personne n'a posé le pied sur Terre.
Le compte à rebours a commencé...

2:48... 2:47... 2:46...
Ils sont 100, tous mineurs, tous accusés de crimes
passibles de la peine de mort.

1:32... 1:31... 1:30...
Après des centaines d'années d'exil dans l'espace,
le Conseil leur accorde une seconde chance
qu'ils n'ont pas le droit de refuser : retourner sur Terre.

0:45... 0:44... 0:43...
Seulement, là-bas,
l'atmosphère est toujours potentiellement radioactive
et à peine débarqués les 100 risquent de mourir.

0:03... 0:02... 0:01...
Amours, haines, secrets enfouis et trahisons.
Comment se racheter une conduite
quand on n'a plus que quelques heures à vivre ?

Découvrez sur la chaîne SyFy et France 4
la série télé adaptée du roman
par les producteurs de *The Vampire Diaries* et *Gossip Girl*

Tome 2 : *21e Jour*

Tome 3 : *Retour*

cruelles

de Cat Clarke

Quatre filles.
Un secret partagé.
Une montagne de culpabilité.

Alice King, 16 ans, part avec sa classe pour un séjour en Écosse. Elle ne s'attendait pas à des vacances de rêve, mais jamais elle n'aurait pu imaginer la tournure cauchemardesque que vont prendre les événements.

La jeune fille et sa meilleure amie Cass se retrouvent à devoir partager un chalet avec Polly, l'asociale de service, Rae, la gothique bipolaire, et Tara, la reine des pestes. Populaire, belle et cruelle, cette dernière prend un malin plaisir à humilier les autres à longueur de journée.

Mais Cass compte bien profiter de cette semaine au vert pour donner à Tara une leçon qu'elle n'est pas près d'oublier. Avec l'aide de ses camarades de chambrée.

Le vent a tourné pour la reine du lycée. L'heure de la revanche a sonné...

Une ténébreuse histoire de secrets coupables,
d'amitiés troubles et de premier amour...

« Nous avions adoré Confusion *de Cat Clarke, mais* Cruelles *nous fait atteindre des sommets insoupçonnés ! »*
The Guardian

Autres romans de l'auteur,
déjà parus :
Confusion
Revanche
A Kiss in the dark
Perdue et retrouvée

LES CŒURS BRISÉS

d'Amelia Kahaney

Fille de la haute société de Bedlam,
ballerine talentueuse, Anthem ne sait pas encore
qu'elle sera bientôt arrachée à son cocon doré.

Tic... tac... tic... tac... tic... tac... tic...

Elle va payer de sa vie sa passion aussi brève qu'intense
pour un jeune homme des bas-fonds...

Tac...

Et lorsqu'elle se réveille avec un cœur hybride,
la rendant capable de prouesses surhumaines,
le désespoir laisse vite place à la fureur vengeresse.

Tic-tac-tic-tac-tic-tac !

L'apprentissage d'Anthem ne fait que commencer.
L'espoir s'apprête à renaître.
Le Syndicat du crime de Bedlam n'a qu'à bien se tenir.

L'HEURE D'UNE VRAIE JUSTICE
AU VISAGE FÉMININ A SONNÉ !

*Le premier volet d'un diptyque bientôt adapté au cinéma
par Charlize Theron et les studios New Line*

Second volet : *Les Invisibles*

PARDONNE-MOI, LEONARD PEACOCK

de Matthew Quick

En plus du P-38, le flingue de mon grand-père,
il y a quatre paquets, un pour chacun de mes amis.

Je veux leur dire au revoir correctement. Je veux qu'ils gardent un souvenir de moi. Qu'ils sachent que je suis désolé d'avoir dû leur fausser compagnie. Qu'ils ne sont pas responsables de ce qui va se passer...

Aujourd'hui, Leonard Peacock a dix-huit ans. C'est le jour qu'il a choisi pour tuer son ancien meilleur ami. Ensuite, il se suicidera. Plus tard, peut-être, il se dira que c'est OK, voire important, d'être différent. Mais pas aujourd'hui.

« On a besoin de livres comme celui de Matthew Quick. »
The New York Times

Après *Happiness Therapy*, le premier roman Young Adult de Matthew Quick, bientôt adapté au cinéma par Channing Tatum.

Retrouvez tout l'univers de
La Conspiration
sur la page Facebook de la collection R :
www.facebook.com/collectionr

Vous souhaitez être tenu(e) informé(e)
des prochaines parutions de la collection R
et recevoir notre newsletter ?

Écrivez-nous à l'adresse suivante,
en nous indiquant votre adresse e-mail :
servicepresse@robert-laffont.fr

Imprimé en France par CPI
en mars 2016

Composition et mise en pages
Nord Compo à Villeneuve-d'Ascq

Dépôt légal : mars 2016
N° d'édition : 55204/01 – N° d'impression : 133215